Reinhard Krumm

Isaak Babel

Schreiben unter Stalin. Eine Biographie

«Mein Herz, gerötet von einem Mord, knirschte und blutete.»
Karikatur des russischen Zeichners Boris Jefimov zu Babels Erzählung „Meine erste Gans“, von Jefimov nachgezeichnet im Jahr 2001.

Reinhard Krumm

Isaak Babel

Schreiben unter Stalin. Eine Biographie

2. Auflage 2006

Satz, Umschlagdesign, Herstellung und Verlag: Books on Demand GmbH, Norderstedt
ISBN 3-8334-2780-9

Inhaltsverzeichnis

Kapitel 1

Der Schmelztiegel (1894 – 1916)

«Lebn vi Got in Odes»
(Leben wie Gott in Odessa; jiddische Redensart)

Keine Wolke war am strahlend blauen Himmel zu sehen. Das Thermometer stieg zum Mittag auf achtundzwanzig Grad Celsius in der Schwarzmeerstadt Odessa. An diesem herrlichen Donnerstag, dem 30. Juni 1894,[1] herrschte große Freude in der staubigen Dalnizki-Straße. In dem einfachen eingeschossigen Haus Nummer 21 hatte Fejga Bobel gerade ihr drittes Kind zur Welt gebracht.[2]

Ihr Mann, Emmanuil Isaakowitsch Bobel, war sehr zufrieden mit seiner Frau, die vier Jahre nach der Heirat nun schon den zweiten Sohn gebar – Isaak Bobel. So steht es im Geburtsurkundenbuch der Juden Odessas unter der Nummer 883.[3] Aus diesem Grund tauchte bis zur Beendigung von Isaaks Schul- und Studienzeit in offiziellen Dokumenten immer wieder der Name Bobel auf, obgleich seine Eltern und er damals schon nur als Babel bekannt waren.

Überall wurde gefeiert. Bürgermeister Grigori Marazli organisierte ein Feuerwerk.[4] Auf der berühmten Deribasowskaja-Straße blieben die Kaffeehäuser und Kneipen fast rund um die Uhr geöffnet, der örtliche Champagner «Excelsior» floss in Strömen. Tagsüber unterhielten Gaukler und Feuerschlucker das einfache Volk, während die vornehmen Bürger auf dem Nikolai-Boulevard flanierten, von wo aus man eine «prachtvolle Aussicht über das Meer» hatte, wie der Baedeker-Reiseführer 1904 anerkennend über die Uferpromenade urteilte. Des Nachts tanzten die Reichen in den Palästen und Sommerresidenzen der Adeligen. Hotels wie das elegante «London» oder das schicke «Bristol» waren ausgebucht, die Dampfer der deutschen Levante-Linie von Hamburg über Lissabon, Algier und Konstantinopel legten alle zwanzig Tage im Hafen an.

Freilich verfiel Odessa nicht in einen Freudenjubel ob der Ankunft des literarischen Messias, als den sich Babel später halb ironisch, halb ernst stilisierte; sie beging 1894 ihren hundertsten Geburtstag. Und weil die Einwohner sich zu vergnügen wussten, glich die nach St. Petersburg, Moskau und Warschau viertgrößte Stadt Russlands einem riesigen, ausgelassenen Festplatz.

Doch noch ein anderes, für ganz Russland bedeutendes Ereignis brachte dieses Jahr: Der wenig reformorientierte Zar Alexander III. verstarb an einem Nierenleiden, und sein ältester Sohn Nikolaus übernahm mit sechsundzwanzig Jahren die Macht. Das allerdings nur unwillig, denn zunächst lag ihm nichts am Regieren. Vielleicht ahnte er etwas. Er sollte der letzte Zar des russischen Reiches sein. Schuld daran war auch ein gewisser Josef Dschugaschwili, der in jenem Jahr in das Priesterseminar in der georgischen Hauptstadt Tbilissi eintrat. Bekannt wurde er unter dem Namen Stalin.

Die Familie Babel lebte in bescheidenen Verhältnissen im Moldawanka-Viertel. Dieser Bezirk mit den einfach gebauten Häusern und den staubigen Sandwegen im Süden der Stadt war seiner zentralen Lage wegen für die ärmere Bevölkerung attraktiv. Zudem besaß er einen seltenen Luxus in russischen Städten: Straßenbeleuchtung und Kanalisation. Vom nahegelegenen Hauptbahnhof fuhren Züge nach St. Petersburg, nach Moskau, ja bis nach Berlin. Und wie es häufig bei Vierteln unweit von großen Bahnstationen der Fall ist, besaß auch die Moldawanka einen ganz besonderen Charme. Nur etwa vier Werst[5] vom internationalen Hafen entfernt, entwickelte sie sich schnell zum Umschlagplatz für Schmuggelware.

Diese vibrierende Mischung aus Hafen, Menschen aus aller Welt und Gaunertum faszinierte Isaak Babel sein ganzes Leben über, obwohl er insgesamt kaum mehr als sechs Jahre in Odessa verbrachte. Manches schönte er, wenn er darüber schrieb, manches vereinfachte er. Babel verstand sich als Schriftsteller, nicht als Historiker. Der bunte Charakter der Stadt glitzert hinter jedem seiner Sätze hervor.

Babels Eltern blieben nicht lange in der Moldawanka wohnen. Kurz nach seiner Geburt zogen sie ins einhundertzwanzig Kilometer östlich, ebenfalls am Schwarzen Meer gelegene Nikolajew. In der prosperierenden Hafenstadt an der Mündung des Südlichen Bug lebten damals zweihunderttausend Menschen. Hier wurde 1899 Babels Schwester Meri geboren, seine noch in Odessa zur Welt gekommenen Geschwister Anna und Aron starben kurz darauf.[6]

Meri erfuhr später durch Erzählungen ihrer Mutter über die Zeit in Nikolajew, dass der Vater schnell Arbeit fand und die Familie finanziell versorgen konnte, obwohl er keine besondere Ausbildung hatte. Mutter Fejga war liebevoll, vermittelte wenn es Not tat zwischen dem aufbrausenden Vater und den Kindern und richtete den Haushalt. Dazu gehörte auch ein Garten, ein Taubenschlag und ein Innenhof, der im Winter als Schlittschuhbahn diente.[7]

Seine Kindheit in Nikolajew, immerhin fast ein Viertel seines Lebens, verarbeitete Babel in mehreren autobiographischen Erzählungen,[8] etwa in «Die Geschichte meines Taubenschlages»[9] und in «Meine erste Liebe».[10] Er lernte früh lesen und schreiben und schärfte seine legendäre Beobachtungsgabe. In seinem ersten Lebenslauf von 1915 erwähnt er seine Kinderzeit nur mit den knappen Worten: «Bis elfeinhalb Jahren lebte ich in Nikolajew, wo ich die S.-J.-Vitte-Kaufmannsschule besuchte.»[11]

Im Winter 1905/1906 kehrte Babel zunächst allein nach Odessa zurück und trat im Januar erneut in eine Kaufmannsschule ein. Weil sein Vater aus geschäftlichen Gründen erst einige Monate später mit der Mutter nachfolgte, wurde Sohn Isaak bei zwei Tanten und der Großmutter mütterlicherseits in einer Wohnung in der Tiraspol-Straße 12 untergebracht, wenige hundert Meter von seiner neuen Schule entfernt. Diese trug den Namen des Zaren Nikolaus I. und befand sich in einem mächtigen Gebäude in der Preobraschenski-Straße 8, in der Nähe des Hafens. Sogar eine kleine Kapelle besaß sie. Vier imposante klassizistische Säulen links und rechts des Eingangs symbolisierten Ordnung und Disziplin und flößten den Schülern Respekt ein.

Die Ausbildung an diesen Kaufmannsschulen, in die auch einige Adelige ihre Kinder schickten, stand der an klassischen Gymnasien in nichts nach. Nur Latein wurde nicht unterrichtet. Dafür vermittelte die Zar-Nikolaus-I.-Schule praktisches Wissen: Der naturwissenschaftliche und damals exotische

Kurs Chemie sowie die Fächer Buchhaltung, Recht und Wirtschaft standen auf dem Lehrplan. Absolventen sollten im Geschäftsleben bestehen können, mit Geld umzugehen lernen. Die Vorbereitung auf eine akademische Laufbahn war nicht das erklärte Ziel.

Für Emmanuil Babel gab es einen weiteren, zwingenden Grund, seinen Sohn Isaak nicht auf ein Gymnasium zu schicken. In Russland schränkten Quoten den Zugang von Juden zu allgemeinbildenden Schulen ein. Private kaufmännische Institute waren hingegen entweder ganz davon ausgenommen – oftmals wurden sie von Juden für Juden gegründet – oder aber die Quote lag deutlich höher.

Wie sich Miron Berkow, ein Schulfreund in der dritten Klasse, erinnerte, unterschied Babel sich recht deutlich von seinen Mitschülern: Er habe sich durch besondere Hartnäckigkeit und Arbeitsfreude ausgezeichnet, wenn er ein Ziel erreichen wollte.[12] Das kann man ihm auch ansehen auf einem Foto mit der ersten Schuluniform: Ein ernstes, selbstbewusstes, intelligentes Gesicht schaute da unter der dunklen Mütze hervor.

Ganz ähnlich beurteilten ihn auch seine Lehrer, die ihm wegen seiner guten Leistungen manches durchgehen ließen. Während des Deutschunterrichts, den Babel heimlich dazu nutzte, die Kenntnisse seiner geliebten französischen Sprache zu verbessern, verwarnte der Lehrer, Herr Ossetski, ihn wiederholt auf Deutsch mit den gutmütigen Worten: «Babyl, machen Sie keine faulen Witze!» und «Aber, Babyl, sind Sie verrückt?»[13] Strafen folgten nicht.

Babel meisterte die Schule ohne große Anstrengungen. Schon damals entwickelte er einen gewaltigen Lesehunger: «Ich schmökerte in den Schulstunden, in den Pausen, auf dem Heimweg und in der Nacht – unterm Tisch, vom lang herabhängenden Tischtuch verdeckt.»[14] Licht spendete eine kleine Kerosinlampe, der Vorgänger der handlicheren und ungefährlicheren Taschenlampe. Seine Verwandten konnten sich glücklich schätzen, dass die Wohnung nicht in Brand geriet. «Ausruhen tat ich mich in der Schule», schrieb er 1924 in seiner offiziellen «Autobiographie», einem Lebenslauf von etwa zwei Seiten;[15] die eigentlichen Herausforderungen lagen woanders: «Zu Hause hatte ich ein schweres Leben, ich musste mich von früh bis spät mit vielen Wissenschaften beschäftigen.»

Verantwortlich hierfür war sein Vater. Er kehrte im Frühjahr 1906 mit seiner Frau Fejga und Tochter Meri nach Odessa zurück und bezog eine

Wohnung in der Richelieu-Straße 17.[16] Babel Senior hatte in Nikolajew Erfolg gehabt und es zu einem gut verdienenden Vertreter einer internationalen Firma für landwirtschaftliche Geräte gebracht. In Odessa machte sich der stets gut gekleidete Geschäftsmann dann selbstständig und eröffnete ein Kontor in der Polizei-Straße, in der Nähe seiner Wohnung.

Beide Adressen lagen nicht mehr in der Moldawanka, dem heruntergekommenen Arbeiter- und Ganovenviertel, das inzwischen als Judenghetto galt, sondern mitten im Stadtzentrum, unweit der pulsierenden Lebensader und Unterhaltungsmeile Deribasowskaja-Straße, des Nikolai-Boulevards und der Oper. Eine respektable und hübsche Gegend. Obgleich das Geschäft nicht so gut lief wie erhofft und Emmanuil Babel unzufrieden war, hatte die Familie den Aufstieg geschafft.

In die geräumige Wohnung kamen nun die vom Vater bestellten Privatdozenten, die Isaak und Meri unterrichten sollten. Die Lehrer werden beeindruckt gewesen sein vom Paradeeingang des stattlichen Wohnhauses, den großzügig angelegten zweiundsiebzig Stufen – nicht aus Holz, sondern aus Stein – hinauf in den dritten Stock, den 4,80 Meter hohen Wänden der Wohnung, dem prachtvollen Blick auf die Straße, die auf den Nikolai-Boulevard zulief und zu den schönsten der Stadt zählte, und nicht zuletzt vom Telefon – um die Jahrhundertwende noch eine Seltenheit.

Hier wurden die Voraussetzungen für Babels Karriere als russisch-jüdischer Schriftsteller geschaffen. In der Schule lernte er die Grundbegriffe der Finanzbuchhaltung und des Handels, zu Hause Sprachen und freies Denken: neue Wege zu erkunden, aber gleichzeitig die Traditionen zu pflegen; neugierig auf andere Städte und Welten zu sein, und doch Odessa zu verehren; Jiddisch, Englisch, Deutsch und Französisch zu sprechen, ohne darüber das Russische zu vernachlässigen.

Babel schildert in der Geschichte «Kindheit. Bei der Großmutter», wie er unter der strengen Aufsicht der Mutter seines Vaters in der ständig überhitzten Wohnung seine Schulaufgaben macht und dann von mehreren Lehrern privat unterrichtet wird. In den kurzen Pausen nehmen er und die alte Frau das Mittagessen zu sich. Babel erinnert sich an «gefillte Fisch», eine jüdische Spezialität. Sogar der Samstag, der Sabbat, ist für das Lernen vorgesehen. Das Motto der alten Dame, die selbst nur mehr schlecht als recht Russisch spricht, lautet: «Lerne, lerne, und du erringst alles: Reichtum und Ruhm. Du musst alles wissen. Alle werden sich vor dir beugen und erniedrigen».[17] Den Ratschlag hat Babel nie vergessen. Er führte ihn später zum Ruhm, wenn auch nicht zu Reichtum. Intelligenz, die häusliche Ausbildung, der Glaube an die Macht des Wissens, außergewöhnliche Sprachbegabung und Phantasie waren die Basis dafür, dass er zu einem der besten und ungewöhnlichsten Schriftsteller Russlands aufsteigen sollte, international verlegt und hoch angesehen.

Doch noch etwas, das Babel in die Wiege gelegt worden war, wurde in seiner Kinder- und Jugendzeit in ihm zur Blüte gebracht. Seine Vorfahren waren Juden – «spanische Rabbiner und Frankfurter Geldwechsler», wie er selbst ironisch schreibt –, und damit er im jüdischen Glauben unterrichtet würde, hatte sein Vater ihn als Sechsjährigen in Nikolajew in eine Thoraschule geschickt. In Odessa übernahm ein weiterer Hauslehrer den gründlichen Unterricht, der Babel nicht nur eine Religion und die hebräische Sprache vermittelte, sondern eine Weltanschauung.

Um die Jahrhundertwende, nach dem in vielen Ländern gescheiterten Versuch der Assimilierung, sprachen viele Juden von jüdischer Nationalität. Ein neues Selbstbewusstsein entwickelte sich. Als Jude war der heranwachsende Babel von diesem revolutionären Gedankengut angetan und träumte von der jüdischen Emanzipation. Die sprachlichen und thematischen Anleihen aus der jüdischen Kultur sind ein wichtiger Bestandteil des Werkes, das Babel der russischen Literatur vermachen sollte. Besonders in der «Reiterarmee» nahm er Bezug auf die Thora, die literarische Heimat der Juden.

Babel profitierte außerdem davon, dass der Sprachunterricht im Elternhaus ernst genommen wurde. Neidlos räumte Schwester Meri ein, dass ihr Bruder «sehr sprachbegabt war». Das Jiddische lernte er so ganz en passant von seinen Eltern. Denn sie unterhielten sich miteinander in der Umgangssprache der Juden Mittel- und Osteuropas, der mame-loschn. Sie hat ihre Wurzeln in einem mittelalterlichen deutschen Dialekt, in den hebräische und später slawische Elemente einflossen. Jiddisch war nicht nur auf dem Land, sondern auch in der Stadt, unter aufgeklärten Juden, verbreitet. Mit den Kindern sprachen Mutter und Vater indes Russisch.

Begeistert aber hat den jungen Babel vor allem das Französische. Einen Großteil dazu wird sein Schullehrer beigetragen haben. Monsieur Vadon war «Bretone und wie alle Franzosen literarisch begabt», bemerkte Babel in seiner

«Autobiographie». Vadon und seine Freunde luden Babel sogar privat ein.[18] Flauberts «Madame Bovary» las er mit dreizehn Jahren, zu seinem literarischen Vorbild erkor er schon früh Guy de Maupassant. Die Faszination war so groß, dass Babel seine ersten Geschichten nicht in seiner Muttersprache, sondern in Französisch schrieb. Ob er sie je veröffentlicht hat, ist ungewiss. Nur der Titel einer Erzählung, «Le Beau Pays France», ist überliefert.[19]

Neben der jüdischen Kultur prägten die Liebe zu dieser Sprache und die darüber vermittelte Mentalität Babels Leben und sein Werk. Dazu trug die Tatsache bei, dass Odessa wie keine zweite russische Stadt französisch beeinflusst war. Der erste Gouverneur, Herzog Richelieu – später Mitglied der französischen Regierung –, kam aus Frankreich, die erste Zeitung erschien nicht in russischer, sondern französischer Sprache.

Odessa wurde 1794 auf Anordnung der Zarin Katharina II. gegründet, nachdem Ende des 18. Jahrhunderts russische Truppen in zwei Kriegen gegen das Osmanische Reich Land im Süden erobert hatten. «Neurussland» nannte man das neu erworbene Gebiet. Für die gewünschte Handelsstadt am Schwarzen Meer wählte die Zarin die Femininform von Odessos – ein in der griechischen Antike geläufiger Ortsname in dieser Region. In der Folgezeit wuchs die Stadt, so ein Dichterwort, im Stundenmaß. Hatte sie 1795 rund achttausend Einwohner, so lebten dort 1897 über vierhunderttausend Menschen.[20] Zu Beginn des Ersten Weltkriegs waren es bereits sechshunderttausend.

Die auf dem Reißbrett entstandene Stadt wurde liebevoll gestaltet. Gouverneur Richelieu importierte aus Frankreich Akazien und Kastanien,[21] Gärten wurden angelegt und Adelige bauten ihre Paläste, denn im Sommer ließ es sich prächtig feiern. Italienische Architektur bestimmte das Stadtbild. Das Theater wurde von den Wiener Architekten Fellner und Helmer gebaut, die auch das Opernhaus in ihrer Heimatstadt und die Mailänder Scala entworfen hatten. Ein weiteres Wahrzeichen ist bis heute die grandiose und berühmte Hafentreppe. Einhundertzweiundneunzig Stufen aus Triester Sandstein, durch zehn Absätze gegliedert, verbinden den Hafen und den vornehmen Boulevardbezirk mit Rathaus, Stadttheater, Börse und den Banken. Die Treppe ist ein architektonisches Meisterwerk: Von oben erkennt der Betrachter nur die Absätze, die eine lange Ebene bilden, von unten nur die Stufen.

Das Herz Odessas war der Hafen, ohne den die Stadt lebensunfähig gewesen wäre. Er verbreitete den Hauch von Ferne, die vollgeladenen Schiffe das wohlriechende Aroma von Tabak, Gewürzen und Getreide. Der ebenfalls aus Odessa stammende Leonid Utjosow, ein Freund Babels und erster Star der populären Musik in der Sowjetunion, erinnerte sich gern an die derben «Flüche in allen Sprachen der Welt. Das Geräusch des Be- und Entladens, der Klang der Ankerwinde und die langgezogenen Klageschreie der Schiffssirenen».[22] Der Hafen begründete den Reichtum der Stadt. Fast grenzenloser Handel, der Verbindungen bis ins Mittelmeer schlug und für jeden einen Gewinn zu versprechen schien, zog Menschen aus dem geknechteten Russland an, Händler, Handwerker, Seeleute.

Unter Zar Alexander I. war Odessa zur wohlhabendsten Stadt Russlands aufgestiegen, Mitte des 19. Jahrhunderts zum größten Getreideausfuhrhafen Europas. Bald erreichten Eisenbahn und Telegraph die abseits gelegene Metropole, die zur Drehscheibe zwischen Ost und West, Nord und Süd wurde. Doch nicht nur Russen kamen, sondern auch Franzosen, Griechen, Italiener, Deutsche, Türken, ja sogar Ägypter und Perser. Zahlreiche ausländische Vertretungen, darunter auch die deutsche, US-amerikanische und britische, werteten die Stadt weiter auf. Gotteshäuser verschiedenster Religionen wurden gebaut und standen bisweilen in unmittelbarer Nähe zueinander – friedlich.

Odessa war nach heutigen Vorstellungen eine multikulturelle Stadt, ein Schmelztiegel. Russlands Dichterheld Puschkin, der über ein Jahr hier lebte, war, trotz einiger Kritik, hingerissen: «Dort ist alles von europäischer Atmosphäre durchweht, / alles strahlt und schillert / in der bunten Mannigfaltigkeit des lebhaften Südens».[23] In dieser einzigartigen Stadt, in der Vielfalt, Liberalität, Wachstum und Reichtum herrschten, wuchs Babel auf. Was konnte einem aufgeweckten Jugendlichen besseres passieren?

In diesem Umfeld traten rasch weitere wichtige Eigenschaften von Isaak Babel hervor: Abenteuerlust und Eigenständigkeit. Der vom Vater getriebene, ewig lernende Junge mit der runden Nickelbrille allein hätte nicht das Werk hervorgebracht, für das er weltberühmt werden sollte. Das gelang nur, da Babel gleichzeitig von Entdeckergeist beseelt war. Er war schon in jungen Jahren selbstbewusst, neugierig und ein glänzender Beobachter. «In ihm lebte das Verlangen zum Leben und ein großes Interesse am Erforschen der

Mechanismen, die das Seelenleben des Menschen bewegt, das der Seele und das des Sozialen», beschrieb ihn sein Freund Lew Slawin.[24]

Auf die Musik erstreckte sich Babels Begeisterungsfähigkeit jedoch nicht. Der Geigenlehrer Pjotr Stoljarski hatte keine Freude an seinem Schüler. «Jeder Papa träumte davon», amüsierte sich Utjosow über den in Odessa üblichen Musikunterricht, «dass sein Sohn eine Berühmtheit werden würde.» Nicht so Babel. Er «hasste die Tonleitern, die unverständliche, überflüssige Quäkmusik».[25] Statt Noten standen auf seinem Pult aufgeschlagene Bücher von Turgenjew oder Dumas, und während er las, kratzte er mit dem Bogen lustlos über die Saiten seines Instruments. Dabei war Stoljarski[26] ein guter Lehrer, der später den beiden Ausnahmeviolinisten David Ojstrach und seinem Sohn Igor den virtuosen Umgang mit der Geige beibrachte.

Irgendwann beschloss der fünfzehn- oder sechzehnjährige Babel, dass ein weiterer Musikunterricht reine Zeitverschwendung sei: «Wichtigeres beschäftigte meine Sinne.» Er behielt das monatliche Lehrerhonorar von zwölf Rubeln und erkundete lieber den Hafen mit einem Schulfreund, einem «Handelsgenie», der an «Bankdirektoren, ausländische Konsuln und reiche Griechen» mit ordentlichem Gewinn Pfeifen verschacherte. Babel wurde «Stammgast auf dem Dampfer ‹Kensington› bei einem alten Matrosen namens Mister Trottyburn».[27]

Buchhaltung? Rechenschieberei? Uninteressant. «Kensington» und «Trottyburn», das waren fremde und zugleich zauberhafte Worte, die nicht nur für Kinder nach Ferne und unendlicher Freiheit geklungen haben müssen. Nicht umsonst wurde Odessa in Anlehnung an St. Petersburg als Russlands südliches Fenster nach Europa bezeichnet. Das bezog sich auf das warme Klima – Odessa liegt in etwa auf dem selben Breitengrad wie Mailand oder Lyon – und die damit verbundene, für russische Verhältnisse südländische Atmosphäre, die nicht mit dem oftmals depressiven, grauen St. Petersburg oder dem schwermütigen, im Winter bitterkalten Moskau zu vergleichen war. Leben fand nicht nur am warmen Ofen, sondern auch außerhalb der Wohnung statt.

Unten, vor der schweren Haustür, begann es. Unaufhörlich streifte Babel durch die Straßen der Stadt. Er trieb sich am Hafen herum und sprach mit Matrosen aus Übersee deutsch, englisch oder französisch. Vielleicht begleitete er für einige Kopeken oder gar Rubel Seeleute oder Händler, zeigte ihnen die Stadt, die prächtigen Sommerresidenzen der Adeligen aus dem Umkreis der Zarenfamilie.

Auch ohne Führer konnten sich die Fremden jedoch gut orientieren, denn an den wichtigsten Gebäuden prangten die Namen nicht nur in kyrillischen, sondern auch in lateinischen Buchstaben. Der Droschkentarif war niedrig, eine Fahrt durch die Stadt kostete fünfzig Kopeken. Sogar in die Vorstadtbezirke führten gut ausgebaute Wege. Stolz fühlte sich der Schriftsteller und Odessit Juri Olescha an den Westen erinnert.[28] Denn in Russland, so eine Redensart, gibt es auf dem Land nur Richtungen, keine Straßen. Im gut zugänglichen Außenbezirk Lanscheron luden Seebäder und eine Pferderennbahn ein, an den Strandpromenaden spielten die Alten in kleinen Cafés meisterlich Billard.

Beeindruckend muss für Odessa-Besucher die «Passage» gewesen sein, eine im Jugendstil erbaute Einkaufsmeile mit vierundzwanzig Läden im Erdgeschoss und einem teuren Hotel darüber. Edle Waren konnten selbst bei Regen trocken und bequem betrachtet und erworben werden, denn die Passage besaß ein Glasdach. Und auf den großen Boulevards spendeten elektrische Straßenlaternen bis in die späten Abendstunden Licht zum Bummeln und Flanieren.

Abseits der großen Straßen wurden die großen Hinterhöfe der Mietshäuser als zusätzliche Zimmer genutzt, an deren Wänden sich Weinreben rankten. Hier spielte sich das Leben meist unter freiem Himmel ab. Die Menschen unterhielten sich im Sommer bis in die Nacht hinein, es duftete nach Schaschlik, und im Hintergrund hörte man das Zwitschern der Vögel. Der zu jener Zeit in Odessa geborene Wladimir Jabotinski, später einer der Pioniere und intellektuellen Gründer des wehrhaften Israel, schwärmte von der unvergleichlichen Stadt, von den Situationen, in denen es «zur Gereiftheit der Freude kommt oder zum leichten Duft des Rausches, der durch die Luft schwebt».[29]

Das Café Fankoni an der Deribasowskaja-Straße besuchte der junge Babel besonders gern. Unternehmer handelten dort Geschäfte aus, Zigarrenqualm und der Geruch von feinem Weinbrand umnebelten die Nase. Auf den Tischen lagen Zeitungen aus, und Babel konnte sich kostenlos über die politische Lage im Land informieren.

Obschon er auf eine kaufmännische Schule ging, führte Babel in seiner Freizeit das Leben eines angehenden Schriftstellers, der Stoff für künftige

Geschichten sammelt. Wie konnte er an eine Karriere als Finanzbuchhalter oder Geschäftsmann denken in einer so aufregenden Zeit und in einer so lebendigen Stadt? War nicht auch sein Vater unglücklich? Schrieb er nicht heimlich Gedichte? Dokumentieren wollte Babel, was er sah und hörte, schreiben wollte er.

Russland hatte sich seit der Jahrhundertwende dramatisch verändert. In dem Maße, in dem sich allmählich eine Bürgergesellschaft herausbildete, verlor die Institution des Zarentums an Macht und Ansehen. Nicht zuletzt daraus resultierte die Meinungsvielfalt, von der auch Babel profitierte. Statt dreizehn Tageszeitungen wie noch im Jahre 1860 erschienen bis 1914 landesweit achthundertsechsundfünfzig Blätter.[30] Allein in Odessa arbeiteten dreißig Druckereien.

Bisher unvorstellbare Dinge waren plötzlich möglich: Angehörige verschiedener Klassen heirateten untereinander, Bauern stiegen zu Landbesitzern auf. Das waren jedoch nur kleine Lichtblicke, schwache Sonnenstrahlen inmitten eines sich zusammenbrauenden, schweren Sturms. Die Unzufriedenheit des Volkes gegen den weitgehend unfähigen Staat nahm zu.

Auslöser des ersten schweren politischen Erdbebens war der Krieg, den Russland 1904 gegen Japan führte, nicht gewinnen konnte und nach schweren Verlusten schließlich 1905 beenden musste. Vierhunderttausend Russen kamen während dieses Krieges um. Die Wirtschaft kriselte, aufgebrachte Menschen trieb es auf die Straße. Erster trauriger Höhepunkt war der Blutsonntag im Januar 1905, als in der Hauptstadt St. Petersburg über zweihundert Menschen starben, nachdem Soldaten das Feuer auf unbewaffnete Demonstranten eröffnet hatten.

Im Sommer erreichten die Unruhen Odessa. Die Besatzung des Kriegsschiffs «Potemkin», Teil der Schwarzmeerflotte, hatte gemeutert, weil der Proviant an Bord ungenießbar war, und steuerte nun den Hafen an, um einen erschossenen Matrosen beizusetzen. Tausende von Einwohnern Odessas solidarisierten sich am Fuß der Hafentreppe. Der Staat fürchtete einen Aufstand, Soldaten metzelten die Menschen nieder. Später setzte Meisterregisseur Sergei Eisenstein in dem Film «Panzerkreuzer Potemkin» die Ereignisse in Szene. Die weltberühmte Sequenz, in der ein Säugling im Kinderwagen treppabwärts rast, vorbei an Toten und

Verletzten, symbolisierte eindrucksvoll die Brutalität des untergehenden Zarenregimes.

Im Oktober unterzeichnete Nikolaus II. ein Manifest, in dem er längst überfällige Reformen einführte: Gewährung von Bürgerrechten, eine Konstitution, ein vom Volk gewähltes Parlament und damit die Zulassung von politischen Parteien. Doch es war zu spät. Weder der Zar noch das Volk glaubten an den Erfolg der Reformen. Eine konservative Mehrheit der Bevölkerung reagierte empört auf die ihrer Meinung nach ungerechtfertigte Demontage des Zaren, die man mit Vaterlandsverrat gleichsetzte. Es begann die Suche nach den Schuldigen. Das bekam eine Bevölkerungsgruppe besonders zu spüren – die Juden. Allein in den ersten zwei Wochen nach Verkündung des Manifests vermeldet die Statistik sechshundertneunzig Pogrome. Das schlimmste fand in Odessa statt: Bis zu achthundert Juden wurden ermordet, mehrere Tausend verwundet, und mindestens ebenso viele verloren ihr Heim.[31] Isaak Babel wohnte damals noch mit seinen Eltern in Nikolajew, doch auch hier herrschte für einige Tage der Mob.

In Babels Geschichte «Meine erste Liebe»[32] beschreibt der Erzähler, wie seine Familie im Haus russischer Christen untergekommen ist. Vom Fenster aus sieht er, wie sein Vater einen Offizier vergeblich um Hilfe anfleht: «‹Hauptmann›, flüsterte mein Vater, als der Kosak auf gleicher Höhe mit ihm war. ‹Hauptmann›, flüsterte er mit eingezogenem Kopf und kniete im Kot nieder.» Die Erlebnisse dieses Tages sind für das zehnjährige Alter Ego Babels nicht ohne Folgen – ein Arzt stellt ein «nervöses Leiden» fest, und das sollte auch den Schriftsteller Babel sein ganzes Leben lang behindern.

Babel selbst hat zumindest ein Pogrom mit angesehen;[33] er war von der Gewaltanwendung gegen wehrlose Juden erschüttert. Die Eindrücke prägten ihn. Niemals zuvor war ihm die Zugehörigkeit zu seiner Religion so krass vor Augen geführt worden. Nur weil sie Juden waren, wurden Menschen von einer aufgebrachten Menge verprügelt und erschlagen. Für die alte Ordnung und den Zaren, der die Pogrome als Akt des russischen Patriotismus verstand, konnte der junge Babel keine Sympathie mehr empfinden, und eine Lösung der schrecklichen Lage erwartete er schon gar nicht von ihnen. Jedes neue politische System, das sich in den kommenden Zeiten der Wirren[34] auf Versammlungen und Tribünen präsentierte, würde er von nun an auf dessen Einstellung gegenüber den Juden prüfen.

Trotz der furchtbaren Ereignisse erwies sich der Umstand, dass Babel nicht in Moskau oder St. Petersburg, sondern in Neurussland lebte, für ihn als Vorteil. Odessa, am Rand des Reiches gelegen, galt noch immer als eine der liberalsten Städte Russlands. Ein Drittel der Bevölkerung waren Juden, sodass Russen Odessa verächtlich als «zufällige Stadt» bezeichneten, im Gegensatz zu Moskau, dem angeblichen «Dritten Rom». In der Stadt mit acht Synagogen und achtundzwanzig Gebetshäusern, so glaubte man im übrigen Reich, würden die Russen von den Juden schlecht behandelt, ja sogar unterdrückt. Bei den Pogromen verwandelten sich diese Wahnvorstellungen in Wut, Rachlust und Vergeltung für die angeblichen Demütigungen.

Dabei ging die hohe Konzentration von jüdischen Bürgern im Westen und Süden des Reiches auf einen Befehl des Zaren selbst zurück. Nur in den so genannten Ansiedlungsrayons, die sich von der Ostsee bis zum Schwarzen Meer erstreckten, war es Juden erlaubt, sich niederzulassen. In diesem Sperrbezirk, zu dem die russischen Gebiete Polen-Litauen, Weißrussland und die Ukraine gehörten, lebten mehr als die Hälfte der Juden weltweit und über neunzig Prozent der russischen Juden.[35]

Ein kleiner Teil von ihnen bestimmte maßgeblich das wirtschaftliche Leben in Odessa: Große Kaufhäuser, Handelsfirmen und kleine Läden gehörten zur Hälfte ihnen, dreizehn von den achtzehn Banken hatten jüdische Direktoren oder Mitglieder im Aufsichtsrat.[36] Die Mehrzahl der Juden jedoch lebte in bitterer Armut. Im Jahr 1905 baten achtzigtausend der insgesamt knapp einhundertvierzigtausend Juden bei Wohlfahrtsorganisationen um finanzielle Hilfe, um Matze, ungesäuertes Brot, für das Pessachfest kaufen zu können.

Ob reich oder arm, Juden konnten sich in Odessa freier bewegen als an jedem anderen russischen Ort, ihre Interessenvertreter waren sogar im Stadtrat aktiv. Und die intellektuelle Elite machte sich, weitgehend unbehelligt von der Zensur, Gedanken um die Zukunft des jüdischen Volkes. Wachgerüttelt vom Pogrom von 1881 und von der «Dreyfus-Affäre» in Frankreich,[37] gab der Arzt Leon Pinsker 1882 eine Flugschrift mit dem Titel «Autoemanzipation» heraus. Es war der erste Aufruf zum Zionismus, einer Bewegung, die für die Schaffung einer Heimstätte der Juden eintrat. Palästina war nur ein Vorschlag unter mehreren, auch Gebiete in Afrika und Lateinamerika wurden in Betracht gezogen.

Mit Ascher Ginzberg, der den Namen Achad Haam (hebräisch für «Einer des Volkes») angenommen hatte, wirkte und schrieb in Odessa ein einflussreicher politischer Philosoph und Wortführer des jüdischen Nationalismus. Die kulturelle Assimilation der Juden, die Haskala, jüdische Aufklärung, wurde in Frage gestellt. Haam interessierte sich nicht nur für die politische und ökonomische, sondern vor allem für die geistige und kulturelle Umsetzung des Zionismus. Dadurch sollten die Juden inner- und außerhalb eines Judenstaates geeint werden und Hoffnung und Zukunft erhalten. Das jüdische Streben nach Emanzipation oder nationaler Selbstständigkeit verlief parallel zu dem ständig größer werdenden Einfluss der Sozialisten, die das Ende des Zarismus herbeisehnten. Beide Bewegungen überschnitten sich.[38] Die erste überregionale sozialistische Organisation, der «Allgemeine jüdische Arbeiterbund in Litauen, Polen und Russland», war bis 1905 die größte politische Gruppe.

Sehr interessiert und genau verfolgte Babel die Diskussionen, die in Zeitungen, in Sälen oder auf der Straße stattfanden. Er war stark vorgeprägt, kam er doch aus einem assimilierten Elternhaus: Auf der Straße passte man sich den christlichen Gepflogenheiten an, gearbeitet wurde auch am Sabbat, zu Hause allerdings pflegte die Familie den jüdischen Glauben, und Babels Eltern hielten es für ihre Pflicht, ihren Sohn bei einem jüdischen Wohlfahrtsverein aushelfen zu lassen. Aber Babel war zu sehr mit Russland verbunden, als dass er sich für den Zionismus hätte erwärmen können; auswandern kam für ihn nicht in Frage. Obgleich das damals durchaus eine Option war. Tausende russischer Juden schifften sich von Odessa aus nach Palästina oder in die USA ein.

Odessa hatte sich zur Jahrhundertwende zu einem Zentrum der Emanzipation russischer und osteuropäischer Juden entwickelt. Neben Theoretikern und Politikern beschäftigten sich damit auch Schriftsteller. Die zionistisch-hebräischen Texte waren ganz auf Palästina bezogen, die jiddische Literatur machte das Leben und die Zukunft in Russland zu ihrem Thema. Deren bekannteste Autoren waren der zeitweilig in Odessa lebende Scholem Alejchem und Mendele Moicher Sforim, die ganz bewusst in der mame-loschn schrieben. Denn sie wollten den einfachen Juden erreichen, der nur in Jiddisch kommunizierte, und die Ideen der Aufklärung vermitteln. Der strenge jüdische Glaube der orthodoxen Tradition sollte genauso reformiert werden wie die Mystik und der Wunderglaube des vor allem in Osteuropa verbreiteten Chassidismus. Nur so hielten sie ein besseres Zusammenleben mit den christlichen Nachbarn und eine nachhaltige Verbesserung des Lebens für möglich. Beiden Autoren war Babel verbunden, sowohl was ihr Eintreten für die Haskala angeht, die Babel eher unterstützte denn die Emanzipation und die Auswanderung nach Palästina, als auch was ihre Literatur betrifft: Er schätzte die Erzählungen von Sforim, den er mindestens einmal in Odessa traf, und die Werke von Alejchem, die er später übersetzen und bearbeiten sollte.

Schon in jungen Jahren musste Babel aufgrund der gewaltigen politischen und sozialen Umwälzungen immer wieder Partei ergreifen: Monarchist oder Sozialist, assimilierter Jude oder Zionist, Jude oder Russe. Babel fühlte sich, und daran sollte sich während seines gesamten Lebens nichts ändern, der russischen Sprache und Kultur verbunden, der jüdischen Kultur verpflichtet. Er war ein russischer Jude, der ständig zwischen zwei Welten wanderte; einer, der voll unerhörtem Selbstbewusstsein schon in jungen Jahren die russische Kultur bereichern wollte.

1916 veröffentlichte Babel eine Hommage an Odessa, die einem literarischen Manifest gleichkam.[39] Pointiert beschreibt er darin die Abneigung vieler Russen gegen die Stadt. Sein Artikel beginnt mit dem provokanten Satz: «Odessa ist eine abscheuliche Stadt.» Tatsächlich streicht er gerade diejenigen Aspekte der Stadt, «in der es sich leicht und hell leben lässt», heraus, die ihre Kritiker für abscheulich halten. Denn abscheulich ist die Stadt nur insofern, als sie sich von jeder anderen russischen Stadt grundsätzlich unterscheidet. Von hier, «aus den sonnigen, meerumspülten Steppen», prophezeit er, wird ein russischer Maupassant kommen, der literarische Erlöser, «den wir so notwendig brauchen». – «Wenn man es recht bedenkt, ist es nicht so, dass die russische Literatur noch keine wirklich freudige, klare Beschreibung der Sonne hat?» Mit anderen Worten: genug vom Dunst des Turgenjewschen Guts und vom düsteren Nebel des Dostojewskischen St. Petersburg. Babel beendet sein Manifest mit der Bemerkung: «Man spürt – das Blut muss aufgefrischt werden.»

Sonne und Licht sind nicht nur wortwörtlich zu nehmen, sondern stehen auch für Aufklärung, für ein neues Russland. Welches Land könnte da besser als Vorbild dienen als das Land Maupassants, Frankreich, wo die Revolution schon 1789 glückte? Und noch etwas brachte Babel deutlich zum Ausdruck mit dem Begriff des Erlösers, des Messias: der Einfluss der jüdischen Kultur und Sprache in der russischen Literatur ist für ihn möglich, ja geradezu erwünscht. Er kannte beides, aus den Privatstunden und aus der Schule.

Die beendete er im Jahr 1911. Sein Abschlusszeugnis,[40] ausgestellt am 3. Juni, wies ihn als guten Schüler aus. Und das, obwohl ihn eine Karriere als Kaufmann nicht interessierte und er die Schule zwei Jahre früher beendete als vorgesehen.[41] In allen Sprachfächern – Russisch, Deutsch, Französisch und Englisch – erhielt Babel die Höchstnote 5. Schulische Bewertungen erfolgen in Russland von 1, schlecht, bis 5, sehr gut. Mittelmäßig waren die mathematischen Fächer Algebra, Geometrie und Trigonometrie sowie die damit verbundenen praktischen Ausbildungsbereiche Kaufmännische Arithmetik und Buchhaltung. Sobald es dann wieder darauf ankam, Texte zu verfassen, in kaufmännischer Korrespondenz, stieg die Note auf eine 4. Die schlechten Noten 2 und 1 erschienen in Babels Zeugnis nicht. Damit war der gerade siebzehnjährige Absolvent bestens für ein Studium an der Universität zu Odessa gerüstet.

Doch schon wegen der Zugangsbeschränkung für Juden musste Babel seine Ausbildung erneut auf einer kaufmännischen Schule fortsetzen. Im Juli meldete ihn sein Vater für das Wintersemester 1911/1912 an der Handelsschule in Kiew an. Ordnungsgemäß wurden der Verwaltung die üblichen Dokumente vorgelegt: die Geburtsurkunde samt einer eidesstattlichen Erklärung des Odessaer Stadtrabbinats über deren Echtheit, das Abschlusszeugnis der Schule, das Familienbuch und die Bescheinigung der Überweisung von fünfzig Rubel Semestergebühr auf das Konto 1742320 der Asowsko-Donskoi-Kommerzbank.[42]

Der Vater schickte Isaak Babel vermutlich auch deshalb nach Kiew, weil es seinen geschäftlichen Interessen sehr entgegen kam. Denn in der großen Stadt am Fluss Dnjepr wohnte der wohlhabende Unternehmer Boris Wenjaminowitsch Gronfain, der Landmaschinen produzierte, beziehungsweise aus England importierte und seit Jahren mit Emmanuil Babel zusammenarbeitete.

Und so mietete der alte Babel für seinen Sohn ein Zimmer unweit der Gronfains, fast in Sichtweite einer imposanten, zweigeschossigen Synagoge: Wassilkow-Straße 30.[43] Gleich um die Ecke, in der Marino-Blagoweschtschen-Straße 33/35, hatten die Gronfains kurz zuvor eine Wohnung in ihrem eigenen, gerade erst fertiggestellten vierstöckigen, mit Türmchen auf dem Dach verzierten Haus bezogen. Hier, im Bedskaja-Viertel, lebten mehr Juden als in den anderen Bezirken der Stadt.

Für Babel war sein neues Domizil ideal gelegen: nicht allzu weit vom Bahnhof, in komfortabler Entfernung zur berühmten Hauptstraße, dem Kreschtschatik; vor allem jedoch konnte er den Botanischen Garten und die daran angrenzende Kiewer Handelsschule am Bibikow-Boulevard 24 bequem zu Fuß erreichen. Auf dem Weg zum Institut wurde Babel immer an seine Wurzeln erinnert, wenn er die staatliche Universität passierte. Sie war ihm als Jude verwehrt.

Als Babel in Kiew zu studieren begann, lebten 58.337 Juden in der Stadt, das entsprach zwölf Prozent der gesamten Bevölkerung. Allein viertausend von ihnen waren als Studenten registriert[44] und ermöglichten auf diesem Wege auch ihren Angehörigen, legal in die Stadt zu ziehen. Denn die Kiewer Rus, die «Wiege Russlands», gehörte nicht zum Ansiedlungsrayon für Juden im Russischen Reich. Ähnlich wie in Odessa lebten die meisten von ihnen hier jedoch alles andere als komfortabel, und zudem immer geplagt von der Sorge, plötzlich ausgewiesen zu werden.

Den Gronfains dagegen ging es sehr gut, und Babel gefiel die ungezwungene und elegante Atmosphäre, in der es scheinbar keine Geldprobleme gab. Boris Gronfain war ein praktischer Mann, westlich orientiert. Seine hübsche Frau Berta hatte den Ruf einer introvertierten, leicht depressiven Frau, die viel las und ihre übrige Zeit mit dem Schachspiel verbrachte. Das war damals in jenen gesellschaftlichen Kreisen recht angesehen, zumal der russische Ausnahmespieler Dr. Alechin sich gerade anschickte, Weltmeister zu werden.

Babel fühlte sich bald von dem jüngsten der drei Kinder, Jewgenija, genannt Schenja, angezogen. Die Fünfzehnjährige war ein romantisches, hübsches Mädchen, das sich seine Zeit lieber mit den schönen Künsten vertrieb, statt sich mit der rauhen Welt der Politik zu beschäftigen. Sie war aufgeweckt und interessierte sich für Literatur. Ein preußisches Kindermädchen brachte ihr Deutsch bei.

Schenja und Isaak stimmten darin überein, dass für die Kunst alles andere zurückzutreten habe. Babel hatte in ihr eine gute Zuhörerin für seine Geschichten gefunden, und sie wird ihren Teil dazu beigetragen haben, dass er sich nun ernsthaft mit dem Gedanken auseinandersetzte, nicht mit Handel und Geschäften seinen Lebensunterhalt zu verdienen, sondern mit dem Schreiben. Und um den Vorrang der Kunst vor Geld und Luxus nach außen hin zu dokumentieren, weigerte sich Schenja, die teuren Kleider und Pelze zu tragen, die sie von ihren Eltern geschenkt bekam. Babel verzichtete im Winter sogar auf seinen Mantel und lehnte es ab, eine Mütze aufzusetzen – unter Russen eine fast an Wahnsinn grenzende Unvernunft. Kein Wunder, dass eine Frau die beiden auf der Straße anhielt, auf Babel zeigte und vor Schreck hervorstieß: «Ein Verrückter».

Die beiden wurden schnell enge Freunde. Der Tochter des reichen Unternehmers gefielen die jugendlichen Schrulligkeiten des intelligenten und selbstbewussten Burschen mit der runden Nickelbrille, der stets bereit war, einen Witz zu erzählen oder maßlos zu übertreiben. Als er seine Freundin zum Tee einlud, war sie verblüfft über die Mengen von Kuchen, die er innerhalb kürzester Zeit verschlingen konnte, trank er bei ihren Eltern doch nur Tee. Babel erklärte darauf, dass es für ihn grundsätzlich besser sei, bei bestimmten Gelegenheiten keinen Kuchen zu essen, sonst könne er gar nicht mehr aufhören.[45]

Diese Freundschaft beeinträchtigte Babels Studium keineswegs. Auch gibt es keinerlei Belege dafür, dass er ungern in Kiew wohnte oder sich nach Odessa sehnte. Ohnehin benötigte der damalige Schnellzug für die sechshundertzwölf Werst – etwa sechshundertfünzig Kilometer – zwischen Odessa und Kiew nur zwölf Stunden, und manchmal fuhr Babel dorthin, um Freunde zu treffen und die bodenständige Atmosphäre zu genießen, die sich so sehr von der Welt der Gronfains unterschied.

Mit seinem Schulfreund Berkow etwa besuchte er in seiner Heimatstadt einmal das berühmte Bierlokal Gambrinus, eine feste Anlaufstation für Matrosen aus der ganzen Welt. Während Berkow das schnelle Ende des Abends herbeisehnte, ergötzte sich Babel an der Stimmung und beobachtete das laute Publikum durch den dichten Zigarettenqualm hindurch. Später erklärte er seinem Freund: «Aus dem Blickwinkel des Schriftstellerdaseins war das sehr interessant.»[46] Damit war klar, wie Babel sich seine berufliche Zukunft vorstellte. Das Studium gab er allerdings nicht auf: Sein Vater hätte ihm wahrscheinlich die finanzielle Unterstützung entzogen, und außerdem hielt er den Unterricht für eine gute Vorbereitung auf ein Leben als Schriftsteller. Er studierte eifrig und erhielt in Kiew, genau wie in Odessa, sehr gute Noten.

Auf dem Lehrplan standen unter anderem die Klassiker des politischen Denkens von Adam Smith bis zu Karl Marx. Der erste Band von dessen Hauptwerk «Das Kapital» war 1872, fünf Jahre nach Erscheinen der Hamburger Originalausgabe, ins Russische übersetzt worden, die Zensoren des Zaren hatten keinen Anstoß daran genommen. Die erste Auflage von dreitausend Exemplaren war innerhalb eines Jahres vergriffen; in Deutschland verkauften sich gerade einmal eintausend Bücher innerhalb von fünf Jahren. Marxens «Judenfrage» war aktuell, genau wie die Gedanken des Kulturhistorikers Werner Sombart zum gleichen Thema, die 1912 in Russland erschienen. Daneben las Babel die Werke des vor kurzem gestorbenen Lew Tolstoi. Der eigenwillige Graf imponierte ihm unter den russischen Schriftstellern am meisten, diente ihm sein Leben lang als Vorbild und Inspiration.

Aber kein noch so intensives Studium an einem Ort mit den immer gleichen Studenten kann den Wunsch nach neuen Städten, nach neuen Ländern befriedigen: Am 24. Mai 1912 teilte Babel dem Direktor der Handelsschule mit, er plane für die Dauer eines Semesters Wirtschaftswissenschaften in Antwerpen zu studieren. Er verwies auf seine ausgezeichneten Leistungen in den Fächern Wirtschaftswissenschaften, Geschichte der politischen Ökonomie, Statistik, Staatslehre und Recht.[47] Eine wohl ausreichende Erklärung, denn er erhielt die Erlaubnis. Doch dann nahm Babel von seinem Plan Abstand, «aus Mangel an freier Zeit».[48] Andere Gründe nannte er nicht – vielleicht hatte sein Vater dem Vorhaben die finanzielle Grundlage entzogen. So studierte Babel weiterhin in Kiew, offiziell unter dem Namen Isaak Manewitsch Bobel, mit dem er unter der Immatrikulationsnummer 1890/a eingeschrieben war.

Das Jahr 1913 erlebte Babel als neunzehnjähriger Student in Russland. Zar Nikolaus II. ließ das dreihundertjährige Jubiläum des Zarenhauses feiern und reiste durch das ganze Land – im Herbst besuchte er Kiew –, und doch konnte aller Glanz, den solch ein Jubiläum umgibt, nicht darüber hinweg täuschen, dass dieses Jahr ein eigenartiges, ein ganz besonderes Jahr für Russland war.[49]

An dieser Zeitgrenze prallten zwei ganz unterschiedliche, fast diametrale Ansichten aufeinander: Optimistische Politiker hoben den wirtschaftlichen Aufschwung hervor, der Russland zu einer der mächtigsten Nationen der Welt gemacht habe, die Pessimisten hingegen kritisierten die intellektuelle

Ödnis, die im Staat herrsche, den Mangel an Bildung und die Unfähigkeit der Regierung, etwas gegen die drückende Armut vor allem auf dem Land zu unternehmen. Auf ihre Art hatten beide Seiten Recht. Gleichzeitig strebte eine weithin unbekannte Partei an die Macht. Die Bolschewiki begannen, ihre Zeitung *Prawda* herauszugeben. Es war das letzte Jahr vor dem Krieg, den das zaristische Russland nicht überleben sollte. Die Staatsmacht ignorierte arrogant die Signale und feierte mit den Reichen prächtige Bälle, während es auf der Straße zu wütenden Arbeiterdemonstrationen kam.

In dieser Zeit der Widersprüche fand die Kunst reichhaltigen Nährboden. Maxim Gorki kehrte aus dem Exil zurück und beherrschte zusammen mit dem Dichter Wladimir Majakowski das literarische Parkett. Majakowski hatte mit drei weiteren Künstlern 1912 das Manifest «Eine Ohrfeige dem allgemeinen Geschmack» veröffentlicht, das gegen das Verlangen der Spießbürger nach Harmonie und einschläfernder Ordnung gerichtet war. Die ersten gegenstandslosen Gemälde entstanden. Kasimir Malewitsch reduzierte einige seiner Bilder auf die Farben Schwarz und Weiß, in St. Petersburg wurde Michail Matjuschins futuristische Oper «Sieg über die Sonne» aufgeführt, für die Malewitsch Kostüme und Bühnenbild entwarf und Alexander Krutschonych zusammen mit Welemir Chlebnikow die Texte schrieb. 1913 war eines der kreativsten und wichtigsten Jahre der russischen Avantgarde.

Und Isaak Babel veröffentlichte seine erste Erzählung: «Der alte Schloime».[50] Sie erschien am 9. Februar in der sechsten Nummer der Zeitschrift *Ogni*, einem politisch-kulturellen Wochenblatt für drei Kopeken, deren Redaktion in einer Wohnung untergebracht war. Sein Schulkamerad Berkow erinnert sich, dass Babel irgendwann während seiner Kiewer Zeit nach Odessa kam und seinen Freunden ein selbst geschriebenes Theaterstück vorlas. Vielleicht irrte sich Berkow, und es handelte sich um die Geschichte des alten Schloime. Über ein Bühnenstück des jungen Babel ist nichts bekannt. Alle Anwesenden waren jedenfalls sehr angetan und schlugen ihm vor, er solle versuchen, das gerade Vorgelesene in St. Petersburg zu publizieren.[51]

In dieser Geschichte setzt Babel sich mit der Zukunft der Juden auseinander. Der alte, halb taube Schloime kann es nicht fassen, als sein Sohn zu ihm kommt und ihm ins Ohr schreit: «Papa, wir werden hier ausgesiedelt, hören Sie, ausgesiedelt, weggejagt!» Der Greis ist fassungslos und beginnt nur langsam zu begreifen, dass die Lehren der Thora und des Talmud nicht mehr erwünscht sind. Schloime erkennt, dass er der drohenden Umsiedlung nur durch Assimilierung entgehen könnte, ein für ihn unvorstellbarer Gedanke. Zum Widerstand ist er zu alt. Also gibt er auf und begeht Selbstmord.

Noch ist wenig zu spüren von der späteren Erzählkunst Babels, der Ausgang der Kurzgeschichte kaum überraschend. Während des Schreibens wird Babel nicht nur an das von ihm in Nikolajew erlebte Pogrom gedacht haben, sondern auch an die Beiliss-Affäre in Kiew. Der Jude Mendel Beiliss stand vor Gericht, weil man ihm vorwarf, einen Ritualmord an einem dreizehnjährigen Jungen begangen zu haben. Diese Theorie erhielt Nahrung durch die unsäglichen Protokolle der Weisen von Zion, die nachweislich von der zaristischen Geheimpolizei angefertigt worden waren, um die Juden der Weltverschwörung zu überführen. Dieses erfundene Dokument überzeugte offenbar sogar den vermutlichen Auftraggeber, Zar Nikolaus II. Die wirklichen Mörder, Russen, waren längst von zwei Polizeibeamten überführt worden, die man jedoch vom Dienst suspendierte. Nikolaus II. wusste von der Unschuld Beiliss, erhoffte sich aber von einer Verurteilung einen politischen Befreiungsschlag. Dem Richter schenkte er vor dem entscheidenden Tag sogar eine goldene Uhr. Umsonst. Zu aller Überraschung wurde Beiliss freigesprochen.[52]

Babel setzte seine Studien fort, obwohl es mit seiner Gesundheit nicht zum Besten stand. In einem ärztlichen Attest vom 23. Februar 1914, das er der Kiewer Handelsschule vorlegte, bescheinigte ihm der behandelnde Arzt «nervliche Schwäche», untersagte ihm die «Beschäftigung mit geistiger Arbeit» und schlug eine Wasserkur vor.[53] Es könnten die Folgen jener Krankheit gewesen sein, die Babel später in «Meine erste Liebe» beschrieben hat. Oder das Attestat war ein kluger Schritt, mit dem er seine bevorstehende Einberufung verhindern wollte.

Um dem Rat des Arztes Folge leisten zu können, wollte Babel seinen Vater überreden, die Kosten für eine Behandlung in einem westlichen Kurort zu übernehmen. Im Februar erhielt er von seiner Schule eine Bescheinigung, in der dem Gouverneur versichert wurde, dass Babel «von der Seite der Administration des Institutes keine Hindernisse für seine Reise ins Ausland im September 1914 in den Weg gelegt werden».[54] Einen solchen Brief brauchte man damals, um einen Auslandspass zu beantragen. Außerdem wollte man verhindern, dass Babel, der im kommenden Jahr der Wehrpflicht unterlag, nicht rechtzeitig zurückkehren würde. Doch im Juli 1914 erfolgte plötzlich die russische Mobilmachung, kurz darauf die Kriegserklärung durch das Deutsche Reich – der Erste Weltkrieg brach aus. In diesen unsicheren Zeiten war eine Kur unmöglich.

Erholung fand er freilich auch in Kiew nicht. Im Jahr 1915 zog er zweimal um, die Gründe sind unbekannt: zunächst in die Nasarew-Straße, die von seinem Institut nur durch den Botanischen Garten getrennt war, und im August in ein fünfstöckiges Jugendstilhaus in der Sretin-Straße 13/15. In diesen Wochen schrieb Babel seine Abschlussarbeit «Über die Einkommenssteuer». Am 2. September reichte er sie ein,[55] zwei Tage später wurde ihm mitgeteilt, er sei zum Examen zugelassen.[56]

Im Oktober erfolgte die Evakuierung der Schule nach Saratow. Die Zeitung *Saratowski listok* vermeldete einen «neuen Stoß Kiewer Studenten, etwa 300».[57] Die Vorbereitungen zum Examen hielten Babel jedoch nicht davon ab, in der Wolgastadt eine zweite Geschichte zu schreiben. Die Erzählung «Kindheit. Bei der Großmutter» datierte er mit Saratow, 12. November 1915. Thematisch gehört sie zu dem autobiographischen Zyklus, den Babel später unter dem Namen «Die Geschichte meines Taubenschlages» – so auch der Titel der ersten Erzählung daraus – zusammenfasste. Obwohl geplant, wurden diese Texte zu seinen Lebzeiten nicht zusammenhängend in einem Buch herausgegeben. Die Geschichte über seine wachsame, wenn auch ungebildete Großmutter nahm Babel später aus dem Zyklus, weil er sie offenbar nicht für gelungen hielt.

Erneut beschäftigte sich Babel darin mit dem Judentum im vorrevolutionären Russland. Der Erzähler möchte aus der Wohnung, Symbol für die ihn einengende, bisweilen lebensferne Religion, heraustreten, etwas Neues wagen. Schließlich hat er doch schon viel gelernt. Aber die alte Dame lässt ihn nicht aus der jüdischen Welt ausbrechen, sondern wacht aufmerksam über die Vermittlung von Wissen, auch wenn sie von den ihm aufgegebenen Schulaufgaben und dem Stoff des Privatunterrichts nichts versteht. Beide haben für ihr Verhalten gute Gründe. Dieses Spannungsfeld, in dem Babel aufgewachsen ist, die ganz alltäglichen Widersprüche, die er, wie beschrieben, bereits in jungen Jahren häufig erfahren hat, thematisierte er auch in späteren Erzählungen immer wieder.

Am 5. Mai 1916 und am 16. März 1917 legte Babel seine Examensprüfungen ab.[58] Die Noten waren gut, seine Kenntnisse der französischen Sprache «ausgezeichnet». Das offizielle Diplom Nummer 1413, ausgestellt auf den Namen Bobel, erhielt er jedoch erst am 10. November 1917, also nach der Oktoberrevolution.[59] Sein neu erworbener Titel eines Kandidaten der Wirtschaftswissenschaften zweiter Klasse war da nicht mehr allzu viel wert.

Als selbst ernannten Schriftsteller wird ihn das kaum gestört haben. Titel waren für ihn unwichtig geworden. Allerdings sollte ihm sein Abschluss noch gute Dienste erweisen, denn so war es ihm möglich, sich zu einem weiterführenden Studium in Petrograd einzuschreiben und als Student eine Aufenthaltsgenehmigung für die Hauptstadt zu erhalten. Ein Jude konnte das begehrte Papier ansonsten nur mit Geld erwerben, und das war auch bei den Babels inzwischen knapp geworden.

Zur richtigen Zeit begab sich Babel an den richtigen Ort in Russland. Nach St. Petersburg, das wegen des Krieges mit Deutschland seit 1914 den russifizierten Namen Petrograd trug. Nun begann die aufregende, wiewohl unsichere Zeit seines Lebens, die für ihn zur Normalität werden sollte.

Kapitel 2

Das Vorbild (1916–1919)

«Ganz augenfällig hat sich erwiesen, dass Sie, mein Herr, nichts vernünftig wissen, aber vieles ahnen ...»
(Maxim Gorki zu Babel)

Der Studienort war gut gewählt. Für einen jungen, neugierigen Mann, der Schriftsteller werden wollte. Das Psychoneurologische Institut lag im Südosten Petrograds, inmitten eines Industriegebiets an der Newa. Daran schloss sich die Arbeitersiedlung Stekljanny gorodok (Glasstädtchen) an, die ihren Namen den benachbarten Glaswerken verdankte und deren Bewohner in den umliegenden Fabriken sowie der großen Semannikow-Werft ruhig ihrer Arbeit nachgingen[60] – noch.

Das kleine, zweistöckige Hauptgebäude im klassizistischen Stil mit den Babel vertrauten Säulen am Eingang und die vier weiteren Institutsgebäude waren durch einen birkenbewachsenen Park miteinander verbunden: ein Idyll in einer grauen Industrielandschaft. Gegründet 1908, hatte das private Institut seine Tore auch für Juden geöffnet, sodass Babel sich ohne Probleme einschreiben konnte. Und zwar schon im Oktober 1915. Nachdem er aus Saratow die üblichen Papiere – unter anderem eine Bescheinigung des Wehrpflichtdistrikts, dass er zum Einberufungsjahrgang 1915 gehörte – eingesandt und sein Vater einhundertfünfundzwanzig Rubel Studiengebühren[61] für das erste akademische Jahr entrichtet hatte, stellte das Institut ihm den Studentenausweis mit der Nummer 10157 aus. Er gehörte nun zu den Studenten «des ersten Studienjahres der Juristischen Fakultät».[62] Wahrscheinlich zog er aber erst 1916 nach Petrograd, denn da erhielt er von der Hauptstadtpolizei eine Aufenthaltsgenehmigung für die Dauer seines Studiums.[63]

Dass an einem psychoneurologischen Institut Jura unterrichtet wurde, wird nicht zuletzt daran gelegen haben, dass jüdische Bewerber sonst kaum eine Möglichkeit gehabt hätten, in der Hauptstadt Rechtswissenschaften zu studieren. Die spätere Erlaubnis, als Jurist arbeiten zu dürfen, war freilich nicht garantiert, doch manchen Studenten diente die Immatrikulation ohnehin nur als Vorwand, um legal in der Stadt leben und Geld verdienen zu können; das galt außer für Babel auch für Michail Kolzow, der später einer der bekanntesten Journalisten der Sowjetunion werden sollte.

Genau so hatte sich Babel sein neues Leben vorgestellt. Mit dem Abschluss an der Handelsschule in Kiew hatte er den Wunsch des Vaters nach einer soliden kaufmännischen Ausbildung erfüllt. Nun konnte er sich ganz der Literatur widmen. In diesen Plänen wird ihn seine Freundin Schenja Gronfain bestärkt haben, die ihre Zukunft ebenfalls vor allem in der Kunst sah. Nach Petrograd folgte sie Babel nicht. Was sollte sie auch anfangen in einer Stadt, die bereits vom Krieg gezeichnet war? Babel konnte sie nicht finanziell unterstützen, und ihr Vater sah sie zweifellos viel lieber im relativ sicheren Kiew in der eigenen Wohnung.

St. Petersburg war am Vorabend des Ersten Weltkriegs mit 2,2 Millionen Einwohnern nach London, Paris, Wien und Berlin die fünftgrößte Stadt Europas.[64] Seine Hauptschlagader und Flanierstraße, der Newski-Prospekt, führte vom Alexander-Newski-Kloster im Westen zur viereinhalb Kilometer entfernten Admiralität im Osten, der Wiege des russischen Schiffsbaus, und in gedachter Linie weiter zur Peter-Pauls-Festung auf der anderen Seite der Newa. Die Achse, die das geistliche mit dem politischen Zentrum Russlands verband, war vom reformorientierten Gründer der Stadt geplant worden. Zar Peter der Große ließ die Bauarbeiten 1703 beginnen. Es war ein grausames Unternehmen, das sumpfige Gebiet am Mündungsdelta der Newa zu erschließen und das sprichwörtliche Fenster nach Westen zu öffnen. Tausende von Menschen kamen dabei ums Leben.

Von diesen Mühen war nun, zweihundert Jahre später, nichts mehr zu spüren. Der Newski-Prospekt glänzte auch in der Nacht, die Architektur versetzte Besucher und Einwohner gleichermaßen in Erstaunen. Prächtige Geschäfte reihten sich an prunkvolle Paläste. Weltbekannt waren die Kazaner-

Kathedrale und die von Pferdestatuen gesäumte Anitschkow-Brücke über die Fontanka, einen der drei berühmten Kanäle der Stadt. St. Petersburg verfügte über erstklassige Bühnen, das Marinski-Theater zählte zu den besten in Europa. Aber auf der Stadt lasteten schwer die Kosten des Krieges. Die Regierung war nicht mehr in der Lage, die Lebensmittelversorgung der Hauptstadt sicherzustellen. Bauern weigerten sich, ihr Getreide unter Wert zu verkaufen, und weil die Verwaltung überfordert war, verrotteten Nahrungsmittel in Speichern und Eisenbahnwaggons. So fehlte es an Brot und Fleisch. Lange Schlangen vor den Geschäften waren die Folge. Unmut wurde laut, denn die Inflation brachte die Menschen immer schneller um den mühevoll verdienten Lohn.

Der Staat erhöhte die Geldmenge von 1914 bis 1917 um das Achtfache.[65] Die vielen neuen Arbeiter, die man in der Kriegsindustrie brauchte, mussten bezahlt werden. Diese ungeschulten und ungebildeten Arbeiter, die gerade erst vom Dorf in die Stadt gekommen waren, zeigten sich für die Agitation der an politischem Einfluss gewinnenden revolutionären Parteien sehr empfänglich. Die Streiks nahmen ständig zu, gleichzeitig schlug die anfängliche Kriegseuphorie rasch in heftige Kritik an Regierung und Zar um. Nikolai II. hatte persönlich das Oberkommando über die Streitkräfte übernommen, und damit war er direkt verantwortlich für die Niederlagen der Armee. Das Parlament, die Duma, kündigte ihm die Zusammenarbeit auf, alle Parteien gingen in die Opposition. Die Zeit der Wirren hielt an, und Babel befand sich im Auge des heraufziehenden Orkans, der das Zarentum bald hinwegblasen sollte.

Babel bezog ein Zimmer in der Bolschoi-Monetny-Straße 9a, Wohnung 58.[66] Sein Vermieter war der hochangesehene Ingenieur Lew Slonim. Zu ihm und seiner Frau Anna[67] hielt Babel Zeit seines Lebens engen Kontakt. «Große Münzen», so die Übersetzung des Straßennamens, hatte er sicherlich nicht. Aber dass es ihm «reichlich schlecht» ging, wie er in seiner «Autobiographie» schreibt, ist unwahrscheinlich: Er wurde weiterhin von seinem Vater unterstützt. Babels Behauptung, er habe «keine Aufenthaltsgenehmigung» besessen, ist schlicht falsch, war er doch polizeilich gemeldet. Deshalb brauchte er auch keinen falschen Pass, wie er später erklärte.

Die Wohnung der Slonims lag auf der von kleiner und großer Newa umschlossenen nördlichen Insel, in der Nähe der Peter-Pauls-Festung. Sicherlich kein idealer Standort für einen Studenten, dessen Institut sich fast ganz am anderen Ende der Stadt befand. Es muss ihn Stunden gekostet haben, dorthin zu kommen, zumal die Straßenbahnführer damals häufig streikten. Aber das Studium war nun einmal nicht der eigentliche Grund, weshalb Babel in Petrograd lebte. Nein, es war die Literatur. Und es konnte kein Zufall sein, dass er in derselben Straße wohnte, in der auch die Redaktion des politisch-kulturellen Journals *Letopis* (Die Chronik) ihren Sitz hatte. Dessen Herausgeber und Literaturredakteur war Maxim Gorki.

Der damals fast fünfzigjährige Gorki, dessen Name im Russischen «Der Bittere» bedeutet, wurde 1868 als Alexei Maximowitsch Peschkow geboren. Er war ein eigensinniger Revolutionär, der ideologische Phrasen ablehnte. In ärmlichen Verhältnissen groß geworden, hatte er jahrelang schockiert die Zustände im Land beobachtet. Zunächst durchwanderte er ganz Russland, schlug sich unter anderem als Hafenarbeiter in Babels Heimatstadt Odessa durch und fand erst spät zur Literatur. Durch das Werk «Sturmvogel», eine Hymne an die friedliche Revolution, gelangte er zu Ruhm. Handgeschriebene Kopien einzelner Passagen daraus wurden an Arbeiter verteilt, die sie auswendig lernten. Eine frühe Form des Samisdat.[68]

Nach den Aufständen von 1905 musste Gorki das Land fluchtartig verlassen. Erst 1913 kehrte er wieder zurück, nachdem er die Amnestie des Zaren aus Anlass der Dreihundertjahrfeier der Romanows angenommen hatte. Entschieden kritisierte er seitdem den Krieg und jede Form von Rassismus. Stefan Zweig stellte fest, dass Gorki «der bekannteste, vom Volk am meisten geliebte Künstler Rußlands, der Stolz des Proletariats und ein Ruhm der europäischen Welt» sei.[69] Kein Wunder also, dass Babel voller Hochachtung zu dem doppelt so alten Gorki aufschaute. Wegen dessen Leben, vor allem aber weil Gorki der Chronist der einfachen, der armen Menschen war. Nach der Sozialisierung in Odessa und den Studien in Kiew war die Begegnung mit diesem Mann für Babels weiteren Lebensweg von entscheidender Bedeutung.

Ende 1916, wenige Monate nach seiner Ankunft in Petrograd, lernte Babel ihn kennen. Dankbar erklärte er in seiner «Autobiographie» ausdrücklich: «dieser Begegnung verdanke ich alles». Zuvor hatte er sich in anderen Redaktionen vorgestellt, ohne Erfolg. Man hatte ihn «überall hinausgeworfen» und ihm geraten, «Ladenschwengel zu werden» oder «Handlungsgehilfe» in einer Getreidehandlung.[70]

Gorki hingegen nahm sich seiner an. Der Herausgeber kam häufig in die Redaktion, Bolschoi-Monetny-Straße 18. Das sechsstöckige Haus besaß eine dezent verzierte Fassade – ein wenig Jugendstil, ein wenig Klassizismus. Über dem Haupteingang begrüßte ein Ornament in Form eines Blumenkorbes den Besucher, so wie all die Schriftsteller und solche, die sich dafür hielten. Einmal die Woche durften sie ihre Manuskripte abgeben – zur Ansicht. Einige Tage später kommentierte Gorki die Texte. Er äußerte seine Kritik offen und schonungslos. Im Appartement 108-91 entschieden sich Schicksale, wurden Träume zerstört.

Hier empfing Gorki seine Gäste in einem «gemütlichen Büro». Auch Babel, «einen kleinen Menschen mit rundem Gesicht und runden Brillengläsern». Zur Überraschung der Mitarbeiter dauerte das erste Treffen zwischen ihnen wesentlich länger als sonst üblich; in einem solchen Fall war Gorki an einem Besucher «ernsthaft interessiert».[71]

Als sich schließlich die Tür zu seinem Kabinett öffnete, rief er den Wartenden lächelnd zu: «Gratulieren Sie mir, und ich gratuliere Ihnen. Unsere Literatur ist soeben durch einen wahrhaften Schriftsteller bereichert worden.» Viel habe er zwar noch nicht gelesen, aber ihm sei völlig klar, dass er einen großen Autor kennen gelernt habe, und hellseherisch fügte er hinzu: «In einigen Jahren werden Sie überzeugt sein.»

Babel beschreibt in der autobiographischen Erzählung «Der Anfang», wie aufgeregt er damals war. Zunächst hatte er, wie viele andere auch, an einem Dienstag einige Manuskripte eingereicht, und Gorki bat ihn, am Freitag wiederzukommen. In dem eineinhalbstündigen Gespräch in seinem Büro habe Gorki ihn «mein verehrter Tausendsassa»[72] genannt und ihn vor den Schwierigkeiten gewarnt, die einen schwachen Menschen erwarten, der sich entschlossen hat, Schriftsteller zu werden. «Aber dem ehrlichen Menschen, dem ehrlichen Schriftsteller und Revolutionär ist es eine hohe Ehre, diesen Weg zu gehen, und zu solchem nicht leichten Tun erteile ich Ihnen, mein Herr, meinen Segen.» Diese Worte, so Babel, «besiegelten mein Schicksal».

Seine Freude war riesengroß, er irrte betäubt durch die Straßen der Stadt, die so gar nicht mit Odessa zu vergleichen war. Hier wurden die Nächte im kurzen Sommer nie ganz dunkel, im langen Winter die Tage nie ganz hell. Häufig glänzten die Gehsteige, die Dächer der Kirchen und Paläste vom Regen. Und wenn die Stadt nur noch in den Farben Grau und Grau gekleidet war, die Sonne sich über Tage versteckte, dann setzten bei den Menschen Trübsinn und Depressionen ein. Verständlicherweise nicht bei Babel an diesem Tag. Als er durch die Straßen schlenderte und auf die Newa schaute, begriff er, was geschehen war. Er, Isaak Babel aus Odessa, hatte vom großen Maxim Gorki den Ritterschlag erhalten. Sein Vermieter Slonim glaubte ihm nicht und hielt ihn für verrückt.

Babel durfte sich ohne schlechtes Gewissen mit dem Schreiben beschäftigen, denn ihm war Talent bescheinigt worden. So viel, dass sich der Literaturkritiker Wiktor Schklowski, der damals für *Letopis* Bücher aus dem Ausland besprach, erinnerte: «Der liebste Mensch in der Zeitschrift war ihm, schien mir, Babel. Er [Gorki, d. A.] lächelte ihm zu.»[73] Und Gorki druckte umgehend zwei Geschichten Babels in der Novemberausgabe von *Letopis*: «Elia Isaakowitsch und Magarita Prokofjewna» und «Mamma, Rimma und Alla». Beide Erzählungen ließen schon deutlich die Meisterschaft Babels erkennen: die Kürze, die Wortwahl, die Intensität. Auf wenigen Seiten zeichnet Babel zwei ganz unterschiedliche Milieus: Einmal das Zusammentreffen des erschöpften Juden Elia mit der derben Prostituierten Magarita, die eine unerwartete Zuneigung zu ihrem Kunden entwickelt; in der anderen Erzählung plagt sich eine Mutter mit ihren beiden heranwachsenden Töchtern Rimma und Alla ab. Alla wird schwanger, Rimma will das Kind abtreiben. Müde schreibt die geduldige Mutter an ihren Mann, der im fernen Kamtschatka arbeitet, dass es mit dem Leben «nicht so recht klappen» will.

Bei den Behörden fiel Babel sofort auf, jedoch nicht als talentierter Autor. Seine Geschichten wurden vielmehr zensiert, und im März 1917 sollte er sogar nach Artikel 1001 des Strafgesetzbuches wegen Pornographie angeklagt werden.[74] Aber in einer Zeit, in der Krieg herrschte und die Staatsmacht wankte, musste er sich über mögliche Gerichtstermine keine Sorgen machen. Er konzentrierte sich völlig auf das Schreiben. Nach eigenen Angaben vollendete er jeden Tag eine Erzählung, die er dann seinem Mentor brachte. Gorkis Wohnung, in der Literaten und Revolutionäre ein und aus gingen, lag in unmittelbarer Nähe, im Kronwerk-Prospekt 23, unweit der Peter-Pauls-Festung, in der er einmal eingesessen hatte, und gegenüber dem Winterpalast des Zaren auf der anderen Seite der Newa.

Doch Gorki war keineswegs zufrieden mit dem, was Babel ihm nun präsentierte: «Ganz augenfällig hat sich erwiesen, dass Sie, mein Herr, nichts vernünftig wissen, aber vieles ahnen ... Tun Sie sich unter den Menschen um.»[75] Im Nachhinein kokettierte er damit, wie mangelhaft seine Erzählkunst am Anfang seiner Karriere gewesen sei: Um so höher, schneller und erstaunlicher wirkte sein Aufstieg. Ansonsten verlor er über die langen Sitzungen mit dem strengen Kritiker kein Wort.

Unter die Menschen sollte Babel also gehen. Aber hatte er das nicht immer schon getan? Hatte er sich nicht ständig in Odessa herumgetrieben? Ja, allerdings ohne sich ganz auf das jeweilige Milieu einzulassen. Er beobachtete distanziert von außen. Das reichte Gorki nicht; ein Schriftsteller müsse jede Situation, die er beschreiben wolle, durchlebt haben. Diesen Rat beherzigte Babel. Noch im November verfasste er zwei Artikel für die Zeitung *Schurnal schurnalow*, einem angesehenen literarischen Journal, zu dem Gorki den Kontakt vermittelt hatte,[76] und im Dezember folgte sein bereits erwähntes Manifest «Odessa», eine Hommage an die Stadt «von einem anderen Planeten».

Alle drei Texte sind Themen gewidmet, die ihm nahe standen. Babel liebte Bücher und las unentwegt. Was lag da näher, als in die große öffentliche Bibliothek am Newski-Prospekt zu gehen, mit den Garderobiers ins Gespräch zu kommen, sich in einen der großen Lesesäle zu setzen, die nach altem Papier rochen, und darüber zu schreiben. Das Buch steht im Zentrum der Erzählung «Öffentliche Bibliothek». Mit ihm sind die Schicksale der geschilderten Figuren verbunden. Manchmal drang der Lärm vom Newski in die Stille der Bibliothek, Geräusche aus einer anderen, lauten Welt, in der Geschäfte getätigt wurden.

Eines davon hatte Babel aus nächster Nähe studieren können, das des Redakteurs, der die eingereichten Manuskripte anschauen muss. Das Geschäft mit dem Wort beschrieb Babel in der Erzählung «Neun». Er kannte inzwischen beide Perspektiven: die des allwissenden Redakteurs, der mit einem Sieb gute Erzählungen aussucht, und die des ängstlichen Autors, der dessen Urteil gnadenlos ausgeliefert ist. Eine zweite Chance bekommt er in der Regel nicht, auch wenn sie ihm manchmal in automatischer Freundlichkeit angeboten wird. Amüsiert schildert Babel den Typus des arroganten Mitarbeiters einer Zeitung, der es genießt, Teil des Literaturzirkus zu sein, ohne selbst etwas schreiben zu wollen oder zu können. Babel nennt ihn «Weltreisender auf Schusters Rappen, Lebenskönig und Lektor».

Fast mit der revolutionären Chuzpe und Überheblichkeit eines Majakowski unterzeichnete Babel die insgesamt fünf Artikel, die im *Schurnal schurnalow*[77] unter der Rubrik «Meine Zettel» erschienen, mit dem Pseudonym Bab-El. Die hebräisch-aramäisch-russische Wortzusammensetzung kann sowohl die Bedeutung «Tor Gottes» haben, als auch mit «weibischer Gott» übersetzt werden, eine ironische Anspielung auf das russische Vorurteil, dass Juden wehleidige, vaterlandslose Menschen seien.[78]

Babels Selbstbewusstsein wird auch dadurch gestärkt worden sein, dass er als freier Mitarbeiter der Zeitschrift Journalisten und Schriftsteller kennen lernte, die ebenfalls am Anfang ihrer Karriere standen und mit denen er sich austauschen konnte. Dazu gehörte neben seinem schon erwähnten Kommilitonen Michail Kolzow auch Jefim Sosulja, der genau wie Babel in Odessa die Schule besucht hatte. Mit Kolzow gründete Sosulja später die einflussreiche, populäre Zeitschrift *Ogonjok* (das Feuerchen).

Das Studium gab Babel am Vorabend der Februarrevolution ganz auf. Er bat das Institut, ihm wegen einer «Schleimhautentzündung am oberen Teil des rechten Lungenflügels» Urlaub zu gewähren. Seinem Brief lag ein ärztliches Attest bei, in dem der behandelnde Arzt eine «besondere und lange Behandlung in einem Sanatorium» empfahl.[79] Es ist schwer vorstellbar, dass Babel diesem Rat gefolgt ist, nun, da die Ereignisse in Petrograd sich zu überschlagen begannen und er publiziert wurde. Eher wollte er wohl Zeit gewinnen und seine Einberufung, die ihm seit 1915 drohte, möglichst lange hinauszögern. Der tägliche Anblick verwundeter und desertierter Soldaten wird ihn kaum ermutigt haben, der zaristischen Armee während des mörderischen Ersten Weltkrieges zu dienen.

Doch der Versuch scheiterte offenbar, denn in einem Brief an Anna Slonim schrieb er 1918: «Ich reiste herum, war krank, wurde einberufen.»[80] Gemeint war eine Expedition an die Wolga, die unternommen wurde, um Nahrungsmittel für die Rote Armee zu requirieren. Sie ist Thema der autobiographischen Erzählung «Dreifaltigkeitsblume».[81] In der «Autobiographie» erwähnt Babel zudem einen Einsatz «an der rumänischen Front», und in der Erzählung «Der Weg»[82] schildert er den Rückzug von der «in Auflösung begriffenen Front» im November 1917. Genaueres hat er über diese Zeit jedoch nicht berichtet. Vielleicht aus Ärger darüber, dass er die Ereignisse der Oktoberrevolution verpasst hatte, deren Folgen ein ganzes Jahrhundert bestimmen sollten.

Diese Revolution begann schon mit dem Internationalen Frauentag am 23. Februar 1917.[83] Statt zu feiern, streikten die Arbeiter wegen der katastrophalen Versorgungslage, die ihre Frauen tagtäglich in langen Schlangen vor den Geschäften zu spüren bekamen. In den Tagen darauf folgten Armee und Polizei dem Befehl des Zaren und schossen auf die Demonstranten. Über tausend Menschen starben. Doch viele Ordnungshüter schlugen sich auf die Seite der Aufständischen, Zar Nikolaus II. dankte ab, und die Macht übernahmen gleichzeitig ein Petrograder Sowjet von Arbeitervertretern und eine bürgerlich-liberale Provisorische Regierung. Der doppelköpfige Adler, Symbol der alten Macht, wurde von den Gebäuden gerissen. Dabei fielen auch einige US-amerikanische Wappentiere.

Die erste Phase der Revolution hat Babel noch erlebt, denn an jenem 23. Februar bescheinigte er den Erhalt einer Erlaubnis für seinen Erholungsurlaub.[84] Zu diesem Zeitpunkt waren die beiden Führer der Bolschewiki – des radikalen Flügels der russischen Sozialdemokratie – noch nicht in der Stadt.

Wladimir Iljitsch Lenin kehrte erst am 3. April aus seinem Schweizer Exil zurück, und der aus dem Zarenreich verbannte Lew Dawidowitsch Bronstein, bekannt unter dem Namen Trotzki, erfuhr von den Ereignissen im fernen New York. Er machte sich sofort auf den Weg, wurde vom britischen Geheimdienst MI 5 (Inland) in Halifax, Kanada, abgefangen und unter dem Vorwurf revolutionärer Tätigkeit verhaftet, dann aber auf Anraten des MI 6 (Ausland) wegen mangelnder Beweise wieder freigelassen.[85] Auf den Tag genau zwei Wochen nach Lenin traf auch Trotzki in Petrograd ein.

Auf seinen Befehl besetzten revolutionäre Stoßtrupps am 25. Oktober, Trotzkis achtunddreißigsten Geburtstag, Elektrizitätswerk, Telefonzentrale, Staatsbank und Winterpalais. Ohne große Mühe rissen die Bolschewiki die Macht, die seit dem Februar sprichwörtlich auf der Straße lag, an sich. Die Oktoberrevolution war nur das gefeierte symbolische Ende eines achtmonatigen Prozesses, in dessen Verlauf die alten Strukturen nach und nach abgeschafft wurden. Die gefürchtete Geheimpolizei, Ochrana, war aufgelöst worden, die Provinzregierungen existierten nicht mehr, und der Petrograder Sowjet hatte die Armee paralysiert.

Wie so häufig, war auf der Straße von den historisch bedeutsamen Ereignissen an diesem kalten und ungemütlichen Oktobermittwoch zunächst wenig zu spüren. Die Straßenbahnen fuhren, und die Läden waren geöffnet, notierte der amerikanische Journalist und Sozialist John Reed. Er konnte sogar abends im Hotel «France», unweit des Winterpalastes, ungestört seine Suppe zu sich nehmen, bis ihn ein nervöser Kellner aufforderte, sich in den hinteren Speisesaal zurückzuziehen: «Es wird eine große Schießerei geben.»[86]

Zumindest gab es einen gewaltigen Böllerschuss des Kreuzers «Aurora», der direkt gegenüber dem Winterpalast, dem Sitz der Provisorischen Regierung, vor Anker lag. Den Knall hörte sogar das Publikum im weiter entfernten Marinski-Theater, wo gerade Tschaikowskis Ballett «Der Nußknacker» gegeben wurde.[87] Bewaffnete Revolutionäre verstanden das Signal und nahmen den Winterpalast ein, ohne auf nennenswerten Widerstand zu stoßen. Der Umsturz blieb in der Stadt fast unbemerkt. Am Tag danach berichtete die *New York Times* in einem kleineren Artikel auf der ersten Seite, dass «das allgemeine Leben in der Stadt ruhig und der Verkehr auf den Straßen nicht unterbrochen worden ist».

Und doch wachten die Menschen am nächsten Tag in einem anderen Staat auf. An der Spitze stand plötzlich der Rat der Volkskommissare mit dem Vorsitzenden Lenin, der versprochen hatte, Russland so schnell wie möglich aus dem Krieg zu nehmen, die Gutsbesitzer zu enteignen und den Arbeitern die Kontrolle über die Produktion zu geben.

Es folgten Tage des Chaos. Die Besatzer des Winterpalastes vergnügten sich in den Weinkellern des Zaren und tranken flaschenweise dessen Lieblingstropfen, den berühmtesten süßen Wein der Welt, Chateau d'Yquem aus Bordeaux. Den neuen Ministern wurden derweil die Türen vor der Nase zugeschlagen: Trotzki erntete Gelächter, als er sich im Außenministerium als neuer Chef vorstellte, und die Angestellten der Staatsbank konnten nur mit vorgehaltener Pistole überzeugt werden, den Bolschewiki die Tresore zu öffnen. Höhnisch nannte die Presse die neuen Machthaber «Kalifen für eine Stunde».[88]

Doch solch freche Kritik wurde bald unterbunden, denn die Pressezensur war eingeführt worden. In seiner Kolumne «Unzeitgemäße Gedanken» griff Gorki die Regierung deswegen heftig an: «Lenin, Trotzki und ihre Gefährten sind bereits vom faulen Gift der Macht infiziert ...»[89] Im Unterschied zu den meisten Kritikern gelang es ihm auch in den folgenden Monaten, seine Gedanken unzensiert ins Blatt zu bringen. Er kannte Lenin und andere hochrangige Bolschewiki persönlich, und die ließen ihn zunächst gewähren.

Über die Art und Weise, in der sich der Umsturz in Russland ereignete, war Gorki bestürzt. Er hatte sich eine Revolution gewünscht, die die Freiheit bringt. Stattdessen musste er Gewalt und Terror mit ansehen. Aufgebracht schrieb er über Lenin, den er mit einem verrückten Wissenschaftler verglich: «Während ein Chemiker aber totes Material benutzt und dabei für das Leben wertvolle Resultate erzielt, operiert Lenin mit lebendem Material und führt die Revolution in den Untergang.»[90] Überrascht haben wird ihn das nicht, denn schon 1909 hatte er Lenin in einem Brief vorgeworfen, «dass jeder beliebige Mensch für Sie – nicht mehr ist als eine Flöte, auf der Sie die eine oder andere Melodie spielen».[91]

In jenen Tagen kehrte Babel nach Petrograd zurück. In der Erzählung «Der Weg» beschreibt er diese Reise, wobei auch hier nicht mehr zu überprüfen ist, wo die Grenze zwischen Fiktion und Realität verläuft. Von unschuldigen Juden berichtet er, die willkürlich erschossen wurden, von verschneiten Wäldern und Dörfern, durch die sich der Erzähler bis zum nächsten Hospital schleppen muss. Dort werden seine erfrorenen Füße von einem Hilfsarzt verbunden, der ihn fragt: «Wohin? Wohin treibt es euch? Weshalb ist sie ständig unterwegs, eure Nation? Weshalb schafft sie Unruhe und quält sich selbst?»

Diese schmerzhaften Fragen stellt Babel im Grunde genommen an sich und das Judentum. Gleichzeitig sind es rhetorische Fragen, die er einem Russen in den Mund legt, der nicht begreift, in welch schwierigen Zeiten Juden damals nicht nur in Russland lebten, und der fürchtet, sie könnten einen unheilvollen Einfluss auf den postzaristischen Staat gewinnen.

Wohin der Weg der Juden führen würde? Nirgendwohin. Daran änderte auch der Brief des britischen Außenministers Arthur James Balfour nichts, in dem dieser dem Londoner Zionisten Lionel Walter Rothschild mit vorsichtigen Worten einen eigenen Staat in Palästina versprach. London brauchte den Nahen Osten als Brücke zu Indien, und ein jüdischer Staat würde genau das erreichen.

Babel plagten ganz andere Sorgen. Er musste Geld verdienen, um zu überleben. So machte er sich nach seiner Rückkehr in die Gorochow-Straße 2 auf. In dem unscheinbaren Gebäude aus dem 18. Jahrhundert, direkt gegenüber der Admiralität und in unmittelbarer Nähe des Winterpalastes, residierte die Räte-Geheimpolizei Tscheka.[92] Deren erster Leiter, Felix Dserschinski, war verantwortlich für den roten Terror und die damit verbundenen Massenerschießungen in den ersten Monaten des neuen Regimes.

Kein Platz für angehende Schriftsteller, sollte man meinen. Doch nach Babels eigenen Worten fand er hier eine Anstellung. Dokumente, die das belegen würden, gibt es nicht,[93] und deshalb ist die Richtigkeit seiner Angaben umstritten. Schenja Gronfain bezweifelte stets, dass er tatsächlich für die Tscheka gearbeitete hat, während Antonina Piroschkowa, seine zweite Frau, behauptet, Babel sei «Übersetzer französischer Briefe»[94] gewesen. Die sprachlichen Fähigkeiten dazu besaß er, und die konnten für den neuen Geheimdienst zweifellos von Nutzen sein. Russland stand im Ersten Weltkrieg an der Seite Frankreichs, sodass es eine umfangreiche Korrespondenz zwischen Moskau und Paris gab, und Frankreich war seit dem Beginn des 20. Jahrhunderts ein beliebtes Exil für die Angehörigen der russischen Intelligenz, deren Verbindungen die Sowjets durchaus interessierten. Darüber hinaus waren die Kontakte zur Tscheka damals nicht so ungewöhnlich, wie man im Nachhinein vermuten könnte. Der Schriftsteller Ossip Brik etwa arbeitete dort als Rechtsexperte, Juri Tynjanow, ein Freund Gorkis, genau wie Babel als Übersetzer.

Mindestens einige Monate wird Babel für die Tscheka tätig gewesen sein, wohl als freier Mitarbeiter.[95] Dabei, so Piroschkowa, hat er möglicherweise auch Erschießungen im Keller des Gebäudes mit angesehen.

Wo hätte er Gorkis Rat, «unter die Menschen» zu gehen, besser befolgen, wo das neue Leben besser beobachten können, als innerhalb der Behörde, die mit brutaler Gewalt die Diktatur des Proletariats durchsetzte? Ihre Mitarbeiter konnten im Prinzip tun und lassen, was sie wollten. Als klug und fein galten sie, trugen Pelz und goldene Uhren.[96] Sie waren die «Wachtposten der Revolution», die keine Beweisstücke benötigten[97] und keinen Spaß verstanden: Eines ihrer ersten Opfer war ein Clown. Ohne die Tscheka wären Lenin und Stalin kaum in der Lage gewesen, ihre Idee des Sozialismus derart skrupellos umzusetzen; der Zugang zu ihr war gleichbedeutend mit dem Zugang zu Informationen, die nicht für die Öffentlichkeit bestimmt waren und nur in den seltensten Fällen zu ihr drangen. Von diesem mächtigen Geheimdienst war Babel fasziniert, er beschäftigte ihn sein ganzes Leben lang, und er sollte mitverantwortlich sein für seinen Tod.

Obwohl Babel für die Tscheka und damit für die neuen Herrscher arbeitete, schrieb er für die oppositionell orientierte Zeitung *Nowaja schisn*. Das Blatt wurde von seinem Mentor Gorki geführt, der mit spitzer Feder die bolschewistische Regierung unter Lenin angriff – und manchmal auch sich selbst in die Kritik mit einbezog: «Unsere Intelligenz ist reich an Bücherwissen und arm an Wissen über die russische Wirklichkeit.»[98]

Ein wenig hoffnungsvolles Bild dieser Realität zeichnet Babel etwa in seiner Reportage «Über Pferde»:[99] Während früher täglich höchstens vierzig Pferde geschlachtet worden seien, würden nun bis zu sechshundert von ihnen getötet, dabei benötige man eigentlich dringend die «lebendige Pferdekraft»; Dummheit der neuen Machthaber und die Folgen des Krieges treiben die Menschen zum Äußersten.

In insgesamt siebzehn solcher Miniaturen schildert Babel den Beginn des unendlich grauen sowjetischen Alltags und den ständig «glimmenden Funken der Grausamkeit»[100]: Trotz der blutigen Kämpfe in und um Petrograd mangelt es an Ambulanzen, Krankenschwestern stillen bis zu fünf Neugeborene, weil den Müttern Kraft und Milch fehlen, die vielen Toten des Bürgerkrieges verstopfen die Hospitäler, in den Kommissariaten arbeiten unfähige Mitarbeiter, auf den Straßen herrscht Anarchie. Babel lässt eine Greisin feststellen: «Das Volk ist müde»[101] und fragt fast resignierend: «Warum tut man nichts?».[102]

Als Reporter war er brutal ins kalte Wasser geworfen worden. Aber der Dreiundzwanzigjährige ging nicht unter. Er fasste die unglaublichen Eindrücke in Worte. Dabei verfiel er nicht in den Fehler, Partei für die eine oder andere Seite zu ergreifen, sondern er beobachtete unvoreingenommen und als gewissenhafter Chronist die Zustände in Petrograd. Thema seiner Reportagen sind die Auswirkungen von Krieg und Revolution auf die einfachen Bürger, die den Ereignissen nur wehrlos und staunend zuschauen konnten. Berichte von Arbeiterversammlungen, Porträts und Lobpreisungen der großen Führer Trotzki und Lenin finden sich in Babels Texten nicht. Wegen seines Mangels an Pathos lobte ihn sein ehemaliger Kollege von *Letopis*, Viktor Schklowski: «Er allein bewahrte während der Revolution stilistische Kaltblütigkeit.»[103]

Später äußerte sich Babel über seine Tätigkeit als Reporter und den Nutzen, den er daraus gezogen hatte: «Die journalistische Arbeit gab mir ungewöhnliches Material und eine ungeheure Menge wertvoller Fakten für mein Werk.»[104]

Das damalige Petrograd war eine unendliche Fundgrube für Babel, der anhand von scheinbar unwichtigen Ereignissen das Ende des Zarenreiches und den Beginn des Sowjetimperiums zu dokumentieren vermochte. Zum ersten Mal kam er hier mit der Mentalität des russischen Volkes in Berührung. Nicht im sonnigen, weltoffenen Odessa oder im abseits gelegenen Kiew, sondern in der vom Bürokratismus geprägten Hauptstadt, die unter den Folgen des Krieges zu leiden hatte. An diesem dunklen, nebeligen Ort fiel ihm in jener Zeit der Revolution und des beginnenden Bürgerkrieges vor allem eines auf: «Mit nichts lässt sich unsere Armut, unsere Armseligkeit vergleichen.»[105]

Elektrischer Strom, sofern überhaupt vorhanden, wurde höchstens am Abend für zwei bis drei Stunden eingeschaltet, die Inflation fraß den Lohn sofort auf. Lebensmittelkarten halfen kaum. Der bekannte Ökonom und Statistiker Stanislaw Strumilin fand heraus, dass ein Arbeiter statt wie üblich 3600 Kalorien täglich gerade 740 Kalorien erhielt. Unter diesen erbärmlichen Umständen war es kaum verwunderlich, dass es im Februar 1918 zum Ausbruch von Flecktyphus kam, der besonders in den Industrievierteln wütete. Dort, wo Babel einst als Student eingeschrieben war, lagen die Leichen mitten auf der Straße.[106] Als Folge der Notzeiten sank die Bevölkerungszahl der ehemaligen Zarenhauptstadt dramatisch von knapp zweieinhalb Millionen im Jahre 1916 auf etwa neunhunderttausend im Jahr 1919. Die einst prächtige Stadt wirkte wie ausgestorben, der Newski und seine Flaneure waren nicht mehr elegant. Sogar den Namen hatte man ihm genommen. Er hieß nun Prospekt 25. Oktober, benannt nach dem Tag der Revolution. Hunderte von Straßen in der gesamten Sowjetunion erhielten in den kommenden Jahren diese einfallslose Bezeichnung.

Geschäfte waren ausgeraubt worden, Paläste geplündert, die Türen zersplittert. Babel hätte ohne weiteres im Anitschkow-Palast, dem ehemaligen Wohnsitz Alexanders III., auf dem Diwan im Arbeitszimmer des Zaren übernachten und im Übermut noch einige imperiale Papirossi mitgehen lassen können, russische Zigaretten, deren Mundstücke man selber aus Pappe falten muss. So jedenfalls erzählt er in der Geschichte «Der Weg». Doch selbst wenn sie einen wahren Kern haben sollte: Als ständiger Wohnsitz war dieser Palast nicht geeignet. Babel bezog fast gegenüber, auf der nördlichen Seite des Newski, ein Zimmer im Hinterhof eines Palastes, dessen Eigentümerin bis zur Revolution die Fürstin Jusupowa gewesen war. Im Erdgeschoss hatte damals noch ein gewisser Ganenewitsch Damen- und Herrenbekleidung und ein Herr Bytschkow Kerosin, Kerzen und Seifen verkauft.[107]

Aus seinem möblierten Zimmer blickte Babel auf die Rückseite des Palastes, einen kleinen Sommergarten und einen Springbrunnen. Es ging ihm den Umständen entsprechend gut, sein Samowar stand immer unter Dampf, oft gab es Brot.[108] Denn er schrieb sich Geld zusammen. Ihm blieb auch gar nichts anderes übrig, fiel die väterliche Unterstützung doch in jenen Monaten immer geringer aus. Auch die Tscheka wird nicht übermäßig viel gegeben haben in jenen Tagen, vielleicht nur Naturalien. Für seine Artikel in *Nowaja schisn* wurde Babel bezahlt. Und wenn es nicht reichte, gewährte ihm die Zeitung einen Kredit. In den monatlichen Abrechnungen führte die Buchhaltung seinen Kontostand bisweilen mit einem Minuszeichen.[109]

Als die Redaktion Anfang Juli von den neuen Machthabern geschlossen wurde, endete diese Art des Überlebens abrupt. Ein Massensterben der russischen Zeitungen hatte eingesetzt. Gründe waren Zensur, das Verbot von Anzeigengeschäften und die gierige Sowjetbürokratie, die das hergestellte Papier fast vollständig verbrauchte. Auch Gorkis Blatt geriet in Schwierigkeiten. Unterwerfung war gefordert, keine kritische Meinung, und die hatte Gorki sich bewahrt. In der letzten Ausgabe von *Nowaja schisn*[110] wehrte er sich gegen den Vorwurf der Bolschewiki, seine Zeitung habe dubiose Geldquellen gehabt und sei deshalb bestechlich gewesen. Er habe sie vielmehr selbst finanziert und sei nicht, wie einst die bolschewistische Zeitung *Iskra* (Der Funke), auf das Geld eines reichen Mäzen angewiesen.[111] Gorkis Wohnung wurde daraufhin durchsucht, und er befand sich fortan unter den wachsamen Augen der Tschekisten.[112] Zu einem endgültigen Bruch ließ er es jedoch nicht kommen. Er, der «Noah der russischen Intelligenz», rettete Wissenschaftler und Künstler vor der revolutionären Sintflut, indem er Treffpunkte einrichtete, in denen sie unterkommen und sich austauschen konnten: das Haus der Schriftsteller und das Haus der Wissenschaftler.

Viel Geld stand dem inoffiziellen Kulturminister nicht zur Verfügung, zumal Petrograd den Status der Hauptstadt verloren hatte. Der Umzug der Regierung nach Moskau mit dem geheimen Sonderzug 4001 war im März 1918 erfolgt. Zur selben Zeit wurde der Julianische durch den Gregorianischen Kalender ersetzt und die Rechtschreibung reformiert.

Für die Poesie und Prosa dagegen hatten die Bolschewiki noch keine Programme entwickelt. Einige Dichter waren von den Ereignissen begeistert – Majakowski etwa sprach von «meiner Revolution» –, andere waren schockiert – so der spätere, erste russische Nobelpreisträger Iwan Bunin, der Gorki wegen dessen Kollaboration mit den Revolutionären die Freundschaft aufkündigte.

Über die Zukunft der russischen Kunst und der Literatur im Besonderen wollte und konnte Babel keinen Beitrag liefern. Er schrieb weiter Reportagen und Geschichten, doch Veröffentlichungen waren nach dem Ende von *Nowaja schisn* kaum mehr möglich. Eine kurze Erzählung, «An der Bahnstation»,[113] wurde am 16. Juli 1918 in der Zeitung *Era* gedruckt, einen Tag vor deren Einstellung. Und am 13. November brachte die Zeitschrift *Schisn iskustwa* die Kurzgeschichte «Konzert in Katharinenstadt».[114] Daraus ist später die Erzählung «Dreifaltigkeitsblume» hervorgegangen, in der Babel seine Teilnahme an einer «Lebensmittelexpedition» verarbeitet hat. So nannte man die Eintreibung von Getreide gegen den Widerstand der Bauern, die es wegen der Inflation lieber an das Vieh verfütterten, als es unter Wert zu verkaufen. Die Sowjetmacht führte die Abgabepflicht ein – und überlebte. Innerhalb eines Jahres requirierten etwa zehntausend Mitarbeiter bis zu einem Fünftel der gesamten landwirtschaftlichen Produktion. Geiseln wurden genommen und bei Nichterfüllung der Forderungen erschossen.

Zurück in Petrograd, arbeitete Babel offenbar weiterhin für die Tscheka, oder er konnte von den guten Verbindungen profitieren, die ihm immer wieder nachgesagt worden sind. Denn vom Geheimdienst bekam er das Material für eine Erzählung, die nie gedruckt wurde und die Babel auch nicht selbst verfasst, sondern nur redigiert hat.[115]

Es ist eine außergewöhnliche Kriminalgeschichte, die sich da am russischen Weihnachtsabend, also nicht am 24. Dezember, sondern am 6. Januar, in Moskau abspielte. Eine der Hauptpersonen ist kein Geringerer als Wladimir Lenin, oberster Rat des Landes. Sein Gegenspieler: ein Bandit mit dem Spitznamen Koscheljok, Geldbeutel – und den wollte er füllen in jener Januarnacht im Jahre 1919. Lenin war unterwegs zu seiner Frau Nadeschda Krupskaja, als sein in Russland umgebauter, wintersicherer Rolls-Royce unweit des Sokolniki-Parks von Koscheljoks Bande überfallen wurde.

«Anhalten. Anhalten. Sonst schießen wir.»

Lenin, sein Chauffeur Gil und sein Leibwächter Tschabanow mussten auszusteigen. Ob ihnen klar sei, mit wem sie es zu tun haben, wollte Lenin von den Räubern wissen, doch statt einer Antwort bekam er nur zu hören, er solle gefälligst das Maul halten. Koscheljok interessierte sich nicht für Politik. Die Räuber durchsuchten Lenins Mantel, steckten Papiere und einen Browning-Revolver ein und verschwanden.

Eine peinliche Angelegenheit. Lenin war aufgebracht. Eine Spezialeinheit wurde gegründet unter der Führung des erfahrenen Tschekisten Martynow. Der brachte den Anführer auch zur Strecke – und schrieb darüber eine Geschichte, die er von Babel und seinem Schriftstellerkollegen Michail Bulgakow überarbeiten ließ. Wie und wann sie das Manuskript erhielten, ist unklar. Entweder leitete die Redaktion der Zeitschrift *30 dnei* das Manuskript später, in den zwanziger Jahren, weiter. Oder aber Martynow übergab die Erzählung direkt einem ehemaligen Mitarbeiter der Tscheka: Isaak Babel.[116]

Das so ereignisreich begonnene Jahr 1919 verbrachte Babel in Petrograd und wohnte weiter am Newski. Genauere Informationen gibt es über diese Monate nicht. Im Spätsommer dann fuhr er für einige Zeit nach Odessa und heiratete am 9. August[117] Schenja Gronfain. Ihre Eltern waren wenig erfreut über ihren Schwiegersohn, der nur ein angehender Schriftsteller war und in ihren Augen keinen richtigen Beruf ausübte, gaben aber dem Wunsch der Tochter nach. Es war eine kleine, bescheidene Feier, ganz nach dem Geschmack Babels, materielle Werte reizten ihn weder jetzt noch später sonderlich.

Kurz nach der Hochzeit erhielt Schenja einen ersten, schmerzhaften Vorgeschmack auf das zukünftige Leben mit ihrem Mann. Statt mit ihr auf Hochzeitsreise zu gehen, verabschiedete er sich von seiner Frau und begab sich im Herbst zurück nach Petrograd, an die Front. Dort rückte die zarentreue Nordwest-Armee unter General Nikolai Judenitsch vor. Seine Truppen kamen bis auf Sichtweite der Stadt heran, doch nicht näher. Verteidigungskommissar Trotzki mobilisierte genügend Truppen, um Judenitsch zurückzutreiben, bis nach Estland.

Auch von diesem Erlebnis schrieb Babel nichts. Aber er hatte erneut unter schwierigsten, vermutlich gefährlichen Bedingungen die Universität des Lebens besucht, so wie sein Vorbild Gorki es gefordert hatte. Babel wollte seinen Erfahrungsschatz ständig erweitern, Material für seine Geschichten sammeln, er war besessen davon, wie er selbst zugab, manchmal wirklichkeitsfremd. «Er lechzt nach Wahrheit», schrieb Majakowski über ihn, «wie andere nach Wodka.»

Kapitel 3

Der Krieg (1920)

«Wie wir die Freiheit bringen, schrecklich.»
(Tagebucheintrag)

Als Babel im Spätherbst 1919 in sein geliebtes Odessa heimkehrte, war die politische Lage dort sehr unübersichtlich. Zunächst hatten die Bolschewiki die Stadt besetzt, dann marschierten deutsche und österreichisch-ungarische Truppen ein. Französische Soldaten landeten, national-ukrainische Verbände unter General Petljura kämpften ebenso um die Vorherrschaft wie die Armee der aufständischen Weißen, der Zarentreuen, unter General Denikin. Erst im Januar 1920 übernahmen die Bolschewiki endgültig die Macht.

Babels Eltern konnten die Straßenkämpfe aus den Fenstern ihrer Wohnung in der Richelieu-Straße beobachten, wo sie zusammen mit Schwiegertochter Schenja lebten. Schenja war sehr froh, ihren Mann unversehrt von der Front zurückerhalten zu haben. Denn selbst die Fahrt mit der Bahn war nicht mehr sicher. Züge wurden auf offener Strecke von Roten, Weißen oder einfach Banditen gestoppt und ausgeraubt, undenkbar zur Zeit des Zaren. Daran gewöhnte sich das Volk, musste es sich gewöhnen. Ein in allen Stationen ausliegendes Beschwerdebuch gab es nicht mehr; es hätte auch kaum etwas genützt. Aus der geordneten Zeit war nur das dreimalige Läuten auf dem Bahnsteig geblieben: erster Schlag fünfzehn Minuten vor Abfahrt des Zuges, zweiter Schlag zehn Minuten darauf und dritter Schlag beim Schließen der Türen. Zu diesen Klängen war Babel einst als Student nach Kiew und Petrograd aufgebrochen – und zu diesen Klängen kehrte er jetzt nach Odessa zurück.

Hier lebte in jenen revolutionären Tagen auch Iwan Bunin. Aus Wut und Verzweiflung über den Machtwechsel hatte er Moskau verlassen und war in den Süden geflüchtet. Weit entfernt vom Zentrum hoffte er, frei und unbesorgt schreiben zu können. Welch ein Irrtum. Die Zustände empfand er als unerträglich: «Seit dem Frühstück liege ich mit geschlossenen Augen im Bett.» Ihm sei alles egal, schrieb er in sein Tagebuch, «das ist kein Leben». Das anhaltende Chaos ließ ihn verzweifeln und die bittere Einsicht, dass der Bolschewismus unwiderruflich gewonnen hatte. Die Schwierigkeiten des täglichen Überlebens nahm er nur noch mit Sarkasmus hin: «Es versteht sich, dass fast keine Ware in den Läden zu finden ist, obwohl sie geöffnet sind. Es versteht sich, dass die Waren irgendwohin verschwunden sind.» Auf die Straße ging er kaum; er verabscheute die neuen Machthaber aus tiefstem Herzen, die die «Schalen der Sonnenblumenkerne ausspucken und in der schlimmsten Art fluchen». Im Februar 1920 verließen Bunin und seine Frau mit dem Schiff Odessa.[118]

Sie flohen vor dem so genannten Kriegskommunismus, den Lenin rücksichtslos befohlen hatte, um im Bürgerkrieg und im Kampf gegen Hunger und Konterrevolution bestehen zu können. Die allgemeine Arbeitspflicht sowie Zwangsabgaben landwirtschaftlicher Produkte wurden eingeführt, Großunternehmer enteignet, der freie Handel abgeschafft. Als gute Gabe sollten die Bürger auch etwas erhalten, fast kostenlos: Strom. Denn, so Lenins berühmte Definition: «Kommunismus – das ist Sowjetmacht plus Elektrifizierung des ganzen Landes.» Am Ende des Kriegskommunismus stand freilich eine Hungerkatastrophe, bei der knapp fünf Millionen Menschen starben. Zähneknirschend kehrten die Räte Anfang der zwanziger Jahre kurzzeitig zum verhassten Kapitalismus zurück.

Im Gegensatz zu Bunin, den er ab und zu bei Veranstaltungen beobachtete, arrangierte Babel sich mit den neuen Umständen in Odessa ähnlich schnell wie zuvor in Petrograd. Er fand eine Anstellung beim örtlichen Staatsverlag, wo er für das Belletristikprogramm verantwortlich war (was immer das in jenen Monaten bedeutet haben mag) und – durch den schon damals bekannten Michail Kolzow - bei der Russischen Telegrafenagentur, dem Vorläufer von TASS, genauer: bei Jug-Rosta, dem Südbüro der Ukrainischen Abteilung.[119]

Rosta war nicht einfach nur eine Nachrichtenagentur; hier wurden die Meldungen ausgiebig mit Propaganda unterfüttert – schließlich musste die marxistisch-leninistische Weltanschauung unter das Volk gebracht werden. Das geschah auch durch bunte Plakate in den berühmten Rosta-Schaufenstern. In Moskau erstellte vor allem Majakowski solche handgefertigten Poster, die dem mittelalterlichen russischen Lubok nachempfunden waren, einer Art Bildergeschichte mit satirischem Inhalt. In Odessa wurden sie zumeist von Boris Jefimow, dem Bruder Kolzows[120], gezeichnet, die Verse dichteten Eduard Bagrizki und Juri Olescha.[121]

Dem Odessaer Büro der Telegrafenagentur schloss sich rasch eine Gruppe junger Dichter des «Kollektiv poetow» an, zu der Valentin Katajew (Petrow), Olescha, Bagrizki, Vera Inber, Ilja Fainzilberg (Ilf) gehörten. Fast alle stammten aus Odessa. Dort hatten sie ihre Jugend verbracht, dort ließen sie sich inspirieren, und dort spielten ihre Romane und Versdichtungen. Zusammen gingen sie in das Illusionstheater, ins Kino «Uranija», oder in das zentral, unweit des Hafens gelegene Adelspalais, wo auch Bunin Vorträge und Lesungen hielt. Hinterher steiften sie durch Cafés, trugen Gedichte vor, freuten sich auf die Zukunft, auf literarische Experimente. Bei solchen Treffen gesellte Babel sich dazu, und bald schon war er fast einer von ihnen. Seine beiden Erzählungen in *Letopis*, seine Freundschaft mit Gorki und dessen Lob hatten ihn bekannt gemacht. Sogar die Parteielite schätzte ihn. Mehr noch, so erinnerte sich Katajew, die Bonzen «vergötterten ihn als besten Schriftsteller».[122]

Damals begegnete Babel auch Jewgenija Solomonowa Chajutina. Die hübsche und intelligente junge Frau arbeitete als Redakteurin bei der *Prawda* und gab deren illustrierte Wochenendbeilage heraus.[123] Diese lebenslange Freundschaft entwickelte sich in den zwanziger und dreißiger Jahren zur Liebschaft und bildet einen weiteren Stein im komplizierten Mosaik, das Babels späteren Tod erklären sollte.

Was sich hier, im Randbezirk des zerfledderten Reiches entwickelte, nannte Schklowski später die «südwestliche» oder «südrussische Schule».[124] Utjosow berichtete stolz von den «Odessaer Bengeln», die eine neue Literatur, «unsere Literatur», geschaffen hätten,[125] und Ilja Ehrenburg schrieb über diese Zeit: «Nach der Revolution strömte der Süden in die russische Literatur – scharf ausgeprägt, unbeherrscht, spöttisch und romantisch.» Ehrenburg, der Babel sehr mochte, hat die besten Erinnerungen an diese jungen Autoren bewahrt: «Sie blendeten uns, brachten uns zum Lachen, inspirierten uns.»[126]

Babel benutzte eine ähnliche Bezeichnung wie Schklowski; er sprach von der «Odessaer, südrussischen Schule».[127] Die Gewürze dieser feinen, selten deftigen literarischen Küche waren Leichtigkeit, Frohsinn, Witz und Originalität. Am meisten von den Zutaten steuerte Babel bei, der immer ironisch sein konnte, der es liebte, sich zu verstellen und Menschen zu verwirren. Das gehörte zu seiner Art von Humor. Mitten auf der Straße begann er etwa zu humpeln und schaute in die Gesichter der Passanten, amüsierte sich über ihre Empörung oder ihr Unverständnis. Oder er beantwortete das Telefon mit einer Frauenstimme. Einfach so, aus einer Laune heraus.

Doch es war nicht nur die Heiterkeit, die Babel zum Scherzen veranlasste. Sondern auch der Wunsch, sich zu verbergen. Hinter der Fassade des Spaßmachers mit den funkelnden Augen und den Lachfalten versteckte sich der nachdenkliche und tiefsinnige Schriftsteller, selbstbewusst und doch verletzlich. Seine nächsten Prosastücke waren denn auch einem düsteren Thema gewidmet. Im ersten Heft der kulturpolitischen Zeitschrift *Lava* veröffentlichte er 1920 den Zyklus «Auf dem Feld der Ehre».[128] In den vier Erzählungen wird der Erste Weltkrieg aus der Sicht französischer Soldaten geschildert. Als Vorlage diente Babel das 1918 in Paris herausgegebene Buch von B. Gaston Vidal «Figures et anecdotes de la grande guerre» – keineswegs patriotische Erzählungen, wie der Titel vermuten lassen könnte, sondern traurige Miniaturen über die Grausamkeit und den Wahnsinn des Ersten Weltkrieges.

An den Handlungen dieser Geschichten orientierte sich Babel, wie er freimütig in der Einleitung schreibt; die Wertungen fügte er hinzu. Dabei konnte er auf seine Erfahrungen von der Front in Rumänien und vor Petrograd zurückgreifen: Widersprüche und Absonderlichkeiten, die ein Krieg mit sich bringt, das Morden und Sterben von Menschen und die Frage der Moral. Da ist zum Beispiel der Offizier, gleichzeitig ein guter Vater, der einen zwanzigjährigen Deserteur erschießen muss: «Die Soldaten haben dich gesehen», erklärt er ihm. «Fünf solche Soldaten wie dich, und die Kompanie ist versaut.»[129] Oder der Quäker, der für sein Pferd das Leben riskiert – und dabei umkommt.[130]

Diese Nacherzählungen waren mehr als nur Stilübungen für Babel. Seit seiner Rückkehr wurde ihm die Sinnlosigkeit des Mordens fast jeden Tag vor Augen geführt: nicht die Folgen eines Krieges fremder Staaten, sondern des Krieges der Bürger eines Staates gegeneinander. Der Kampf Rot gegen Weiß war in Russland noch in vollem Gange, Schießereien auch in Odessa nichts Ungewöhnliches. Nachdem die Bolschewiki jedoch die Oberhand gewonnen hatten, war Odessa nur ein Nebenschauplatz, weit ab von den weltgeschichtlich bewegenden Ereignissen. Die russische Welt war in Aufruhr, die Rätemacht nicht endgültig konsolidiert, und im Westen hielt die Armee der wiederauferstandenen Republik Polen unter Josef Pilsudski ukrainische Städte besetzt und marschierte weiter vor.

Babel wollte das Geschehen nicht vom Büro des Staatsverlages aus verfolgen, er wollte zurück an die Front. Dort brauchte man nicht lange nach Geschichten zu suchen. Der Krieg war wie ein grausames Theaterstück, man musste nur schnell genug mitschreiben. Und wie viele andere Kriegsreporter wird auch er dem Glücksgefühl erlegen sein, das mit dem Adrenalinabbau nach einer überstandenen, lebensgefährlichen Situation einsetzt. Da kam ihm der Vorschlag seines Bekannten Mischa Kolzow gerade recht, als Korrespondent und Propagandist für Jug-Rosta über den polnisch-russischen Krieg zu berichten.[131] Schenja wird kaum ernsthaft versucht haben, ihn aufzuhalten. Ihr Mann war kein Schriftsteller, der seine Geschichten im Stillen erfand, sondern jemand, der das Wesentliche herausfinden wollte, den interessierte, wie die Welt tickt. Davon war er besessen.

Mit Kolzows Angebot eröffnete sich für Babel nicht nur die Möglichkeit, neuen Stoff zu sammeln, er konnte auch an einem Feldzug teilnehmen, der ihm gerecht erscheinen musste, denn die Polen hatten urrussischen Boden erobert und standen bereits in Kiew, der Heimat der Familie Gronfain. Zudem verbreitete sich das Gerücht, polnische Soldaten würden Pogrome verüben. Vielleicht hoffte Babel, die Rote Armee werde diesen Greueltaten Einhalt gebieten. Er wollte dabeisein, wenn die Bolschewiki die Revolution in ein Gebiet bringen würden, das zum großen Teil von Juden besiedelt war – Galizien. Zunächst in den russischen Teil bis Radsiwilow, und dann, vom vier Kilometer entfernten Brody aus, möglicherweise nach Westen in den ehemals österreichischen, nun polnischen Teil.

Im Frühjahr 1920 erhielt Babel einen Presseausweis als Kriegskorrespondent der Jug-Rosta auf den Namen Kirill Wasilewitsch Ljutow. Der Name – er bedeutet übersetzt: der «Schonungslose» – sollte einen energischen Russen vortäuschen und seine wahre Identität so lange wie möglich verbergen. Aus gutem Grund; Isaak Emmanuilowitsch Babel sollte eine Armee begleiten, in der man besser nicht als Jude auffiel.

Die 1. Reiterarmee unter Semjon Michailowitsch Budjonny war keine gewöhnliche militärische Einheit. Sie war die erfolgreichste Militärmaschine der Bolschewiki im Bürgerkrieg, eine Wunderwaffe. Gegründet am 17. November 1919 vom Revolutionsrat, zu dem auch Josef Stalin gehörte, bestand sie vor allem aus Männern, die nichts zu verlieren hatten, Kämpfern, die reiten und gehorchen konnten, und die jederzeit bereit waren, einen neuen Auftrag an einem anderen Ort anzunehmen. Und Budjonny, ein charismatischer, ungebildeter Draufgänger aus dem südlichen Rostow-Gebiet, der einst unter dem Zaren als Stabsunteroffizier gedient hatte, war ihr Vorbild. Ebenso wie er waren die meisten von ihnen nicht an eine Familie gebunden, Klassenbewusstsein nach Marx war keine Vorbedingung.

Diesen Kriegertypus verkörperte keiner besser als die Kosaken, die wehrhaften Verteidiger des russischen Reiches. Die meisten von ihnen standen zunächst jedoch auf der gegnerischen Seite: Sie hatten die Revolution sehr skeptisch beobachtet, forderten Sonderrechte und schlossen sich den Freiwilligenarmeen der aufständischen Generäle Wrangel und Denekin an. Gegen sie zog Budjonnys Truppe – zu ihr gehörte auch ein Rotes Kavalleriekorps aus übergelaufenen Don- und Kubankosaken – und schlug sie im Kaukasus vernichtend. Die Reiterarmee hatte sich als äußerst effektiv erwiesen, als Budjonny den Befehl erhielt, nach Polen aufzubrechen. In ihren Reihen dienten nun wesentlich mehr Kosaken denn zuvor.

Nicht nur den Polen mussten diese Kämpfer mit der neuen, absonderlichen Kopfbedeckung, deren Form einer umgekehrten ausgehöhlten Zwiebel glich,[132] wie eine Wiedergeburt der Horden Dschingis Khans erscheinen. Schon Ende 1919 hatte der russische Kriegskommissar V. N. Tscherny die Regierung in Moskau davon unterrichtet, dass Budjonny Übergriffe seiner Leute dulde.

Disziplin gegenüber dem Feind gab es nicht, vor allem nicht gegen die Zivilbevölkerung; Häuser wurden in Brand gesetzt, Frauen vergewaltigt, ganze Dörfer geplündert.[133] In einem Rapport wurden die Diebstähle einfach damit abgetan, dass sich «in Divisionsbewegung viele Alkoholfabriken befanden».[134] Ein echter Grund für das Stehlen war, dass die Kosaken mit ihren eigenen

Waffen und Pferden in den Krieg zogen. Verpflegung mussten sie selber finden oder requirieren. Erst später, gegen Ende des Bürgerkrieges, wurden sie der Reiterarmee offiziell eingegliedert. Durch langes Kämpfen an den Tod gewöhnt, zählte für sie ein Menschenleben, auch ihr eigenes, nicht viel. Und schon gar nicht das eines Juden, wie Babel bald feststellen sollte.

Die Reiterarmee besaß 16.884 Säbel, 18.964 Pferde und 349 Maschinengewehre[135], als sie vom Nordkaukasus aus zur mehr als eintausend Kilometer entfernten polnischen Front aufbrach. Zunächst, so das militärische Ziel Moskaus, sollte Pilsudski aus Kiew vertrieben werden. Er träumte von einem Polen von Küste zu Küste, von der Ostsee bis zum Schwarzen Meer, so groß wie einst zur Blütezeit des litauisch-polnischen Fürstenhauses. Kiew war somit nicht das Ziel seines Eroberungszuges, sondern nur eine Zwischenstation. Unterstützt wurde er von Frankreich, das Polen als nützlichen Vorposten gegen den Bolschewismus betrachtete.

Schnell erhielt der Krieg so internationalen Charakter. Zu Beginn der großen russischen Offensive gab der Oberkommandierende der Westfront, Michail Tuchatschewski, am 2. Juli den Tagesbefehl Nummer 1423 heraus. «Nach Westen», lautete die Anweisung an die Soldaten der Roten Armee; der Weg zur Weltrevolution führe «über die Leichen des Weißen Polens», einer minderwertigen bürgerlichen Republik.[136] Eine schauerliche Ankündigung für die Vorbereitung auf das kommende irdische Paradies.

Unter diesen Vorzeichen ritt Babel gen Westen. Wann genau er zur Reiterarmee stieß, ist unklar. Vermutlich trat er im April oder im Mai 1920 seinen Dienst an.[137] Ende Mai, als Budjonny noch vor der Befreiung Kiews von Süden her auf die Stadt Schitomir vorrückte, war der Korrespondent aus Odessa dabei.

Die Reiterarmee führte ein Art von Blitzkrieg. Am 5. Juni 1920 fügte sie der polnischen Armee eine Überraschungsniederlage zu und nahm Schitomir ein. Es war der erste Sieg einer russisch-sowjetischen Einheit gegen europäische Waffen, ein Datum, das die Rote Armee von nun an jährlich feierte.[138] In den kommenden zehn Wochen galoppierten Budjonny und seine Mannen fast ungehindert gen Westen, gen Polen. Das Land war gut überschaubar, natürliche Hindernisse stellten sich der überlegenden Armee, abgesehen von einigen Wäldern, nicht in den Weg. Regen und Kälte setzten erst später ein. Am 10. Juli war die knapp zweihundert Kilometer von Schitomir entfernte

Stadt Rowno genommen, die nur fünfzig Kilometer westlich gelegene Stadt Dubno nach mehreren Versuchen am 21. Juli. Zwei Tage später richteten die Bolschewiki ein «Polnisches Büro» ein, um ein provisorisches polnisches Revolutionskomitee zu bilden. Der gebürtige Pole Felix Dserschinski, Gründer der Tscheka, sah sich schon als Moskaus Statthalter in Warschau.

Für die Verbreitung von Siegesmeldungen war Babel alias Ljutow zuständig, ein Jude im russischen Gewand. Die Maske Ljutow half Babel, an Orte zu gelangen, die er als ausgewiesener Jude kaum hätte zu Gesicht bekommen können. Was im Nachhinein als gelungene verdeckte journalistische Operation erscheint, war während der Ausführung ein hochriskantes Unternehmen. Eben nicht nur wegen des Krieges, sondern wegen der Unberechenbarkeit und zum Teil offenen Feindschaft der eigenen Kameraden, mit denen Babel knapp vier Monate freiwillig verbrachte. Einigen entging nicht, dass er Jude war, aber gegenüber den meisten Soldaten hielt die Verkleidung.

Als Korrespondent von Jug-Rosta und des ihr untergeordneten *Krasny Kavalerist* (Roter Kavallerist) – «eine kampfeslustige Zeitung», wie Babel schreibt, voller «Tapferkeit und grobem Humor»[139] – war Babel ein wenig privilegiert, schließlich legte die Partei großen Wert auf gute Meldungen von der Front und überließ ihre Propagandisten nicht ganz der materiellen Willkür des Krieges. Von den meisten täglichen Pflichten der Soldaten war Babel entbunden; er musste sich nicht direkt an der Front aufhalten und durfte auch im Hinterland recherchieren – solange er nur regelmäßig propagandataugliche Berichte lieferte, die seine Agentur Jug-Rosta aufbereiten und nach Osten senden konnte. «Märchen über den Bolschewismus»[140] hatte er zu verbreiten. Bezahlt wurde er nach dem gewöhnlichen Journalistentarif.

Immerhin hatte er Zugang zum Stab seiner sechsten Division, eine von insgesamt vier Divisionen der Reiterarmee. Und er nutzte die achtundzwanzig angegliederten Waggons des «Panzerzuges Wahrheit» der «politischen Aufklärung», in denen eigene Zeitungsdruckereien und Radiostationen eingerichtet waren. Hier wurde auch der *Krasny Kavalerist* gedruckt. Zunächst als Flugblatt, dann als Zeitung in einer monatlichen Auflage von dreihunderttausend Exemplaren verteilt, sollte er auch die örtliche Bevölkerung ansprechen und das Bild des guten Rotarmisten unter die Leute bringen.

Nebenbei schrieb er seine täglichen Beobachtungen in einen Notizblock, heimlich, für keine Veröffentlichung vorgesehen. Lieferten die später entstandenen Erzählungen der «Reiterarmee»[141] eine künstlerisch meisterhafte Beschreibung des Krieges, so erhalten sie mit Babels Tagebuch eine weitere Dimension.

«Mein Geburtstag. 26 Jahre. Denke an zu Hause, an meine Arbeit, mein Leben fliegt dahin. Die Manuskripte nicht da. Dumpfe Schwermut, ich werde sie überwinden. Führe mein Tagebuch, das wird eine interessante Sache.»[142] So interessant, dass er die Aufzeichnungen schon kurz nach Kriegsende an einem sicheren Ort hinterlegte. Bei einem Treffen mit jungen Schriftstellern im Jahr 1938 sprach er von seinem Tagebuch, fügte aber sogleich hinzu, dass «leider der große Teil nicht mehr existiert».[143]

Tatsächlich hatte er es einer Freundin, Marija Owruzkaja, in Kiew zukommen lassen,[144] die es über die Stalinzeit hinweg rettete. Später reichte sie es an eine andere Freundin Babels, die Übersetzerin Tatjana Stach, weiter,[145] die die wertvollen Notizen schließlich Antonina Piroschkowa übergab. Es fehlen die ersten vierundfünfzig Seiten, die Eintragungen beginnen erst mit dem 3. Juni. Außerdem sind einundzwanzig Seiten mit den Eintragungen vom 7. Juni bis zum 11. Juli verschollen. Vielleicht hatte Babel sie aus Furcht vor einer möglichen Überprüfung herausgerissen, vielleicht hatte Frau Owruzkaja besonders belastende Stellen entfernt. Sie hatte ohnehin großen Mut bewiesen, die Erinnerungen in ihrer Wohnung aufzubewahren; hätte man es entdeckt, wäre ihr eine drastische Bestrafung wegen «antisowjetischer Propaganda» sicher gewesen.

Ungeschönt beschrieb Babel in diesen Aufzeichnungen einen Waffengang, dessen Brutalität sogar für einen Krieg außergewöhnlich war. Geschossen wurde zwar schon mit Maschinengewehren, aber man kämpfte auch noch mit Säbel und Bajonett – kalten Waffen, wie es in Russland heißt –, nicht selten Mann gegen Mann. Gefangene wurden kaum gemacht, Juden auf beiden Seiten im Handumdrehen abgestochen, wie Babel lakonisch vermerkt: «Das Pogrom von Schitomir, von den Polen veranstaltet, danach, natürlich, von den Kosaken.»[146] Und mit bestialischer Wut fügte man einander tödliche Verletzungen zu. «Die Kehle herausgerissen, das Gesicht in zwei Hälften zerhackt, blaues Blut liegt in seinem Bart, wie ein Stück Blei.»[147] Und Babel erlebte alles mit.

Im Sommer 1920 kämpften acht der sechzehn sowjetischen Armeen gegen Polen. Insgesamt achthunderttausend Mann wurden im Verlauf des Jahres an die Westfront geschickt.[148] In einer Rede über «Sowjetrussland und das bürgerliche Polen» im weißrussischen Gomel trug Oberbefehlshaber Trotzki unter starkem Beifall vor: «Wir werden so Krieg führen, dass in ganz Polen, in ganz Europa, in der ganzen Welt die Schöpfe der polnischen Pans krachen werden.»[149] Der Feind sollte nicht mehr auf den Status quo ante zurückgeschlagen werden. Zum ersten Mal bereitete sich das sowjetische Russland auf einen Krieg vor mit einem weitreichenden Ziel, außerhalb der ehemaligen Grenzen des Zarenreichs.

Zunächst attackierte die Reiterarmee Anfang August Brody, jenseits der Grenze zum ehemals habsburgischen Galizien. Wahrlich keine reiche Stadt, aber im Vergleich zum einfachen russischen Grenzstädtchen Radsiwilow wohlhabend. Babel stellt mit ehrlicher Verwunderung fest, «hier hat es amerikanische Dollars gegeben, Apfelsinen, Tuch».[150]

Nach schweren Kämpfen erblickt Babel einen zerstörten Ort, knapp zwanzigtausend Einwohner, nur fünfzehn Prozent davon Christen, eine jüdische Stadt. Die Namen der einst guten Hotels deuten die Nähe zum Westen an: «Bristol», «Europa». Doch nun herrscht Hunger im verregneten Brody. Und was macht Babel? Er schaut sich in einer deutschen Buchhandlung um. Für eine Stunde. Babel erfreut sich an neuen Büchern, blättert in einer Geschichte Polens. Dabei kann er kaum etwas erkennen, denn das Morgengrauen hat gerade erst begonnen. Als die Beutekommission der Roten Armee ordnungsgemäß zu plündern beginnt, versteckt er sich.[151]

Hier, am östlichsten Zipfel des ehemaligen österreichisch-ungarischen Reiches war Joseph Roth geboren worden, im selben Jahr wie Babel. Kein purer Zufall also, dass er fast gleichzeitig mit diesem über den polnisch-russischen Krieg berichtete. Zu einer Begegnung kam es damals aber nicht.[152] Roth beschrieb Budjonny als einen «der verlässlichsten Kommandanten der Sowjetregierung und bei allen Kavallerietruppen beliebt». Das mag stimmen. Doch Roths Schilderung eines Treffens zwischen einem Juden und einem Kosaken wirkt, wenn man die Tagebucheintragungen und Erzählungen Babels dagegen hält, wie ein Märchen: «Der Jude möchte gern einen Ledergurt kaufen, und der Kosak, – weder verkauft er, noch zieht er eine Nagaika – sondern er lächelt, lächelt: Njet, batjuschka, njet ...»[153]

Nein, so freundschaftlich und zivilisiert ging es in diesem Krieg nicht zu. Eher wie auf einer «nicht enden wollenden Totenmesse».[154] Am 18. August notierte Babel: «Wie wir die Freiheit bringen, schrecklich.»[155] Warum wohl hatte er sich eine neue Identität zugelegt – Ljutow, Russe? Er wollte sehen und beschreiben, wie die russischen Kommunisten die Juden behandelten. Mit der einen Seite verband ihn eine jahrtausendealte Kultur, mit der anderen neueste Hoffnung. Mit beiden identifizierte er sich. Einmal schreibt er: «Ich habe mir nicht ausgesucht, Jude zu sein, ich bin ein Jude, ein Schid.»[156] Und an anderer Stelle bekennt er, dass er Russe ist.[157] Dieser Identitätskonflikt verfolgte Babel nicht nur während seines Dienstes in der Reiterarmee. Eine Rückkehr in die Vergangenheit war unmöglich, und ihm stand nur ein Ausweg offen, der zum Kommunismus. Er musste ihn gehen, als Jude – eine fast aussichtslose Situation. Denn rasch zeigte sich, dass die neue Gesellschaft noch grausamer war als die alte.

Der extremste Zusammenstoß der beiden Welten, in denen Babel lebte, erfolgte in Galizien, im flachen Acker- und Weideland, das wegen hoher Bevölkerungsdichte und niedriger Ernteerträge als das Armenhaus Europas galt. Das Gebiet mit dem offiziellen Namen «Königreich Galizien und Lodomerien», mit knapp achtzigtausend Quadratkilometern unwesentlich kleiner als Österreich heute, fiel nach der ersten polnischen Teilung an die Habsburger Kaiserin Maria Theresia, nach dem Ende des Ersten Weltkrieges an die kurzzeitig unabhängige Republik Ukraine und dann in polnische Hand, bevor Budjonnys Soldateska es für Russland eroberte.

Herausgehobene strategische Ziele gab es dort nicht. Dafür genügend Ziele des Hasses. Zwischen Kiew und Warschau lag das Zentrum der jüdischen Gemeinden Osteuropas, die Schtetl. Auf diese kleinen Städtchen schlugen während des Bürgerkrieges zunächst die Polen ein, dann die Reiterarmee. Mehr als eintausendzweihundert Pogrome in fünfhundertdreißig Orten wurden verübt. Sechzigtausend Juden kamen dabei um, eine halbe Million verloren ihr Heim,[158] die Mehrzahl in Galizien.

Die Welt der Ostjuden kannte Babel nur aus Erzählungen und Begegnungen im Odessaer Stadtviertel Moldawanka. Die Lebensweise in so einem Schtetl, die Armut, der Schmutz, die beengten Lebensverhältnisse wirkten zunächst abstoßend auf ihn: hagere Kinder, dicht an dicht gebaute Hütten, matschige Wege, klapprige Holzkarren, die von dürren Ochsen oder Pferden gezogen wurden, Menschen, deren Kleidung den Namen nicht verdiente, weil Lumpen nicht kleiden, sondern nur verhüllen. «Die Juden, die die Nacht nicht geschlafen haben, stehen armselig, wie Vögel, blau, zerlumpt in Westen und ohne Socken.»[159]

Das war das Ergebnis gezielter staatlicher Politik: Juden wurden ständig drangsaliert. In den christlichen Dörfern waren sie nicht geduldet, dort, wo sich noch ein paar Rubel verdienen ließen. Fließendes Wasser, Gas, Kanalisation gab es für sie nicht. Wenn überhaupt, fuhren sie in Zügen nur in der dritten Klasse. Um seinen Lesern den Anblick dieser überfüllten Waggons zu ersparen, empfahl Hartleben's Illustrierter Führer durch Galizien als Reisetag den Samstag, den Sabbat, «da an diesem Tag keine Juden reisen».[160]

Aus Odessa war Babel anderes gewohnt. Statt mit so genannten Luftmenschen, Träumern, pflegte er Umgang mit eher vermögenden, weltoffenen und assimilierten Juden. Die waren zwar, so Babel selbstkritisch, «dickbäuchig, moussierend, wie billiger Wein», trugen aber keine «gelben und tragischen Bärte».[161] Doch im weiteren Verlauf des Krieges schaute er mit immer mehr Respekt auf die geschundenen, aber stolzen Menschen, fühlte sich angezogen von Wunderrabbinern und dem Chassidismus, dessen Zentrum im galizischen Städtchen Berditschew lag. Die Chassidim legten keinen Wert auf Askese, dafür um so mehr auf Brüderlichkeit, Elan und Freude. Kurzum, so Nobelpreisträger Elie Wiesel, «ein Fest für das Leben».[162]

Dabei gestaltete sich der Alltag schwierig in einer kräftigen, rauhen Landschaft, in der lang anhaltende Regenfälle die Wege aufweichten und der Wind keinen Widerstand fand außer Mensch und Hof: Wie die Menschen duckten sich die kleinen Holzhäuser links und rechts des Weges. Nur die Eichen und Weißbuchen standen gerade. «Die Gesichter, das ist das Ghetto, wir sind ein altes Volk, gequält, noch haben wir Kraft»[163], schreibt Babel in seinem Tagebuch.

«Wir» – er identifiziert sich mit den Juden, mit denen er gern spricht, denn «sie verstehen mich». Und er schwärmt von der Synagoge im Dorf Boratin, «ein herrlicher zerstörter alter Tempel».[164] Von den großen, mehrgeschossigen, nicht selten zentral gelegenen Gotteshäusern aus Backstein oder Holz hat Babel in jenen Wochen viele gesehen, in Brody, Busk, Rowno.[165] Und in der Kreisstadt Dubno. Den abendlichen Besuch in einer Synagoge dort empfindet er als «unwiderstehlich». Die einfache Inneneinrichtung sei nur mit der «Seele eines Juden» zu begreifen. Auch in anderen Städten und Dörfern fand Babel beim Gebet für einige Minuten Ruhe und Kraft.

Haben die Juden überhaupt noch eine Zukunft, fragt Babel pessimistisch: «Gehen sie nicht gerade in unserem Jahrhundert zugrunde?»[166] Und er beantwortet die Frage selbst mit der Beschreibung einer jüdischen Elendssiedlung im Örtchen Verba. Dort ist «das jämmerliche, mächtige, unsterbliche Leben» nicht verschwunden, ja es «pulsiert» sogar. Der Widerspruch blieb für den assimilierten, städtischen Juden bestehen. Er war auf der einen Seite stolz auf die lange Geschichte, die Traditionen seiner Vorfahren, er entdeckte, wie nahe er ihnen stand, und doch blieben ihm die vom Schicksal gebeugten Menschen letztlich fremd. Sie lebten in ihrer eigenen Welt, waren den drohenden Gefahren schutzlos ausgeliefert und lehnten sich nicht gegen ihre Unterdrückung auf.

Waren also die wehrhaften Juden die Zukunft? So wie viele von ihnen setzte auch Babel großen Hoffnungen in die Revolution. Er kannte aufrichtige Kommunisten, die, überzeugt von ihrer Sache, mit ganzer Kraft für eine bessere Zukunft kämpften. Selbstbewusst. Beneidenswert. Sie besaßen den notwendigen Mut, Hass und Abenteuerlust. Schnell musste Babel allerdings begreifen, dass er nicht dazugehörte – «ich bin ein Fremder». Ein Rotarmist verweigert ihm ein Stück Brot, weil er ihn als Juden erkannt hat und mit Juden «nichts zu tun haben» will.[167] Die Maske Ljutow wirkte nicht immer.

Desillusioniert schaute Babel zu, wie sich der Lauf der Geschichte wiederholte. Im 17. Jahrhundert metzelten die Dnjepr-Kosaken unter Chmelnizki die polnischen Juden nieder, nun sind es die Soldaten unter Budjonny – «unglückliche jüdische Bevölkerung».[168] Babel notierte, im Ohr das Trommelfeuer der Maschinengewehre und die Schreie vergewaltigter Frauen, dass «unsere Armee marschiert, um sich zu bereichern, das ist keine Revolution, sondern ein Aufstand der wilden Kosakenanarchie».[169] Hätte Budjonny von diesen Worten gewusst, Babel wäre wohl sofort wegen Aufruf zum Landesverrat erschossen worden.

In dem Tagebuch, das Babel mit bewundernswerter Disziplin täglich führte, wird er immer mehr zu einem Gefangenen des Krieges, unfähig, über irgend etwas anderes nachzudenken. Fast jeder Eintrag bezeugte schreckliche Erlebnisse, Unmenschliches, Dinge, die außerhalb seiner Vorstellungskraft lagen. «Zuvor – ein Feld des Schreckens, übersät mit zerstückelten Gefallenen, unmenschliche Grausamkeit, unvorstellbare Wunden, eingeschlagene Schädel, junge weiße nackte Körper blinken in der Sonne ...»[170] Und gegen

Ende des Feldzuges kam Babel selbst unter Beschuss «Eingeschlafen gegen vier Uhr, Klopfen an der Tür – Abfahren, Panik, der Feind steht vor dem Ort, MG-Feuer, die Polen nähern sich. Alles rennt durcheinander.»[171] Auch wenn er sie nicht explizit erwähnt, so wird er sie gehabt haben: Todesangst.

Babel ertrug und überlebte die fast pausenlos auf ihn einstürmenden Eindrücke der Greuel. Zwar fand er viele Freunde gerade unter hohen Militärs, doch letztlich blieb er auf sich selbst gestellt. Mehrfach war er krank, von hohem Fieber geschwächt. Von einer guten, friedlichen Revolution hatte er nie geträumt, wohl aber von einem Wertewandel in Russland. Er glaubte an eine bessere Zukunft, nicht an persönliches Glück. An der Front war davon nichts zu spüren, die Speerspitze der Avantgarde kämpft mit alten Mitteln gegen den Feind und die Juden.

Die Welt, über die der Kriegsteilnehmer und Journalist Isaak Babel in seinen Aufzeichnungen berichtet, existiert heute nicht mehr, für immer vernichtet durch den Holocaust knapp fünfundzwanzig Jahre später. Schon deshalb ist das Tagebuch ein einzigartiges Dokument. Wie aber stellt Isaak Babel, der Schriftsteller, den Polenfeldzug in der «Reiterarmee» dar, dem später entstandenen Zyklus von ursprünglich vierunddreißig Geschichten, die ihn weltberühmt machten? Befindet sich deren Erzähler – Ljutow, «Kandidat der Rechte an der Universität Petersburg»[172] – in derselben ausweglosen Lage, darf er sich gleichwohl ähnlich frei äußern, oder lässt ihn Babel einen Kompromiss finden, der mehr einer Hoffnung als der Realität entspricht?

Zunächst entsteht der Eindruck, dass die athletischen Körper der Soldaten, oftmals Kosaken, Ljutow imponieren – welch ein Kontrast zu den schwachen, gebückten Juden Galiziens. Budjonnys Männer konnten reiten, sie konnten fluchen und sie konnten töten, wann und wo immer sie wollten. Gerade in dieser Zeit sah man es ihnen nach, ja lobte sie dafür.

Die Anpassung an diese fremde Welt fällt dem «Vierauge» – diesen Spottnamen erhält Ljutow seiner Brille wegen – unendlich schwer. «Kinderbalsam» nennt der Divisionskommandeur ihn höhnisch und fügt hinzu: «sowas Mickriges.» Zur Bestätigung furzt ihn ein Kosak an. Ljutow verschafft sich Respekt, indem er eine Gans tötet. Die Soldaten nehmen ihn auf, während sein Herz «knirschte und blutete». Er ist stolz auf seine Tat und beschämt zugleich. Denn er steht immer auf beiden Seiten, ihn faszinieren die Lehren von Marx und Engels, und doch vermag er sein Judentum nicht einfach abzustreifen,[173] dem er ebenso loyal verpflichtet ist.[174] Damit folgen die Erzählungen dem Ton des Tagebuchs.

Brutal geht es auch in ihnen zu. Prischtschepa, ein Kubankosake – «unermüdlicher Raufbold, ausgestoßener Kommunist, weil Lumpensammler, unbekümmerter Syphilitiker, gemütlich redender Lügner» –[175] rächt seine Eltern, die in den Wirren des Bürgerkrieges ermordet worden sind und deren Haus geplündert wurde. Wo immer er Sachen findet, die ihnen gehörten, richtet er ein Blutbad an, dann tötet er noch eine kostbare Kuh und besäuft sich für zwei Tage. Das Mobiliar seiner Eltern zertrümmert er. Alles ist sinnlos.

Die von Babel ersehnte Symbiose von Kommunismus und Judentum scheitert auch in der «Reiterarmee». Babel beschreibt dies gleichnishaft am Beispiel von Ilja Brazlawski, dem Rotarmisten und «Sohn des Rabbi»[176] in der gleichnamigen Erzählung. Dieser sterbende Jude hebt noch «mit schmutziger Totenhand» ein Propagandaflugblatt von Trotzki auf. Umsonst, die Zeilen retten ihn nicht. Die fünf Bücher Moses und Lenins Schriften, Liebe und Hass, Gebetsriemen und rote Fahne passen einfach nicht zusammen.

Mit der siebten Auflage des Buches im Jahr 1933 beendet eine neue, die fünfunddreißigste Erzählung, «Argamak», die «Reiterarmee». Vermutlich eine Weisung des Verlages, der Babel sich nicht entziehen konnte. In der Erzählung wirft Ljutow kurzfristig sein Judentum ab. Sein Traum geht in Erfüllung: «Die Kosaken hörten auf, mich und mein Pferd mit Blicken zu verfolgen.» Warum? Weil er etwas gelernt hat, was ihn den Kosaken sehr nahebringt – er kann gut reiten. Symbolisch tauscht Ljutow die jüdische Humanität gegen die Gewalt der Kosaken ein.

Für Juden jedoch bleibt er eindeutig Jude, wie Babel in der Erzählung «Es waren ihrer neun»[177] beschreibt. Auf der Seite der Kosaken begleitet Ljutow neun Gefangene, die erschossen werden sollen. Einer von ihnen, der Jude Adolf Schulmeister, durchschaut ihn und ruft freudig aus: «Sie sind Jude, Pan, Sie sind Jude.»

Unter seinesgleichen fühlt sich Ljutow wohl, er kann offen sprechen. Zum Beispiel mit dem Juden Gedali, dem Inhaber eines Trödelladens, in dem alles zu haben ist, was im Krieg niemand braucht: ein kaputter Kochtopf, vergoldete Pantoffeln, ein ausgestopfter Adler. Gedali übernimmt den Part des Unwissenden, der die Revolution nicht versteht: Der Pole schieße, weil er Konterrevolutionär, und der Russe, weil er Revolutionär sei. «Aber die Revolution ist doch ein Vergnügen.» Und dann folgt ein einfacher logischer Schluss, den Babel seinem Helden in den Mund legt, obgleich er selbst ihn nicht auflösen kann: «Gute Taten begeht ein guter Mensch. Die Revolution ist eine gute Tat von guten Menschen.» So weit, so gut. Und weil Gedali das fünfte Gebot «Du sollst nicht töten» voraussetzt, folgert er messerscharf: «Aber gute Menschen töten nicht. Also machen die Revolution böse Menschen.»

Babel ging es mit der «Reiterarmee» um die künstlerische Beschreibung dieser Revolution, um deren Umsetzung und um die Folgen, vor allem für die Juden. Unwichtig war die Dramaturgie des Krieges, militärische Zahlen, Namen, Orte.

Schon der Auftakt der «Reiterarmee», die Erzählung «Übergang über den Sbrutsch», enthält einige faktische Fehler, die zweifellos beabsichtigt waren. Nowograd-Wolynsk liegt nicht am Sbrutsch sondern am Slutsch. Aber nur der Sbrutsch, im Südosten der Stadt Iwano-Frankowsk, symbolisierte die Trennlinie zweier Welten, des Ostens und des Westens. Er markierte nach der ersten polnischen Teilung 1772 die Ostgrenze Österreichs. Im 1921 geschlossenen Friedensvertrag von Riga wurde der Sbrutsch erneut als Grenze festgelegt, diesmal zwischen Polen und Russland. Der «Übergang» erinnerte zudem an den russisch-französischen Krieg und den Sieg über Napoleons Truppen.[178] Auch die große Straße von Brest nach Warschau, «die auf Bauernknochen gebaut wurde durch Nikolaus den Ersten», befindet sich gut dreihundert Kilometer nordwestlich des geschilderten Schauplatzes.

Schriftsteller war Babel, kein Soldat und kein Historiker. Auf Fakten achtete er zwar stets, aber er musste sich ihnen nicht unterordnen. Er gibt Genauigkeit vor, indem er hinter manche Erzählungen Ort des Geschehens und Jahreszahl setzt, doch mit der Wirklichkeit stimmen die Angaben nicht immer überein. Später schrieb Gorki in einem Brief, wie phantasievoll die Helden Babels gezeichnet seien, gerade das mache sie so «unwiderstehlich lebendig».[179] Personen wie den Chef der Kavalleriereserve Djakow[180] oder Babels Mitstreiter Gristschuk[181] hat Babel im Detail so beschrieben wie in seinem Tagebuch. Djakow trägt «rote Hosen mit Silberlampassen», Gristschuk ist «neununddreißig Jahre» alt und hatte fünf Jahre «in deutscher Gefangenschaft verbracht». Aber der schillernde Gedali, mit dem Ljutow spricht, oder

Pan Apolek, den er beobachtet, tauchen im Tagebuch nicht auf. Babel wird ähnliche Menschen getroffen und sie mit den Stilmitteln ausgemalt haben, die er in seinen autobiographischen Erzählungen verwendet: Zuspitzung und Übertreibung, gepaart mit Phantasie.

Reinste Kriegspropaganda waren die Meldungen des Berichterstatters Ljutow, die Babel zu schreiben hatte. Ljutow wettert gegen die Polen, ruft im Artikel «Ritter der Zivilisation»[182] zu ihrer Vernichtung auf, weil der Pole «ein böser, tollwütiger Hund» sei. Die Begründung hätte Budjonny allerdings kaum verstanden: Polen ermorden bestialisch einen Juden. Auch die Meldung «Nicht totgeschlagene Mörder»[183] berichtet von Greueltaten der Polen und endet mit dem Aufruf: «Schlagt sie tot, Kämpfer der Reiterarmee! Nagelt sie fest an den angehobenen Deckeln ihrer stinkenden Särge.» Was sollte Ljutow auch schreiben? Propaganda war gefordert, Propaganda lieferte er ab. Babel selbst hatte ein völlig anderes Bild des Krieges, wie sein Tagebuch belegt.

Nicht immer erhielt er Bestätigung, ob seine Berichte ihren Weg nach Odessa oder Moskau gefunden hatten. Er, der Korrespondent, war spätestens gegen Ende des Krieges von der Außenwelt abgeschnitten. In einem Brief an die Redaktion des Roten Kavalleristen schreibt er: «Wir leben wie im Wald»,[184] und fordert um Zusendung von Zeitungen, auch der eigenen.

Die Erfolge der Reiterarmee endeten so plötzlich, wie sie begonnen hatten. Mitte August stand Budjonny nur wenige Kilometer von Lemberg, russisch Lwow, ukrainisch Lwiw, bis 1918 Hauptstadt des österreich-ungarischen Kronlandes Galizien und Lodomerien. Mit ihren gepflasterten Straßen, elektrischen Straßenbahnen, Varietés und dem luxuriösen Hotel «George», in dem es sogar einen Fahrstuhl gab, wirkte die moderne Stadt wie eine Oase, umgeben von schlammiger, blutverschmierter, von Soldaten und Geschützen verbrannter Erde.

Doch Lemberg wurde nicht erobert. Verwundert fragt Babel im Tagebuch am 18. August: «Was ist das – Wahnsinn oder die Unmöglichkeit, eine Stadt durch Kavallerie zu nehmen?» Was er nicht wusste: Zwei Tage zuvor hatte Pilsudski in Warschau eine Gegenoffensive eingeleitet und das «Wunder von der Weichsel» vollbracht.

Der Polenfeldzug der Roten Armee war gescheitert. Lord D'Abernon, britischer Botschafter in Berlin, gab seinem Tagebuch aus jener Zeit den Titel «Die achtzehnte Entscheidungsschlacht der Weltgeschichte». Sie habe Zentral- und Teile Westeuropas von der «fanatischen Tyrannei der Sowjets» gerettet.[185] Was Babel damals auch nicht wusste war, dass weniger Budjonny, den Lenin den «brillantesten Kavallerieführer der Welt» nannte, als vielmehr Stalin die Hauptverantwortung für die überraschende Niederlage trug.

Während der Oberkommandierende der Roten Armee in Polen, General Michail Tuchatschewski – mit siebenundzwanzig Jahren nur ein Jahr älter als Babel – von Norden auf Warschau zumarschierte, stand die Reiterarmee noch immer gut dreihundert Kilometer südöstlich, vor Lemberg. Der Befehl, sie nach Norden zu verlegen, war verzögert worden – entweder aus logistischen oder, wahrscheinlicher, aus persönlichen Gründen: Kriegskommissar Stalin soll daran interessiert gewesen sein, als Eroberer Lembergs in die russische Geschichte einzugehen.[186] Das Zentralkomitee (ZK) beorderte ihn daraufhin nach Moskau und erbat eine Erklärung, die man wohl für unzureichend hielt; auf Beschluss von ZK und Politbüro wurde Stalin aus dem Revolutionären Kriegsrat der Südwestfront entlassen.

Lenin und der damalige Oberbefehlshaber der Roten Armee Trotzki hatten viel vorgehabt. Im Juli, als der Vormarsch noch zügig voranging, hatte Lenin Stalin telegrafiert, dass «die Revolution in Italien sofort in Gang gesetzt werden soll». Das gleiche gelte für Ungarn, «vielleicht auch für Tschechien und Rumänien».[187] Geplant war der Marsch der Roten Armee nach Westen. Die Weltrevolution, die als Voraussetzung für das Überleben Sowjetrusslands galt, schien greifbar nahe. Auch die Reiterarmee war «ein Teil der großen Armee des Weltkommunismus», wie Budjonny später verkündete. Spöttisch notierte Babel in seinem Tagebuch: «Wir werden nach Europa ziehen, um die Welt zu unterwerfen.»[188]

Stalins Rolle während jener Augusttage wurde nach dem Scheitern des Polenfeldzuges totgeschwiegen, als hätte er nie etwas damit zu tun gehabt. Lenin entschied einen Monat später, man solle es den Historikern überlassen, nach den Ursachen der Niederlage zu forschen. Das wurde ihnen fast unmöglich gemacht. Schamlos forderte Stalin 1925, inzwischen Generalsekretär des ZK, vom Kiewer Staatsarchiv Dokumente des Revolutionären Kriegsrates der Südfront an: geheime Aufzeichnungen, Mitschriften von Telefongesprächen,

Befehle während der entscheidenden Tage des Polenfeldzuges. Die Akten gab er nie zurück.[189]

Die Schmach der Niederlage war ihm eine ewige Wunde. Und es schmerzte ihn um so mehr, dass dieser Krieg so wenig propagandistisch, ja fast ketzerisch dokumentiert worden war – von Isaak Babel. Zwar erwähnte Babel ihn mit keinem Wort, aber für Eingeweihte war die Reiterarmee nicht nur mit Budjonny, sondern auch mit Stalin eng verbunden, und später ließ sich dieser öffentlich als ihr Begründer feiern.

Ein russisches Sprichwort lautet: «Rache wird am besten kalt gegessen.» Stalin hatte sich diese Weisheit zu eigen gemacht und wandte sie oftmals gegen Freund und Feind gleichermaßen an, meist mit tödlichem Ausgang. Auch Tuchatschewski, der am wenigsten für die verlorene Schlacht an der Weichsel verantwortlich war, musste 1937 sterben. So gesehen war Babel keine Ausnahme.

Sein Ritt mit den Kämpfern Budjonnys verschaffte Babel zunächst jedoch ein Netzwerk von Bekannt- und Freundschaften, das es ihm später ermöglichte, in vielen Teilen der Sowjetunion ungestört zu arbeiten. Seine Kontakte reichten vom Kaukasus bis nach Zentralasien. Neben Militärs waren es Parteisekretäre, Geheimdienstleute sowie Leiter von Fabriken oder, wie sollte es bei einer Reiterarmee anders sein, Gestüten.

Pferde, das war eine Leidenschaft, die Babel in der Reiterarmee ergriffen hatte. Er war vernarrt in sie, nachdem er gleich am ersten Tag seines Dienstes die Generalprobe bestanden hatte. Über achtzig Kilometer musste er reiten. Vermutlich saß er zum ersten Mal im Sattel. Für die reitgewandten Kavalleristen wird es ein großer Spaß gewesen sein, einen Zivilisten in so ungewohnter Position zu erleben. Karikaturisten aus der Zeit machten sich einen Spaß daraus, Babel im Sattel zu zeichnen. Aber so erlangte Babel den Status eines fast Gleichwertigen unter den Kosaken, und er setzte sich ab von den schwächlichen, unpraktischen Juden der Schtetl. Ihn beeindruckte in der Kavallerie «die Liebe zu den Pferden, für das Pferd wird ein Viertel des Tages verwendet».[190] Ungewöhnliche Zuneigung in einem sonst kalten und brutalen Krieg.

Die Reiterarmee stieß noch bis zur Stadt Samosch im polnischen Gouvernement Lublin vor, dann trat Budjonny den Rückzug an. Die Moral der Truppe war schlecht, die entscheidende Schlacht verloren worden: «Der russische Infanterist der Roten Armee – barfuß», schreibt Babel am 12. September 1920 ins Tagebuch, das er drei Tage später beendete.

Körperlich völlig erschöpft, mit eingefallenen Wangen kehrte der schon totgesagte Babel nach Odessa zurück. Nachdem sein Vater einen Anruf von Jug-Rosta erhalten hatte, in dem man ihm mitteilte, sein Sohn sei wahrscheinlich umgekommen, war Schenja bis an das Kriegsgebiet gefahren, hatte ihren Mann gefunden und ihn nach Hause geholt.[191] Er litt unter akutem Asthma und war «von Ungeziefer bedeckt».[192]

Seine Reise in ein Zentrum der Revolution war menschlich und künstlerisch überaus produktiv. Doch ideologisch? Dem Kommunismus stand er skeptisch gegenüber, den Juden fühlte er sich gleichzeitig sehr nah. Weder die eine noch die andere Identität vermochte er ganz anzunehmen. Dieser Zwiespalt demoralisierte ihn nicht, im Gegenteil: Aus ihm schöpfte er Kraft. Und weiterhin dürstete es ihn nach ungewöhnlichen Ereignissen, danach, den Sinn der Dinge zu verstehen, die Wahrheit. Nicht nur die «prawda», die weltliche Wahrheit, sondern auch die «istina», die göttliche Wahrheit. Und wo konnte man besser auf Spurensuche gehen, als in der sich mit atemberaubender Geschwindigkeit entwickelnden Sowjetunion?

Kapitel 4

Die Stimme (1921 – 1924)

«Ein Vergleich muss so exakt sein wie ein Rechenschieber und so natürlich wie der Geruch von Dill.» (Babel zum Schriftsteller Konstantin Paustowski)

Große Tabak- und Teebanderolen aus der Zarenzeit lagen im Überfluss in den Speichern Odessas herum. Das, was sie zusammenhalten sollten, war gegen Ende des Bürgerkrieges Mangelware. Auch sonst fehlte es an Produkten, vor allem Lebensmittel waren knapp.

Was kümmerte das Babel, dem jene durchsichtigen, gelblichen Blätter plötzlich von großem Nutzen waren: Zeitungs- und Zeitschriftenredaktionen hatten sie zweckentfremdet – auf ihnen wurden Nachrichten und Bücher gedruckt. So erhielt Babel in der «7. Sowjetischen Druckerei» eine Anstellung, und in der «2. Sowjetischen» wurde die erste seiner «Geschichten aus Odessa» gesetzt: «Der König».[193] Sie erschien 1921 in der viel gelesenen Zeitung *Morjak* (Seemann), die im literarischen Leben Odessas große Bedeutung hatte, und wurde sogleich ins Englische, Französische und Italienische übersetzt. Schauplatz der Hofberichterstattung ist kein Schloss und keine Festung, sondern das Juden- und Armenviertel Moldawanka, und dort herrscht auch kein Nachkömmling eines alten Monarchengeschlechts, sondern der Räuberhauptmann Benja Krik.

Das Viertel, in dem Babel das Licht der Welt erblickt hatte, war seitdem immer mehr heruntergekommen. Paustowski zählte «zweitausend Odessaer Banditen und Räuber», denen vor allem die Moldawanka als Basis diente. Babel ließ die Zahl dramatisch auf vierzigtausend explodieren. Odessa, soweit wird der Wahrheit genüge getan, galt schon vor der Revolution als Ganovenstadt, und Gauner waren im Russland der Jahrhundertwende populär: Sie führten einen in den Augen der Bevölkerung gerechten Kampf gegen den Staat, gegen den Zaren,[194] und nebenbei halfen sie auch noch dem Volk.

Als Vorbild für seinen Protagonisten diente Babel der stadtbekannte Verbrecher Mischa Japontschik, «der kleine Japaner».[195] Seiner Bande warf man Morde, bewaffnete Überfälle und Erpressungen vor. Beute gab es genug in der Handelsstadt, in der reiche Kaufleute viel Geld mit Waren aus aller Welt verdienten: Oliven aus Griechenland, Öl aus Marseille, japanische Seide, Kokain, Tabak aus Virginia, Jamaika-Rum und Orangen aus der Nähe Jerusalems wurden im Hafen umgeschlagen.

Über das Schicksal Japontschiks gibt es unterschiedliche Berichte. Die Zeitung *Odesskaja potschta* meldete am 5. Februar 1919, dass er verhaftet worden sei. Nach einer anderen Version wollte er sich 1919 mit zwei Bataillonen der Roten Armee anschließen. Der Befehlshaber der 45. Schützendivision stimmte zu, freilich nur zum Schein. Er lockte Japontschik in einen Hinterhalt und ließ ihn erschießen. Dieser Kommandeur war Babels späterer Freund und Mitstreiter in der Reiterarmee Iona Jakir.[196] Dessen Erinnerungen über das Ende Japontschiks übernahm Babel nicht für seine Erzählungen, wohl aber für das Drehbuch des später entstandenen Stummfilms «Benja Krik».

Kennen gelernt hat Babel Mischa Japontschik nicht. Dafür möglicherweise einen anderen Ganoven, Grigori Kotowski, der in den revolutionären Wirren der Todesstrafe entgangen war. In den Cafés prahlte er mit seinen Verbrechen, und auf einer von Babels Freund Utjosow organisierten Auktion verschacherte er die Handfesseln, die er als «zum Tode Verurteilter» getragen hatte.

Babel begab sich in das Milieu der Unterwelt und recherchierte in der Moldawanka. Die Dalnizki Straße, in der sein Geburtshaus steht, baute er mehrfach in seine Erzählungen ein. Auch ein Mr. Trottyburn kommt vor; er schleppt Schmuggelware in die Moldawanka, um sie zu verkaufen. Hier quartierte Babel sich bei der Familie Zires ein.[197] Der Hausherr, dessen Wohnung schwer bewacht ist, erinnerte sich an Babels Eltern, schmeichelte ihm, wollte ihn aber gleichwohl loswerden: Es gebe nichts zu beobachten, Babel könne jedoch «eine ganze Tasche voller Unannehmlichkeiten verursachen».

Babel begriff sofort, dass er hier richtig war und kam immer wieder, übernachtet manchmal sogar beim alten Zires – bis der ermordet wurde. Der mit der Aufklärung des Falles beauftragte Leiter der Kriminalpolizei riet Babel, die Moldawanka so schnell wie möglich zu verlassen, sonst könne er nicht für dessen Sicherheit garantieren. Später erfuhr Babel, dass Zires Komplize einer Verbrecherbande gewesen war und auf Anweisung von zwei Banditen erstochen wurde.

Benja Krik ist die Hauptperson in drei der vier Erzählungen, die direkt zum Zyklus «Geschichten aus Odessa» gehören. Neben «Der König» sind dies «Wie es in Odessa gemacht wurde»[198] und «Der Vater».[199] Nur in «Ljubka Kosak»[200] kommt Benja Krik nicht vor. Weitere fünf, später entstandene Erzählungen werden dem Zyklus zugezählt, da sie im Milieu Odessas spielen, sie wurden jedoch zu Babels Lebzeiten nicht zusammenhängend veröffentlicht.[201]

Babels Held spricht einen ungewöhnlichen Jargon, ein Gemisch aus Russisch und Jiddisch, vor allem aber Odessa- und Ganovendialekt. Herzlich und humorvoll, direkt und melodisch war die Sprache der Odessiten, Grammatik dabei nebensächlich. Später sagte Babel dem Poeten Semjon Lipkin, er würde so gern wieder nach Odessa fahren und an einem Kiosk bitten: «Schenken Sie mir ein Glas von das Wasser ein.»[202] Für Babel war das der vertraute Klang seiner Heimat – und doch so viel mehr. Odessitisch ist eine vom Jiddischen geprägte Sprache mit einer gehörigen Portion Witz, Klugheit und Charme.

Im Gegensatz zu dem russischen Glauben, dass ein Verbrecher ein unglücklicher Mensch sei, gab Babel seinem Helden einen fröhlichen, fast übermütigen Charakter. Ein positiver Held ist Benja Krik – sein Name bedeutet «Geschrei» –, ein starker Jude, der sich von keinem etwas sagen lässt. Als bei der Hochzeit seiner Schwester eine Razzia bevorsteht, flüchtet er nicht, sondern geht in die Offensive: Er lässt einfach die Polizeistation niederbrennen. Und als bei einem Raubzug einer seiner Leute betrunken den Prokuristen des überfallenen Geschäfts erschießt, einen Juden, organisiert Benja Krik eine prachtvolle Beerdigung – «die Welt wird keine solche mehr sehen» – und lässt den Mörder hinrichten. Einem Zuschauer, dem lispelnden Moses, legt Babel das ehrfurchtsvolle Urteil in den Mund: «ein König».

Die Juden der «Geschichten aus Odessa» haben nichts gemein mit den Juden, wie Babel sie in seinen Texten über den Polenfeldzug darstellt. Das jüdische Leben in Galizien wird in düsteren Farben gezeichnet, in Odessa hingegen scheint sprühende Lebensfreude zu herrschen; eher ähneln die Gangster um Benja Krik den Kosaken, nur schildert Babel die Gewalt eines Benja Krik beinahe mit Sympathie, die der Kosaken hingegen stets als bedrohlich.

Ohne Frage idealisierte Babel seine Heimatstadt. Das räumte sogar Utjosow ein, selbst ein glühender Odessit: Wenn Babel über Odessa schreibe, werde er zum Romantiker. Dieses Urteil bezog sich vor allem auf Benja Krik, dessen reales Vorbild ein Verbrecher und kein edler Robin Hood war, aber auch auf die Moldawanka, in der es nicht so lebensfroh und bunt zuging, wie Babels Geschichten glauben machen wollen.

Ein ganz anderes Bild des Viertels zeichnet Joseph Roth in seinem Essay über «Die Lage der Juden in der Sowjetunion»: «Meine traurigsten Erlebnisse verdanke ich meinen Wanderungen durch die Moldowanka, das Judenviertel von Odessa.» Dort gehe «ein schwerer Nebel herum wie ein Schicksal», und aus den Fenstern «weint ein trübes, gelbes Licht, ... eine Art Finsternis mit hellem Kern».[203] Roths Beobachtungen waren die eines Außenstehenden, genau wie seine Schilderungen des polnisch-russischen Krieges, und diesmal dürften sie der Realität sehr viel näher gekommen sein als die Erzählungen Babels. Aber diese sind freilich nicht als realistische Beschreibungen zu lesen. Babel wollte mit ihnen einen Kontrapunkt zu den schweren und düsteren Werken der Schriftsteller aus St. Petersburg und Moskau setzen. Sonne, nicht Regen oder Schnee, und Anerkennung für Juden statt für Russen oder Kosaken.

Die vier eigentlichen «Geschichten aus Odessa» spielen größtenteils kurz vor dem Ersten Weltkrieg, die fünf Erzählungen aus ihrem Umkreis fast alle nach der Revolution. Neben der «Reiterarmee» gehören sie zu den bekanntesten Werken Babels, und sie begründeten seinen Ruf auch als «Heimatkünstler», der das Bild Odessas ähnlich stark geprägt hat wie James Joyce das Dublins oder Alfred Döblin das von Berlin. Babel war der «odessitischste» unter den Odessaer Autoren. Sein Stamm, schrieb er einmal, sei geformt wie alle Menschen aus Lehm, aber im Lehm Odessas «saß unbekannt ein weises Fossil aus der Urzeit». Die letzte jener Geschichten, «Froim Gratsch», vollendete Babel im Jahre 1934, veröffentlicht wurde sie erst nach seinem Tode. Die Hauptperson, einer der «Paten» Odessas, wird darin von einem

Geheimdienstmann aus Moskau erschossen. Eine klare und ungeschönte Symbolik: der Untergang einer Welt, der Babel viel Sympathie entgegenbrachte.

Nicht, dass Babel dem organisierten Verbrechen das Wort geredet hätte. Ihm gefiel aber der wehrhafte Jude, der sich nicht scheute, einen orangefarbenen Anzug zu tragen, rote Halbstiefel, ein Brillantenarmband. Einer, der sich nicht verbirgt, sondern der auffällt und auffallen möchte. So jemand wurde in der neuen sowjetischen Gesellschaft nicht gebraucht. Die Parole lautete «Kollektiv statt Individuum». Bedeutete das Fortschritt, mehr Gerechtigkeit? Auf jeden Fall bedeutete es das Ende eines Froim Gratsch mit «seiner Gewandtheit, seiner Unfassbarkeit, seiner Menschenverachtung».

Romantisierten die frühen Erzählungen aus Odessa das jüdische Leben, so problematisieren die späteren den Einfluss des Kommunismus und der Räte auf das traditionelle Judentum. In der 1931 erschienenen Erzählung «Karl-Jankel»[204] kommt es zum offenen Konflikt. Ein Vater verklagt seine Schwiegermutter, weil sie seinen Sohn Karl-Jankel ohne sein Wissen hat beschneiden lassen. Damit sind dessen Aufstiegschancen in Gefahr. Schon der Name des Jungen bezeugt den kulturellen Zwiespalt: Karl steht für den Vornamen von Marx, für den Kommunismus, und Jankel geht auf den biblischen Namen Jakob zurück, knüpft also an die jüdische Tradition an.[205] Über das Urteil wird der Leser im Unklaren gelassen, der Fall wird nicht entschieden. Doch wie die Zukunft aussehen wird, macht Babel mit einer eindrucksvollen Szene deutlich: Eine Kirgisin stillt das Kind in die «Rote Ecke», umgeben von Flaggen und Gewehren, unter einem Bild von Lenin. Bei diesem Anblick murmelt der Erzähler beschwörend: «Es kann nicht sein, ... dass du nicht glücklich wirst, Karl-Jankel. Es kann nicht sein, dass du nicht glücklicher wirst als ich.»

In den Sommermonaten des Jahres 1921 erholte sich der nun siebenundzwanzigjährige Babel an den Stränden des Schwarzen Meeres von seinen Frontstrapazen. Zusammen mit Schenja und seiner Schwester Meri wohnte er in einem kleinen Häuschen an der Haltestelle Fontanka 9, unweit von Odessa. Urlauber aus ganz Russland kamen hierher, um die Sonnenstrahlen zu genießen. Er war bester Laune, gewann sogar dem langsamen und unbequemen Transportmittel Pferdewagen positive Seiten ab, denn so konnte er in aller Ruhe die Leute beobachten, und ging kilometerlange Wege zu Fuß, weil die Wagen bisweilen vor der letzten Haltestelle kehrt machten. Zum Schreiben allerdings fuhr Babel regelmäßig nach Odessa. Außer mit den «Geschichten aus Odessa» beschäftigte er sich bereits mit Struktur und Aufbau der «Reiterarmee». So unterschiedlich beide Werke sind – Babel hat wohl an beiden gleichzeitig gearbeitet.[206]

Damals lernte er den jungen Schriftsteller Konstantin Paustowski kennen – ein Nachfahre ukrainischer Kosaken –, genauso wenig wie Babel ein glühender Verfechter der Revolution. Zusammen mit ihm und Isja Liwschiz, einem alten Schulfreund, verbrachte Babel viele Stunden am Strand, wo das Meer zum Baden einlud. Dabei unterhielt er die beiden mit seinen Erzählungen aus dem revolutionären Petrograd und den umkämpften Schtetl um Brody. Besonders Paustowski war gefesselt von diesen Schilderungen. Zum ersten Mal konnte Babel das Schreckliche, das Unfassbare des gerade überstandenen Krieges mit Freunden besprechen, und zwar nicht in irgendeinem kalten Haus in einer zerstörten Stadt, stets in Gefahr, von einem Kosaken einfach so ermordet zu werden, sondern unter blauem Himmel, zum Rauschen der Wellen.

Erholung war das: für den Geist, vor allem aber für den geschundenen Körper. Die Meeresluft sollte Babels Asthma lindern, das sich während der Kriegsmonate wieder verschlimmert hatte, sein hageres Gesicht wurde langsam wieder fülliger. Und als sich der Sommer dem Ende näherte, entschlossen sich Schenja, Meri und er, das angenehme gemeinsame Leben am Schwarzen Meer fortzuführen – in Batumi, Hauptstadt der Region Adscharien in der Kaukasusrepublik Georgien. Babel hatte das Angebot erhalten, für eine in Georgien neu zu gründende Zeitung zu arbeiten. Ganz ohne die Aussicht, zu publizieren, wäre er wohl auch kaum irgendwohin gereist.

Das milde Klima gab den Ausschlag für die Wahl Batumis und der Reiz einer romantischen Gebirgslandschaft, von der sich russische Schriftsteller schon immer angezogen fühlten. Puschkin, Lermantow, Tolstoi, um nur einige zu nennen, kamen und ließen sich inspirieren, Pasternak entdeckte hier später seine Liebe zu Georgien. Urwüchsig die Region, eigenwillig die selbstbewusste Bevölkerung. Um sie auf bolschewistischen Kurs zu bringen, erhielt die örtliche Regierung aus Moskau Geld zur Finanzierung eines Massenblattes für die Propaganda. Sein poetischer Name sollte *Sarja Wostoka*

(Die Morgenröte des Ostens) lauten. Die Redaktion hatte ihren Sitz in der georgischen Hauptstadt Tbilissi (Tiflis). Für die Zeitung wurden einige der bekanntesten Schriftsteller und Poeten des neuen Russland angeworben: Wladimir Majakowski, Konstantin Paustowski, Lidija Seifulina, Eduard Bagrizki, Sergei Jessenin.

Und Isaak Babel, der sich mit Schenja und Meri auf den Weg nach Georgien machte. Sie kamen einige Kilometer nördlich von Batumi unter, in Seljony Mys, dem «Grünen Kap», einem kleinen und feinen Urlaubsort direkt am Meer, knapp zwanzig Kilometer von der türkischen Grenze entfernt. In dieser wunderschönen Landschaft lebte Babel mit seiner Frau und seiner Schwester fast ein halbes Jahr. Plötzlich musste Schenja lernen, einen Haushalt zu führen. Das war auf dem unterentwickelten Land nicht einfach. Lebensmittel gab es auf dem Markt, aber der Weg dorthin war weit und nicht ungefährlich. Babel konnte ihr nicht helfen.

Wegen seines Asthmaleidens war er nicht in der Lage, eine längere bergige Strecke zu Fuß zurückzulegen. Hatte Schenja dann alle Zutaten beisammen, war das Resultat nicht nach seinem Geschmack. Als eine Suppe zu dick geriet, zückte Babel, halb im Ernst, das Messer, um die Vorspeise zu schneiden. Schließlich trieb er einen Tataren auf, der seiner Frau zeigte, wie man Reis und Lamm über dem offenen Feuer zubereitet.

Geld besaßen die Babels zwar – Vater Gronfain hatte ihnen eine Tausend-Rubel-Note zugesteckt –, doch niemand in den umliegenden Dörfern konnte den Schein wechseln. So blieb er in einer Haarbürste versteckt. Obwohl Babel noch nicht angefangen hatte, für die «Morgenröte» zu schreiben, schlugen sie sich irgendwie durch. Für Schenja waren es die besten Monate ihres Lebens, der Höhepunkt ihrer Zeit mit Babel. Dabei hatte sie es nicht immer leicht: Sie war ein nach Kunst strebender, unerfahrener Stadtmensch, gewöhnt an materielle Sicherheit und Geborgenheit, ihr Mann dagegen unternehmungslustig und aus Leidenschaft geheimnisvoll. Zudem hatte der Krieg ihn verändert. So einfach in den Tag hineinzuleben, wie er es als Student in Kiew getan hatte, gelang ihm nicht mehr. Dafür hatte er zuviel gesehen und mitgemacht. Ungeachtet dessen wollten beide ein Kind; Schenja wurde schwanger. Doch sie hatte eine Fehlgeburt. Und bald musste sie sich wieder auf ein Leben ohne ihren Mann einstellen.

An einem Junitag des Jahres 1922 setzte Babel sich in Batumi in den Zug und fuhr nach Tbilissi. Die Gründung der *Sarja Wostoka* stand unmittelbar bevor. Er mietete ein Zimmer in der Gribojedow-Straße 13, unmittelbar im Zentrum, direkt am Rustaweli-Boulevard. Hier lagen die schönsten Geschäfte, das prächtige Hotel Majestik, das Theater. Jugendstilfassaden schmückten die von Baumreihen gesäumte Prachtstraße der Hauptstadt.

Babel lernte den Charakter Tbilissis, eine bezaubernde Mischung aus orientalischer Tradition und abendländischen Gebräuchen, kennen und schätzen. Im Sommer fand das Leben im Freien statt, in Gartenlokalen und Straßencafés. Deren Namen entsprachen dem Aufbruchsgeist und der Hoffnung auf bessere Zeiten: «El Dorado», «Fantasija», «Sansusi». Es roch nach gebratenem Lamm, Chatschapuri (heißem Käsebrot), Basilikum und Koriander. Dazu wurde schwerer georgischer Rotwein aus Kachetien gereicht oder in Tongefäßen vergorener Wein aus Imeretien. Nach dem Essen spielten kleine Kapellen zum Tanz auf.

Den Einzug der Räte 1921 hatte die Bevölkerung rasch weggesteckt, auch wenn damit ein Leben aufhörte, das den Menschen für ein Jahr ungewohnte Freiheiten beschert hatte. Während der kurzen Unabhängigkeit Georgiens waren schnell Kontakte zum Westen hergestellt, diplomatische Vertretungen in Frankreich, Italien und Großbritannien eröffnet worden. Die bolschewistische «Befreiung von Tbilissi» bereitete zunächst auch der blühenden georgischen Avantgarde ein Ende. Die neue Bürokratie bevorzugte das Grau in Grau. Als Künstler aus Tbilissi in ihrem Eifer einen Agitationszug bunt bemalten, wurden sie sofort zur Ordnung gerufen – die farbenprächtige Verzierung wich dem grünen Einheitston russischer Züge.

Mit ihnen oder per Pferdewagen und Kraftfahrzeug reisten dann die Mitarbeiter von *Sarja wostoka* ein: der gebürtige Georgier und Kulturbotschafter Moskaus Majakowski, den Babel allerdings erst später persönlich kennen lernte, der Lyriker Jessenin, Babels Freund Paustowski und andere. Sie alle waren von der Exotik des wilden Kaukasus begeistert, dem angenehmen Klima und dem südländischen Flair Tbilissis.[207]

In den kommenden sieben Monaten des Jahres 1922 erschienen seine neun georgischen Reportagen.[208] Die Chefredaktion von *Sarja wostoka* erwartete Berichte über die heldenhafte Aufbauarbeit in Georgien. Dafür sollte Babel die Kaukasusrepublik bereisen. Er nutzte die Chance, um neue Erfahrungen zu sammeln und seinen Stil zu vervollkommnen. Auf dröhnende Propaganda verzichtete er. Zwar war er in der Wahl der Themen sehr viel stärker eingeschränkt als bei seiner Arbeit für die kritische Zeitung *Nowaja schisn* im nachrevolutionären Petrograd, doch wie damals widmete er seine Artikel den zumeist unbekannten Parteiarbeitern; nicht Parteitagen, Parteierfolgen, sondern den einfachen Menschen: Matrosen, Teearbeitern, Tabakpflanzern und Beamten. Ihnen schenkte er Gehör, an ihren Nöten nahm er Anteil. Vieles lag im Argen nach Jahren wechselnder Herrschaft, jeder gutgemeinte Ansatz war ihm eine Reportage wert.

Die meiste Zeit verbrachte er an der Schwarzmeerküste. So schrieb er über zwei ausländische Dampfschiffe, die im Hafen von Batumi lagen und die man konfisziert hatte, weil sie einst unter russischer Flagge fuhren. Nun wehte die rote Fahne der Sowjets an Bord, und Schwarzmeermatrosen freuten sich über den blitzblanken Fang.[209]

Von Batumi ging es auf der Küstenstraße weiter nach Abchasien, der nördlichsten Provinz Georgiens. Babel beschrieb detailliert den Tabakhandel,[210] der dort vor dem Bürgerkrieg florierte. Doch in den Jahren der Revolution waren die Plantagen verkommen, «zum großen Schaden der Föderation», wie Babel den Georgiern berichtete. Überhaupt blieb noch genug zu tun in der Provinz Abchasien. Zwischen Kaukasus und Schwarzem Meer gelegen, zählte sie zu den schönsten Gegenden der späteren Sowjetunion. Generalsekretäre erholten sich hier vom Moloch Moskau. Orangen- und Mandarinenhaine verströmten einen betörenden Duft und gaben dem Bienenhonig sein besonderes Aroma. Trotz heißer Sommer wehte immer ein kühles Lüftchen vom Meer. Als Gott die Erde an alle Völker aufgeteilt und die Abchasier vergessen hatte, so eine abchasische Legende, gab er ihnen als Entschädigung ein Stück von seinem Himmelreich.

Suchumi, die Hauptstadt mit ihren Palmen und Badestränden, gehört ebenso zu Babels Zielen wie Gagra, der wunderschöne Kurort über dem Schwarzen Meer. Hier konnte Babel die ersten Früchte der Neuen Ökonomischen Politik (NEP)[211] bestaunen, die Lenin 1921 hatte einführen müssen, um die Folgen des verheerenden Kriegskommunismus zu beseitigen. Mit der NEP und dem gleichzeitig aufgestellten Elektrifizierungsprogramm wollten die Räte das marode Land modernisieren. «Kommen Sie in drei Jahren nach Suchumi», sagt der Leiter der örtlichen Kommunalverwaltung zu Babel, «Sie werden es nicht wieder erkennen.» Und Babel teilt seinen Lesern mit, dass er durchaus überzeugt sei von der «Glaubwürdigkeit dieser stolzen Worte».[212]

Geschrieben hat Babel seine Beiträge im Hauptstadtbüro von *Sarja wostoka*. Er blieb meist nicht länger als eine Woche und feilte an seinen Sätzen, mehr, als für einen Journalisten üblich. Aber der Redaktionsschluss wurde großzügig ausgelegt. Die fertigen Artikel zeichnete er mit dem Namen Ljutow – der Reporter der Reiterarmee war wieder auferstanden. Vielen Kollegen in der Redaktion blieb seine wahre Identität lange verborgen.[213] Zur Abwechslung besuchte er gern das Restaurant Chemerioni, georgisch für «Schimäre», in dem vor allem Schauspieler und andere Künstler verkehrten. Aus dem guten georgischen Wein machte er sich nichts, er genoss viel lieber kräftigen schwarzen Tee, den Sekt für Arme.

Später, in einem Brief an die Redaktion zum fünfzehnjährigen Bestehen der Zeitung, schrieb Babel, dass sein Aufenthalt in Georgien für ihn «der Beginn der literarischen Arbeit» gewesen sei.[214] Das bezog er zum einen auf seine georgischen Reportagen, aus denen der Glanz seiner späteren Werke schon leuchtet, und er meinte damit die «Reiterarmee». Denn in all jenen Tagen trug Babel ein 16,2 x 20 cm großes, mit Notizen vollgeschriebenes Rechnungsheft aus dem Geschäft seines Vaters mit sich herum, die er in jeder freien Minute studierte – sein Tagebuch des polnisch-russischen Krieges. Welche Form sollte er ihnen geben? Die eines Romans, die von Kurzgeschichten? Und welche Stimme wäre angemessen? Am Meer, vor den mächtigen Bergen des Kaukasus, begann Babel sich konkret mit der literarischen Umsetzung seiner Erlebnisse zu beschäftigen. Er schrieb die ersten Skizzen nieder. Der beste Zuhörer war Schenja, der er jede Version vorlas, mehrfach. Noch dreißig Jahre später hatte sie nichts vergessen, kannte jede Geschichte.[215]

Die Achse, die die Reportagen aus Georgien und die Erzählungen der «Reiterarmee» verbindet, heißt Ljutow. Mit ihm hat Babel seinen idealen Erzähler gefunden. Stimme und Stil sind neu, kraftvoll und unverwechselbar: Der Jude, der sich als Russe ausgibt. Dieser Ljutow hält die unterschiedlichen Episoden aus dem Krieg zusammen, er personifiziert gleichsam das Thema, um das die einzelnen Geschichten kreisen, die Verflechtung der jüdischen Kultur und Sprache mit der sie umgebenden russischen Welt.

Ausgangspunkt einer solchen Erzählung ist eine Anekdote, eine Beobachtung, zum Beispiel eine Begebenheit auf dem Markt. Die Ausarbeitung fand auf einem höheren Niveau statt, als bei den ersten Erzählungen oder Reportagen aus Petrograd. Damals gestaltete er eindimensional, nun fügte er weitere Ebenen hinzu, die über das rein Deskriptive weit hinausführen. Eine Babel-Erzählung ist fast so aufgebaut wie die Matrjoschka, die russischen Holzpuppen: eine Erzählung in der Erzählung in der Erzählung.

Im Januar 1923 kehrten das Ehepaar Babel und Meri nach Odessa in die Richelieu-Straße zurück. In Babels Gepäck befanden sich einige Rohfassungen von Erzählungen der «Reiterarmee», und er begann sofort, die ersten davon zu veröffentlichen. In der Regierungszeitung des Gouvernements Odessa erschienen im Laufe des Jahres insgesamt dreizehn Geschichten, nicht in der Reihenfolge der späteren Buchausgabe,[216] sondern völlig ungeordnet, so wie Babel sie beendet hatte.[217] Unter manchen stand der Hinweis «Aus dem Buch der Reiterarmee».

Wirklich zufrieden war Babel nicht. An seinen Freund Liwschiz schrieb er im April: «Aus finanziellen Gründen habe ich in der hiesigen ‹Iswestija› einige elende Fragmente veröffentlicht, elend schon deshalb, weil es Fragmente sind.»[218] Diese Zeilen machen bereits deutlich, welch hohe Maßstäbe Babel an seine Texte anlegte, wie schwer er sich damit tat, sie in den Druck zu geben, und wie fast selbstzerstörerisch sein Anspruch war. Sein Ehrgeiz gipfelte im Satz: «Mir schien es verlorene Zeit, schlechter zu dichten als Lew Tolstoi.»[219] An ihm, dem Autor von «Krieg und Frieden», «Anna Karenina» und «Kreuzersonate», orientierte sich Babel, freilich erkannte er dessen Meisterschaft unumwunden an. «Als ich ‹Chadschi Murat› wieder las, dachte ich, hier musst du lernen.»[220] Tolstoi habe die Kraft, den ganzen Tag zu schildern, während er, Babel, sich auf die «interessantesten fünf Minuten» beschränke. Dafür reiche sein Temperament, mehr könne und wolle er nicht.[221]

Babel rang um jedes Wort. Seine Sätze waren kurz und einfach, er verehrte orthographische Zeichen, besonders den Punkt, und bewunderte den «großartigen Absatz». Apodiktisch stellte er Gesetze des Schreibens auf: «Jeder Satz hat Platz für einen Gedanken, ein Bild, nicht mehr.» – «Drei Partizipien in einem Satz sind gemeiner Totschlag an der Sprache.» – «Zwei Eigenschaftswörter zu einem Hauptwort kann sich nur ein Genie leisten.»[222] Für eine Autobiographie schwebte ihm als Titel vor: «Die Geschichte eines Adjektivs».

Kein Wunder, dass er seine mühselige Arbeit mit der eines Galeerensklaven verglich: «Krämpfe durchzucken mein Herz, wenn nicht irgendein Satz herauskommt.» Babel prüfte jede Zeile, schlug unförmige Wortmauern weg, strich überflüssige Beschreibungen – gerade soviel, dass die Statik des Satzes nicht gefährdet war. Ein Wort weniger jedoch, und das Gebäude wäre eingestürzt. Von «Ljubka Kosak», einer Kurzgeschichte von anfangs fünfzehn Seiten, gab es zweiundzwanzig Fassungen. Und die Erzählung «Korol» änderte er im Laufe der Jahre mehr als zweihundert Mal.[223] Aber er beklagte sich nicht, schließlich hatte er sich die «Hundearbeit» selbst ausgesucht. Schenja hingegen hatte allen Grund, sich zu beschweren: Babel war in jenen Tagen nicht ansprechbar, hinter dem Schreiben musste alles zurücktreten, auch seine Frau.

Mit der russischen Sprache sei es wie mit einem groben Holz, das sich durch jahrelange Berührung mit der menschlichen Haut in feines Elfenbein verwandle. Und in der Erzählung «Maupassant» schildert Babel in einem wundervollen Bild die Entstehung eines Satzes:[224] «Wenn ein Satz geboren wird, ist er schön und hässlich zugleich. Das Geheimnis beruht in der kaum spürbaren Umstellung. Der Hebel muss gut in der Hand liegen und warm werden. Die Umstellung muss in einem Zug erfolgen, nicht in mehreren.»[225]

Babel verabscheute Klischees und Phrasen. Als einer der ganz wenigen russischen Schriftsteller führte er Idiome anderer Sprachen, vor allem des Jiddischen, ins Russische ein,[226] erfand neue Wörter und gebrauchte Verben häufig in eigenwilliger Kombination. «Machen» und «haben» etwa werden im Russischen selten so verwendet wie im Deutschen,[227] wohl aber im Jiddischen und im Odessitischen.[228] Und für «zu abend essen» benutzte Babel das von «Abend», russisch «wetscher», abgeleitete Verb «wetscherat», das nur in Südrussland gebräuchlich ist.

Atmosphäre und Inhalt stellte Babel auch durch den Klang der Worte dar, ein Kunstgriff, der in jeder Übersetzung verlorengeht.[229] Dieses Element gehört zum ornamentalen Erzählen, das Babel ebenso perfektionierte wie die von russischen Autoren entwickelte Erzähltechnik, den Skas: Die Figur, aus deren Perspektive die Handlung geschildert wird, besitzt ein im Hinblick auf Bildung, Intelligenz und Vorstellungskraft eingeschränkteres Bewusstsein als der Erzähler, und die dadurch entstehende Spannung trägt zum besonderen

Reiz von Babels Geschichten bei. Auf die klassische, am Drama orientierte Form der Novelle, die Anton Tschechow noch bemühte – Exposition, Intrige und Auflösung – verzichtet er, Poesie und Prosa treten dicht zusammen, ja überlagern sich. Für Babel hat ein Vergleich so exakt zu sein «wie ein Rechenschieber und so natürlich wie der Geruch von Dill». Mit grellen Farben malt er wilde, fast expressionistisch wirkende Bilder: «rote Wassermelone mit schwarzen Kernen, Kernen so schräg wie die Augen listiger Chinesen», «die orangefarbene Sonne rollte über den Himmel, wie ein abgehackter Kopf», «blaue Wege flossen an mir vorbei, wie Ströme von Milch, die aus vollen Brüsten quollen». Babel, so sein Dichterkollege Majakowski, verfüge über «die poetische Palette eines Chagall».[230]

Das Ungewöhnliche findet seinen Ausdruck in Worten, die Gewöhnliches vermuten lassen, der Widerspruch ist das Vertraute. Trauer und Freude, Unendlichkeit und Vergänglichkeit, Geburt und Mord stehen unmittelbar nebeneinander, und mit solchen Widersprüchen lebte Babel selbst. Der «Sänger der Revolution und des Judentums», wie Walter Jens ihn später nannte, war hin und her gerissen zwischen diesen beiden Polen und damit ein Symbol seiner Zeit, in der die Welt im turbulenten Übergang begriffen war.

Trotz der selbstkritischen Worte an Liwschiz war Babel bester Laune. Nun, wo er Stimme und Stil gefunden und erste Novellen und Erzählungen über den polnisch-russischen Krieg zu Papier gebracht hatte, lebte er auf, für kurze Zeit. Er atmete die würzige Schwarzmeerluft, traf sich mit Freunden, amüsierte sich auf der Deribasowskaja in einem Café, dessen Wirt Goldschtein die Türen erst im Morgengrauen schloss. Dabei, so erinnerte sich Tatjana Stach, war Babel stets gut gekleidet und nie betrunken.[231] Er hatte genug erlebt, um eine ganze Gesellschaft in seinen Bann zu ziehen. Dass er Humor besaß, konnte man bereits an seinen Lachfalten erkennen, und als glänzender Vorleser und Unterhalter war er stets willkommen: ein gescheiter, witziger junger Mann, der den Tod in Petrograd und Galizien gesehen hatte, ein brillanter Schriftsteller und hoffnungsvoller Schützling Gorkis.

In diesen Tagen freundete Babel sich mit Eduard Bagrizki an. Der ein Jahr jüngere Dichter – sein bürgerlicher Namen lautete Eduard Dsybin – war für die sowjetische Poesie ähnlich bedeutend wie Babel für die Prosa. Beiden war ihre jüdische Religion und ihre Heimat gemeinsam, beide hatten Pogrome erlebt und Propaganda für die Rote Armee geschrieben. Für Bagrizki, über den Babel lobend schrieb, er rieche nach gebratener Makrele,[232] war Babel einer der engsten Vertrauten,[233] Babel schätzte ihn als «Dichter der Tschekisten, der Fischer und der Komsomolzen».[234]

Und 1923 traf Babel Majakowski. Der bot ihm an, in seiner neuen Zeitschrift *LEF* zu publizieren.[235] Das war eine große Ehre und gleichbedeutend mit einer Einladung nach Moskau. Babel nahm sie gerne an, zumal er sich – was die Literatur anbetraf – inzwischen in Odessa unwohl fühlte, als «Einäugiger unter Blinden».[236] Seine Bekannten hätten es sich gemütlich gemacht, Familien gegründet, um ihn herum erkenne er nur Provinzialismus. Und so wie er verließen viele andere Odessa. Der Abflug der Kraniche setzte ein. Bagrizki, Katajew, Olescha, Inber, sie alle zog es in das große Dorf – Moskau.

Die Hauptstadt war das Zentrum des literarischen Lebens. Hier hatten fast sämtliche Verlage ihren Sitz, hier befand sich das Volkskommissariat für Volksbildung, und hier erschienen die überregional wichtigen Literaturzeitschriften – *Krasnaja now* (Rotes Neuland), *LEF* (Linke Front), *Oktjabr* (Oktober), *Nowy mir* (Neue Welt). Eine zahlreiche Leserschaft, zumindest unter Fachleuten und Intellektuellen, war garantiert.

Babel kündigte seine Ankunft für den Oktober an.[237] Doch zunächst musste er eine Wohnung suchen. Moskau selbst kam nicht in Frage, zum Schreiben bevorzugte er ruhige Orte, weit ab vom städtischen Trubel. In Sergijew posad, später bis zum Ende der Sowjetunion in Sagorsk umbenannt, einem kleinen Städtchen etwa sechzig Kilometer nördlich von Moskau, wurde er fündig. Dort, in der Boulevard-Straße, am nordöstlichen Stadtrand, bezogen er, Schenja und seine Mutter eine helle Wohnung in einem geräumigen Holzhaus. Die Luft war klar und würzig, das frische, saubere Wasser kam aus einem Brunnen, und in nur zwei Stunden war man mit dem Zug in Moskau. Der Schriftsteller Dmitri Furmanow, der später die Buchfassung der «Reiterarmee» redigierte, schrieb in sein Tagebuch: «Die Arbeitsbedingungen sind ausgezeichnet. Ruhe.»[238] Ohne jeglichen Komfort, versteht sich.

In jenem Viertel wohnten die Gestrandeten der Revolution: Reiche, Adelige und Geistliche. Die Kirche hatte in Sergijew posad immer eine bedeutende Stellung eingenommen, denn in Gehweite von Babels Haus lag das Kloster des Heiligen Sergei, der einst die Truppen von Dmitri Donskoi segnete, bevor sie im Jahre 1380 zum ersten Mal die Tataren schlugen. Sergei Radonesch ist der Schutzpatron Russlands, nach ihm wurde das Städtchen benannt.

Sergijew posad war außerdem berühmt für die Fertigung von Spielzeug. So etwas konnte man nun wieder kaufen, und das nicht nur in Moskau: Die NEP hatte Einzug gehalten im Land, der kleine Kapitalismus im großen Kommunismus. Bauern durften ihre Überschüsse selbst vermarkten, private, auch ausländische Unternehmer erhielten Konzessionen. Überhaupt orientierte man sich jetzt gern am Westen. Das noble Hotel Jewropeiskaja in Leningrad – so hieß nun die ehemalige Zarenhauptstadt St. Petersburg – warb mit einer Bar «nach ausländischem Vorbild», und die Bolschewiki benutzten sogar den Namen eines eigentlich verhassten Großkapitalisten, um fortschrittliche Fabriken und Effizienz zu bezeichnen: Fordism war der zeitgemäße Begriff dafür.[239]

Diese neue ökonomische Politik hat einiges gemein mit dem gleichlautenden deutschen Wort «Nepp» im Sinne von Übervorteilung, Gaunerei. In die ersten Reihen des russischen Lebens hätten sich die Stärksten gedrängt, schrieb verbittert ein russischer Emigrant in Berlin. Die Hyperinflation hatte die Ersparnisse erbarmungslos vernichtet. Ein Rubel im Jahr 1913 entsprach dem Gegenwert von 648.230.000 Rubeln im Jahr 1923,[240] für zehn Eier zahlte man im Jahr der Revolution vier Rubel, sechs Jahre später zweieinhalb Milliarden. Erst 1924 setzte eine Währungsreform der Nullenflut ein Ende. Doch trotz der Geldentwertung waren die positiven Wirkungen der NEP deutlich zu spüren.

Fast vergessen waren die Hungersnöte, fast vergessen der Kronstädter Aufstand, bei dem sechzehntausend Matrosen im Februar 1921 geheime Wahlen gefordert, Telegrafenamt und Munitionsdepots besetzt und Kommunisten verhaftet hatten. Neue, teure Waren kamen auf den Markt, staunend schauten die Moskauer zu, wie sich die Vitrinen und Schaufenster der Geschäfte füllten. Der nicht überall gern gesehene NEP-Mann spielte Roulette, rauchte Zigaretten mit so klangvollen Namen wie «Kino» und «Esmeralda», kehrte mit Geld beladen in den neuen Restaurants ein – im Lissabon, im Ermitage oder im Prag – und ließ sich vom Ober in Frack eine Rosa-Luxemburg-Torte bringen.

War der feine Anzug eine Neuanfertigung oder der alte aus der Zarenzeit? Gleichgültig, getanzt wurde Foxtrott, nach Melodien von Zigeunerkapellen und dem «Marsch der fröhlichen Kumpels» von Utjosow. Derber ging es zu in den Kneipen, im Weißen Schwan oder im London, wo zum Bier der flache, schmackhafte Dörrfisch gerissen wurde. Die Anrede «gospodin» («Herr») war verpönt, man sagte «towarisch» («Genosse») oder «graschdanin» («Bürger»). Und statt «Tamara» oder «Alexander» hießen die Neugeborenen «Terrora», «Metallina», «Traktor» oder «Rabfak», so die Abkürzung für «Arbeiterfakultät».[241]

Was für ein Material für einen genau beobachtenden Geschichtenerzähler, der durch keinen ideologischen Filter schaute. Und Babel fand langsam Gefallen an Produkten, die nicht nur einen reinen Nutzwert besaßen. Später ließ er sich solche Dinge bisweilen aus dem Ausland schicken: Lederhandschuhe, ausgewählte Rauchwaren, Anzüge. Sonst lebte er auch weiterhin bescheiden.

Zur Zeit der NEP herrschte eine gewisse Ruhe in der Gesellschaft. Politische Kämpfe wurden nicht mehr auf der Straße ausgefochten. Auch der Tod Lenins änderte daran nichts. Der Anführer der Bolschewiki, der die Revolution fast verpasst hätte, starb am 21. Januar 1924. Vermutlich hat Babel den Traueraufmarsch zu Lenins Begräbnis miterlebt.

Religiös ging es dabei zu. Aufgebahrt im Säulensaal des ehemaligen Klubs der Noblen im Zentrum Moskaus, war Lenins Leichnam das Wallfahrtsziel einer halben Million Menschen, die in klirrender Kälte Schlange standen, um von ihm Abschied zu nehmen.[242] Zu den Klängen der Internationale wurde der offene Sarg vier Tage später, an einem Sonntag, zum eigens für Lenin errichteten Mausoleum auf dem Roten Platz getragen: «Die ganze Welt zerstören wir mit Gewalt / bis zum Fundament, und danach / bauen wir unsere, eine neue Welt.» Diese Großbaustelle Sowjetunion sollte er stets im Auge behalten, noch als einbalsamierter Leichnam. Zehn Tage nach Lenins Tod wurde die Verfassung der Union der Sozialistischen Sowjetrepubliken angenommen.

Das Jahr 1924, schreibt Babel in seiner «Autobiographie», sei der Beginn seiner literarischen Tätigkeit gewesen. Ein Jahr zuvor, in Tbilissi, hatte er das von Gorki empfohlene Studium an der Universität Leben abgeschlossen. Er hatte nun gelernt, seine «Gedanken klar und nicht zu langatmig auszudrücken». Und in der vierten Nummer von *LEF* erschienen Auszüge aus Babels Zyklen «Reiterarmee» sowie «Geschichten aus Odessa» – zum Teil

Überarbeitungen bereits gedruckter Erzählungen, zum Teil neue Werke.[243] Diesen Veröffentlichungen verdankte Babel seinen Durchbruch als Schriftsteller. Die Zeitschrift der Futuristen nahm für sich in Anspruch, das wahre Zentrum der proletarischen Literatur zu sein. Majakowski, der Babel während einer Veranstaltung im großen Saal des Preußischen Herrenhauses in Berlin einen «kleinen, tollen, vieräugigen Kavalleristen mit Kugelkopf und Sattelnase» nannte,[244] war begeistert von Babels Prosa.

Nur ganz selten in seinem Leben gelang es Babel, so konzentriert zu schreiben wie in Sergijew posad. Dabei half es natürlich, dass die Redakteure begierig auf seine Arbeiten warteten und dass er nicht auf ideologische Vorgaben achten musste: Dank der Berühmtheit Majakowskis konnte *LEF* sich viele Freiheiten herausnehmen. Doch die Auflage war gering, sie kam über fünftausend Exemplare nicht heraus. Nach nur sieben Ausgaben wurde die Zeitschrift eingestellt.

Kurz nach den ersten Veröffentlichungen in *LEF* begann Babel parallel in *Krasnaja now* (Rotes Neuland) zu publizieren. Deren Auflage erreichte in den zwanziger Jahren elftausend, der Großteil davon ging an Abonnenten. Deshalb konnte ihr Gründer und Chefredakteur Alexander Konstantinowitsch Woronski erklären, seine Autoren würden «exzellent bezahlt».[245] Nicht unwichtig für Babel, der Schenja mit seinen Honoraren zwar nicht den Luxus bieten konnte, den sie von ihrer Familie gewohnt war, wohl aber ein Leben ohne materielle Not.

Krasnaja now war, wie schon der Name erkennen ließ, kein dickes Journal aus Zarenzeiten, sondern ein Produkt der Revolution, freilich mit ähnlichem Volumen. Das erste redaktionelle Treffen hatte im Kreml stattgefunden, im Arbeitszimmer Lenins. Er, seine Frau Nadeschda Krupskaja, Gorki und Woronski einigten sich über die Modalitäten, die erste Nummer erschien am 29. Juli 1921. Es sollte ein Forum für proletarische Literatur sein, auch wenn nicht ganz klar war, was man darunter zu verstehen hatte.

Woronski konnte mit dem Begriff der proletarischen oder kommunistischen Literatur nichts anfangen. Er nahm in seine Zeitschrift auf, was er für veröffentlichungswürdig hielt, und dazu gehörten Babels Texte. Zunächst fand er Unterstützung auf höchster Ebene. Der Leiter des Ministeriums für Volksbildung Anatoli Lunatscharski, ein toleranter Mann, der sich um eine Vermittlung zwischen bürgerlicher und proletarischer Kunst bemühte, anerkannte die Qualität der in *Krasnaja now* enthaltenen Erzählungen; wolle man «in Russland nur diejenigen Lichter brennen lassen, die unserem Geist entsprechen, dann würden wir versickern, in völligem Dunkel versinken».[246] Außerdem erfülle die Literatur ohnehin «ein Bedürfnis zweiten Ranges».

Gegen dieses Literaturverständnis regte sich jedoch schnell Widerstand. Andere Blätter, allen voran die Zeitschrift mit dem aggressiven Titel *Na postu* (Auf Wache), polemisierten heftig gegen *Krasnaja now*. Das war weniger eine normale Konkurrenz als vielmehr ein verbissener Kampf um die richtige Ideologie. Insbesondere Woronskis zähes Festhalten an den so genannten literarischen «Mitläufern» nahm man ihm übel.

Das Schlagwort hatte Trotzki 1923 in seiner Magna Charta für sowjetische Schriftsteller «Literatur und Revolution» geprägt. Darin forderte er die proletarischen Schriftsteller auf, ihre Hegemonie durch Produktivität, nicht durch Erklärungen zu gewinnen.[247] Unter den Begriff der Mitläufer fielen ganz unterschiedliche Autoren. Was sie einte, war die kritische Distanz zur Revolution. Trotzki nannte ihre Literatur eine «Kunst des Übergangs». Doch gerade die Mitläufer besaßen ein hohes literarisches Potential, und sie sollten gegenüber den revolutionären Zielen loyal gestimmt werden – zunächst ohne Gewalt.

Aber Zeitschriften wie *Na postu* ließen nicht locker, verlangten ein eindeutiges Bekenntnis zur Partei. Diese Auseinandersetzung war eine der ganz wenigen Gelegenheiten, bei denen Babel sich einer Gruppe von Schriftstellern anschloss: Gemeinsam mit fünfunddreißig anderen Autoren – zum größten Teil Mitläufer wie er, darunter Boris Pilnjak, Alexei Tolstoi, Michail Soschtschenko und Ossip Mandelstam – bezog er in einem Brief an das ZK, das höchste Organ der Kommunistischen Partei Russlands, eindeutig Stellung gegen die Vorwürfe orthodoxer Schriftsteller. Die Literatur, so hieß es in dem Schreiben, sollte «die Schöpfung eines schriftstellerisch tätigen Individuums sein, das die Welt auf seine Art erfasst und widerspiegelt».[248] Welch unerhörter Individualismus im Reich des Kollektivs. Wenige Jahre später wäre eine solche offene Meinungsäußerung undenkbar gewesen. Noch aber hielt sich die Partei zurück, die Freiheiten des NEP waren nicht nur im Bereich der Ökonomie zu spüren. Kolzow etwa, inzwischen Chef der Illustrierten *Ogonjok*, konnte es wagen, trotz wiederholten Protests Stalins einen illustrierten Artikel über Trotzki zu drucken. Erstaunliches war möglich, doch auch hier gilt: noch.

Mit großem Interesse verfolgte Babels Mentor Gorki diese Entwicklungen. Er hielt viel von den Mitläufern und hoffte, dass sie die Tradition der russischen Literatur fortsetzen würden. Sein Domizil lag allerdings nicht mehr an der Newa oder der Moskwa, sondern am Mittelmeer, in Sorrent. Zornig hatte er Russland 1921 den Rücken gekehrt, nachdem die Bolschewiki seine Bitten, dem Ausreisegesuch des großen Dichters Alexander Blok stattzugeben, lange nicht zur Kenntnis genommen hatten. Als sie schließlich einlenkten, Blok jedoch nur ohne seine Frau ausreisen lassen wollten, protestierte dieser auf seine Art: Er starb.

Und Gorki ging erneut ins Exil. So wie er verließen viele andere russische Schriftsteller das Land: Konstantin Balmont, Alexei Tolstoi, Marina Zwetajewa, Wsjowolod Iwanow. Die literarischen Salons Moskaus und St. Petersburgs wurden in Paris, Berlin und Prag wieder eröffnet. Einige Emigranten machten Karriere im Ausland, andere verstummten vor Gram. Gorki freilich kritisierte die Räte auch von Italien aus. Der sowjetische Geheimdienst setzte Spitzel auf ihn an, bis an sein Lebensende wurde er von nun an überwacht[249] – die Rückkehr nach Russland schien gefährdet, doch diese Möglichkeit wollte sich Gorki auf keinen Fall verbauen. Als Geste der Versöhnung ließ er auf den Kranz, den er zu Lenins Trauerfeier schickte, die Worte schreiben: «Leb wohl, Freund! M. Gorki.»[250] Bis zu seiner Heimkehr sollte es noch vier Jahre dauern.

In Moskau sorgten derweil Babels Erzählungen über den polnisch-russischen Krieg – Anfang August 1924 waren zwei davon sogar in der *Prawda* erschienen[251] – für Aufregung. Kämpfer der Reiterarmee schrieben wütende Briefe an das Politbüro: Die Erzählungen seien «ideologisch schädlich und in Zukunft für eine Veröffentlichung ungeeignet», der Autor habe eine «kranke Phantasie» und sei keiner «von uns». Vor einer Publikation des angekündigten Buches müssten die Angehörige der Reiterarmee das Manuskript anschauen können;[252] man wollte eine ordentliche Heldengeschichte aus Babels Beobachtungen machen. Majakowski berichtete später amüsiert von aufgebrachten Genossen, die Babel vorwarfen, er hätte seinen Vorgesetzten die chaotischen Zustände in der Reiterarmee melden sollen, statt Erzählungen darüber zu schreiben.

In einem Brief aus Berlin an die orthodox-kommunistische Literaturzeitschrift *Oktjabr* beschwerte sich der Kosak Melnikow, er sei in der Erzählung «Timoschenko und Melnikow» falsch dargestellt worden. Nie habe er seinen Austritt aus der kommunistischen Partei erklärt. Babel reagierte mit einem offenen Brief an *Oktjabr* und an die Armeezeitung *Krasnaja swesda* (Roter Stern), ohne darin jedoch Melnikow zu erwähnen.[253] Er entschuldigt sich dafür, die authentischen Namen nicht gestrichen zu haben, er sei halt zerstreut gewesen.[254] Mit Timoschenko habe die gleichnamige Figur ohnehin wenig gemein, das müsse jedem klar sein, der ihm, Timoschenko, einmal begegnet sei, «einem der mutigsten und aufopferungsvollsten unserer roten Kommandeure».[255]

Die Vertreter einer harten Linie gegenüber den Mitläufern hatten inzwischen sogar den schlichten Bürgerkriegshelden und ehemaligen Befehlshaber der Reiterarmee gegen Babel in Stellung gebracht: Ebenfalls in *Oktjabr* erschien ein von Budjonny unterzeichneter Brief mit dem vielsagenden Titel «Babism Babelja» («Die Weibischkeit Babels»). Das Wortspiel nahm das in Russland weit verbreitete Vorurteil auf, Juden seien feige und keine «echten Männer». Entsprechend lauteten die Vorwürfe gegen Babel: Wie ein nichtsahnendes Weib berichte er über Dinge, die er nicht verstehe, er tratsche nur.[256]

Womöglich war Budjonny als überzeugter Soldat tatsächlich dieser Meinung, obwohl er natürlich wusste, wie seine Leute gewütet hatten. Im Herbst 1920 richtete ein Kriegstribunal über die marodierenden Truppen, es gab Erschießungen.[257] Doch die Sieger schreiben die Geschichte. Die Partei hatte längst entschieden, dass die Reiterarmee zu loben war. Als der ungebildete Budjonny unter das Pamphlet, das er kaum selbst verfasst haben dürfte, seinen Namen setzte, war seine Brust mit Orden behängt und er zum Oberinspekteur der russischen Kavallerie aufgestiegen – nicht zuletzt aufgrund der Protektion durch Stalin. Der hatte die Reiterarmee schließlich mitgegründet, und er reklamierte ihre Leistungen für sich.

Nach der von Budjonny gerittenen Attacke wurde eine Konferenz über Babels «Reiterarmee» anberaumt. *Prawda* und *Wetschernaja Moskwa* gaben Datum und Uhrzeit bekannt: 29. November um 20 Uhr 30. Weder Babel noch Budjonny nahmen teil, und auch sonst sind sich die beiden nie begegnet.[258] Den Vorsitz führte Babels Freund Furmanow. Auf einem Zettel hatte er sich die Stichworte für seine Verteidigung notiert: «kultiviert, arbeitet viel, Realist.»[259] Der Angriff wurde erfolgreich abgewehrt.

Aber Budjonny war nun nicht mehr zu beruhigen. Als er in einem offenen Wagen an Woronski vorbeifuhr, beschimpfte er ihn wüst: «Dich und deinen Babel müsste man mit einer Peitsche durchprügeln.»[260] Und Stalin stellte Woronski bei einer Veranstaltung im Bolschoi-Theater scheinheilig zur Rede: «Was druckst du in *Krasnaja now* über die ‹Reiterarmee›. Budjonny ist aufgebracht.»[261] Zunächst jedoch vermochte diese Breitseite gegen den Juden und Schriftsteller Babel sowie gegen Woronski und seiner Mitläuferzeitung *Krasnaja now* nichts auszurichten. Die Erzählungen und Novellen aus dem Zyklus der «Reiterarmee» wurden weiter mit großem Erfolg veröffentlicht.

Die Gründe für diese erstaunliche Zurückhaltung erklärte Dmitri Manuilski, der einen Führungsposten in der Kommunistischen Internationale (Komintern) bekleidete, in einem Brief an das ZK-Mitglied Kliment Woroschilow. Dieser ehemalige Metallarbeiter hatte als Politoffizier am polnisch-russischen Krieg teilgenommen. Dort hatte er Stalin kennen gelernt und war zu einem seiner treuesten Gefolgsmänner geworden. Schon deshalb versteht es sich, dass ihm Babels Erzählungen ein Dorn im Auge waren. Mehrfach hatte er Manuilski bereits aufgefordert, gegen den «unzulässigen Ton» der Geschichten vorzugehen. Doch Manuilski sprach sich gegen die Veröffentlichung fingierter oder echter Schreiben aufgebrachter Reiterarmisten aus. Zum einen wecke man so nur das Interesse an Babels Werk, zum anderen könnten die weißgardistischen Exil-Zeitungen eine solche Kampagne zur «Diskreditierung unserer Armee und unseres sowjetischen Regimes nutzen».[262] Im Jahre 1924 war die Macht der Räte noch nicht stark genug, im Ausland erscheinende Artikel über die Zensur oder das Verbot eines Schriftstellers einfach zu ignorieren. Noch waren nicht zu allen Staaten diplomatische Verbindungen geknüpft. Die USA erkannten die Sowjetunion erst 1933 an.

Babel war zu einem erfolgreichen Schriftsteller geworden, zu erfolgreich, um ihn stiekum zum Schweigen zu bringen. Das war ihm durchaus bewusst: Über die erste Welle der Kritik machte er sich keine großen Sorgen, eher amüsierte er sich darüber. Zudem besaß er seit seiner Zeit in der Reiterarmee hochkarätige Protektion. Nicht wenige seiner Bekannten waren in den vergangenen Jahren innerhalb der Sowjetbürokratie ganz nach oben aufgestiegen: die Militärkommandeure Primakow, Schmidt und Jakir, der Geheimdienstmann Jewdokimow, die Gebietssekretäre Kalmykow und Postyschew. Diese Seilschaft verschaffte Babel einen ungewöhnlichen künstlerischen Freiraum, den er wie kaum ein Zweiter nutzte – bis zu seinem Tode.

Kapitel 5

Der Erfolg (1925–1928)

«Mein ganzes Leben führe ich einen Kampf mit diesem Menschen.»
(Babels Worte auf der Rückseite einer Fotografie mit seinem Porträt)

«So scharf wie Spiritus, so farbenfroh wie ein Edelstein», bejubelte der Literaturkritiker Wjatscheslaw Polonski die Geschichten der «Reiterarmee».[263] Babel war zum Gesprächsthema des ganzen Landes geworden; «in Moskau machte er Lärm», schrieb Konstantin Fedin an Gorki.[264] Die Hauptstadt lag dem Dreißigjährigen zu Füßen.

So etwas hatte es in der Sowjetunion noch nicht gegeben. Die *Prawda* pries Babel im Oktober 1924 als einen «aufsteigenden Star unserer Literatur»,[265] die Zeitschrift Petschat i rewoluzija erklärte ihn zum «großen Künstler»[266] und Woronski, Babels Redakteur und Arbeitgeber, nannte ihn die «große Hoffnung der zeitgenössischen russischen, sowjetischen Literatur»,[267] sämtliche wichtigen Literaturzeitschriften druckten Artikel über Babel: *Krasnaja now*, *Nowy mir*, *Na postu*, *Swesda*, *Molodaja gwardija*.[268] Ein Triumph.

Und nicht nur in Russland, auch in Prag, Brüssel, Berlin wurde er gelesen, besprochen und gefeiert. Der Rezensent des Pariser Emigrantenblattes *Sowremennyje Sapiski*[269] (Zeitgenössische Aufzeichnungen), Fürst Swjatopolk-Mirski, geriet fast ins Schwärmen: «Er hat schon Sachen eines solchen Kalibers geschaffen, dass wir ihn einreihen müssen in die Schar der wahren Meister.» Diese Lobeserhebung war um so erstaunlicher, als die russischen Emigranten jedem Erfolg sowjetischer Autoren äußerst kritisch gegenüberstanden.

Babels Erzählungen befassten sich nicht nur mit den Auswirkungen der Revolution, sondern auch mit deren Moral und Legitimität. In der

«Reiterarmee» stellt er die Frage: «Wo bleibt die süße Revolution?», auf die viele Bürger bisher keine Antwort wussten. Nicht zuletzt wegen dieser Ehrlichkeit schätzte man ihn. Bald waren mehr Seiten über ihn erschienen, als er jemals publizieren könnte, bemerkte ein Zeitgenosse spöttisch. Im Jahre 1926 erhielt Babel sogar einen eigenen Eintrag in der ersten Ausgabe der Großen Sowjetischen Enzyklopädie.[270] Und 1928, nachdem die Buchausgabe der «Reiterarmee» erschienen war, widmete der angesehene Verlag Academia ihm einen ausführlichen Band in der Reihe «Meister der zeitgenössischen Literatur».[271] Selbst der stets kritische Schklowski konstatierte lapidar: «Unwahrscheinlich, dass bei uns irgendeiner besser schreibt.»[272]

Gorki hatte allen Grund, zufrieden mit seinem Schüler zu sein. In mehreren Briefen aus seinem Refugium in Sorrent äußerte er sich sehr positiv über ihn: Von Babel könne man noch viel erwarten, er sei talentiert und klug, ließ Gorki den Schriftsteller Alexei Demidow wissen. «Phantasie hat er reichlich, und das ist die wichtigste Kraft des Künstlers.»[273] Dem französischen Dichter Romain Rolland berichtete Gorki, Babel sei «die große Hoffnung der russischen Literatur».[274]

All das Lob wird Babel gefallen haben, hatte er sich doch nun als Schriftsteller etabliert. Aber auch mit der Kritik konnte er zufrieden sein, denn sie gehörte mit zum Bild eines Autors, der Moskau im Sturm erobert hatte; und Babel musste heftige Kritik einstecken, nicht nur von Budjonny und seinen ehemaligen Mitkämpfern. Der Emigrant Bunin etwa tat die sowjetischen Literaten – Babel inbegriffen – allesamt als «Holzköpfe» ab, die nicht einmal eine «simple Sache erzählen» könnten.[275] Manchem Schriftstellerkollegen im eigenen Land waren Babels Schilderungen zu brutal und zu einseitig: Budjonnys Kämpfer seien nicht nur Banditen gewesen; die «Reiterarmee» enthalte zu viel Pornographie, Babel sei die Bedeutung der Liebe völlig unbekannt; außerdem schreibe er mehr über sich, als über Ereignisse.[276]

Schwerer als solche inhaltlichen Mängel wogen freilich die ideologischen Fehler, die man ihm vorhielt. Dass Babel die Revolution mit moralischen Maßstäben beurteilte, musste den orthodox-kommunistischen Kritikern missfallen: «Die Revolution ist nicht der Moral unterstellt. Im Gegenteil, die Moral ist ihr unterstellt», hieß es in einer Rezension mit dem Titel «Poesie des Banditentums».[277] Genauso dachte der Mitarbeiter der Komsomolzeitung *Molodaja Gwardija* (Junge Garde) und wandte sich an seine jugendlichen Leser mit der rhetorischen Frage: «Kann uns das erfreuen?» Sein Kollege Georgi Gorbatschow von *Swesda* vermisste in der «Reiterarmee» die Sprache der Bauern.[278] In der sowjetischen «Enzyklopädie für Literatur» wurde Babel gar vorgeworfen, er zeige nicht die nötige Solidarität mit der Arbeiterklasse: Die Revolution habe die Juden vom Zarismus erlöst, und jetzt seien sie zu sehr mit sich selbst beschäftigt, um sich noch um die Belange der Werktätigen zu kümmern. Zudem wandle Babel auf dem «Pfad des Individualismus».[279]

Die meisten Rezensenten äußerten sich jedoch positiv über die Tatsache, dass Babel Jude war. Schließlich verstand sich die Sowjetunion als Vielvölkerstaat, an dessen weiterem Aufbau möglichst alle mitwirken sollten. Babel könnte, schrieb der Schriftsteller Alexander Tichonow an Gorki, «der erste Fall eines ‹russländischen›, nicht eines russischen Schriftstellers sein.»[280] Und in nationalistischem Duktus formulierte der bekannte Literaturkritiker Leschnjew, Babel sei der erste russische Jude der russischen Literatur.[281] Tatsächlich hatten Juden zu Zeiten des Zaren keinen Einfluss in der russischen Literatur gehabt. Erst die Revolution riss bestehende Schranken nieder. Gerade Juden nutzten die neue Freiheit, doch nur die wenigsten von ihnen beschäftigten sich wie Babel mit jüdischen Themen. Ohne eigentlich gläubig zu sein, hielt er an diesen Traditionen fest und fand in der russischen Sprache – ähnlich wie Franz Kafka in der deutschen – eine eigene, von den jüdischen Wurzeln geprägte Stimme.

Babel hatte die wohl kreativste Phase seines Lebens abgeschlossen. In vier Jahren hatte er die zwei Erzählzyklen beendet, für die er bis heute weltberühmt ist. Als Meister der Kurzgeschichte war ihm ein Platz in der Literaturgeschichte neben Maupassant, Kipling und Hemingway sicher. Die Liste seiner Veröffentlichungen wurde immer länger: 1925 nahm die Bibliothek Ogonjok, die der gleichnamigen Zeitschrift angegliedert war, seine ersten beiden Bücher in ihr Programm auf. Die schmalen Bändchen mit gerade einmal knapp vierzig Seiten enthielten einzelne «Geschichten aus Odessa» und Erzählungen der «Reiterarmee», deren vollständige Buchausgabe sein Bekannter Furmanow vorbereitete; sie erschien 1926. Im selben Jahr wurden zwei Erzählungen aus dem Zyklus «Geschichte meines Taubenschlages» separat im Verlag Erde und Fabrik publiziert.[282] Hinter die Karriere und seine Berufung musste alles andere zurücktreten – auch seine Familie. Dieser

Konflikt begleitete Babel durch sein Leben. Er entwarf viele Pläne, um die versprengte Familie wieder zusammenzuführen, ohne Erfolg.

Nachdem Babels Vater am 3. März 1924 gestorben war, wohnte seine Mutter zunächst bei ihm in Sergijew posad. Ende desselben Jahres verließ Meri zusammen mit ihrem Mann, dem Arzt Grigori Romanowitsch Schaposchnikow, die Sowjetunion und bezog wenige Monate später Quartier in Brüssel. «Äskulap», wie Babel seinen Schwager nannte, fand dort eine Anstellung in einem pharmazeutischen Unternehmen. Inmitten des Trubels, der in Moskau um ihren Sohn herrschte, fühlte sich Fejga Babel überhaupt nicht wohl, und so folgte sie ihrer Tochter im Sommer 1926 nach Belgien. Babel hatte durch den Erfolg der «Reiterarmee» und den Aufstieg seiner ehemaligen Kameraden plötzlich Zugang zu den führenden Kreisen des sowjetischen Staates. Als glänzender Geschichtenerzähler, dessen Humor stets gut ankam, war er ein gern gesehener Gast auf vielen Feiern.

Bei einem dieser gesellschaftlichen Abende lernte er eine bezaubernde und schöne junge Schauspielerin kennen, die am renommierten Mejerchold-Theater engagiert war. Ohne Zögern begleitete er die sechs Jahre jüngere Tamara Kaschirina durch das nächtliche Moskau in ihre Wohnung. Babel hatte sie mit seinem scharfen Intellekt und seiner amüsanten Art für sich eingenommen. Er war einer der bekanntesten Schriftsteller des Landes, sie eine talentierte Schauspielerin an einem der besten Theater Moskaus. In einem Brief im April 1925 nennt Babel sie bereits «meine Seele»,[283] es folgten viele weitere eindeutige Liebesbekundungen: «Mein Herz, lass mich nicht allein.»[284]

Seine Frau Schenja ahnte etwas von der Liebschaft ihres Mannes, von dem sich anbahnenden Verhältnis. Die Affäre riss eine tiefe Wunde, die nie mehr verheilen sollte und deren Schmerz sie lange Zeit mit niemandem teilte. Erst an ihrem Totenbett berichtete sie ihrer Tochter Nathalie davon.[285]

Freilich hatte die Entfremdung zwischen ihr und Babel nicht plötzlich und nicht erst in Moskau begonnen, sondern bereits in Odessa. Dort ging Babel stets ohne sie aus,[286] sie mochte seinen Humor nicht und hielt Abstand zu seinen Freunden und Kollegen; in deren veröffentlichten Erinnerungen blieb sie stets unerwähnt. Als sensible Frau aus einem begüterten Haus hatte sie miterleben müssen, wie ihr Vater seines Eigentums beraubt wurde. Er stieg vom Firmeninhaber zum Türsteher ab, die neuen Machthaber hatten seinen Besitz verstaatlicht. Schenja, die die Revolution zunächst durchaus begrüßt hatte, verachtete die Bolschewiki. Sie hatten ihre Eltern zugrunde gerichtet: Die Depressionen der Mutter nahmen zu, der Vater erholte sich von den Ereignissen nicht mehr und starb zehn Jahre nach der Revolution. Daher fiel es ihr nicht leicht zuzusehen, wie ihr Mann nun von der Parteielite hofiert wurde. Babel war zwar kein überzeugter Kommunist, kein Parteimitglied, aber er befürwortete im Prinzip die neue Ordnung, traf sich mit den Kommissaren, ja bewunderte sie für ihren Mut und ihre Mannhaftigkeit, ihr Schicksal in die eigene Hand genommen zu haben – auch wenn er mit den Mitteln, die sie anwendeten, und den Zielen, die sie verfolgten, nicht immer einverstanden war und sich bei seiner Freundin Tamara beklagte, er lebe in einem Land, in dem «Ideologie mehr zählt als Sauerstoff».[287]

Diese Luft zum Atmen fehlte Schenja ebenso wie die Hoffnung auf ein Familienleben mit Babel. Sie entschloss sich, Russland zu verlassen. Babel schrieb seiner Schwester Meri Mitte November 1925, dass Schenja alle Transitvisa erhalten habe.[288] Beziehungen und zweihundert Rubel, damals eine ordentliche Summe, hatten den Weg ins Ausland geebnet. Im Dezember traf sie in Paris ein.[289] Obwohl es ihr finanziell nie wieder so gut ging wie in ihrem Elternhaus, bereute sie die Entscheidung nicht.

Von der Abreise seiner Frau schien Babel zunächst unberührt. Bei seiner Schwester beschwerte er sich lediglich, dass Schenja keine Briefe, sondern nur Telegramme aus Paris schickte.[290] Zumindest nach außen hin machte er einen ausgeglichenen Eindruck. Auch finanziell ging es ihm nicht schlecht, er kündigt seiner Schwester ein «Kistchen voll Geld»[291] an. Noch konnte man Rubel- oder Dollarbeträge direkt überweisen. Später war das nicht mehr möglich. Babel behalf sich, indem er den in Moskau gebliebenen Angehörigen von Emigranten Geld gab, während diese dann in Brüssel oder Paris seiner Schwester oder seiner Frau den entsprechenden Betrag zukommen ließen. In den folgenden Jahren sandte Babel kaum einen Brief nach Brüssel oder Paris an seine Verwandten, ohne ihnen eine Geldsumme in Aussicht zu stellen. Er konnte es sich zwar immer weniger leisten, aber seit dem Tod seines Vaters fühlte er sich für die Familie verantwortlich, um die er sich Zeit seines Lebens kümmerte. Ohne seine Unterstützung hätte Schenja sich in Paris kaum über Wasser halten können.

Die Beziehung mit Tamara Kaschirina hielt knapp zwei Jahre. Da Babel in jener Zeit häufig auf Reisen war oder sich in die Einsamkeit Sergijew posads zurückzog, wird auch Tamara ihn nicht oft gesehen haben. Dabei erwartete sie einen Sohn von ihm – es war noch zu der Zeit gezeugt worden, in der Schenja in Moskau lebte. Emmanuil, Babels erstes Kind, wurde am 13. Juli 1926 in Moskau geboren. Zunächst benannt nach Babels Vater, gab Tamara ihm nach der Trennung von Babel den Namen Michail.[292]

Viel Zeit für seinen Sohn hatte er allerdings nicht, denn er hatte ein neues Betätigungsfeld gefunden – das Kino. Damit begann eine Zweiteilung seines Schaffens: Um seinen Lebensunterhalt zu sichern, verfasste Babel Szenarien und Dialoge für den jungen sowjetischen Film; für die Seele, wie er es nannte, schrieb er Erzählungen. Beschwerte er sich mit zunehmendem Alter darüber, für Geld arbeiten zu müssen und sich nicht auf die wahre Literatur konzentrieren zu können, so war er in den Anfangsjahren fasziniert von den Möglichkeiten, die das neue Medium bot. Statt einige tausend Leser konnte er in recht kurzer Zeit Zehn-, wenn nicht Hunderttausende erreichen – gerade die richtige Größenordnung für den aufstrebenden Babel.

Der Film hatte in der Sowjetunion nur langsam Verbreitung gefunden. Es mangelte an Projektoren, verlässlichem Filmmaterial und Vorführräumen. Zunächst kaufte das Kulturministerium ausländische Streifen preisgünstig ein, um mit dem Gewinn die eigene Industrie aufzubauen. Noch Mitte der zwanziger Jahre lag der Anteil der amerikanischen, französischen und deutschen Produktionen bei bis zu fünfundachtzig Prozent.[293] Bald darauf jedoch gelang dem sowjetischen Film der Durchbruch. Man beseitigte die technischen Probleme, und die Künstler entdeckten das Kino für sich. Wurden 1918 gerade einmal sechs Filme gedreht, so waren es 1920 schon neunundzwanzig und fünf Jahre später gar achtzig. Selbst die Landbevölkerung vergaß man nicht: Eintausendsechshundert Projektoren samt transportablen Generatoren wurden auf Züge verladen, und so konnte man den Bauern und Landarbeitern die neuesten Werke aus den großen Studios in Moskau, Leningrad und Kiew vorführen.[294]

Mit «Salz» lieferte Babel 1925 sein Debüt. Er schrieb das Drehbuch nach seiner gleichnamigen, zwei Jahre zuvor erschienenen Erzählung aus der «Reiterarmee». Viel ist über diesen Kurzfilm nicht bekannt; er gilt als verschollen.[295] Man weiß lediglich, dass er vom ukrainischen Filmstudio Wufku[296] in Odessa produziert wurde. Seine Länge betrug gerade einmal vierhundertneunzehn Meter.[297]

Wahrlich nicht viel im Vergleich mit «Jüdisches Glück», einem Film nach Scholem Alejchems Erzählungen über Menachem Mendel, den typischen «Luftmenschen» in einem Schtetl, der sich viel Gedanken macht, nur nicht ums Geldverdienen. In der Hauptrolle debütierte Solomon Michoels, später ein herausragender Schauspieler der Sowjetunion. Er und Babel waren eng befreundet. Ende Mai 1925 trafen sie sich in Michoels Wohnung, um über das Projekt zu sprechen. Babel war an einer Mitarbeit zunächst nicht interessiert. «Bei uns in Odessa waren ‹Luftmenschen› nicht beliebt», protestierte er. Stattdessen schlug er vor, «aus Menachem Mendel einen Mendel Krik zu machen»; sein Gangster aus Odessa liebe das aufregende Leben, er sei ein Mann der Tat und des Humors. Michoels konnte ihn nur mit Mühe dazu überreden, mit dem Drehbuch zu beginnen, und zwar dem Original folgend. Nach einigen Tagen gab Babel auf, erklärte sich aber bereit, die Zwischentitel zu verfassen.[298]

Der Film, der in Berditschew, im ehemaligen Ansiedlungsgebiet der Juden in der Ukraine, gedreht wurde und im November in die Kinos kam, war so erfolgreich, dass man ihn als eine der ersten sowjetischen Produktionen exportierte. Er wurde in Ungarn und sogar in China vorgeführt.[299] Das Urteil der Kritiker über Babels Zwischentitel war positiv. Seine Arbeit sei «scharfsinnig»,[300] und man bescheinigte ihm eine «meisterliche Kontrolle über das Wort auf der Leinwand»,[301] obwohl man «das Element der Propaganda» vermisste.[302]

Während des Drehs lernte Babel den Kameramann Eduard Tissé kennen, der gleichzeitig an den Filmen «Jüdisches Glück» und «Panzerkreuzer Potemkin» arbeitete. Er war es, der die Odessaer Hafentreppe sowohl für Alexei Granowski, den Regisseur von «Jüdisches Glück», ins Bild setzte, als auch für Eisenstein, der ihr dann zu Weltruhm verhalf.

Tissé stellte Babel und Eisenstein einander vor. Ähnlich wie Babel stand dieser damals am Anfang einer glanzvollen, wenn auch zunächst holprigen Karriere. Der Schriftsteller und der Regisseur mochten sich auf Anhieb und planten eine enge Zusammenarbeit, zumal Eisenstein Babels Erzählungen bereits kannte: Er begann mit der Konzeption eines Drehbuchs zur «Reiterarmee», noch bevor der Zyklus zusammenhängend veröffentlicht worden war. Doch er legte die Pläne beiseite. Die oberste Parteiführung hatte ihn verpflichtet, einen Film zum zwanzigjährigen Jubiläum der Revolution von 1905 zu drehen, eben «Panzerkreuzer Potemkin».[303]

Das erste gemeinsame Projekt, «Benja Krik», scheiterte ebenfalls schon in der Anfangsphase. Im Mai 1925 bezeichnete Eisenstein die Arbeit daran in einem Brief an seine Mutter als «höllisch»:[304] In den «Geschichten aus Odessa» fehle nichts, was für einen guten Film notwendig sei, aber in Babels Skript sei alles verlorengegangen. Deshalb schlug Eisenstein dem Filmkomitee vor, direkt nach den Erzählungen zu drehen.[305] Babel gegenüber verschwieg er seine Bedenken. Nach einem Treffen der beiden im Juni auf Eisensteins Datscha in Nemtschinowka, einer kleinen Ortschaft etwa vierzig Kilometer westlich von Moskau, berichtete Babel Tamara noch optimistisch: «Das Drehbuch scheint möglich zu sein».[306] Und in der Tat wurde «Benja Krik» realisiert – allerdings ohne Eisenstein. Erneut musste er absagen, denn die Fertigstellung von «Panzerkreuzer Potemkin» verzögerte sich und beanspruchten seine ganze Kraft. Statt seiner leitete Wladimir Willner, ein weithin unbekannter Regisseur, den Film, der von Wufku produziert wurde und Anfang Januar 1927 in Kiew anlief. Babel muss ein gutes Honorar erhalten haben; seiner Schwester schrieb er, die Arbeit für das Kino sei «einträglicher als die reine Literatur».[307]

Und doch war Babel nicht zufrieden. Der Film sei «sehr schlecht», klagte er kurz nach der Uraufführung.[308] Was war geschehen? Etwas für Babel völlig Neues. Babel hatte sich mit ideologischen Vorgaben auseinanderzusetzen, die er bislang in dieser Form nicht gekannt hatte. Benja Kriks Leben musste er zu einem Drittel in der Sowjetzeit spielen lassen. Das bereitete ihm Schwierigkeiten. Die ersten vier Teile habe er in sieben Tagen fertiggestellt, schrieb er Tamara am 12. Juli 1925 aus Sergijew posad, kurz nach Fertigstellung des Drehbuchs, um drei Uhr Morgens; an den letzten beiden dagegen wären er fast verzweifelt.[309]

Babel musste den Tod seines Helden herbeischreiben. Benja Krik durfte die Revolution nicht überleben. Die Sowjetmacht duldete keine bunten Menschen, schon gar keine bunten Verbrecher. Und Babel fügte sich. Dennoch ist auch dem Film Babels Sympathie für die alte Welt der Juden in Odessa anzumerken. Die Figur des Benja Krik ist liebevoller gezeichnet als die seines Gegenspielers, des Kriegskommissars Sobkow. In der letzten Szene des Films reisen beide in einem luxuriösen Eisenbahnwaggon. Sie prosten sich zu, küssen sich. Benja trinkt viel, Sobkow tut nur so, er gießt den Wodka überall hin, nur nicht die Kehle herunter. Das gilt in Russland als schwerer gesellschaftlicher Fehler, denn wer nicht trinkt, der hat etwas zu verbergen – wie Sobkow: Er lockt Benja Krik in einen Hinterhalt und lässt ihn erschießen. Als Belohnung werden Zigaretten verteilt. Der Stummfilm endet mit den eingeblendeten Worten: «Macht weiter so, Genossen.»

Fast zeitgleich mit «Benja Krik» kam «Wandernde Sterne» in Kiew in die Kinos. Babel hatte auch hierzu das Drehbuch geschrieben. Zwar warben in Kiew überall Plakate für den Film, doch Babel hörte nichts Gutes darüber.[310] In Moskau lief er erst ein Jahr später an. Man wollte die Verbreitung eines weiteren Werkes von Scholem Alejchem verhindern, dem jeder Bezug zum nachrevolutionären Russland fehlte. Als «Wandernde Sterne» dann doch in Moskau gezeigt wurde, bemängelten die Kritiker eben die mangelnde Ideologie; der Film idealisiere die bourgeoise Vergangenheit und sei mit jüdischen Themen überfrachtet. Genau wie «Benja Krik», der kurz nach der Uraufführung abgesetzt wurde, verschwand «Wandernde Sterne» rasch wieder von der Leinwand.[311] In weiser Voraussicht hatte sich Babel bereits vorab in der Zeitschrift Kinoszenari für die Mängel des Films entschuldigt und sie mit dem «undankbaren Material» begründet.[312] Einmal mehr war er sehr unzufrieden. «Scheußlich» seien seine Filme, schrieb er Anna Slonim,[313] die nun mit ihrem Mann in der Warwarka-Straße 16, unweit des Kreml im Zentrum Moskaus wohnte und Babel ein Zimmer zur Verfügung gestellt hatte. Und damit endete nach zwei Versuchen Babels Bemühen, die jüngste jüdische Geschichte Russlands für das sowjetische Kino aufzubereiten. Er war zu spät gekommen, das Medium war ganz von der Propaganda in Anspruch genommen worden.

Nachdem sich die Filmindustrie für jüdische Themen unempfänglich gezeigt hatte, begann Babel sich für das Theater zu interessieren. Seine abenteuerliche, nicht ganz reale Welt der Moldawanka ließ ihn nicht los, und da sie auf Zelluloid nicht zu bannen war, wollte er sie nun auf die Bühne bringen. Fast trotzig schrieb er das Stück «Sakat», was soviel bedeutet wie «Sonnenuntergang», in weniger romantischer Übersetzung einfach «Niedergang». Inhaltlich handelt es sich um ein Adaption seiner gleichnamigen Erzählung, die, obwohl schon 1923 und 1924 entstanden, erst nach Babels Tod veröffentlicht wurde.[314] Sie gehört zum Umfeld der «Geschichten aus Odessa». Freilich ist sie nicht mehr so ausgelassen, so schrill wie die früheren Texte aus diesem Zyklus.

Der alte Fuhrunternehmer Mendel Krik verliert in seinem Haus die Macht, weil die Söhne, darunter Benja, gegen den gewalttätigen und herrschsüchtigen Vater vorgehen. Benja übernimmt das Geschäft. Doch auch die neue Welt, die er verkörpert, erscheint dem Zuschauer nicht sympathisch. Kein Neuanfang scheint im Odessa des Jahres 1913 möglich zu sein. Noch herrschte der Zar. Von Sozialismus verstand Unternehmer Benja Krik nichts. War es eine Metapher für den Untergang des Judentums?

So mühte sich Babel am Stoff. Zwar schrieb er Tamara Ende August 1926 stolz, dass er nur neun Tage für die Bühnenfassung gebraucht habe.[315] Einen Monat später befielen ihn jedoch Zweifel, ob es Erfolg haben könne, denn «zur Revolution hat das Stück keinerlei Beziehung».[316] Babel war verunsichert. Für das Jahr 1927 plante er eine Reise nach Kiew, um «Sakat» dort vorzulesen und auf mögliche Kritik mit Änderungen reagieren zu können. Ausführlich berichtete die Zeitung *Wetscherni Kiew* im Frühjahr 1927 in mehreren Ausgaben über seinen Auftritt. Babel präsentierte das Drama am 25. März im «Haus für kommunistische Aufklärung» und schrieb am nächsten Tag euphorisch an seine Mutter: «Der Erfolg ist groß, wäre ich unbescheiden, würde ich sagen – riesig.»[317] Und Tamara informierte er über den «materiellen und künstlerischen Erfolg», denn die Zuhörer hatten für seine Lesung einen Obolus zu entrichten.[318]

Eine kommunistische Aufklärung, wie der Gebäudename vermuten ließ, erhielten sie freilich nicht. Dafür wäre Babel auch der falsche Mann gewesen. Im Juli 1926 hatte man ihn auf einer Sitzung des Organisationsbüros des ZK, einem führenden Parteigremium, als intellektuellen Bourgeois offiziell zur Gruppe der Mitläufer gezählt.[319] Alle Bemühungen, diese behutsam zum «schnellen Übergang auf die Seite der kommunistischen Ideologie» zu bewegen, wie es die erste Parteiresolution zur schönen Literatur im Sommer 1925 forderte,[320] waren bislang erfolglos geblieben: Noch 1926 machten die Bücher von Mitläufern nicht weniger als fünfzig Prozent der gesamten Produktion der Staatsverlage aus.

Bildungskommissar Lunatscharski legte die Resolution wohlwollend aus. Anfang 1925 hatte er in einer Rede über die «Wege der zeitgenössischen Literatur» versichert, es sei nicht seine Absicht, die Mitläufer «über Bord zu werfen».[321] Und auch Nikolai Bucharin, Mitverfasser der Resolution und damals ZK-Mitglied sowie Chefredakteur der *Prawda*, hatte angemerkt:

«Welches Politbüro des Adels gab Puschkin Direktiven, als er Geschichten schrieb.»[322] Schöne Worte. In Wirklichkeit hatte die künstlerische Eiszeit begonnen. Boris Pasternak meinte später sogar, die Literatur habe in den folgenden Jahren ganz aufgehört zu existieren.[323] Und nach seiner Russlandreise stellte Walter Benjamin 1927 fest, dass in der Sowjetunion «Romane und Novellen in vielen Fällen zum Staat in einem ähnlichen Verhältnis stehen, wie vor Jahrhunderten die Produktion eines Autors zu der Gesinnung seines fürstlichen Mäzens».[324]

Babel hatte in seinem Freundeskreis bereits die ersten Folgen der Politisierung und Ideologisierung der Literatur miterleben müssen. Zum einen durch Woronski, mit dem er 1925 in Sergijew posad ein Haus teilte. Sein Name war für orthodoxe Arbeiterschriftsteller zum roten Tuch und zum Synonym für den «Verzicht auf die Hegemonie des Proletariats auf dem Gebiet der Literatur» geworden.[325] Denn nach wie vor druckte Woronski in *Krasnaja now* überwiegend Texte von Mitläufern. Als vorläufige Maßnahme hatte er seinen Posten als Chefredakteur zu räumen, sein Name verschwand aus dem Impressum.[326] Zwar kehrte Woronski wieder zurück, aber im Herbst 1927 musste er die Zeitschrift endgültig verlassen, die ohne ihn an Bedeutung und Einfluss verlor.

Noch ein anderer Vorfall hatte Babel drastisch vor Augen geführt, dass die Zeit der weitgehend freien, von der NEP beflügelten sowjetischen Literatur langsam zu Ende ging: Der hochtalentierte Dichter Sergei Jessenin wurde in der Nacht zum 28. Dezember 1925 im Hotel Angleterre in Leningrad tot aufgefunden – Selbstmord, hieß es offiziell.[327] Er war in Ungnade gefallen, weil er angeblich zu individualistisch dachte und einen Volksnationalismus propagierte. Die Worte und Verse Jessenins waren meisterhaft und genauso unkonventionell wie sein Leben, das er kurzzeitig mit der weltbekannten amerikanischen Tänzerin Isadora Duncan teilte.[328] Neben Majakowski galt er als der Dichter der Revolution. Babel schätzte den jungen Mann mit den zarten Gesichtszügen, und das beruhte auf Gegenseitigkeit. Bei einer Begegnung 1924 in Moskau schlug Jessenin im Überschwang vor, Babel solle zum König der Erzähler ausgerufen werden, und er werde sich die Dichterkrone aufsetzen.[329]

Das letzte Treffen der beiden fand im folgenden April statt. Babel war beeindruckt von Jessenins Trinkfestigkeit und seinen großartigen Versen.

Aber er bemerkte auch, dass sein Freund «schwer krank» war.[330] Die «Jessenin-Cocktails» – halb Bier, halb Wodka – forderten ihren Tribut. Aus den Plänen, gemeinsam in den Kaukasus nach Tbilissi und Baku zu reisen,[331] wurde nichts mehr. Die letzte Ehre erwies Babel ihm, indem er den Sarg zur Ruhestätte auf dem Moskauer Wagankowski-Friedhof geleitete.

Jessenin hatte sich der Umerziehung in dramatischer Weise entzogen, fünf Jahre später sollte ihm – ähnlich desillusioniert und unter ebenso ungeklärten Umständen – Majakowski folgen.[332] Literaturbürokraten hatten zuvor allen Ernstes versucht, ihn in der wahren Lehre des Kommunismus zu unterrichten. Schklowski schilderte später die groteske Szene, wie sie den Revolutionsdichter im Moskauer Schriftstellerhaus aufsuchten, um ihn auf Kurs zu bringen.[333]

Zu solch drakonischen Maßnahmen kam es bei Babel vorerst nicht. Er war als verantwortlicher Redakteur an der Herausgabe der gesammelten Werke seines großen literarischen Vorbildes Maupassant beteiligt, die 1926 und 1927 in drei Bänden erschienen,[334] und redigierte eine zweibändige Ausgabe des von ihm verehrten Scholem Alejchem. Auch dem Film blieb er weiterhin verbunden. 1926 schrieb er die Zwischentitel für «Café Fankoni», ein Jahr später das Drehbuch zu «Die chinesische Windmühle»[335] und 1928 bearbeitete er den Roman «Jimmy Higgins» von Upton Sinclair für das Kino.[336] Außerdem galt er als zuverlässiger Drehbuchdoktor, der in kürzester Zeit Dialoge ausbessern konnte. Zwar beklagte Babel sich häufig, nicht genügend Zeit für die Literatur zu haben, und Gorki seufzte: «Ach, Babel. Warum lässt er sich nur vom Kino ablenken?»[337] Aber diese Arbeit wurde gut bezahlt. Sie war in den folgenden Jahren nicht selten Babels einzige Einnahmequelle.

Literaturabende mit Babels Werken wurden veranstaltet – Utjosow nahm als Vorleser daran teil –, und seine Erzählungen der «Reiterarmee» sowie der «Geschichten aus Odessa» immer wieder aufgelegt. Sechs von ihnen erschienen im Almanach *Bereschit* (Genesis) in hebräischer Sprache.[338] Doch neue Texte brachte Babel, abgesehen von seinem Beitrag zum kollektiven Schelmenroman «Die großen Brände»[339] so gut wie nicht zu Papier. Dabei hatte er sich 1926 viel vorgenommen, seine Schwester in Brüssel bat er sogar mehrfach, ihm eine Remington-Schreibmaschine mit russischen Schriftzeichen zu schicken. Aber ihm fehlte zunehmend die Kraft zur Arbeit. «Ich bin völlig erledigt», hatte er Furmanow bereits im August 1925 anvertraut. «Manchmal denke ich, du wirfst alles hin, fährst weg nach Tibet oder verdingst dich als Rotarmist im Heer oder als Schreiber im Büro.»[340] An Gorki wendete er sich im Juni desselben Jahres fast verzweifelt: «Sollte ich Fehler begehen, so bitte ich Sie – verlieren Sie nicht den Glauben an mich.»[341]

Warum plagte den selbstbewussten, erfolgreichen Isaak Babel überhaupt Zweifel an seinem Können? Warum schrieb er 1927 auf die Rückseite seiner Photographie die Worte: «Mein ganzes Leben führe ich einen Kampf mit diesem Menschen»?

Seit der Abreise seiner Frau Schenja hatte ihn ein Schuldkomplex befallen, der ihn ganz offensichtlich am Schreiben hinderte: Als Preis für seinen Schriftstellerruhm hatte er seine Familie aufgegeben. Und auf einmal überkamen ihn Ängste, er könne auch sein Schreibtalent verlieren und dadurch dem ihm so schnell gereichten Lob nicht gerecht werden. Daher auch der voller Zweifel an Gorki geschriebene Brief. Vielleicht hatte er die Zeichen an der Wand erkannt, die sein Leben in der Sowjetunion schwer machen würden. Konnte er noch Worte finden in einem Land, dessen Ideologie ihm kaum verständlich war? Er war kein Dissident, aber es begann der schmerzhafte Prozess der inneren Emigration, den Babel erst kurz vor seinem Tod beschrieb.[342]

Für den Moskaubesucher Walter Benjamin waren Plakate und Schilder der neuen Macht eher amüsant, für Babel tägliche, sehr ernste Wirklichkeit eines neuen geistigen Klimas, das ihm nicht behagen konnte. Zum Schild mit der Aufschrift «Lenin hat gesagt, dass Zeit Geld ist», bemerkte Benjamin spöttisch: «Um diese Banalität auszusprechen, muss also hier die höchste Autorität herangezogen werden.»[343]

Bei allem Streben nach fast klösterlicher Ruhe zum Schreiben benötigte Babel eine vertraute Umgebung und Menschen. Sie neutralisierten zum Teil die unfreundliche Realität. Unter ihnen fühlte er sich wohl, denn er wusste um seine Fähigkeit, Menschen zu unterhalten, zum Lachen zu bringen. Daraus schöpfte er Kraft, aus Begegnungen und Gesprächen saugte er den Stoff für seine Erzählungen.

So bemühte er sich, wenn zunächst auch nur halbherzig, um eine Zusammenführung der Familie. Bereits im Dezember 1925 begann er bei seiner Schwester nachzufragen, ob sie nicht nach Hause, nach Russland zurückkommen wolle.

Ob Babel wirklich daran glaubte? Abgesehen von seinen Launen war das Leben in Russland weiterhin schwierig, trotz einer Entspannung der Versorgungslage durch die Neue Ökonomische Politik. Doch die wurde immer unbeliebter in der Räteführung, je mehr ein Mann die Sowjetmacht an sich riss: Stalin. Er ließ seine gefährlichsten Gegner aus dem Politbüro ausschließen, darunter Trotzki, und propagierte den Sozialismus in einem Land. Das Volk durfte wieder nationalistisch denken.

All das hatte Boris Wenjaminowitsch Gronfain mit Grauen beobachtet. Er hatte seinen gesamten Besitz verloren. Zehn Jahre nach der Revolution mochte er nicht mehr. Babel verbrachte die letzten Tage am Krankenbett seines vierundsechzigjährigen Schwiegervaters in Kiew. Der starb am 7. März 1927. In den folgenden Wochen war Babel damit beschäftigt, den Hausstand der Gronfains aufzulösen. Bisher hatte er sich verpflichtet gefühlt, bei seinen Schwiegereltern in Russland zu bleiben. Sie waren allein, die Kinder hatten Kiew verlassen. Schenja lebte in Frankreich, ihr Sohn Lew in den USA, doch nun, nach dem Tod ihres Mannes, wollte Berta Gronfain zu ihrer Tochter nach Paris. Die zeitlich begrenzte Ausreise war Ende der zwanziger Jahre noch möglich. Dass sich das bald ändern würde, wollte Babel gar nicht glauben. Er war der festen Überzeugung, jederzeit von Moskau nach Paris fahren zu können. Immer vom Weißrussischen Bahnhof im Westen der Stadt. Und so nutzte Babel die Gelegenheit und brach gemeinsam mit seiner Schwiegermutter nach Paris auf. Er wollte nicht nur Schenja wiedersehen, sondern er hoffte auch auf ein Treffen mit Gorki in Italien.

Die Fahrt unterbrach er für einige Tage in Berlin, um mit Wieland Herzfelde, dem Leiter des Malik-Verlages, über die deutsche Ausgabe seiner Bücher zu sprechen. Herzfelde hatte sehr früh, schon aus politischer Überzeugung, junge sowjetische Schriftsteller in sein Programm aufgenommen und 1926 auch zwei Bände von Babel verlegt: «Geschichten aus Odessa» und «Budjonnys Reiterarmee». Besonders über die Aufmachung und die Übersetzung der «Reiterarmee» hatte Babel sich geärgert, er nannte sie «trostlos», alles sei dabei verwechselt worden.[344] Tatsächlich war der Titel des Buches und einiger Geschichten genauso willkürlich geändert worden wie deren Abfolge, und statt vierunddreißig enthielt der Band nur dreißig Erzählungen.[345]

Trotz dieser Unzulänglichkeiten wurden seine Werke in Deutschland sehr positiv aufgenommen, viel besprochen und gepriesen.[346] «Ausgezeichnete Geschichten», lobte Thomas Mann,[347] Hermann Hesse erfreute sich an der Mischung «höchst spannender und toller Geschichten»,[348] Kurt Tucholsky schrieb in der «Weltbühne», er habe seinem Kater namens Parteivorstand die «Reiterarmee» dreimal vorgelesen, und beide hätten «nicht schlecht dabei geschnurrt»[349]

Kaum in Berlin angekommen, wurde Babel von einem Repräsentanten der sowjetischen Handelsvertretung zum Abendessen eingeladen. Dort arbeitete zufällig eine alte Bekannte aus Odessa, Jewgenija Solomonowa. Sie hatte inzwischen den Geschäftsmann Alexei Gladun geheiratet. Babel und sie amüsierten sich prächtig. Das glitzernde Berlin, die kurze, sorgenfreie Zeit berauschte ihn, und Babel verbrachte während seines Berlin-Aufenthalts mehrere Nächte mit ihr in dem möblierten Zimmer in der Fasanen-Straße, das man ihm für die Dauer seines Aufenthalts zur Verfügung gestellt hatte.[350] Den Sommer 1927 in Berlin nutzte Babel nach einer Devise, die er einmal Ilja Ehrenburg anvertraut hatte: «Der Mensch lebt für das Vergnügen – um mit einer Frau schlafen und an heißen Tagen Eis essen zu können.»[351] Die Beziehung mit Tamara Kaschirina hatte er innerlich bereits beendet, wenig später erklärte er ihr in einem Brief: «Ich versuche mit Je. [Jewgenija] B.[Borissowna] ein freudloses, unglückliches aber friedliches Leben zu führen», und er fügte hinzu: «Ich bitte Dich, mir nicht mehr zu schreiben.»[352]

Mitte Juli verließ Babel Berlin und erreichte das Ziel seiner Reise. Paris. Das war schon im 19. Jahrhundert die russische Hauptstadt jenseits der Landesgrenze gewesen. Und während die USA und Großbritannien nach dem Ersten Weltkrieg kaum noch Emigranten aufnahmen, förderte Frankreich wegen des starken Bevölkerungsschwunds die Einwanderung, ja gewährte den vor der Revolution geflüchteten Russen – Adeligen, Geistlichen, Künstlern, Menschewiki und Kadetten – dieselben politischen Freiheiten und Möglichkeiten der Meinungsäußerung wie jedem seiner Bürger.

Die Russen in Paris bevorzugten bestimmte Viertel. So das 15. Arrondissement, am südlichen Stadtrand, wo auch Babel, und Schenja und ihre Mutter in einer kleinen Wohnung lebten. Ins Stadtzentrum war es von hier eine ordentliche Strecke. Die Botschaft der Sowjetunion, an die Babel sich in Visa-Angelegenheiten zu wenden hatte, lag dort, unweit der Seine, in der Nähe des französischen Außenministeriums und fast direkt neben dem Kriegsministerium. Dafür konnte Babel den Cemetière Montparnasse leicht zu Fuß erreichen. Zwar war der im Vergleich mit den Friedhöfen Père-Lachaise und Montmatre arm an berühmten Grabstätten, aber auf ihm ruht Babels literarisches Vorbild, Guy de Maupassant. Monate nach einem gescheiterten Selbstmordversuch war er gestorben und hier beigesetzt worden. Ein Jahr vor Babels Geburt.

Das Viertel Montparnasse war jedoch nicht wegen des Friedhofs bekannt, sondern wegen seiner vielen Cafés. Im mondänen Café du Dôme und im Café de la Coupole trafen sich auch russische Emigranten, darunter Schachweltmeister Alexei Alechin und Starsänger Fjodor Schaljapin. Babel war einer der ganz wenigen sowjetischen Schriftsteller, der sich nicht von den Emigrantenzirkeln fernhielt. Interessant waren die Gespräche allerdings meist nicht. Babel beklagte sich über «spießbürgerliche Plaudereien über die Politik, literarisches Geschwätz, Herabsetzung der sowjetischen Kunst». Vielleicht achtete man in seiner Anwesenheit besonders darauf, was man sagte: Die russischen Exilanten begegneten Vertretern des neuen sowjetischen Staates meist mit Skepsis, und Babel als erfolgreicher Autor gehörte dazu. Schlimmer noch – sie verachteten ihn. Wegen der Gerüchte über seine engen Kontakte zum sowjetischen Geheimdienst hielt man ihn für einen Spitzel.[353] In der Tat traf Babel sich häufig mit den Mitarbeitern der brutalsten aller sowjetischen Institutionen,[354] und bei plötzlichen Verhaftungen wurde er um Hilfe gebeten.[355] Aber er war beileibe kein Spion – er recherchierte für ein Buch über die Tscheka.[356]

Für das andere, das stürmische Paris, das Hemingway als «ein Fest für das Leben» bezeichnete, hatte Babel nichts übrig. Der legendäre Buchladen «Shakespeare and Company» von Sylvia Beach und der Bohème-Zirkel um Gertrude Stein, James Joyce, Man Ray interessierte ihn nicht. Lieber traf er sich mit dem Schriftsteller Lew Nikulin, der sich gerade in Paris aufhielt, und dem Maler Juri Annenkow, der nach der Revolution hierher geflüchtet war. Gern bummelte er mit ihnen durch die Stadt und beobachtete die Bewohner in den ärmeren Vierteln, ihre Hotels, ihre Bordelle. Oder er schaute sich Gemälde an, besonders die Impressionisten gefielen ihm.

Obwohl er schon seit seiner Jugend eine starke Affinität zu Frankreich besaß, erkannte Babel schnell, dass er dort nicht dauerhaft würde leben können. Bereits Anfang Oktober 1927 berichtet er Anna Slonim: «Ich führe ein ganz einfaches Leben – ich schreibe; mehr als drei Franc kann ich im Café nicht ‹absitzen› – das Geld ist knapp, zum Ausgehen langt's nicht, ich trabe zu Fuß durch die Straßen von Paris und reiße die Augen auf. Alte Bekannte meide ich, neue suche ich nicht. Zu Bett gehe ich in der elften Stunde – und auch das ist schon spät, in unserem Gässchen findet man um zehn kein erleuchtetes Fenster mehr. Verlockend finde ich ein solches Leben nicht, höchstens nützlich. Es hat schon seine Logik – das Büßen und Harren. Doch zu harren vermag ein Kosak, der damit rechnet, Ataman zu werden, wie ist es indessen mit dem Harren bei einem Kosaken, der nicht damit rechnet, Ataman zu werden? Ich rechne nicht damit.»[357] Und seinem Freund Liwschiz schreibt er: «Alles ist sehr interessant, dringt mir aber, offen gestanden, nicht ins Herz. Das geistige Leben in Rußland ist edler. Ich bin von Rußland vergiftet, sehne mich, denke nur an Rußland.»[358] Babel wünschte sich, die Familie nach Moskau zurückzuholen. Darüber sprach er mit seiner Frau in Paris – ohne Erfolg.

Schenja war es gelungen, sich in Paris einzuleben. Sie versuchte sich als Malerin und stellte ihre Bilder aus. Trotz ihres Schmerzes über Babels Verhältnis mit Tamara Kaschirina glaubte sie an eine gemeinsame Zukunft und wollte Babel zum Bleiben überreden. Sie verbrachten einige Tage in Marseille, fuhren zusammen zu Babels Mutter und seiner Schwester nach Brüssel, von dort weiter nach Ostende und an den flämischen Badeort St. Idesbald. Doch das ruhige Leben in Paris behagte ihm einfach nicht.

Darüber hinaus blieb seine finanzielle Lage angespannt. Eine Sendung von zweihundertfünfzig Dollar verglich er mit Sauerstoff, der ihn ins Leben zurückgebracht habe.[359] Für kurze Zeit. Einer Einladung Gorkis nach Sorrent konnte er nicht folgen. Ausgaben der «Reiterarmee» in französischer und spanischer Sprache waren nicht gut genug bezahlt, und die Entlohnung für «Sakat» ging nur schleppend voran.

Kurz vor seiner Abreise hatte er Wjatscheslaw Polonski, dem Chefredakteur der Literaturzeitschrift Nowy mir, eine Abschrift seines Theaterstücks geschickt. Babel hoffte auf schnelle Publikation und Aufführung. Man forderte Änderungen, er kämpfte um jeden Satz. Schließlich wurde «Sakat» veröffentlicht, und am 23. Oktober 1927 fand die Uraufführung am Arbeitertheater der aserbaidschanischen Hauptstadt Baku statt, es folgten zwei Inszenierungen an Bühnen in Odessa.

Schwieriger gestaltete sich die Produktion im 2. Studio des Moskauer Künstlertheaters. Die Premiere am 28. Februar 1923 beobachtete Babel voller Sorge und pessimistisch von Paris aus. Mit Recht. Zwar erhielt das Stück auch positive Besprechungen – «wunderbare Sprache» bescheinigte ihm etwa die Komsomolskaja prawda,[360] und in einem 1928 erschienenen Buch über Babels Werke stand der lobende Satz, «Sakat» sei eine «schöne, starke Sache»[361] –, aber die Mehrzahl der Theaterkritiker gaben vernichtende Urteile ab. Die Rezension in der Iswestija endete mit dem Satz: «Tatsächlich gut war nur das originelle Bühnenbild.»[362] Und die Prawda kritisierte das «gehaltlose und unnütze Material».[363] Nach sechzehn Aufführungen wurde das Stück, das die richtige Ideologie und jeglichen Bezug zur Revolution vermissen ließ, abgesetzt.

Zunächst suchte Babel die Schuld bei den Schauspielern, dann bei sich, weil er bei den Proben nicht in Moskau gewesen war. Eisenstein bestärkte ihn in der Vermutung, dass das Scheitern in der mangelhaften Inszenierung begründet sei.[364] Überrascht hätte es Babel sicher, wenn er von der Unterstützung gewusst hätte, die er von höchster Ebene schon vor der Aufführung erhalten hatte. Dort war über das «ganz ordentliche» Stück gesprochen worden. Bucharin hatte Molotow und Stalin schriftlich über Eingriffe in Babels Text informiert. Sätze etwa, in denen Babel das herabwürdigende Wort «schid» für Jude verwendet habe, seien gestrichen worden. Verärgert schrieb Stalin an den Rand, wie «beschränkt» die zuständigen Beamten seien: «Es ist nötig, sie ‹aufzufrischen›».[365]

Trotz seiner Geldprobleme gab Babel nach wie vor keinen Text in den Druck, der seinen strengen Anforderungen nicht genügte. Immer wieder mussten sich Redakteure, denen er Manuskripte angekündigt hatte, vertrösten lassen. «Die professionelle Beschäftigung mit der Literatur ... fällt mir schwer. Zweifel nagen an mir, die Nachsicht mit mir selbst – zu schreiben und zu leben, wie fast alle übrigen 99 % der Schreibenden schreiben und leben – bringe ich einfach nicht auf.»[366]

Das bisher Erreichte genügte Babel nicht mehr. Im Januar 1928 teilte er seinem Freund Liwschiz mit: «Wieder, wie in meiner Jugend, plane ich einen Coup d`Etat in meiner Literatur.» Er hoffte, bis zum Sommer könne ihm ein solcher «Coup» gelingen, und fügte hinzu: «Solange ich die Arbeit nicht beendet habe, fahre ich nicht nach Rußland.»[367] Ende August jedoch, kurz vor seiner Abreise, stellte Babel ernüchtert fest: «Ich habe meine Literatur noch immer nicht in druckreifen Zustand gebracht. Das wird auch nicht so bald geschehen. Es wird mir sauer mit dieser Literatur.»[368]

Das vierzehnmonatige Experiment Paris, mit viel Hoffnung begonnen, war gescheitert, im Westen war ein schöpferisches Leben für ihn unmöglich. Umgekehrt lehnte Schenja eine Reise nach Moskau ab. Babel aber wollte wieder unter die «wilden» Leute, an die «frische Luft». Neue Erfahrungen wollte er sammeln, wie er Gorki schon zu Beginn des Jahres mitgeteilt hatte.[369] Und dafür gab es für den Messias aus Odessa nur einen Ort: Russland.

«Bei uns in Odessa waren ‹Luftmenschen› nicht beliebt.»
Stadtplan von Odessa aus dem Jahr 1896

«Das Leben eines Stubengelehrten geführt.»
Babel in Schuluniform der Nikolaus I.-Handelsschule
in Odessa mit seinem Vater Emmanuil, 1900.

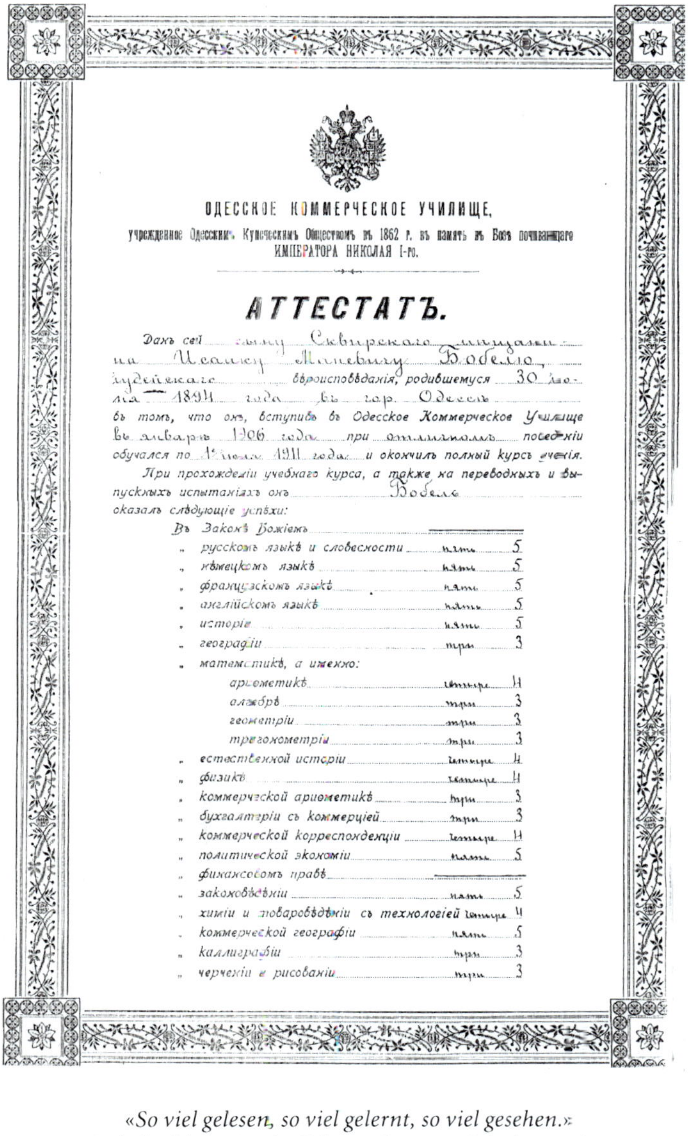

ОДЕССКОЕ КОММЕРЧЕСКОЕ УЧИЛИЩЕ,

учрежденное Одесскимъ Купеческимъ Обществомъ въ 1862 г. въ память въ Бозѣ почивающаго ИМПЕРАТОРА НИКОЛАЯ I-го.

АТТЕСТАТЪ.

Данъ сей сыну Сквирскаго мѣщанина Исааку Маневичу Бобелю, иудейскаго вѣроисповѣданія, родившемуся 30 іюля 1894 года въ гор. Одессѣ въ томъ, что онъ, вступивъ въ Одесское Коммерческое Училище въ январѣ 1906 года при отличномъ поведеніи обучался по 1 іюня 1911 года и окончилъ полный курсъ ученія.

При прохожденіи учебнаго курса, а также на переводныхъ и выпускныхъ испытаніяхъ онъ Бобель оказалъ слѣдующіе успѣхи:

Въ Законѣ Божіемъ		
„ русскомъ языкѣ и словесности	пять	5
„ нѣмецкомъ языкѣ	пять	5
„ французскомъ языкѣ	пять	5
„ англійскомъ языкѣ	пять	5
„ исторіи	пять	5
„ географіи	три	3
„ математикѣ, а именно:		
ариѳметикѣ	четыре	4
алгебрѣ	три	3
геометріи	три	3
тригонометріи	три	3
„ естественной исторіи	четыре	4
„ физикѣ	четыре	4
„ коммерческой ариѳметикѣ	три	3
„ бухгалтеріи съ коммерціей	три	3
„ коммерческой корреспонденціи	четыре	4
„ политической экономіи	пять	5
„ финансовомъ правѣ		
„ законовѣдѣніи	пять	5
„ химіи и товаровѣдѣніи съ технологіей	четыре	4
„ коммерческой географіи	пять	5
„ каллиграфіи	три	3
„ черченіи и рисованіи	три	3

«So viel gelesen, so viel gelernt, so viel gesehen.»
Babel erhielt 1911 in Odessa ein gutes Schulzeugnis:
in Deutsch sogar ein „Sehr gut“, das in Russland der Note 5 entspricht.

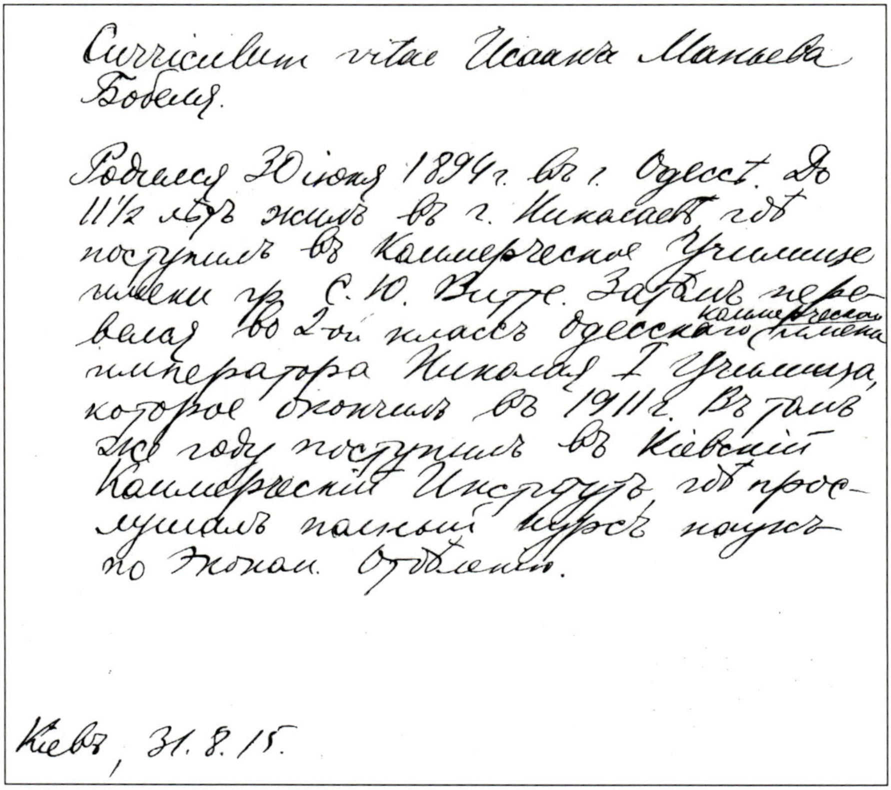
Curriculum vitae Исаака Манева Бобеля.

Родился 30 іюня 1894 г. въ г. Одессѣ. До 11½ лѣтъ жилъ въ г. Николаевѣ, гдѣ поступилъ въ Коммерческое Училище имени гр. С. Ю. Витте. Затѣмъ перевелся во 2ой классъ одесскаго коммерческаго имени императора Николая I Училища, которое окончилъ въ 1911 г. Въ томъ же году поступилъ въ Кіевскій Коммерческій Институтъ, гдѣ прослушалъ полный курсъ наукъ по экономич. отдѣленію.

Кіевъ, 31.8.15.

«Geboren am 30. Juni 1984 in Odessa.»

In seinem Lebenslauf von 1915 für die Kiever Handelsschule schrieb Babel seinen Namen noch als Bobel, so wie es seine Eltern einst in das Geburtsurkundenbuch hatten eintragen lassen.

«In reichen Häusern, die keine Tradition haben, speist man lärmend.»
Sein wohlhabender Schwiegervater, Boris Gronfain, verkaufte zu Beginn des 20. Jahrhunderts mit Erfolg landwirtschaftliche Maschinen in Kiev.

«*Meine Gesundheit ist miserabel.*»
Babel im Jahr 1922, schwer gezeichnet von den Strapazen des Krieges in Polen.

«Der Beginn der literarischen Arbeit.»
Zusammen mit Ehefrau Zhenja erholte sich Babel 1923 einige Monate im georgischen Kurort Grünes Kliff, unweit der Hafenstadt Batumi, Postkarte.

«Bei mir ist unversehens eine Ader für das Kino zu Tage getreten.»
Kinoplakat für den erfolgreichen Film «Wandernde Sterne», frei nach einer Erzählung von Scholem Alejchem, für den Babel 1925 das Szenarium schrieb.

«Ich stimme einem Spazierengehen im Ausland zu, aber arbeiten muss man hier (Sowjetunion).»
Babels Mutter Fejga, der Babel viele Briefe schrieb, nachdem sie 1924 nach Brüssel gezogen war.

«Ich will vorbeikommen, sobald er ein ‹menschliches Ansehen› angenommen hat.»
Babel über seinen Sohn Michail, den seine Freundin, die Schauspielerin Tamara Kaschirina, 1926 zur Welt brachte.

«Das Papier soll weiß und dick sein, die Schrift schwarz und deutlich.»
Buchumschlag der zweiten Auflage der Reiterarmee, 1928.

«Ich bitte Dich und Mama, dass ihr Euch um mich keine Sorgen macht.»
Babel und seine Schwester Meri, 1927

«Flandern ist ein wundervolles Land.» Mit seiner Frau Zhenja verbrachte Babel den Sommer 1928 im belgischen Nordseebad St. Idelsbad.

«Meine Glückseligkeit kennt keine Grenzen.»
Im Dorf Molodjonowo, unweit von Moskau, lebte Babel zu Beginn der dreißiger Jahre. Seit seiner Zeit mit der Reiterarmee war er ein großer Pferdeliebhaber.

«Ich habe einen Tiger in die Welt gesetzt.» Auf seine in Paris lebende Tochter Nathalie, die durch seine Hilfe auch eine sowjetische Staatsbürgerschaft erhielt, war Babel sehr stolz, 1932.

«Hier habe ich jetzt auf lange Zeit meine Basis.»
Zusammen mit dem österreichischen Ingenieur Bruno Steiner lebte Babel seit 1932 in einem Haus in der Innenstadt Moskaus.

«Jetzt werden sie mich nicht mehr leben lassen.»
Zusammen mit Kolzow (li.) und dem französischen Schriftsteller André Malraux (Mitte) besuchte Babel im März 1936 seinen Freund Maxim Gorki auf der Krim.
Im Sommer starb sein Mentor Gorki.

«*Die Arbeit mit Eisenstein in Jalta hat mich zufrieden gestellt.*»
Babel und Eisenstein arbeiteten 1936 an dem Film „Die Bezhin-Wiese".
Der Film missfiel Stalin, er wurde nie gezeigt.

«Wenn Gesellschaft kommt, brauchen wir sie nicht zu unterhalten – Lidija macht das schon.»
Babel und seine Tochter Lidija. Auch in ihre Erziehung mischte sich Babel kaum ein.

«Bei mir gibt es nichts Neues – stecke in Arbeit.»
Ein Jahr vor seiner Verhaftung bezog Babel die ihm vom Staat zur Verfügung gestellte Datscha im Schriftstellerdörfchen Peredelkino unweit von Moskau.

«Sie haben der Spionagetätigkeit zugestimmt? – Ja.»
Nach Babels Verhaftung wurden diese Photos von ihm aufgenommen, die letzten. Schon gezeichnet musste Babel später aussagen, für den österreichischen und französischen Geheimdienst gearbeitet zu haben.

Abbildung rechts und nächste Seite:

«Verhängnisvolle Verkettung von Umständen.»
Brief Lavrenti Berijas, Leiter des NKVD, an Stalin am 16. Januar 1940 mit der Bitte um Verhängung der Todesstrafe für 346 und Lagerhaft für 111 Personen. Nummer 12 auf der Liste ist Babel. Stalin stimmte zu. Babel wird elf Tage später erschossen.

СССР

НАРОДНЫЙ КОМИССАРИАТ ВНУТРЕННИХ ДЕЛ

января 1940 г.

№ [illegible]

Сов. секретно 116

ЦК ВКП(б)

Товарищу СТАЛИНУ.

НКВД СССР закончено следствие в отношении арестованных врагов ВКП(б) и Советской власти, активных участников контрреволюционной, право-троцкистской, заговорщической и шпионской организаций, в количестве 457 человек.

НКВД СССР считает необходимым дела на них передать в Военную Коллегию Верховного Суда СССР, для рассмотрения в соответствии с законом от 1.XII-1934 г.

Причем, в отношении 346 руководящих участников этих организаций (список при сем прилагается) - применить высшую меру уголовного наказания - расстрел, в остальных - 111 обвиняемых (список также прилагается) - приговорить к заключению в лагеря на срок не менее 15 лет каждого.

Просим Вашей санкции.-

НАРОДНЫЙ КОМИССАР ВНУТРЕННИХ ДЕЛ СОЮЗА С С Р

Л. Берия

(Л. БЕРИЯ)

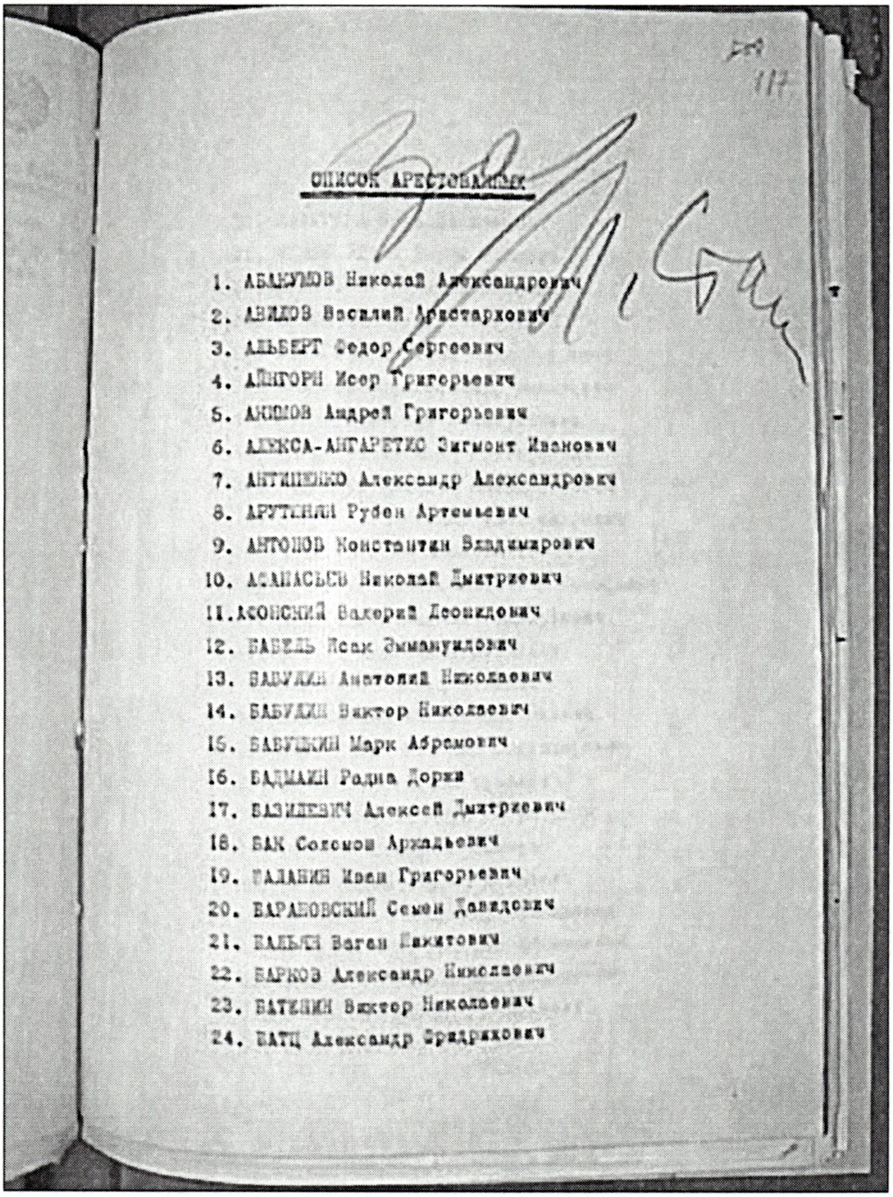

117

СПИСОК АРЕСТОВАННЫХ

1. АБАКУМОВ Николай Александрович
2. АВИЛОВ Василий Аристархович
3. АЛЬБЕРТ Федор Сергеевич
4. АЙНГОРН Исер Григорьевич
5. АНИСИМОВ Андрей Григорьевич
6. АЛЕКСА-АНГАРЕТИС Зигмонт Иванович
7. АНТИПЕНКО Александр Александрович
8. АРУТЮНЯН Рубен Артемьевич
9. АНТОНОВ Константин Владимирович
10. АФАНАСЬЕВ Николай Дмитриевич
11. АФОНСКИЙ Валерий Леонидович
12. БАБЕЛЬ Исак Эммануилович
13. БАБУЛИН Анатолий Николаевич
14. БАБУЛИН Виктор Николаевич
15. БАБУШКИН Марк Абрамович
16. БАДМАЖИ Радна Доржи
17. БАЗИЛЕВИЧ Алексей Дмитриевич
18. БАК Соломон Аркадьевич
19. БАЛАНИН Иван Григорьевич
20. БАРАНОВСКИЙ Семен Давидович
21. БАЛЬЯН Ваган Никитович
22. БАРКОВ Александр Николаевич
23. БАТЕНИН Виктор Николаевич
24. БАТЦ Александр Фридрихович

Kapitel 6

Der Zweifel (1929 – 1932)

«‹Unser› zappeliger Babel schreibt über Dinge,
von denen er keine Ahnung hat.»
(Brief Stalins an Lasar Kaganowitsch)

Erneut führte sein Weg über Berlin. Und erneut genoss Babel hier einige unbeschwerte Tage, zwischen den schwierigen Monaten in Paris und der nicht minder anstrengenden Zeit, die ihm in seinem Heimatland bevorstand. Die Abende verbrachte er in den Restaurants und Kneipen der brodelnden Vier-Millionen-Metropole. Im Schwanecke, einem wohlbekannten Theaterrestaurant, traf er sich mit Wieland Herzfelde. Babel war nicht der einzige Russe unter den Gästen, und er war nicht der einzige berühmte Literat. Aber er war vermutlich einer der wenigen, den die schillernde Gesellschaft langweilte, denn er war kein Selbstdarsteller, der sich gern in Szene setzt. Babel verachtete das eitle Gerede in solchen Runden. Und so kam er ins Gespräch mit dem damals noch recht unbekannten Schriftsteller Elias Canetti. Canetti hatte die Erzählungen Babels verschlungen und war hocherfreut, die Bekanntschaft zu machen mit dem Russen, der fließend Deutsch sprach, und er zeigte ihm das schlichte Berlin.[370] Nach Deftigem stand Babel der Sinn, nach einfacher deutscher Kost, Sekt wollte er nicht trinken. Erbsensuppe und Würstchen konnte man am besten im Stehlokal Aschinger am Rosenthaler Platz im Hackeschen Viertel essen. Die Terrine kostete nur dreißig Pfennige und Brot gab es in unbegrenzter Menge dazu.

Canetti war von der Besessenheit, den «durstigen Augen» Babels beeindruckt, «der mit solcher Intensität sah». Dabei redete Babel wenig. Und doch gab er Canetti in den folgenden Tagen so viel über die Schriftstellerei preis, dass der den ehrlichen, unauffälligen und selbstkritischen Russen ins Herz schloss. Von Babels Ängsten und Selbstzweifeln erfuhr er freilich nichts; Babel berichtete von seiner Frau so ausführlich, dass Canetti den Eindruck gewann, sie sei mit nach Berlin gekommen.

Babel blieb nur wenige Tage. Über Warschau erreichte er im Oktober 1928 das herbstliche, verregnete Kiew. Fast fünfzehn Monate war er im Ausland gewesen. Er kam zunächst bei einem Bekannten, dem Arzt Finkelstein, unter, danach zog er bei Michail Makotinski ein, einem Redakteur des Ukrainischen Filmstudios. Zwischendurch übernachtete er einige Male bei seinen Bekannten, den Stachs, deren Wohnung in dem Theater lag, in dem Tatjanas Mann als Regisseur arbeitete. Einen Tag nach seiner Rückkehr schrieb Babel an Polonski: «Ich bin sehr bewegt, beuge mich unter der Last der Eindrücke und der neuen Gedanken – trauriger und freudiger Gedanken.»[371]

Denn das Land der Räte hatte sich dramatisch verändert. Der erste Fünfjahresplan begann gerade, die Wirtschaft zu bestimmen. Damit war die NEP und mit ihr das verhältnismäßig ausgelassene und farbenfrohe Leben beendet. Die kurze Zeit, in der die Sowjetbürger ihre Reputation und ihre Zukunft nicht nur auf Parteiarbeit, sondern auch auf Geld und Fähigkeiten bauen konnten, war vorbei. Wirtschaftlich hatte das Land sich leicht erholt und fast den Stand von 1914 erreicht. Noch immer aber mussten sich die Menschen um den knapp bemessenen Wohnraum in den Großstädten schlagen, in denen nicht einmal jedes zweite Haus einen Wasseranschluss besaß oder an die Kanalisation angeschlossen war.

Die Ideologie regierte wieder. Alle Klubs und Kasinos waren geschlossen worden. Und da nach der Abschaffung eines halbwegs freien Marktes die Bauern keine vernünftigen Preise für ihr Korn erhielten, wurde das Brot knapp. Daran änderte auch die «Beschaffung mit Orchester und Fotografie» nichts. Während dieser Kampagne zogen Genossen aufs Land, riefen die Dorfbewohner zusammen und fragten, ob sie wegen des Notstands Getreide für das hungernde Volk abgeben würden. Bei einem Ja erhielt der Gutwillige einen Tusch und einen Eintrag in die Ehrentafel. Bei einem Nein wurde nur getrommelt und der Name auf eine schwarze Tafel geschrieben. Damit gingen Sanktionen einher, die Todesstrafe eingeschlossen.[372]

Kurz nach Babels Rückkehr verfügte das Politbüro die Einführung von Brotmarken. Abgabenormen für Fleisch, Nudeln, Zucker und Tee wurden erlassen.[373] Der Verkauf von Kleidung und Schuhen kam im folgenden Jahr fast ganz zum Erliegen. Andere Trostspender als die Partei gab es nicht mehr. Vom Glockengeläut der Kirchen war Moskau befreit, Gotteshäuser waren geschlossen oder zweckentfremdet worden. Der Alkoholkonsum unter Arbeitern, schon damals ein Fieberthermometer der Gesellschaft, stieg bereits vor den Strapazen der mit dem ersten Fünfjahresplan beginnenden Industrialisierung um das Achtfache. Die Lage sei traurig, schrieb Babel seiner Mutter, doch, so fügte er hinzu, «das ist mein Material, meine Sprache, das sind meine Interessen».[374]

Im Grunde war Babel ein unpolitischer Mensch. Er war kein Parteimitglied und er besaß keine Ambitionen, seinen schriftstellerischen Ruhm in hochrangige Ämter umzumünzen. Aber natürlich konnte ihm nicht gleichgültig sein, wer regierte: Stalin war inzwischen zum Alleinherrscher geworden, seine Widersacher aus der so genannten Linken Opposition hatte er handlungsunfähig gemacht. Grigori Sinowjew und Lew Kamenew waren ihrer Posten als Komintern-Vorsitzender beziehungsweise Volkskommissar für Außen- und Innenhandel enthoben worden und hatten ihren Sitz im Politbüro verloren. Schlimmer erging es Trotzki, der zunächst nach Kasachstan verbannt und 1929 sogar des Landes verwiesen wurde.

Die politische Entwicklung beobachtete Babel mit großer Sorge. Die Mehrzahl seiner Freunde aus der Reiterarmee fühlten sich eher von den politischen Visionen Trotzkis angezogen denn von denen Stalins. Nach der Vertreibung Trotzkis, so teilte Babel seinem Dichterfreund Bagrizki mit, beginne der russische Thermidor,[375] die reaktionäre Zeit. Davon war natürlich auch die Literatur betroffen. Die Politik hatte mit Stalin an der Spitze den Künstlern die Zwangsjacke angelegt. Bei manchen war sie schnell geschnürt, bei anderen ließ sich der Staat mehr Zeit. Oder die Behörden verführten sie so, dass sie von der gewandelten Situation nichts spürten beziehungsweise die neuen Umstände sehenden Auges ignorierten. So wie Babels väterlicher Freund Gorki.

Im April 1928 war Gorki, ebenfalls über Berlin, nach Russland zurückgekehrt – freilich nicht in der Bescheidenheit eines Isaak Babel, der sich in einen gewöhnlichen Zug gesetzt und unerkannt die Grenze passiert hatte.

Für Gorkis Ankunft war bereits ein Jahr zuvor ein Begrüßungskommitee gebildet worden, das gute Arbeit geleistet hatte. In Minsk und Smolensk wurde der «Großmeister der sowjetischen Literatur», wie er offiziell gern genannt wurde, von Tausenden erwartet und vor dem Weißrussischen Bahnhof in Moskau von Staatsvertretern mit allen Ehren empfangen.[376] Am Abend lud Stalin ihn ins Bolschoi-Theater ein. Stalin hatte Respekt vor dem weltweit anerkannten Schriftsteller, der im selben Jahr für den Nobelpreis vorgeschlagen worden war, und er brauchte ihn für seine forcierte Literaturpolitik. Er ließ Gorki standesgemäß eine prächtige Datscha westlich von Moskau zuweisen, die einst dem Unternehmer und Kunstsammler Sawwa Morosow gehört hatte.

Wie einst der Zar durchs Land fuhr, um sein Volk zu sehen, so reiste Gorki nun durch die Sowjetunion: von der Krim über den Kaukasus zu seinem Geburtsort Nischni Nowgorod an der Wolga. Einen schrecklichen Eindruck von seiner Heimat erhielt er dabei. Doch er schwieg. Zur ersten «Gerichtsverhandlung mit volkserzieherischem Charakter», dem Schachty-Prozess, bei dem Ingenieure der Kohlegruben im ukrainischen Donbass-Gebietes willkürlich der Spionage angeklagt wurden, verlor er keine Silbe.[377] Und auch zu Fragen der Literatur meldete er sich nur beiläufig zu Wort. In einem Artikel in der *Prawda* über seinen Werdegang als Schriftsteller ging er mit einem Schlenker auf den alten Streit zwischen Babel und Budjonny ein: «Genosse Budjonny verschmähte Babels ‹Reiterarmee› – mir scheint, das ist unnötig gewesen.»[378]

Das ließ der unter Stalin wohlgelittene, ordenbehängte Inspekteur der sowjetischen Kavallerie nicht auf sich beruhen. Wie schon 1924 antwortete Budjonny in einem offenen Brief. Diesmal jedoch richtete er sich nicht an die kleine Leserschaft einer Literaturzeitschrift, sondern an das breite Publikum der großen Tageszeitungen *Prawda* und *Krasnaja gaseta*.[379] Die «revolutionären Massen», die am «heldenhaften Klassenkampf» teilnähmen, wisse er auf seiner Seite. Schklowskis Hinweis, Militärführer würden ihre Biographen immer kritisieren, auch Kutusow – der Oberbefehlshaber der russischen Armee im «Vaterländischen Krieg» gegen Napoleon – wäre mit dem Porträt, das Tolstoi in «Krieg und Frieden» von ihm gezeichnet habe, unzufrieden gewesen,[380] vermochte den Haudegen nicht zu besänftigen. Er sprach Babel erneut das nötige Wissen über die Reiterarmee ab, außerdem fehle es Babel an soldatischer Statur, ein «echter, aktiver Kämpfer» sei er nie gewesen: Nur weit hinter der Front habe er sich aufgehalten und sich mit unnützem Weiberklatsch beschäftigt. Kurz, Babel phantasiere, «er lügt ganz einfach».

Gorki reagierte sofort. Seinen besten und talentiertesten Schüler konnte er nicht allein lassen. Bereits am nächsten Tag erschien seine «Antwort an S. M. Budjonny» in der *Prawda*.[381] Freilich nicht in der kompromisslosen, geradezu beleidigenden Form, die sie zunächst haben sollte. In dieser ersten Fassung fuhr Gorki den ungehobelten Offizier barsch an und belehrte ihn, dass der Kritiker sich auf einem höheren kulturellen Niveau bewegen müsse als der Kritisierte – zumindest aber auf dem gleichen. Die Schelte wurde nie gedruckt. Führende Redakteure der *Prawda* beschworen Gorki, seinen Ton zu mäßigen, was Gorki schließlich tat.[382] Dennoch musste sich Budjonny sagen lassen, er liege falsch mit seinen Vorwürfen, die Schärfe seiner Kritik sei unangemessen: «Babel ist ein talentierter Mann. Es gibt nicht so viele von uns, als dass wir uns erlauben könnten, talentierte und nützliche Männer wegzuschmeißen.»

Babel, den zwischenzeitlich ein Honorarvorschuss von Wufku über fünfhundert Rubel für Filmarbeiten – etwa der zweifache Monatslohn eines Maschinenarbeiters – überleben ließ, verfolgte die Auseinandersetzung von Kiew aus. Da er fürchten musste, dass der Geheimdienst die Auslandskorrespondenz überwachte, schrieb er verschlüsselt nach Belgien an seine Mutter: «ich bin fast geplatzt vor Vergnügen».[383] In einem Brief an Anna Slonim dagegen empörte er sich wutschnaubend über die «zu sanfte» Antwort Gorkis auf die Schmähschrift Budjonnys, die er als eine «ganz übelriechende Flegelhaftigkeit und ein Stück von Unteroffizier-Marxismus» bezeichnete.[384]

Das «Jahr der großen Wende» nannte Stalin das Jahr 1929. Das bezog sich vor allem auf die schonungslose Industrialisierung und den Beginn der Kollektivierung in der Landwirtschaft. Aber die «Revolution von oben», die Stalin meinte, ging auch mit einer Bolschewisierung der Literatur einher. Die Zensur wurde verschärft, Privatverlage geschlossen, die staatlichen Verlage der unmittelbaren Aufsicht der Parteigremien unterstellt. Der proletarische Schriftstellerverband RAPP forderte den radikalen Klassenkampf und die Gleichschaltung der Literatur. Fehler waren nun nicht mehr gestattet. Die Sekretärin einer Regionalzeitung, die Stalin in einem Artikel die Fähigkeit «wsdor» («Unsinn») statt «wsor» («Blick») zugeschrieben hatte, bezahlte ihr Versehen mit dem Leben.[385]

Unmissverständlich fasste die *Wetschernaja Moskwa* die neue Politik zusammen: «Die literarische Armee muss an der vordersten Front des sozialistischen Aufbaus kämpfen. Der sowjetische Schriftsteller muss ein Kämpfer für den Sozialismus sein.»[386] Damit war von jedem die Entscheidung entweder für oder gegen den Sozialismus Stalinscher Prägung gefordert, und wer sich der vorgegebenen Linie widersetzte, war unbrauchbar, wurde abgeschoben oder ganz zum Schweigen gebracht. Auf dem Gebiet der Kultur, wie auch in den übrigen Bereichen des Lebens, galten für Stalin nur die Kategorien «ist hilfreich» und «ist nicht hilfreich», «nützt» oder «stört».[387]

Woronski störte. Nachdem man ihn längst aus der Redaktion von *Krasnaja now* gedrängt hatte, wurde er zu Beginn des Jahres 1929 als Trotzkist verhaftet und nach Lipezk, etwa zweihundert Kilometer südlich von Moskau, verbannt. Sein Kollege Polonski von *Nowy mir* wurde kurzfristig entlassen. Zwar stellte man ihn kurzfristig wieder ein, aber 1931 sollte er endgültig von seiner Position als Chefredakteur vertrieben werden. Lunatscharski, der nie an die Parteispitze gelangt war, wurde genötigt, sein Amt als Kommissar für Volksbildung und Kultur niederzulegen. Damit hatten innerhalb weniger Monate drei wichtige Verbündete Babels ihren Einfluss auf die sowjetische Kultur verloren.

Im Sommer begann die organisierte Jagd auf den ersten prominenten Mitläufer, Boris Pilnjak. Auslöser war seine Novelle «Mahagoni»,[388] die nicht in Russland, sondern in Berlin erschienen war. Darin hatte er es gewagt, die sowjetische Provinzbürokratie zu kritisieren. Und weil er schon drei Jahre zuvor mit seiner «Geschichte vom nicht ausgelöschten Mond» unangenehm aufgefallen war – in dieser Schlüsselerzählung über den Kriegskommissar Michail Frunse beschuldigte er Stalin indirekt, verantwortlich für dessen Tod zu sein –, wurde er praktisch für vogelfrei erklärt. Man entzog ihm den Vorsitz des Gesamtrussischen Schriftstellerverbandes, zunehmend geriet er in Isolation.[389] Und auch Jewgeni Samjatin wurde angegriffen, als die Originalfassung seines 1924 bereits in englischer Sprache veröffentlichten Romans «Wir» 1929 in der Emigrantenzeitschrift *Wolja Rossii* erschien. Konterrevolution warf man ihm für seine Anti-Utopie vor, in der er die Schrecken eines totalitären Regimes ausmalte. Es war das erste Buch dieser

Art, Aldous Huxley und George Orwell folgten. Verbittert schrieb Samjatin in das Album eines befreundeten Schriftstellers: «Als die Titanic sank, stand der Kapitän bis zum Schluss auf der Brücke – und bis zum Schluss spielte das Orchester. Wir sind das Orchester, und wir spielen bis zum Schluss».[390] Er richtete einen couragierten Brief an Stalin, und man erteilte ihm überraschend die Erlaubnis, das Land zu verlassen. Eine Ausnahme.

Klug hielt sich Babel in diesen Monaten fern vom Zentrum des Geschehens. Er reiste umher, vor allem im Süden Russlands. Dort erhielt er die Nachricht, dass seine Frau Schenja am 17. Juli 1929 ein Mädchen zur Welt gebracht hatte. Babel freute sich über sein zweites Kind, das er nicht Nathalie, sondern russisch Natascha nannte.

Im August besuchte er seinen geschassten Freund Woronski und verbrachte zwei Wochen in Lipezk, in denen er viel Neues über die Literaturpolitik erfuhr. Zwar wohnte er nicht im Hause seines ehemaligen Redakteurs, aber die beiden nahmen jede Mahlzeit zusammen ein. Sogar ein Literaturabend wurde für Babel veranstaltet.[391] Seiner Mutter berichtete er gegen Ende seines Aufenthaltes, wie krank Woronski sei, «er hat Falten bekommen».[392] Einen solchen Brief aus Lipezk ins Ausland zu senden war genauso riskant, wie den Verbannten überhaupt zu besuchen. Die Beobachtung durch den Geheimdienst war nicht ausgeschlossen, ein Aktenvermerk der Polizei wahrscheinlich. Schließlich zählte Babel zur Prominenz, seine Ankunft in der Provinzstadt konnte kaum verborgen bleiben.

In Moskau traf Babel erst wieder im Dezember ein. Dank der guten Kontakte seiner Freundin Jewgenija Solomonowa Gladun konnte er sich im ehemaligen Gut des Fürsten Scheremetew in Kuskowo einquartieren, zwanzig Eisenbahnminuten östlich von Moskau. Nach der Revolution hatte die Stadt das herrliche Anwesen als Sanatorium für Schriftsteller hergerichtet. Hier hatte er genügend Zeit, um sich Gedanken über seine weiteren Pläne zu machen. Ihm fehlte es an einem regelmäßigen Einkommen, und auf eine Verbesserung war kaum zu hoffen. Zudem hatte er lange genug geschwiegen; er wollte wieder schreiben, nicht zuletzt deshalb, weil er Geld verdienen musste. Als Thema bot sich die Zeit der gerade angebrochenen Industrialisierung an. Und natürlich die Kollektivierung der Landwirtschaft.

In gewisser Weise wurde Babel damit der Parteidirektive gerecht, die von den Schriftstellern erwartete, die Umsetzung der Planziele heroisch zu schildern und damit selbst Teil der groß angekündigten Aufbaukampagne zu werden. Mit dem Schlachtruf «In die Betriebe, in die Kolchose!»[393] wurde die schreibende Zunft in Marsch gesetzt. Auch Babel. Er begab sich in das Gebiet, in dem Stalins Wende in der Agrarpolitik am schonungslosesten vollzogen wurde, in die Ukraine. Ungefähr vierzig Kilometer von Kiew entfernt lag das Dorf Welikaja Stariza, in das Babel im Februar 1930 reiste. Insgesamt blieb er zwei Monate in der Gegend. Ähnliche Orte hatte er schon früher besucht. Gern erinnerte er sich der Idylle, die er damals vorgefunden hatte: Vor Fuhrwerken trotteten Pferde auf sandigen Straßen einher, Weidenalleen säumten den Weg, hinter dem Wassergraben standen bunte Häuser, umringt von Sonnenblumenfeldern. Doch all das war nur noch hübsche Kulisse für den barbarischen Krieg der Partei gegen das eigene Volk. Die Kollektivierung und damit die Enteignung der Kulaken, Besitzer mittlerer und großer Höfe, wurde mit brutaler Gewalt, unter Mithilfe des Militärs vorangetrieben. Insbesondere in Dörfern, die sich nicht freiwillig fügten, und dazu gehörte, wie die *Proletarskaja prawda*[394] kurz vor Babels Ankunft kritisierte, «schändlicherweise» auch Welikaja Stariza. Jeder Vierte galt dort als Kulak.[395]

Anfangs verlief die Kollektivierung nicht so, wie geplant. In Welikaja Stariza etwa wurde während einer Versammlung der Dorfbewohner sogar ein Mitglied des örtlichen Parteivorstands erschlagen.[396] Die Strafen für alle Bewohner waren in solchen Fällen meist drakonisch. Entweder man schlachtete das Vieh, oder einige Bauern wurden zur Abschreckung erschossen.

Noch Jahre später dachte Babel mit Schaudern an die unheimliche Stille auf dem Land zurück. In manchen Dörfern gab es keine Kühe, keine Schweine, Gänse oder Hühner, nicht einmal das Bellen von Hunden war zu hören.[397] Babel war von den Folgen der Kollektivierung entsetzt: «Sie können sich das nicht vorstellen», stammelte er, als er Makotinski nach seiner Rückkehr von seinen Eindrücken berichten wollte. «Es ist unmöglich, darüber zu schreiben. Ich verstehe gar nichts mehr.»[398] Ähnlich reagierte Boris Pasternak auf das, was er in dieser Zeit erlebte: «Mir wurde schlecht. Ich konnte ein ganzes Jahr nicht schreiben.»[399] Wie für viele russische Schriftsteller, hatte auch für Babel das Dorf eine geradezu mythische Bedeutung. Simpel und doch auf das Entscheidende im Leben beschränkt, fernab von jedem unnötigen Luxus. Das Herz Russlands. Und gerade hier wütete der Staat.

Nach der katastrophalen Ernte 1928/29 stand aus Sicht der Räteführung der Fortbestand der Sowjetunion auf dem Spiel, die angeblich von den schändlichen Machenschaften der Kulaken bedroht war. Diese bäuerlichen Kapitalisten sabotierten, so hieß es, den Staat, weil sie nicht genügend Getreide zur Verfügung stellten. Im Herbst 1929 rief die *Prawda* zur «totalen Kollektivierung» auf.[400] Wie das zu bewerkstelligen wäre, wusste niemand so recht. Ein Konzept, genaue Anweisungen gab es nicht. Doch all denen, die ausschwärmten, um die Direktive umzusetzen, war deutlich gesagt worden, dass man bei der Überzeugungs- und Strafarbeit lieber zu weit als nicht weit genug zu gehen habe.[401] Mit unmöglichen Anforderungen wurden Privatbauern zur Aufgabe gezwungen. Manche kauften Getreide auf dem Markt, um die staatlichen Abgabenormen erfüllen zu können. Meist wurden sie zum Dank dafür in Viehwaggons nach Sibirien geschafft oder verhaftet und in der nächstgrößeren Stadt erschossen.

Zynisch angesichts der zahllosen Opfer las sich ein Artikel Stalins, der im März 1930 unter der Überschrift «Vor Erfolgen von Schwindel befallen» in der *Prawda* erschien.[402] Der Diktator zeigte sich zufrieden, dass bereits ein halbes Jahr nach Verkündung der totalen Kollektivierung die Hälfte der Höfe verstaatlicht worden war – eine Übererfüllung des Planes. Doch einige Genossen seien bei der Umsetzung über die Stränge geschlagen und von so viel Erfolg ganz trunken. Stalin ermahnte sie: «Man kann nicht mit Gewalt die Kollektivwirtschaft einführen.»

Einige wenige protestierten, heimlich. In der südrussischen Stadt Astrachan schrieb jemand mit klarem Verstand an eine Fabrikmauer: «Jeder Idiot kann so herrschen, wie die Sowjetmacht – Menschen in den Hunger treiben.»[403] Denn das war das Ergebnis der Kollektivierung: Fast zwei Millionen Menschen wurden in den Jahren 1930 und 1931 deportiert, mehr als sechs Millionen verhungerten.[404] Allein in den ersten neun Monaten 1933 starben in Welikaja Stariza sechsundvierzig Menschen an Hunger. Herzen, Protagonist der freien russischen Presse im 19. Jahrhundert, bemerkte einmal vorausschauend, er fürchte nichts so sehr wie einen «Dschingis Khan mit einem Telegrafen».[405]

Nur langsam erholte sich Babel von seinem Schock. Was er in der Ukraine erlebt hatte, gehörte, wie er seiner Mutter schrieb, «zu den nachhaltigsten Erinnerungen meines ganzen Lebens».[406] Schließlich begann er doch über das Dorf und die Kollektivierung zu schreiben. Aus Welikaja Stariza wurde Welikaja Kriniza – diesen Namen sollte auch der geplante Zyklus von Erzählungen tragen, von denen jedoch nur eine einzige, «Gapa Guschwa», zu Babels Lebzeiten gedruckt wurde. Sie erschien 1931 in *Nowy mir.*[407]

Im Mittelpunkt dieser Erzählung steht die lebenslustige Witwe Gapa Guschwa. Das Dorfvolk feiert sechs Hochzeiten gleichzeitig, versäuft sein Leben, während der Kreisbevollmächtigte für die Kollektivierung den Widerspenstigen traurig zuschaut. Am nächsten Tag wird er abgesetzt, sein Nachfolger beordert das ganze Dorf auf die Anklagebank. Er versichert Gapa Guschwa, dass man auch in Zukunft leben könne, «bloß anders, besser».

In einfachen und klaren Worten schilderte Babel den Irrsinn der Kollektivierung. Er hatte wieder einen Stoff gefunden, der ihn reizte. Bei vielen Lesern entstand der Eindruck, Babel habe den zweiten Teil der «Reiterarmee» geschrieben, und in der Tat konnte die Kollektivierung ja als eine Art von Bürgerkrieg verstanden werden. «Sein Dorf, das ist wie die Reiterarmee – Blut, Tränen, Sperma», urteilte Polonski.[408] Proletarische Literatur freilich sah anders aus, doch anders konnte und wollte Babel nicht schreiben. Und weil er wusste, dass seine Art des Erzählens nicht mehr gefragt war, ihn sogar leicht in ernste Schwierigkeiten bringen konnte, hielt er viele seiner Texte zurück und gab sie nicht zur Veröffentlichung frei. Dazu gehörten auch weitere Geschichten aus dem Zyklus «Welikaja Kriniza».[409]

Das war neu für ihn. Von jetzt an war ein nicht geringer Teil seiner Werke für die Schublade bestimmt, genauer gesagt für die Metallkiste, die seine Freunde gut kannten. Dem Physiker Alexander Weisberg, der ihn einmal fragte, warum er nichts mehr schreibe, zeigte Babel Dutzende von dicken, gebundenen Heften – Manuskripte.[410] Seine Mutter ließ er wissen: «Überhaupt ist das, was jetzt gedruckt wird, ein winziger Bruchteil dessen, was schon fertig ist.»[411] Und geheimnisvoll deutet er an, dass seine bisherigen Erzählungen inhaltlich «echte Bagatellen sind im Vergleich zu dem, was schon fertig ist; die schweren Geschütze halte ich noch zurück».[412] Wann wollte er diese Artillerie der Worte auffahren? Gegen wen wollte er sie richten?

Babel hat es nie preisgegeben. Doch ganz offensichtlich fand er, der sich selbst eine Mischung aus Geduld und Dickköpfigkeit zuschrieb, sich nicht einfach mit den Zuständen ab. Er reiste weiter, beobachtete weiter und schrieb auch weiter, so wie er es für richtig hielt. Ein Schriftsteller, der nichts mehr produziert, hört auf zu atmen. Er sah sich als Chronist einer Zeit, in der man eigentlich nicht leben, gleichzeitig aber Zeitzeuge sein möchte, um unglaubliche, vielleicht einmalige Ereignisse für die Nachwelt festzuhalten. Das erforderte Mut und Selbstlosigkeit. Die Skepsis gegenüber der Sowjetunion trieb Babel zu dieser für ihn gefährlichen Entscheidung. Schon vor seiner Frankreichreise hatte seine innere Emigration begonnen, nun setzte er sie konsequent um.

Nachdem er sich ein Bild von der Kollektivierung gemacht hatte, folgte er im Juli 1929 dem Ruf der Industrialisierung. Dafür musste er nicht viele Werst zurücklegen, denn auch sein nächstes Ziel lag in der ukrainischen Republik – das Kohlerevier Donbass. Für ein geplantes, nie realisiertes Filmprojekt besichtigte er das Hüttenwerk in Dnjepropetrowsk und dann den Bau des Staudamms am Dnjepr.

Kaum nach Moskau zurückgekehrt, musste er in der *Literaturnaja gaseta*, der Hauspostille des Schriftstellerverbandes,[413] lesen, dass er bei einem Interview Worte benutzt habe, «die ihm das Recht nehmen, sich als sowjetischer Schriftsteller zu bezeichnen».[414] Während seines Frankreichaufenthalts soll er einem Korrespondenten der polnischen Zeitung *Wiadomoschi Literazkije* unter anderem gesagt haben: «Das letzte Azurblau habe ich 1914 gesehen. Danach glich die Farbe des Himmels schmutziger Baumwolle. Und seit 1917 hat er sich in eine rote Flagge verwandelt.» Ein Skandal. Waren das tatsächlich Babels Worte? Zuzutrauen wäre es ihm.

Drei Tage später wurde Babel zu einer Sitzung des Schriftstellerverbandes beordert, auf der er sich zu den Vorwürfen äußern sollte. In einer dramatischen Rede bezeichnete er das Interview als «Fälschung». Er schilderte seine schriftstellerischen Anfänge, rief – wohl als Beweis seiner frühen Loyalität dem sowjetischen Staat gegenüber – seine Arbeit bei der Tscheka in Erinnerung und erklärte sich zu «einem der wenigen Fanatiker» der sowjetischen Literatur. Doch damit nicht genug: Babel nannte die Haltung der Mitläufer, zu denen er schließlich ebenfalls zählte, unzeitgemäß und unterstützt im Nachhinein die Kritik Budjonnys an der «Reiterarmee». Und dann kündigte er an, er werde alle Zweifler eines Besseren belehren, in drei Monaten, durch ein Buch.[415] Ein gewagter Schritt, denn nun stand er im Wort, das er gewissermaßen der Partei gegeben hatte. Zwei Tage später, in der nächsten Ausgabe der *Literaturnaja gaseta*, teilte er mit, worum es in diesem Werk gehen werde. Er habe in den letzten zwei Jahren «unten» gelebt, «auf dem Land, in Kolchosen, in Fabriken». Genau das seien die Themen für sein neues Buch.[416]

Einen Titel dafür hatte Babel auch schon: «Kolja Topus». Es sollte die Geschichte eines Mannes werden, der sich mit der neuen, sowjetischen Realität zu arrangieren weiß: Erst arbeitet er in einer Kolchose, dann zieht er in den Donbass und schlägt unter Tage Kohle. Der Held ist nicht irgendein Arbeitersohn, sondern ein ehemaliger Gangster aus Odessa – Babel wollte Benja Krik unter einem anderen Namen wieder auferstehen lassen.[417] Ein solcher Stoff hätte ihm die Möglichkeit geboten, die sowjetische Realität mit seinen jüdischen und odessitischen Wurzeln erzählerisch zu verbinden. Benja Krik, den er im Film hatte erschießen lassen müssen, sollte sich nun mit Chuzpe, Willenskraft und Mutterwitz durch das Dickicht der stalinistischen Bürokratie schlagen.

Lange arbeitete Babel an diesem Buch.[418] Vermutlich begann er schon vor der Anhörung durch den Schriftstellerverband mit der Niederschrift. Polonski hatte er ein Jahr zuvor angedeutet, dass er einen «dreihundertseitigen Roman» plane.[419] Aber die Affäre um das Interview setzte ihm schwer zu. Seiner Mutter schrieb er, dass ein Fieber ihn fast «umgehauen» habe.[420] Doch nun, nach der Genesung, sollte das Schreiben wieder im Mittelpunkt stehen.

Babel verließ das hektische Moskau und suchte sich einen ruhigen Ort nahe der Hauptstadt. Molodjonowo, etwa vierzig Kilometer westlich von Moskau gelegen und nur einen Katzensprung von Gorkis Landsitz entfernt, bot genau das, was er brauchte. Er quartierte sich bei Iwan Karpowitsch Krupnow in der Dorfstraße 16 ein. Das Holzhaus mit den aufwendig geschnitzten Fensterrahmen lag direkt an einem Abhang. Im Sommer erblickte Babel von seinem großen, möblierten Zimmer im ersten Stock aus grüne Wiesen und einen Birkenhain. Im Tal schlängelte sich das Flüsschen Wjasemka dahin, das in die Moskwa fließt.

Freilich hatte Babel sich nicht allein der Landschaft wegen für diesen Ort entschieden, in dem er zwei Jahre – meist den Umständen entsprechend zufrieden – lebte. Molodjonowo war nicht nur ein beschauliches Dorf, sondern auch eine Kolchose. So konnte er den Fortgang der Kollektivierung aus nächster Nähe beobachten. Iwan Krupnow erzählte ihm von den Problemen und Sorgen der Kolchose, und eine Zeit lang half Babel sogar, diese zu leiten. Dabei erwies sich seine kaufmännische Ausbildung als nützlich. Ob er allerdings überzeugt war, dass «der Kolchosweg, der Weg des Sozialismus, der einzig richtige Weg für die arbeitende Bauernschaft» sei,[421] wie es in einer Broschüre des Bezirkes sechs Jahre später hieß, kann man in Anbetracht seiner Erfahrungen in der Ukraine sehr bezweifeln – auch wenn die Kollektivierung vor den Toren Moskaus beileibe nicht so barbarisch verlief wie etwa in Welikaja Stariza.

Doch es gab noch einen weiteren Grund, der Babel für Molodjonowo einnahm. Zu seinem größten Vergnügen wurden hier Pferde gezüchtet. Seit seiner Zeit bei der Reiterarmee nutzte er jede Gelegenheit, ein Pferdegestüt zu besuchen. Mehrere Monate hatte er 1926 und 1929 in Chrenowa, unweit der Stadt Woronesch, verbracht, dem «Mekka und Medina der russischen Gestüte», wie die Fachzeitschrift *Konewodstwo i konesawodstwo* (Pferdezucht und Pferdebetrieb) 1929 stolz vermeldete.[422] Chrenowa war berühmt für die Züchtung der Orlow-Rasse, eines eleganten und gleichzeitig ausdauernden Reit- und Fahrpferdes.

Außer der Zucht interessierte den ehemaligen Agitprop-Kavalleristen auch der Pferdesport. Mit seinem Schriftstellerkollegen Lew Nikulin, der in der Nähe des Moskauer Hippodroms wohnte, ging Babel oft schon am frühen Morgen zu den Pferden, um den Trainern bei der Arbeit zuzuschauen und mit ihnen über das nächste große Derby zu sprechen. Es war eine reine Männergesellschaft. Auf der knapp hundert Jahre alten Rennbahn mit ihrer palastartigen Haupttribüne, wo sich die Menschen drängten und Wodka tranken, fühlte Babel sich wohl. Hier gaben Arbeiter und Bauern aus den umliegenden Dörfern ihre Wetten ab. Daran war Babel allerdings nicht interessiert, er war sich sicher, nur Betrüger und Damen würden gewinnen: Betrüger, weil die Rennbahn ihr Leben sei, und Damen, weil sie auf das Pferd mit dem schönsten Namen setzten – und damit beim ersten Mal Erfolg hätten.

Auch von Molodjonowo aus fuhr Babel zum Derby nach Moskau. Sonst arbeitete er viel. «Pantoffeln, das Schnürchen in der Hand und täglich eine Wanderung von zehn Werst in meinen vier Wänden.»[423] Ihm gefiel es in der Abgeschiedenheit. Er badete in der Moskwa, ritt Pferde zu, kaufte sich ein Grammophon. Und abends, nicht zu seiner größten Freude, musste Babel mit seinem Vermieter saufen. Meist jedoch war er allein und schrieb. «Es ist schon eine recht langweilige Sache mit dieser Annäherung an die Weisheit»,[424] stöhnte er im Winter, wenn die Temperatur schon mal unter minus fünfundzwanzig Grad Celsius fiel und die Kuh im Haus schlief. Sobald aber die Frühlingssonne wieder bunte Farben auf Bäume und Wiesen zauberte, begann er zu schwärmen: «So herrlich, hell und friedlich habe ich noch nie gelebt.»[425]

Man kümmerte sich um Manuilytsch, wie Babel in Anlehnung an seinen Vatersnamen im Dorf genannt wurde. Als er eines Nachts aus Moskau zurückkehrte und schlaflos in seinem Zimmer umherwanderte, nahm ihn sein Hauswirt am nächsten Morgen beiseite: Er und seine Frau hätten ihn herumgehen hören und seien zu dem Schluss gekommen, dass Babel in Geldsorgen stecken müsse. Sie würden ihm gern helfen. Im Winter könnten sie ihre Kuh verkaufen und ihm den Erlös bis zum nächsten Frühjahr leihen.[426] Babel war gerührt, nahm aber das Angebot nicht an. Er hielt sich mit Vorschüssen über Wasser, manchmal versuchte er, ein und dieselbe Geschichte bei mehreren Verlagen unterzubringen. Mehrfach vertröstete er Polonski, doch der wurde schließlich ärgerlich, als er die Erzählungen, die er seinen Lesern bereits angekündigt hatte, viel zu spät erhielt – und auch da waren die Manuskripte noch unfertig.

Nach wie vor schrieb Babel langsam, sein Themenbereich war eingeschränkt. Und es graute ihm vor einer schlechten Erzählung. An diesem Arbeitsstil wollte er aber festhalten und ihn «um kein Jota ändern».[427] Die wenigen Erzählungen, die gedruckt wurden, fanden bei Lesungen Beachtung. «Guy de Maupassant» und «Dante-Straße» präsentierte Babel in jenen Tagen im Moskauer Wachtangow-Theater. Sein Freund und Schriftstellerkollege Ilf war hingerissen: «Gut temperierte Prosa. Funktioniert wie Musik und ist so einfach.»[428]

Wann immer es Babel zu langweilig im Dorf wurde oder er über Literatur sprechen wollte, machte er sich auf den Weg: Den kleinen Hügel vor dem Haus hinab, am Fluss entlang bis zur großen Straße, die nach Moskau führte – dahinter lag die Datscha, eigentlich eine Villa mit parkähnlichem Anwesen, seines Freundes Gorki. Der hatte Babel vorgeschlagen, ihn zu besuchen, «an jedem beliebigen Tag zum Mittag, das heißt um zwei Uhr».[429] Und Babel kam oft, sei es auch nur, um das einzige Telefon weit und breit zu benutzen. Häufig verspätete er sich. Aber es war stets unterhaltsam, wenn er nach der halb ironischen Ankündigung Gorkis, Babel werde sicher viel Bemerkenswertes über Pferde und vieles andere zu berichten haben, tatsächlich zu erzählen begann. Bei Spaziergängen im Garten, der bis an das Ufer der Moskwa heranreichte, werden sich die beiden auch über ernstere Themen unterhalten haben. Beide schätzten sich, beide vertrauten einander. Babel, der Siebenunddreißigjährige, wird dem dreiundsechzigjährigen Gorki viel über seine Reisen zu den Stätten der Industrialisierung und der Kollektivierung erzählt haben. Und sein Unverständnis, seine Bestürzung über die neuesten Entwicklungen.

Denn merkwürdige Dinge trugen sich zu, nicht nur in fernen Republiken, sondern auch wenige Kilometer entfernt, in der ersten Stadt der Welt, Maß aller Dinge in der Sowjetunion – Moskau. Zwischen Pazifik und Schwarzem Meer galt allein die Zeit der Hauptstadt. Stand auf einer Bahnfahrkarte 14 Uhr, so war Moskauer, nicht Ortszeit gemeint. Und zu Beginn der Nachrichten sendete Radio Moskau das Läuten der Glocken des Spasskiturms. Um dem ehrgeizigen Anspruch, Weltstadt zu sein, gerecht zu werden, wurden mehrere Großprojekte in Angriff genommen. Betrachtete man die hochfliegenden Pläne, konnte es fast scheinen, als sei die Zeit der erfüllbaren Menschheitsträume angebrochen und als könne der Sozialismus Wunder vollbringen. 1931 fingen die Arbeiten an der Wasserstraße Moskwa-Wolga an. Im selben Jahr wurde der Bau des Palasts der Räte beschlossen. Die gewaltige Erlöser-Kathedrale musste dafür weichen. Am Bauzaun stand geschrieben: «Statt der Brutstätte des Religionsbetäubungsmittels – Palast der Räte.»[430] Vierhundertsechzehn Meter sollte das Gebäude in die Höhe ragen, acht Meter mehr als der bis dahin höchste Wolkenkratzer, das Empire State Building. Nachdem die Kirche geschleift worden war, begann zunächst jedoch die schwierige Konstruktion der Metro, der «Ikone der Moderne». Es war das Lieblingsprojekt Stalins. Jeder Stein, jede Schraube, so verfügte er, die hierfür gebraucht wurde, sollte sofort beschafft werden.

Ein solcher Erlass war notwendig geworden, weil die Versorgungslage auch in Moskau keinesfalls den Vorstellungen der Partei entsprach. Und das, obwohl die Hauptstadt neben Leningrad, Baku und dem Donbass zu den bevorzugt zu beliefernden Regionen gehörte. Vierzig Prozent der Bevölkerung erhielten achtzig Prozent der Produktion. Dennoch fehlte es oft selbst am

Nötigsten. So entstand der Homo sowjeticus, der seltenen Gütern hinterherjagte und sie nicht kaufte, sondern ihrer habhaft wurde. Nur Besitzer von Gold oder ausländischer Währungen konnten in Torgsin-Läden[431] fast alles bekommen. Diese Geschäfte waren eingeführt worden, um die Gold- und Valuta-Vorräte im Lande abzuschöpfen. Die Kassen des Staates waren so leer, dass Stalin sogar anordnete, die Wodkaproduktion zu erhöhen, um die Einnahmen zu steigern.[432]

Freizeit hatten die Sowjetbürger kaum noch, und die rotierende Sechstagewoche hatte ihnen einen kollektiven Ruhetag genommen: fünf Arbeitstage, ein Ruhetag, fünf Arbeitstage. Daran nahm offiziell jeder teil, denn per Dekret war mit der Schließung der Arbeitsämter die Arbeitslosigkeit abgeschafft worden. Arbeitskräfte wurden zum Beispiel gebraucht, um die bezaubernde Baumallee auf dem Gartenring um die Innenstadt Moskaus vollständig abzuholzen. Angeblich fürchtete Stalin, dass die Blätter bei einem Gaskrieg giftige Gase speichern könnten.[433]

All das beobachtete Gorki. Fast mag ihm die Zeit vorgekommen sein wie die nachrevolutionären Monate 1917. Doch so kritisch wie damals konnte er sich nicht mehr äußern, vielleicht wollte er es auch gar nicht mehr. Oder er unterlag der Illusion, Einfluss auf Stalin auszuüben. Bisweilen gelang ihm das sogar, wie im Fall Samjatins, aber letztlich war Gorki machtlos. Wie mag er sich gefühlt haben, als ihm eine Tageszeitung den Titel «bester Stoßarbeiter der proletarischen Literatur» verlieh?[434]

Trotz seiner schönen Zeit in Molodjonowo, trotz zwischenzeitlicher Stimmungshochs, denen immer wieder schwermütige Phasen folgten, bemühte sich Babel seit Herbst 1931 um ein Visum nach Frankreich. Unbedingt wollte er seine Tochter Nathalie sehen. Ihm war jedoch bewusst, dass die zuständigen Behörden ihn nur ausreisen lassen würden, wenn er neue Werke vorweisen könnte. Werke, die sozialistisch in Form und Inhalt sein sollten. Für Drehbücher interessierten sie sich nicht, Literatur sollte es sein.

Neun Erzählungen Babels wurden in seiner Molodjonowo-Periode 1931 und 1932 gedruckt.[435] Nicht allzu viel. Und abgesehen von «Gapa Guschwa» aus dem geplanten Buch über die Kollektivierung packte er keinen neuen Stoff an. Die anderen Geschichten waren nur Ergänzungen zu alten Themen, den «Geschichten aus Odessa», der «Reiterarmee» und der «Geschichte meines Taubenschlages». Den angekündigten Roman über die neue Zeit, über Fünfjahresplan und sozialistische Erfolge blieb er weiter schuldig.

Mehrere Ausreiseanträge stellte er – sie wurden alle abgelehnt. Dabei schob Babel Gründe vor, die er erfunden hatte, um die harten Bürokratenherzen zu erweichen. Dem Moskauer Parteisekretär Lasar Kaganowitsch schrieb er, seine Frau müsse sich einer Operation unterziehen, er wolle ihr beistehen und sie danach samt seiner Tochter zurück nach Moskau holen; die Trennung von seiner Familie mache ihm so zu schaffen, dass er die Arbeit an einem Theaterstück und einem «Roman über die Mannen um Petljura» einfach nicht fertigstellen könne.[436] Kaganowitsch jedoch ließ sich nicht beirren. Er war vorbereitet worden. Abfällig hatte sich Stalin in einem Brief an ihn über Babel geäußert: «‹Unser› zappeliger Babel schreibt über Dinge, von denen er keine Ahnung hat».[437] In Klammern fügte er hinzu: «Zum Beispiel ‹Die Reiterarmee›». Und auf die ZK-Resolution zur Ausreise hatte Stalin sogar handschriftlich notiert: «Entschieden dagegen.» Langsam schien seine Rache kalt genug, um gegessen werden zu können.

Babel stand am Abgrund. Innerhalb von sechs Jahren war er vom Star zum Bittsteller um ein Reisevisum geworden. Gorki gegenüber klagte er offen sein Leid: «Ich bin am Boden zerstört. Einen Menschen in jenen Gebieten niederzuschlagen, in denen man mich niedergeschlagen hat – das kann man nur für ein Verbrechen gegen den Staat, gegen die sowjetische Macht. Aber ich habe solche Verbrechen nicht begangen, im Gegenteil. Man sollte nicht, man darf nicht so reden, aber es ist nun passiert.»[438]

Schließlich erhielt Babel die Erlaubnis. Für eineinhalb Monate.[439] Gorki hatte zuvor fast täglich bei Kaganowitsch angerufen und sich für Babel eingesetzt.[440] Vielleicht hatte auch noch die Reiterarmee-Seilschaft geholfen. Auf die sonst übliche Geldanweisung des sowjetischen Staates für Prominente brauchte Babel allerdings gar nicht erst zu hoffen. Deutlich vermerkte Stalin in einem Schreiben an Kaganowitsch und Molotow: «Babel ist es nicht wert, dass Valuta für seine Auslandsreise verschwendet werden».[441] Trotz der traurigen Aussicht, in Paris kaum Geld für das Nötigste zu haben, freute sich Babel. Endlich würde er seine Tochter sehen.

Doch es gab noch einen anderen Grund zu Freude. Babel hatte in Moskau eine Wohnung gefunden, die seinen Bedürfnissen entsprach. Im Sommer 1932 zog er zu dem österreichischen Ingenieur Bruno Steiner in ein kleines, wunderschön gelegenes Haus in der Bolschoi-Nikolo-Worobinski-Gasse, mitten im alten Moskau. Gebaut von einem NEP-Mann, bot es beiden genügend Platz. Jeder bewohnte zwei Zimmer in der oberen Etage, das Wohnzimmer, das Büro und die Küche ihm Erdgeschoss wurden geteilt. Babel zahlte vierhundert Rubel Miete, Steiner kaufte in den Torgsin-Läden die Lebensmittel. Eine Köchin und ein Stubenmädchen gingen ihnen zur Hand.

Am selben Tag, an dem Babel im Kreml die Genehmigung für seine Frankreichreise in Empfang nahm, lernte er die dreiundzwanzigjährige Antonina Nikolajewna Piroschkowa bei einem Essen bei gemeinsamen Freunden kennen. Babel mochte die selbstbewusste junge Frau aus Sibirien, die als eine der ganz wenigen weiblichen Ingenieure ausgesucht worden war, beim Bau der Metro mitzuwirken. Und Antonina war von Babels Charme und Witz bezaubert.[442] So erklärte er ihr etwa die Geschichte des Straßennamens Bolschoi-Nikolo-Worobinski-Gasse, zu Deutsch «Große Gasse von Nikola und den Spatzen». Man habe den Bau der Kirche gleichen Namens auf der anderen Straßenseite finanziert, indem «Spatzen gefangen, gekocht und verkauft wurden».[443]

Sie zog in Babels Haus ein, um die sonst leer stehende Wohnung vor Zwangseinweisungen zu bewahren, während er sich erneut auf den Weg nach Paris machte. Erneut fuhr er vom Weißrussischen Bahnhof ab, erneut im Spätsommer, erneut mit einer Affäre im Gepäck. Zunächst, um seine Tochter zu sehen. Aber wohl auch, um seine Frau doch noch davon zu überzeugen, nach Moskau zu kommen. Doch glaubte er wirklich daran, nach all dem, was er in den vier Jahren seit seinem letzten Frankreichbesuch in der Sowjetunion erlebt hatte? Oder plante Babel insgeheim die Emigration, um seine Familie zu retten?

Kapitel 7

Das Schweigen (1932 – 1936)

«Die wichtigsten Spaziergänge führen nach wie vor auf den Friedhof oder ins Krematorium.»
(Babel in einem Brief an seine Schwester und seine Mutter)

Mittwoch, 26. Oktober 1932. 21 Uhr. Moskau. Die großen Fenster der Jugendstilvilla an der Malaja-Nikitskaja-Straße 6 sind hell erleuchtet. Innen funkeln die spielerisch verzierten Leuchter, ihr Licht spiegelt sich in der gewaltigen weißen Marmortreppe, die einer Wasserkaskade gleicht.

Maxim Gorki, dem das prachtvolle Haus des enteigneten Unternehmers und Mäzens Stepan Rjabuschinski vom Staat leihweise übergeben worden war, hatte zu einer literarischen Runde geladen. Gekommen waren Literaturfunktionäre, Schriftsteller, die größtenteils für den sozialistischen Staatsaufbau schrieben, und die politische Elite: Kaganowitsch, Parteileiter von Moskau und ZK-Sekretär, Woroschilow, Volkskommissar für Verteidigung, Molotow, Vorsitzender im Rat der Volkskommissare – und Stalin.[444] Der kam häufiger. Genau wie Budjonny, Babels Erzfeind. Insgesamt etwa fünfzig Personen hatten sich im braun getäfelten Speisezimmer versammelt. Der Bechstein-Flügel, an dem an manchen Tagen die außergewöhnliche Pianistin Maria Judina spielte, war zur Seite gerollt worden. Einigen der Gäste, die die Einladung erst am Morgen erhalten hatten, war die überraschende Anwesenheit Stalins unheimlich. Allen war bewusst, dass Wichtiges besprochen werden würde. Es ging um die sozialistische Literatur und ihre Definition für die kommenden Jahre, ja für das gesamte Bestehen der Sowjetunion.

Zunächst redete Gorki. Er begrüßte die Gäste und lobte die von Stalin angeordnete Auflösung des orthodoxen Schriftstellerverbandes RAPP[445] sowie die geplante Gründung einer neuen Organisation. Die Schriftsteller unterstützten ihn, Stalin schwieg. Erst beim anschließenden Abendessen, nach vielen Reden und Toasts auf ihn, ergriff er das Wort und definierte zum ersten Mal sein – und damit das für alle verbindliche – Verständnis von Literatur. Milde gestattete er auch den Nicht-Partei-Schriftstellern weiterzuarbeiten an dem einen großen Ziel: dem aktiven Aufbau des Sozialismus. Dabei seien lange Romane nicht erwünscht, einem Arbeiter mit Familie fehle nach einem Achtstundentag die dafür nötige Konzentration. Theaterstücke würden gebraucht. Die neue Schriftstellerunion werde für finanzielle Unterstützung sorgen, versprach Stalin, und fügte nach einem Zwischenruf hinzu: «Papier wird bereitgestellt».[446]

Freilich war dies nur das Vorgeplänkel vor dem eigentlichen, dem entscheidenden Aufruf Stalins an die Schriftsteller des Landes: Auf die Produktion komme es an – die Produktion von Seelen. Sie sei, und hier wandte er sich an Woroschilow, wichtiger als die Produktion von Panzern.[447] Damit beendete Stalin seinen Auftritt, erhob das Wodkaglas und sprach die berühmten Worte: «Auf die Ingenieure der menschlichen Seele!»[448]

Sonntag. 23. Oktober. Paris. Fast zur gleichen Zeit, zu der Stalin seine Zukunftsvisionen entwarf, zeichnete Babel in Paris seinem Bekannten Boris Souvarine[449] ein erschreckendes Bild der Sowjetunion jener Tage.[450] Dank seiner vielen Bekannten war Babel gut über hochrangige Politiker seines Landes und deren Vorhaben unterrichtet. Er hatte mit dem stalinistischen Staat gebrochen und begegnete ihm nur noch mit Zynismus. Souvarine, der eine Biographie über Stalin und das «knuto-sowjetische» Regime vorbereitete, kannte Stalins Art, mit Feinden umzugehen; die Anekdote, die Babel ihm erzählte, wird ihn also kaum verwundert haben: Bei einem Empfang füllte Stalin ein großes Glas mit kaukasischem Kognak oder Wodka und befahl dem gerade geschassten Vorsitzenden des RAPP, Leopold Awerbach: «Da dna!», wie es im Russischen heißt: «In einem Schluck!» Awerbach jedoch weigerte sich, und das versetzte Stalin in Rage. Vor den anderen Geladenen schrie er ihn an: «Trink! – Du weigerst dich zu trinken, ha? Du fürchtest dich! Du – hast Angst dich zu verplappern!!!»[451]

Im Gegensatz zu Stalin, so Babel, sei Trotzki in Russland nach wie vor populär; viele sähen in ihm einen Helden, weil er die Waffen nicht strecke, sondern mit seinen Auslandspublikationen weiter gegen Stalin kämpfe. Und schließlich kommentierte Babel die Machtstellung von Leitern der Geheimpolizei, für die er sich nach wie vor brennend interessierte. Auch Schenja erfuhr durch Babel viele Einzelheiten hierüber und erzählte ihrer Tochter Nathalie schon früh von den Toten der Kollektivierung und den ersten Verhaftungen durch die Geheimpolizei.

Babel wohnte mit seiner Familie zusammen in der Avenue Pasteur, im 15. Arrondissement, fast vor den Toren der Stadt. Er war begeistert von seiner dreijährigen Tochter, einem «Tiger». Nathalie besuchte einen Montessori-Kindergarten, und so konnte Babel sich mehrere Stunden ungestört in seine schnell eingerichtete Arbeitsecke zurückziehen. Er führte ein für ihn ungewohntes, kleinbürgerliches Leben: einkaufen, das Kind betreuen, arbeiten zu festgesetzten Zeiten, kurze Spaziergänge.

Obwohl es ihm und seiner Familie finanziell nicht sonderlich gut ging, schickte er immer wieder Geld an seine Mutter und seine Schwester in Brüssel. Kleine Dinge erfreuten ihn. Er kaufte sich einen Wintermantel und zwei Anzüge, in Moskau gewann sein Lieblingspferd ein Rennen und die französische Zeitschrift *Monde* veröffentlichte seine Erzählung «Der Weg».[452] Nun wusste auch in Frankreich jeder Interessierte von seiner Tscheka-Vergangenheit. Vielleicht auch wegen dieser früheren Tätigkeit für die Geheimpolizei wurde Babel Anfang 1933 von der 2. Moskauer Kinofabrik angetragen, ein Drehbuch für einen Film über den zwielichtigen russischen Doppelagenten Asef zu schreiben.[453] Eine willkommene Gelegenheit, seine wirtschaftliche Lage zu verbessern – Babel nahm den Auftrag sofort an.

Jewgeni Filippowitsch Asef, geboren 1869, hatte viele Jahre im Dienst der zaristischen Geheimpolizei gestanden. Dann wechselte er die Seiten und lief zur Kampforganisation der Sozialrevolutionären Partei über. Für sie soll er über dreißig Terroranschläge vorbereitet haben, darunter die Ermordung des Innenministers Wjatscheslaw von Plehwe. Vielleicht arbeitete er aber auch weiterhin für den Zaren, nun jedoch als Agent provocateur. Als er aufflog, waren die Folgen für die kämpfende Untergrundorganisation verheerend – sie zerfiel. Asef, der nach Deutschland geflüchtet war, wurde verhaftet. Nach seiner Freilassung starb er 1918.

Auf den Rat des inzwischen emigrierten Regisseurs Alexei Granowski hin – er und Babel kannten sich ja von den Dreharbeiten zum Film «Jüdisches Glück» –, ließ Babel sich von Boris Nikolajewski, einem ausgewiesenen Asef-Kenner, in das Thema einführen. Damit hatte Babel gleich zwei schwere Fehler begangen: Zum einen war Granowski als Emigrant nicht der ideale Umgang für einen sowjetischen Schriftsteller. Schlimmer jedoch war Babels Kontakt zum Menschewisten Nikolajewski, dem man die sowjetische Staatsbürgerschaft entzogen hatte. Mit einem Volksfeind, ermahnte der sowjetische Botschafter Babel eindringlich, sollte man sich lieber nicht treffen, geschweige denn mit ihm zusammen an einem Film arbeiten. Solche Freiheiten waren nicht mehr gestattet, selbst im Ausland nicht.

Babel schlug die Warnungen in den Wind.[454] Er glaubte vielleicht, man werde ihn wegen seiner Prominenz unbehelligt lassen: In einer Umfrage von *Nowy mir* unter ausländischen, vor allem deutschen Schriftstellern über die bekanntesten und beliebtesten sowjetischen Autoren wurde er an erster Stelle genannt, noch vor Gorki. Welcher Staat hätte jemandem wie ihm etwas anhaben können?

Die beiden Begegnungen mit Nikolajewski waren so fruchtbar, dass Babel in kürzester Zeit zwei Filmsequenzen fertigstellen konnte.[455] Doch dann kündigte ihm die Produktionsfirma aus unbekannten Gründen die Zusammenarbeit auf, der Film kam nie in die Kinos. Erneut zerschlug sich eine Hoffnung, auch in Frankreich seinen Lebensunterhalt bestreiten zu können.

Was tun? Diese berühmte Frage besprach Babel mit Juri Annenkow, den er, wie schon bei seinem letzten Parisaufenthalt, wöchentlich sah. Die vergangenen vier Jahre hätten ihm schwer zugesetzt, berichtete Babel seinem Freund. Eingeschnürt in das Korsett der «bürokratischen sowjetischen Ideologie», werde ihm die Schriftstellerei immer unerträglicher. Wie es mit ihm weitergehen solle, wisse er nicht. Die Familie müsse auf jeden Fall in Paris bleiben, er wolle ebenfalls ein freier Bürger sein. Nur wo? Taxifahrer in Paris? Die notwendigen Prüfungen hatte er bereits bestanden, und ein Taxifahrer wäre um einiges freier als zum Beispiel ein Rektor an einer sowjetischen Universität. Aber genügend Geld würde ihm die Fahrerei kaum einbringen.[456]

André Malraux, der schillernde französische Schriftsteller und spätere Politiker, bot ihm sogar seine Hilfe an: Babels Werk sollte ins Französische übersetzt werden. Ehrenburg, der den Kontakt hergestellt hatte, informierte Babel über Malraux' großen Einfluss auf fast jeder politischen und kulturellen Ebene.[457] Doch letztlich konnte Babel sich nur ein Leben in seiner Heimat vorstellen. Er hoffte noch auf die Rückkehr seiner Familie, ließ seine Tochter in seinen Pass eintragen und gab ihr damit auch die sowjetische Staatsbürgerschaft. Außerdem begann er wieder zu schreiben. Keinen Roman, sondern ein Theaterstück – Stalins Worte in Gorkis Moskauer Villa müssen ihn erreicht haben.

Bald hatte er Gelegenheit, mit Gorki selbst über jenen Abend zu sprechen: Im April 1933 konnte er endlich dessen Einladung nach Sorrent folgen. Es sollte Gorkis letzter Aufenthalt in Italien sein. Danach verweigerte ihm Stalin die Ausreise. «Das irdische Paradies, möchte man glauben, muss aussehen wie Sorrent», schrieb Babel Anna Slonim.[458] Schon plante er, seine Familie nachkommen zu lassen.

Seine Arbeit ging gut voran, unter Bedingungen, «wie ich sie in meinem ganzen Leben noch nicht hatte».[459] Gorkis Villa, umgeben von Pinien und duftenden Orangen- und Limonenhainen, mit herrlichem Blick auf das Mittelmeer, war in der Tat ein idealer Platz zum Schreiben. Die Ruhe und das milde Klima beflügelten Babel so sehr, dass er zum ersten Mal von seinem «ungeheuer riesigen» Werk sprach, das er gerade beendet habe: «Maria». Das Stück gehe zwar nicht mit der Generallinie in der Sowjetunion konform, sei jedoch einmütig wegen seiner «hohen künstlerischen Qualitäten» gelobt worden.[460] Nicht aber von Gorki, der zunächst zu Babels neuem Drama schwieg.

Babel ließ sich davon nicht beirren. Als Gorki auf Drängen Stalins nach Moskau zurückkehren musste, weil er den Vorsitz der neu zu gründenden Schriftstellerunion übernehmen sollte, gab Babel ihm mehrere Geschichten für den geplanten «Almanach des 16. Jahres» (nach der Revolution) mit auf den Weg.[461] Er war allerdings realistisch genug, erneute Schwierigkeiten mit der Zensur vorherzusehen. Und wirklich wurde Gorkis Vorschlag, zwei dieser Erzählungen[462] in den Almanach aufzunehmen, zurückgewiesen. Zur Begründung schrieb einer der Redakteure, Alexander Fadejew – proletarischer Schriftsteller und später Sekretär der Schriftstellerunion –, im Juni 1933 auf die Rückseite des Manuskripts von «Froim Gratsch»: «Meines Erachtens sind die Erzählungen nicht gelungen, und es wird auch für Babel selbst besser sein, wenn wir sie nicht drucken.»[463] Ganz offensichtlich war Gorki zu diesem Zeitpunkt schon geschwächt. Sonst hätte ein Wort von ihm genügt, und die Texte wären veröffentlicht worden. Bisher war es ihm gelungen, Babel recht erfolgreich vor Angriffen zu schützen. Auch gegen Budjonny. Doch von nun an war Gorki mehr mit sich selbst beschäftigt.

Bevor Babel im Mai 1933 nach Paris zurückkehrte, nutzte er die Gelegenheit und besuchte für einige Tage Neapel, Rom und Florenz. Mit Gorki und Nikulin hatte er bereits von Sorrent aus einen Ausflug nach Capri unternommen.[464] Er pries die Schönheiten Italiens, in seinem Kopf drehte es sich vor all den pausenlos auf ihn einstürzenden Eindrücken. Aber nicht nur die klassischen Bauten faszinierten ihn, auch der Faschismus sei «hochinteressant», erläuterte er später einigen Schriftstellerkollegen in Moskau. Faschistische Aufmärsche, so Babel, seien Kopien «von unseren Komsomol- und Pionierveranstaltungen».[465] Tatsächlich hatte Mussolini Stalin um die Aufmarschpläne zum 1. Mai und 7. November gebeten – und Stalin schickte sie ihm.[466]

Nach etwa sechs Wochen in Italien traf Babel wieder in Paris ein. Er war fest entschlossen, die Heimreise nach Russland anzutreten. Ein tragfähiges Fundament für seine Arbeit hatte er in Frankreich nicht legen können, und seine Familie – so sehr er seine Tochter Nathalie liebte – war keine Alternative zu dem Leben als Schriftsteller, das er trotz aller Schwierigkeiten nur in Moskau führen konnte. Außerdem wartete dort Antonina Piroschkowa auf ihn, der er fast täglich Briefe schrieb, und Gorki drängte ebenfalls auf seine Rückkehr. Mit den Worten «Ich fahre unter dramatischen Umständen, ohne Geld, mit Schulden» verabschiedete er sich Ende Juli 1933 von Annenkow und Paris.[467]

Gerade rechtzeitig, wie er Meri und seine Mutter gleich im ersten Brief aus Russland wissen ließ, kam er in Moskau an: «Hier waren absurde, aber unheilvolle Gerüchte im Umlauf.»[468] In Schriftstellerkreisen hatte man ihn schon als Emigranten betrachtet, der die Sowjetunion nicht mehr ertragen konnte. Diese Gerüchte waren auch ins Innenministerium und zur Geheimpolizei OGPU, Vereinigte staatliche politische Verwaltung (Obedinjonnoe gosudarstwennoe polititscheskoe uprawlenije), seit 1934 dem NKWD, dem Innenministerium eingegliedert, gedrungen. Man machte sich Gedanken über den Schriftsteller, der so häufig und für lange Zeit ins Ausland fuhr.

Der immer mehr von Literaturkritikern angegriffen wurde. Der in Stalin einen nachtragenden Feind hatte. In der Lubjanka, dem Hauptquartier der sowjetischen Staatssicherheit, wurde ein Dossier über Babel angelegt, und im kommenden Jahr begannen Spitzel, ihn zu überwachen.[469]

Das völlige Misstrauen des Staates mag Babel geahnt haben, aber glauben wollte er daran nicht. Noch hatte er hochrangige Freunde in der Partei und der GPU, vor allem in den Regionen.

Dorthin fuhr er bald wieder. Zunächst in den Kaukasus. Seine Freundin Antonina Piroschkowa nahm er mit. Babel behandelte sie fast väterlich. Er ordnete an, sie folgte ihm meist widerspruchslos. Dabei war sie ein außergewöhnlich selbstbewusster Mensch mit einer eigenen Karriere. Aber Babel war dominant. Über Politik und seine Erzählungen sprachen sie nicht, ja er verbot ihr sogar, seine Geschichten zu lesen. Sie hielt sich daran.

Im Frühherbst zeigt die Schwarzmeerküste sich von ihrer angenehmsten Seite. Noch scheint die Sonne, das Meer ist noch erwärmt und der Geruch exotischer Pflanzen allgegenwärtig. Der Kurort Gagra war die erste Station der beiden, denn Babel wollte seinen alten Freund Utjosow besuchen. Utjosow hatte die Hauptrolle in dem Film «Lustige Burschen» übernommen,[470] der dort gerade gedreht wurde.

Frohgemut ging es in der kurzweiligen Komödie zu, in der ein Hirte – gespielt von Utjosow – mit einer Flöte Karriere macht. Vom schönen Kaukasus gelangt er in das glitzernde Moskau und feiert am Bolschoi-Theater mit einer musikalischen Show einen glänzenden Erfolg. Stalin wollte einen gleichwertigen Ersatz für Hollywood und Babelsberg haben, und Mosfilm, das staatliche Filmstudio, hatte sich angestrengt, ihn zufriedenzustellen.

Einem der Drehbuchautoren des Films gelang das offenbar nicht. Babels Kollege Nikolai Erdman war verhaftet worden. Warum? Diese Frage solle man sich nun wahrlich nicht mehr stellen, schrieb resignierend die Dichterin Anna Achmatowa, es gebe keine verständlichen Gründe dafür.[471] Babel war über das Verschwinden von Erdman schockiert. Jetzt hatte es auch einen seiner Bekannten getroffen.

Von Gagra aus reisten Babel und Antonina weiter nach Suchumi, dann zurück zur russischen Küstenstadt Tuapse und von dort mit dem Zug nach Naltschik, der Hauptstadt von Kabardino-Balkarien. Hier, an der Grenze zu Asien, regierte Betal Kalmykow, den Babel sehr gut kannte, wie ein Duodezfürst.

Kalmykow war schon damals eine Legende. Er hatte im Bürgerkrieg gekämpft und ähnelte der Hauptfigur aus Tolstois Erzählung Chadschi Murat. Weil er seine Republik, etwas kleiner als das heutige Schleswig-Holstein, zu bescheidenem Wohlstand geführt hatte, genoss er hohes Ansehen. «Er brachte Land und Volk in Ordnung. Jeder Kaukasier kennt und liebt ihn»,[472] erinnerte sich der Schriftsteller Oskar Maria Graf, der ein Jahr später die Gegend besuchte. Und Antonina Piroschkowa staunte über die gute Versorgungslage: «Ein Traum von Versorgung, vor allem im Vergleich zur Ukraine, wo Hunger herrschte.»[473]

Babel verbrachte viele Tage allein mit Kalmykow in dessen Datscha in Dolinskoje, unweit von Naltschik. Er begleitete den kräftigen Mann, der vieles selbst anpackte, zu Dienstangelegenheiten und zum Jagen. Seiner Schwester schrieb er, endlich könne man auf russischem Boden «angenehm leben».[474]

So hatte sich Babel wohl die Früchte der Revolution vorgestellt. Und darüber wollte er gern schreiben. Bei einer Lesung in Moskau schilderte er später seine Eindrücke, die so präzis und wohldurchdacht formuliert waren wie sonst nur Geschichten, die Babel zur Veröffentlichung vorgesehen hatte. Doch gelesen hat sie niemand, genauso wenig wie einen Essay über Kalmykow, der in einem Almanach erscheinen sollte.[475]

Nach über zwei Monaten fuhr Babel vom zauberhaften Kaukasus in das dunkle Kohlenrevier Donbass. Um den Jahreswechsel nicht allein zu verbringen, bat er Antonina, die inzwischen längst nach Moskau zurückgekehrt war, ihm dorthin zu folgen. Antonina akzeptierte und reiste über Kiew nach Gorlowka, wo Babel ebenfalls einen Bekannten hatte, bei dem sie wohnten. Wenjamin Furer, Bürgermeister der Stadt, war ebenso beliebt wie Kalmykow und ebenso tatkräftig. So erhielten Babel und Piroschkowa die Chance, in die Gruben hinunterzufahren und mit den Arbeitern zu sprechen. Für Babel als Schriftsteller war das ebenso neu und interessant wie für Piroschkowa als Ingenieurin.

Die Bedingungen unter Tage waren primitiv und gefährlich, oft fehlte es an ausreichender Bewetterung. Bei dem entsprechenden Gefluche um ihn herum wird Babel so manche ihm unbekannte Redewendung gehört haben.

Nach ihrer Rückkehr genossen Babel und Antonina das Leben in Moskau mit Steiner und den Komfort in seinem Haus. Die Haushälterin achtete auf die Sauberkeit, die Köchin sorgte für das leibliche Wohl, ein Telefon für den notwendigen Kontakt zur Außenwelt und ein achtzylindriger Ford für schnelle Beförderung.

Babels Zimmer im ersten Stock hatten, ungewöhnlich für Moskau, große Fenster und waren von Licht geradezu durchflutet. Viel wichtiger für ihn – es herrschte Stille. Steiner arbeitete ruhig, laute Nachbarn gab es nicht und die wenigen Autos verursachten kaum Lärm. Das Haus lag unweit des Flusses Jausa, inmitten des alten Moskau. Datscha-Atmosphäre in der Großstadt.

Seinen Lebensunterhalt verdiente Babel, indem er Drehbücher für Mosfilm redigierte. Nicht als freier Mitarbeiter, sondern vertraglich gebunden.[476] Trotzdem war er ständig knapp bei Kasse, denn er schickte seiner Familie weiterhin Geld ins Ausland. Er selbst lebte, abgesehen von Steiners Privilegien, recht spartanisch. Nach einem üppigen Frühstück durchwanderte Babel sein Arbeitszimmer, machte sich Notizen und feilte an seinen Texten. Oder er saß stundenlang mit verschränkten Beinen auf dem Diwan und las. Klingelte das Telefon, so kam es schon mal vor, dass er mit Frauenstimme antwortete: Babel sei nicht zu sprechen; er sei für eine Woche verreist. Mittags aß er meist zu Hause, abends traf er sich mit Freunden und vermied das Arbeiten. Er fürchte genau wie Gogol die Nachtgeister; außerdem solle man sich keine Gewalt antun, sagte Babel einem Freund.

Bisweilen unternahm er mit Antonina Ausflüge ins Umland, oder er fuhr zu Gorki auf dessen Datscha, wo ihm ein Zimmer zur Verfügung stand. Häufig war er dort, besonders im Sommer 1934, vor dem Gründungskongress des sowjetischen Schriftstellerverbandes. Gab er Gorki neue Texte zu lesen, so stets nur nach langem Zögern. Er polierte das Geschriebene, verwarf es und brachte die Erzählung erneut zu Papier. So, wie er es immer getan hatte.

Nur gedruckt wurde fast nichts mehr. Lediglich zwei Erzählungen veröffentlichte Babel 1934. «Rue Dante», eine brillante Geschichte über einen Gebrauchtwagenhändler, der dem Erzähler das bunte Pariser Nachtleben vorführen will und dabei ermordet wird.[477] Und «Erdöl».[478] Darin beschreibt Babel den täglichen Wahnsinn des kaum zu erfüllenden Wirtschaftsplans, den Kampf zwischen einem älteren Wissenschaftler und jungen Ingenieuren «vom Typ der ‹Allesfresser›». In Moskau, so lässt Babel einen jungen Mann sagen, «haben wir einen regelrechten Krieg».

Das waren nicht unbedingt die Werke, die die Partei von ihm erwartete. Langsam verlor sie die Geduld, das wusste Babel. Er musste etwas publizieren, das auch die strammen Kommunisten unter den Rezensenten zufriedenstellen konnte. Vergeblich hoffte er, dass ihm das mit seinem Theaterstück «Marija» gelingen könnte. Nachdem er das Drama noch in Sorrent vorgelesen hatte, hatte Gorki sich viel Zeit gelassen und erst im Herbst 1933 geantwortet – mit einem Donnerschlag. Das Stück habe ihn «in Staunen versetzt, aber nicht bewegt», es sei «kalt, die Richtung undeutlich und das Anliegen des Autors – nicht zu fassen». Gorki begründete die Schärfe seiner Kritik damit, dass er von einem «talentierten und klugen Menschen» wie Babel «besonders klare und große Werke» erwarte. Babel dürfe das Stück in seiner jetzigen Form auf keinen Fall veröffentlichen. Er, Babel, würde dadurch angreifbar, politisch gesehen sei das Stück bedenklich.[479]

Dabei hatte sich Babel bemüht, keinen Anlass für die üblichen Vorwürfe zu geben, es fehle der ideologische Überbau. Die Titelfigur des Stücks ist Marija Mukowin, Tochter eines zaristischen Generals. Marija hat sich der Russischen Revolution angeschlossen und ihren Vater und ihre Schwester verlassen. Eine ideale Heldin. Babel lässt sie jedoch in den nachrevolutionären Tagen in Petrograd nicht auftreten, sie erscheint nur in den Erzählungen der anderen. Statt ihr wird Ljudmila, Marijas Schwester, zur tragischen Hauptperson, die in den Stürmen der Geschichte herumgewirbelt wird und schließlich untergeht: Sie wird verhaftet, ihr Vater zerbricht daran und stirbt.

Gorkis harsche Worte werden Babel sehr getroffen haben. Er zog sich zurück und überarbeitete «Marija». Ende Februar 1934 las er die neue Fassung im Literaturmuseum in Moskau öffentlich vor. Und siehe da: Babel, der glänzende Erzähler, vermochte die Zuhörer durch «seine kraftvolle, vollblütige Sprache»,[480] wie die Zeitung *Sowjetskoje iskusstwo* (Sowjetische Kunst) berichtete, in den Bann zu ziehen. Das Wachtangow-Theater wollte das Stück sogar aufführen.

Doch die orthodoxen Kritiker waren unbeeindruckt. Stellvertretend schrieb Leschnew, der die «Reiterarmee» noch ausdrücklich gelobt hatte, eine vernichtende Rezension. Sie erschien 1935 gleichzeitig mit der Erstveröffentlichung von «Marija» in der Zeitschrift *Teatr i dramaturgija* (Theater und Dramaturgie).[481] Text oben, Kritik unten jeweils auf derselben Seite. Babel habe Figuren geschaffen, die sich in der inneren Emigration befinden. Wie wahr. Auf Babel traf das schließlich genauso zu. Und er musste sich von Leschnew die Frage gefallen lassen: «Kann man sagen, dass ein Roman, eine Erzählung oder ein Stück ideologisch schlecht ist, künstlerisch aber bedeutend?» Die Antwort lautete selbstverständlich: nein. Leschnew riet Babel, sich «von politischen Fehlern zu befreien». Schlimmer hätte die Kritik kaum ausfallen können. Sofort zog das Wachtangow-Theater die Konsequenzen und stellte die bereits begonnenen Proben ein. Das Stück wurde in der Sowjetunion nie aufgeführt.

Außer «Marija» aber gab es nichts, mit dem Babel den Vorgaben der neuen Kulturpolitik hätte entsprechen können. Sein Roman «Kolja Topus» war dafür nicht geeignet, und sein geplantes Buch über die Tscheka erst recht nicht. Doch die staatlichen Kulturwächter warteten auf ein Werk Babels. Sonst drohte ihm der Verlust seines Status als Schriftsteller – nicht nur Publikations-, sondern auch Schreibverbot, wenn nicht gar Verbannung oder Tod.

Babel befand sich also in einer schwierigen Situation, als im Herbst 1934 der erste Kongress der sowjetischen Schriftsteller in Moskau begann. Er tagte im Säulensaal des Gewerkschaftsgebäudes, dort, wo zu Zarenzeiten der Hochadel getanzt hatte und die Räte ihre höchsten Würdenträger, angefangen mit Lenin, nach dem Tod aufbahrten. Mitten im geschäftigen Zentrum, in Gehweite zum Roten Platz, zum Kreml, zum Lenin-Mausoleum.

Der Kongress war ein «Feiertag der sowjetischen Kultur», schrieb die *Prawda*.[482] Und so wurde er auch ausgerichtet. Kolchosbauern von der Wolga und aus Usbekistan brachten Gemüse und Obst, Pioniere bliesen auf ihren Trompeten, Eisenbahner mit ihren Pfeifen marschierten auf. Die Schriftsteller wurden mit Blumen überschüttet und konnten wegen der Menschenmassen vor den Eingangstüren das Gebäude in der Mittagspause kaum verlassen.[483]

Ein Tollhaus. Jede Berufsgruppe forderte ihren Roman: die Textilarbeiter ein Webereibuch, die Eisenbahner ein Zugbuch, die Wissenschaftler ein Forschungsbuch. Denn auf diesem Kongress wurde der sozialistische Realismus zum ersten Mal zur offiziellen Ideologie erhoben. Entsprechend der Losungen, der Künstler müsse das Morgen im Lichte des Heute sehen und die Rote Armee der Schriftsteller solle den Kampf aufnehmen und für den Staat produzieren. Das bedeutete nichts anderes als Werke auf Bestellung, Hofberichterstattung.

Zur Verbreitung dieser Direktive wurde der «Karneval», wie Ehrenburg den Kongress nannte, veranstaltet und das Protokoll in der Parteizeitung *Prawda* auf fünfzig Seiten insgesamt veröffentlicht. Die fünfhunderteinundsiebzig Delegierten wurden auf Kosten des Staates verpflegt und untergebracht.[484]

Zu den prominenten ausländischen Schriftstellern gehörten André Malraux, Theodor Plivier, Louis Aragon und Oskar Maria Graf, der mit seiner Lederhose viel Aufsehen erregte. Graf besuchte Babel in dessen NEP-Haus. Der Gastgeber war gut gelaunt, scherzte, genau wie Graf ihn sich vorgestellt hatte. Er schreibe wenig, behauptete Babel. «Für die Schublade», fügte Ingenieur Steiner hinzu: «Babel braucht für einen Satz ein Jahr.»[485]

Babel lud auch Malraux, für den er während des Kongresses mitunter dolmetschte, in die Bolschoi-Nikolo-Worobinski-Gasse ein. Dabei lernte er dessen Frau Clara kennen, die Babel für «einen der größten Schriftsteller seiner Zeit» hielt. Doch sonst hatte sie ein abenteuerliches Bild von ihm: Sieben Wohnungen solle er haben und sieben Mätressen, und gemeinsam mit Gorki sei er fast jede Woche zu Gast bei Stalin.

Diese Gerüchte gab es in der Tat. Ervin Sinkó berichtete explizit von einem Treffen zwischen Stalin, Babel und Gorki.[486] Stalin soll Babel sogar gebeten haben, seine Biographie zu schreiben. Und Babels Tscheka-Buch, das ihm gut gefallen haben soll, habe der Diktator angeblich in einer Auflage von fünfzig Exemplaren für die Politelite drucken lassen. Beweise für all das gibt es keine. Nicht nur die fabulöse Geschichte über den Geheimdienstroman ist mehr als unwahrscheinlich.[487]

Während eines Spaziergangs an der Moskwa mit Clara Malraux sprach Babel ganz offen: «Für jeden ist es am besten, nicht all zuviel zu wissen, solange man hier lebt.» Babel freilich wusste viel, und darüber schrieb er auch. Nur, erläuterte er seiner Begleiterin, publizieren könne er nicht: «In meiner Schublade liegen zwei Romane: Wenn man sie findet, bin ich ein toter Mann.»[488] Er sprach vermutlich von «Kolja Topus» und «Tscheka».[489]

Als Ausweg bot sich ihm nur das Schweigen. Aber wie erklärt man dem ganzen Volk und dessen Führung solch ein merkwürdiges, ja fast konterrevolutionäres Verhalten? Babel musste sich auf dem Schriftstellerkongress rechtfertigen. Und er griff mutig an. Vor den Delegierten und der Parteielite, den Journalisten und ausländischen Gästen forderte er den Überraschungsmoment in der Literatur und: «Schluss mit den Abziehbildern». Unter diesen Prämissen wolle er schreiben, doch es gelinge ihm noch nicht. Und weil er den Leser so sehr achte, schweige er lieber, er, «der große Meister dieses Genres». Schließlich habe die Partei allen Schriftstellern ein großes Privileg genommen – «schlecht zu schreiben».[490]

Babels Rede wurde mehrfach vom Lachen der Teilnehmer unterbrochen. Das war ganz nach dem Geschmack des Bayern Graf, genau so etwas hatte er vom «witzigsten sowjetrussischen Schriftsteller» erwartet. Doch so komisch war es nicht. Babel hatte sich öffentlich aus dem literarischen Leben der Sowjetunion verabschiedet. Da half auch die Rede Ehrenburgs nicht, der den Freund verteidigte und bedauerte, dass «nicht alle bei uns das Wesen künstlerischer Arbeit verstehen».[491]

Schon gar nicht die Geheimpolizei – offiziell seit 1934 Teil des neu gegründeten «Volkskommissariats für Innere Angelegenheiten» (NKWD), des Innenministeriums, tatsächlich aber mächtig wie eh und je. Sie hörte bei Babels Gesprächen am Rande des Kongresses mit und protokollierte seinen Unmut. Ganz offensichtlich war er sehr enttäuscht: Die Konferenz sei «so tot wie eine Zarenparade, und solch einer Parade glaubt natürlich niemand im Ausland».[492]

Besonders unzufrieden war Babel mit Gorki, dem neuen Vorsitzenden der Schriftstellerunion. Das Regime hatte Gorki gezwungen, Dinge zu tun, die ihm zuwider waren. So hoffte er, sich die notwendige Freiheit zu verschaffen, um in entscheidenden Fragen der Literatur seinen Einfluss zu behalten. Er vertrat Stalin sogar bei der Eröffnung des Weißmeer-Ostsee-Kanals. Zweihundertsiebenundzwanzig Kanalkilometer waren in nur zwanzig Monaten gegraben worden – der Bau des nur achtzig Kilometer langen Suezkanals hatte zehn Jahre gedauert. Das mörderische Projekt, bei dem Zehntausende von Zwangsarbeitern ums Leben kamen, stand unter der Aufsicht der Geheimpolizei. Gorki und einhundertzwanzig Schriftsteller hatten sich auf den Weg gemacht, um das Prachtstück sowjetischer Industrialisierungskunst zu begutachten. Der Betriebsausflug gefiel und war nicht zuletzt wegen der fürstlichen Bewirtung – Kaviar, Schokolade, Kognak – ein voller Erfolg. Man verfasste einen Sammelband und widmete ihn dem 17. Parteitag. Später stellte sich heraus, dass der Kanal nicht zu gebrauchen war.

Umgeben von NKWD-Leuten, war Gorki nicht mehr Herr der Lage. Er hatte seinen Namen für eine Kunst hergegeben, die in ihrer Verherrlichung von Plüsch und Marmor kleinbürgerliche Ideale vertrat, die er und Babel eigentlich bekämpfen wollten. Stalin hatte ihn nach Moskau zurückgeholt, weil er ihm nützlich war. Mehr nicht. Nach dem Schriftstellerkongress war nur noch Gorkis Name wichtig – für Städte, Straßen, Fabriken, Kolchosen, Plätze. Sogar ein riesiges Flugzeug wurde nach ihm benannt. Es stürzte ab – wie Gorki. Als der den Kongress mit den Worten beendete: «Es lebe der Führer des Proletariats, der Partei Lenins, es lebe Josef Stalin», empfand Babel fast körperlichen Schmerz, versteifte sich beim Zuhören.

Die letzten Überbleibsel der literarischen Avantgardeversammlung fegten die Putzkolonnen am Abend fort. Der nächste Kongress war für das Jahr 1937 geplant. Dann würde man, so hieß es, im Paradies leben.

Mit einem Schuss meldete sich die große Politik am 1. Dezember 1934 wieder zurück. In Leningrad war Stalins Statthalter Sergei Kirow ermordet worden. Mitten im Smolny, dort, wo Lenin zu regieren begonnen hatte, im Herzen der Machtzentrale an der Newa. Während der Arbeitszeit. Wenige Schritte von seinem Büro entfernt.[493]

Kirow war einer der engsten Vertrauten Stalins. Fast täglich rief dieser ihn an, vor allem zu nächtlicher Stunde – Kirow hatte sogar in seiner Wohnung ein Telefon mit direktem Draht zum Kreml. Doch Stalin beobachtete seine hochrangigen Parteifreunde stets sehr genau: Zu populär und einflussreich sollten sie nicht werden. Bei einem Treffen mit Kirow in dessen Wohnung erklärte Stalin, das russische Volk könne mit Politbüro und ZK zwar gut leben, aber es sei noch aus der Zarenzeit daran gewöhnt, von einer einzigen Person regiert zu werden.[494] Und das sollte auch in Zukunft Stalin sein. Nicht Kirow, der immer mehr an Popularität gewann und hinter vorgehaltener Hand schon als neuer Generalsekretär gehandelt wurde.

Dass der redegewandte Leningrader Schultheiß tatsächlich auf Anordnung Stalins beseitigt wurde, ist häufig behauptet, doch bislang nicht mit letzter Sicherheit bewiesen worden. Aber sein Tod lieferte Stalin zweifellos einen willkommenen Anlass, mit einem Schlag seine Kritiker und Feinde innerhalb der Partei und der Gesellschaft auszuschalten.

Der Karikaturist Jefimow saß gerade im Arbeitszimmer von Nikolai Bucharin, des damaligen Chefredakteurs der *Iswestija*, als das Telefon klingelte und die Nachricht von der Ermordung Kirows durchgegeben wurde. Mit versteinertem Gesicht drehte sich Bucharin um und sagte leise: «Jetzt wird Koba[495] [Stalin, d. A.] uns alle erschießen.»[496]

Es begannen die Jahre des Großen Terrors, die dann zwischen 1936 und 1938 ihren Höhepunkt fanden. Für die Verhandlung politischer Fälle wurde das Militärkollegium am Obersten Gericht geschaffen. Mit einem riesenhaften Beamtenapparat konnten viele Verfahren gleichzeitig abgewickelt werden. Nach einem kurzen Prozess wurde das Urteil in wenigen Minuten gesprochen. Rechtsprechung am Fließband, meist mit tödlichem Ausgang. Von den 1966 Delegierten des 17. Parteitags, der zu Beginn des Jahres 1934 getagt hatte, wurden 1108 erschossen.[497]

Stalin rüstete auch mit Papier auf. Während die Werke von Marx und Engels schon eine Auflage von sieben Millionen erreichten und die von Lenin vierzehn Millionen, ratterten die Schriften Stalins über sechzig Millionen Mal durch die Druckerpresse.[498] Berge und Städte wurden nach ihm benannt, und neben Sokrates bildete er den Gipfel der Weisheit. Die *Iswestija* gab den schrillen Ton vor: «Ohne Stalin kann niemand etwas verstehen oder etwas schreiben, was von Interesse ist.»[499]

Größer, höher und schneller musste es in der Sowjetunion zugehen. Während in der Peripherie die Industrialisierung voranschritt, zum Beispiel mit dem rasanten Ausbau des eben erst gegründeten Stahlzentrums Magnitogorsk im Ural, wurde die Schaltzentrale Moskau herausgeputzt: 1935 wurde die Metro eröffnet, im selben Jahr die Lenin-Bibliothek als größte Büchersammlung der Welt geplant, das Hotel Moskwa, ein Märchenpalast, fertiggestellt und das Moskauer Rathaus verschoben, damit die Gorki-Straße um vierzehn Meter verbreitert werden konnte. Die byzantinischen Adler auf den Haupttürmen des Kreml wurden abmontiert, zwei Jahre später leuchteten rubinrote Sterne über Moskau.

Die neue Welt wandelte sich so schnell und so gesetzmäßig, dass in den Stadtplan, den man 1935 in Moskau kaufen konnte, bereits die gewaltigen Veränderungen des Generalbauplans für die kommenden zehn Jahre eingearbeitet waren. Umherirrenden Menschen wurde die Auskunft mit auf den Weg gegeben, dass ohnehin jeder die heutige Stadt kenne und man sich lieber schon jetzt auf das Moskau von 1945 freuen solle.[500]

Noch allerdings mussten sich die Sowjetbürger in der Gegenwart bewegen. Auf dem Markt drängten sich an Wochenenden bis zu dreihunderttausend Besucher, um eines der seltenen Güter zu erwerben: Schuhe, Anzüge, Mäntel. Die Preise waren doppelt so hoch wie in den staatlichen Geschäften – wenn es dort überhaupt etwas zu kaufen gab.[501] Das war kein leichtes Leben, und Witze wie «SSSR: Smert Stalina spasjot Rossiju» («Der Tod Stalins rettet Russland») oder «OGPU: O gospodi! Pomogi ubeschat» («Oh Herrgott! Hilf uns wegzurennen») wurden nur im Flüsterton erzählt.

Solche spöttischen Bemerkungen wird Babel gern gehört haben. Vielleicht auf dem Markt, vielleicht in der Straßenbahnlinie V, die er häufig benutzte, um Menschen zu beobachten. Fernab des glänzenden Moskau führte sie vorbei an Fabriken und den armen Behausungen der Arbeiter. Und ganz bestimmt kamen ihm solche verbotenen Scherze auf der Pferderennbahn zu Ohren. Doch selbst in seinem geliebten Hippodrom wurde er von der Politik eingeholt. In allen Zweigen der Industrie und Landwirtschaft wurde der Akkord eingeführt. Man orientierte sich am Vorbild des Kohlegenossen Alexei Stachanow, der im Sommer 1935 seine Arbeitsnorm um den Faktor 14 übertroffen hatte – ähnlich effektiv mussten jetzt auch Pferde gezüchtet werden. Ein Graus für Babel, und der Todesstoß für die zuvor recht ordentlichen russischen Gestüte.

Für die massenhafte Aufzucht von Pferden machte sich auch Budjonny stark. Er glaubte noch, das Land mit Kavallerie verteidigen zu können. So wie damals in Polen. Den Aufbau der 1. Reiterarmee betrachtete er als seinen persönlichen Erfolg. Stalin sah das freilich nicht ganz so. In seiner Glückwunschadresse zum fünfzehnten Jahrestag ihrer Gründung hob er zwar Budjonnys und Woroschilows Verdienste um die einstige sowjetische Wunderwaffe hervor.[502] Aber als Budjonny ihm einmal ein Foto überreichte, auf dessen Rückseite stand: «Budjonny. Begründer der 1. Reiterarmee», erhielt er zum Dank ein Bild mit der Unterschrift: «Stalin. Wahrer Begründer der 1. Reiterarmee».[503] Und so ließ sich Stalin auch feiern. Aus einer peinlichen Niederlage an der Weichsel war ein glorreicher Sieg geworden.

Das war schlecht für den Chronisten Babel. Nun fühlten sich nicht nur die mächtigsten Vertreter des Staates als Veteranen in ihrer Ehre gekränkt, nun waren Babels Erzählungen über den Polenfeldzug endgültig zu einem Politikum geworden:[504] Je mehr die Taten der Reiterarmee für Propagandazwecke ausgeschlachtet wurden, desto mehr Anstoß mussten seine literarischen Berichte darüber erregen. Der Verfasser eines *Ogonjok*-Artikels etwa bedauerte, dass jenes Ereignis, das den «Weg der großen proletarischen Revolution ebnete», von Babel nicht «mit bolschewistischen Augen» gesehen worden war.[505]

Diese Vorwürfe waren Babel nicht neu, aber er bekam sie nun immer häufiger zu hören. Das Werk, das ihm Ruhm und Anerkennung verschafft hatte, wurde immer mehr zu einem Nachteil für ihn.

Finanziell hielt er sich noch immer erstaunlich gut. Fast übermütig schrieb er der Mutter, dass der Ford glänzende Dienste leiste und «vielleicht eines Tages vor eurer Wohnung auftaucht und euch zu mir nach Hause bringt».[506] Zunächst jedoch besuchte er völlig überraschend Schenja und Nathalie.

Ehrenburg und André Malraux hatten in Paris eine antifaschistische Konferenz organisiert, die am 21. Juni 1935 beginnen und eine Woche dauern sollte. Die Sowjetunion gab das Geld und schickte zu dem hochkarätigen Treffen, an dem unter anderem Heinrich Mann, Anna Seghers, Bertold Brecht und Lion Feuchtwanger teilnahmen, eine Delegation unter Führung des unbeliebten Alexander Schtscherbakow, Erster Sekretär des sowjetischen Schriftstellerverbandes.

Unter den Gesandten fehlten jedoch Babel und Pasternak, zwei im Ausland hoch geschätzte Autoren. Unverzüglich wandten sich Ehrenburg und Malraux gemeinsam mit Andre Gide an die sowjetische Botschaft und baten darum, so rasch wie möglich «einflussreichere und bedeutendere» Schriftsteller auf den Weg nach Paris zu bringen, damit diese einen Vortrag halten könnten. Es sei wichtig, schließlich gehe es um den Frieden in der Welt angesichts des bedrohlichen Faschismus.[507] Vor allem Gide wollte die Einreise von Pasternak und Babel erzwingen und setzte Schtscherbakow unter Druck: Entweder die beiden kämen, oder er, Gide, würde mit seinen Freunden den Kongress verlassen. Nur Babel und Pasternak traute Gide zu, offen und ehrlich über die Situation der sowjetischen Schriftsteller zu berichten.[508]

Eine einfache Ausreise war längst nicht mehr möglich, schon gar nicht für Babel und Pasternak, die bestenfalls als Mitläufer, schlimmstenfalls als mögliche Staatsfeinde galten. Eine Entscheidung des Politbüros musste her. Am 19. Juni stimmten Stalin und Kalinin für die Entsendung, Woroschilow dagegen.[509] Stalin, der Gorki die Ausreise verwehrt hatte,[510] wollte sich international keine weitere Blöße geben.

Und dann ging alles ganz schnell. Pasternak erhielt über Nacht einen neuen Anzug und Mantel,[511] Babel innerhalb von nur zwei Stunden einen Pass. Dessen Ausfertigung dauerte unter normalen Umständen mehrere Monate.[512] Aufgeregt kamen sie mit dem Zug in Paris an, als der Kongress schon fast vorbei war. Noch in der Nacht musste Babel auf das Podium treten.

«Blendend und brillant formuliert», lobte Clara Malraux den aus dem Stehgreif und in fließendem Französisch gehaltenen Vortrag. Viel Witz versprühte er, und manches war doppeldeutig: «Der Kolchosbauer hat schon Brot, ein Haus, sogar einen Orden. Aber das ist ihm zu wenig. Er will jetzt, dass man über ihn Gedichte verfasst ...»[513] Ehrenburg hatte den Scherz ganz offensichtlich nicht verstanden, denn er benutzte dieses Zitat für einen Bericht in der *Iswestija*. Das war erneut der Babel, der Chuzpe hatte, vor den intellektuellen Größen Europas und den USA zu reden, wie ihm der Schnabel gewachsen war. Hatte ihn nicht Stalin persönlich geschickt? Er war zu berühmt, um ernsthaft bedroht werden zu können, so muss Babel an jenem Abend im prächtigen Saal des Palais du Trocadéro, mit Blick auf den Eiffelturm, gedacht haben.

Mut gehörte freilich auch dazu, so offen aufzutreten. Im Gegensatz zu Babel war Pasternak nicht in der Lage, eine Rede zu halten. Er wusste einfach nicht, was er sagen sollte und wie weit er gehen durfte. So wurde lediglich eines seiner Gedichte vorgelesen. Pasternak war derart verängstigt, dass er nicht einmal seine Eltern sehen wollte, die seinetwegen eigens aus London angereist waren.[514]

Ganz anders Babel. Nach dem Kongress wohnte er der feierlichen Einweihung des Maxim-Gorki-Boulevards in Villejuif, einem Ort südlich von Paris, bei, er traf sich mit dem Zionistenführer Jabotinski,[515] und als sich der größte Teil der sowjetischen Delegation schon wieder auf die Rückreise gemacht hatte, blieb er in Paris bei seiner Frau und seiner Tochter. Nathalies sechster Geburtstag stand unmittelbar bevor.

Noch einmal unternahm Babel den Versuch, seine Familie nach Moskau zurückzuholen; obwohl er Annenkow zwei Jahren zuvor anvertraut hatte, dass Nathalie und Schenja unbedingt in Frankreich bleiben müssten; obwohl er die besorgniserregenden Signale aus dem Kreml kannte; und obwohl er in Moskau mit Antonina zusammenlebte. Vielleicht war es ihm ernst damit, vielleicht hoffte er, mit der Rückkehr seiner Familie würde das Gerede um ihn verstummen, oder er gaukelte ihr den Wunsch nur vor, um einem Konflikt aus dem Weg zu gehen.

Für einige Tage lebten sie in dem kleinen Ort Le Plessis-Robinson, zehn Kilometer südlich von Paris, zusammen. Schenja und Nathalie bewohnten hier ein Häuschen in der Straße mit dem bezaubernden Namen Rue de l'Etang de l'Ecoute s'il Pleut («Straße des Teichs, bei dem man hört, ob es regnet»). Sie waren nicht die einzigen Russen, aber Schenja galt wegen Babel als Kommunistin und war eine Außenseiterin unter den zaristischen Emigranten.

Babel traf sich mit Brice Parain, den er aus Moskau kannte. Parain war von Oktober 1925 bis Juli 1926 – genau zu der Zeit, in der Babel seine großen Erfolge feierte – erster Kulturattaché Frankreichs in Moskau gewesen. Die beiden hielten seitdem Kontakt. Denn Parain begann nach seiner Rückkehr bei dem französischen Verlag Gallimard zu arbeiten und war verantwortlich für eine Edition junger sowjetischer Schriftsteller.[516] Unter ihnen Babel, der Parain nun in dessen Haus anvertraute, er wolle über die 1793 in Frankreich eingesetzten Revolutionstribunale schreiben, um dabei die Schauprozesse in Moskau zu thematisieren. Aus Angst vor möglichen NKWD-Spitzeln hatte Parain während des Gesprächs die Fensterläden geschlossen. Sogar Frau und Kinder mussten das Haus verlassen.[517]

Den letzten Tag in Paris verbrachte Babel mit seiner Familie, den Parains und Souvarine. Liebevoll schaute er auf seine Tochter, die er Machno nennt, nach einem ukrainischen Nationalisten, der den Roten im Bürgerkrieg viel Ungemach bereitet hatte. Machno – das stand für ungestümes Temperament. Aber bleiben wollte Babel nicht: «Ich bin ein russischer Schriftsteller. Wenn ich nicht inmitten des russischen Volkes lebe, höre ich auf, Schriftsteller zu sein, dann bin ich ein Fisch, der aus dem Wasser gezogen wird.»[518] Die Entscheidung war endgültig. Seine Familie sah er nie wieder. Vermutlich war ihm das damals bewusst. Das begriff auch seine Tochter. Und dennoch hoffte Nathalie. «Ich wuchs auf und wünschte mir, dass eines Tages irgendwo eine Tür sich öffnen würde und mein Vater hereinkäme.»[519]

Stattdessen erhielt sie Briefe von Babel. Den ersten kurz nach seiner Abreise. Aus Odessa.[520] Für die Illustrierte *SSSR na strojke* (Sowjetunion im Aufbau)[521] bereiste er die Ukraine. So konnte Babel nicht nur Geld verdienen, sondern auch noch beweisen, dass er ein ordentlicher Sowjetschriftsteller war. Den Auftrag hatte er durch Beziehungen erhalten: Die Redakteurin war eine alte Bekannte aus Odessaer und Berliner Tagen: Jewgenija Solomonowa.

Zusammen mit Antonina besuchte Babel von Kiew aus diverse Kolchosen. Unterstützung fand er beim Vizeparteisekretär der Ukraine, Pawel Postyschew, der zwei Autos für Babel und den Fotografen zur Verfügung stellte. Babel wird ob dieser Freundlichkeiten kaum vermutet haben, dass Postyschew, den Babel noch vom Polenfeldzug her kannte, drei Jahre zuvor in einer ZK-Sitzung zusammen mit Stalin gegen Babels Reise nach Frankreich gestimmt hatte.[522] Zwei andere Reiterarmee-Kameraden, Schmidt und Jakir, luden Babel zu einem Militärmanöver ein, und mit einem weiteren Bekannten aus Bürgerkriegszeiten, der inzwischen beim NKWD arbeitete, besuchte er das berühmte Höhlenkloster südlich von Kiew, das zum Museum umgewandelt worden war. Statt ihm jedoch die Kirchen und unterirdischen Gänge zu zeigen, breitete der NKWD-Mann Diamanten vor Babel aus. Ob er die im Kloster einfach so gefunden habe, fragte Babel verwundert. Nein, war die Antwort; dafür hätten die Mönche lange verhört werden müssen.[523] Es war klar, was er damit meinte.

Im Alltagsleben war von solchen Brutalitäten kaum etwas zu spüren. Im Gegenteil: Die Stimmung unter den Bürgern war kurzzeitig gut, denn statt Flaggen, Losungen und Leninbüsten gelangten wieder Produkte in die Vitrinen der Geschäfte. Sogar die Lebensmittelkarten für Fleisch und Fisch, Zucker und Kartoffeln konnten abgeschafft werden.[524]

«Wie ein Lord» habe er im Hotel London gelebt, in Odessa fühlte er sich daheim.[525] Zwei Monate verbrachte er dort, er ruhte sich aus, ging stundenlang allein am Strand spazieren oder fuhr zum Angeln auf das Meer hinaus. Sogar ein Stück Land kaufte er. Hier wollte er sich niederlassen, obwohl er kaum mehr jemanden von seinen alten Bekannten vorfand. Bagrizki, einer seiner teuersten Freunde, den er häufig besucht hatte, war im Jahr zuvor gestorben. «Die wichtigsten Spaziergänge führen nach wie vor auf den Friedhof oder ins Krematorium», schrieb er im Mai 1934 nach Brüssel.[526] Mit Bagrizki wäre Babel gern alt geworden: «Wir sahen uns als Greise, als verschmitzte, fette Greise, die sich von der Sonne Odessas wärmen ließen und am Meer, auf der Promenade mit langen Blicken den vorbeigehenden Frauen nachschauten.»[527]

Gegen Ende des Jahres 1935 reiste Babel von Odessa aus noch einmal für einige Wochen in das Donbassgebiet, nach Stalino. Erneut genoss er allen erdenklichen Komfort, ihm wurde alles zur Verfügung gestellt: «Wohnung, Direktorenkost, Auto, Pferde.»[528] Während dieses Aufenthalts überraschte er seine Begleiter mit ausgezeichnetem Fachwissen. Bei einem Treffen mit Ingenieuren war er bestens vorbereitet, stellte kluge Fragen und wusste die Namen der bekannten Geologen.

Nicht zufällig sei «dieser unruhige Mensch» in das Donbassgebiet gekommen,[529] befand ein örtlicher Schriftsteller. Nein Babel arbeitete an einem Roman über den Donbass. Damit war wohl sein Projekt «Kolja Topus» gemeint. «Muss endlich ein Opus herausbringen», schrieb er am 30. Dezember 1935 nach Brüssel.[530] Die Vorgabe war eindeutig: Von einem «alten Meister» wie Babel erwartete der Schriftstellerverband neue Werke. Dessen Sekretär Schtscherbakow gab dieser Hoffnung in einem Brief vom 2. Januar 1936 an Stalin Ausdruck.[531] Und weiterhin wurde Babel vom NKWD überwacht.

Als Stalin in jenem Januar – Babel war gerade über Kiew nach Moskau zurückgekehrt – Dmitri Schostakowitschs Oper «Lady Macbeth von Mzensk» heftig als «grob, primitiv und vulgär» kritisiert und die *Prawda* titelte: «Chaos statt Musik»,[532] waren die Staatsspitzel unterwegs, um möglichen Aufruhr unter Künstlern zu belauschen. Von Babel erfuhren sie, dass niemand die Affäre allzu ernst nehme: «Das Volk hüllt sich in Schweigen, aber die Seele lacht verstohlen.»[533] Über den schlechten Geschmack Stalins.

Auch wenn Babel vorgab, amüsiert zu sein, so war ihm der Ernst der Lage deutlich bewusst. Ervin Sinkó, einem ungarischen Schriftsteller, der mit seiner Frau Irma Anfang 1936 bei Babel untergekommen war, vertraute er an, dass er alles mache, um zu überleben, «nur nicht schreiben, geschweige denn publizieren».[534]

Eine angenehme Abwechslung war da der Auftrag des renommierten Academia-Verlages, die Ausgabe der Werke von Scholem Alejchem vorzubereiten, die zu dessen achtzigjährigen Jubiläum 1939 erscheinen sollten. Und im März reiste er mit Kolzow, André und Rolland Malraux in einem Sonderwagen der Bahn zu Gorki in dessen Ferienhaus auf der Halbinsel Krim. Nachdem Stalin ihm Auslandsreisen untersagt hatte, verbrachte Gorki den Winter in Tesseli.

Viel kam bei dem Treffen nicht heraus. Die von Malraux angeregte Enzyklopädie des 20. Jahrhunderts nach dem Vorbild von Diderots «Encyclopédie» wurde nie verwirklicht. Gorki sprach viel, Babel übersetzte und André Malraux konnte nicht viel mehr tun als zuhören. Er musste sich sagen lassen, dass man in Stalins Schule lernen solle. Gorki war alt geworden. Und für Stalin völlig überflüssig. Seine Stimmung auf der Krim war düster, er fühlte sich isoliert. Überall NKWD, überall Spitzel.

Nach seiner Rückkehr in die Hauptstadt wurde er krank. Siebzehn Ärzte aus Moskau und Leningrad umsorgten ihn auf seiner Datscha. Auch Babel war da. Und wenn nicht, telefonierte er mit Gorkis Verwandten. Aber Gorki erholte sich nicht mehr. Am 18. Juni 1936 gab er auf. Dort, wo Lenin zwölf Jahre zuvor gestorben war.

Vielleicht war es Mord.[535] Vielleicht auch nur die Erschöpfung nach einem lebenslangen Kampf, den Gorki nicht gewann. Nicht einmal seinen letzten Wunsch, zusammen mit seinem Sohn begraben der zu werden, den er um zwei Jahre überlebte,[536] wollte Stalin ihm erfüllen. Gorki wurde im Säulensaal aufgebahrt, und der Trauerzug geleitete ihn über den Roten Platz an die Kremlmauer.

Damit schien Babels Schicksal endgültig besiegelt. Mit dem Tod seines Mentors, der ihn noch im März in einem Brief an Stalin als den «klügsten aller unserer Literaten»[537] gelobt hatte, war er ohne einen einflussreichen Verteidiger am Hofe des Generalsekretärs. Sein Reiterarmee-Netzwerk vermochte den Verlust nicht aufzufangen. Babel machte sich keine Illusionen mehr. Seiner Frau in Russland, Antonina, vertraute er an: «Jetzt werden sie mich nicht mehr leben lassen.»[538]

Kapitel 8

Die Angst (1936–1939)

«Offen redet der Mensch heutzutage nur mit seiner Frau – nachts, den Kopf unter die Decke gesteckt ...»
(Babel zum Schriftsteller Ilja Ehrenburg)

Frohgemut und stolz präsentierte sich die athletische Jugend an einem Sommertag auf dem Roten Platz. Eine Sportparade. «45.000 der besten Sportler des Landes nehmen daran teil», jubelte die *Iswestija*.[539] Auch die Amateure verschiedener Betriebsvereine marschierten auf: «Motor», «Torpedo», «Roter Konditor».

Obwohl es ein Montag war und die Arbeit nicht ruhte, wurde wie an einem freien Tag gefeiert. Auf der Ehrentribüne Stalin, umringt von den obersten Räten. Hinter ihm, an der Kremlmauer, der gerade bestattete Gorki. Und unter ihm, auf dem Kopfsteinpflaster neben der Schau der gestählten Körper das gemeine Volk. Den Menschen wurden die neuesten Süßigkeiten vorgestellt: Keks «Glückliche Kindheit» und Bonbon «Pionier».[540] Je mehr Kekse und Bonbons die Kinder essen würden, so müssen die Direktoren der herstellenden Fabriken «Bolschewik» und «Roter Oktober» gedacht haben, desto besser könnten sie den Weg von der Gegenwart in die lichte Zukunft beschreiten. Das war gut für den Staat, gut für die Heranwachsenden und damit natürlich auch gut für den sozialistischen Produktionsleiter, auf den Orden und Privilegien warteten. Alles ging in jenen Tagen seinen gewohnten sozialistischen Gang.

Für Babel zunächst ebenfalls. Wie den anderen berühmteren sowjetischen Schriftstellern wurde ihm eine Datscha vor den Toren Moskaus in

Peredelkino zur Verfügung gestellt. Der sowjetische Staat gab seinen Seeleningenieuren reichlich, nachdem 1934 beschlossen worden war, die Siedlung zu errichten. Schließlich hatten sich die Schriftsteller auf ihrem Kongress 1934 «gut betragen».[541] In der ersten Planungsphase wurden knapp sechs Millionen Rubel zur Verfügung gestellt, um etwa dreißig Häuser mit vier bis fünf Zimmern zu bauen. Halb stolz, halb ironisch schrieb Babel nach Brüssel, er werde nun «Haus- und Landbesitzer».[542] Und auch sonst erhielt er eine bevorzugte Behandlung. Sein Stiftzahn wurde nicht irgendwo hergerichtet, sondern in einem Kremlkrankenhaus, das eigentlich nur für die obersten Diener des Staates vorgesehen war.

Seine Welt schien, zumindest an der Oberfläche, heil zu sein. Sogar die mit dreihundertzwanzig Seiten umfangreichste Sammlung seiner Erzählungen sollte bald in einer Auflage von fünfzigtausend Exemplaren erscheinen.[543] Doch Babel misstraute der unheimlichen Ruhe nach Gorkis Tod. So tat er, was er häufig in ähnlichen Situationen getan hatte – er verließ Moskau. Er wollte sich für einige Zeit ausruhen, um sich dann mit aller Kraft der «reinen Kunst» zu widmen, der «Seelenarbeit», wie er es nannte, der Literatur. Im August machte sich Babel auf den Weg «in die Freiheit», nach Odessa.[544] Er unterzog sich einer Kur und inhalierte. Noch immer plagte ihn sein Asthmaleiden, das ihn so sehr behinderte, dass er einmal sagte, er könne sein Leben immer nur «auf fünf Jahre» planen.[545]

Wie in seiner Jugend streifte er durch Odessa, er besuchte die Synagoge, aß Bagels noch warm in der Backstube und erfreute sich an den Besonderheiten der odessitischen Sprache. Statt «Gibt es hier Brot?» fragte der Kunde in der Bäckerei «Plant das Brot, hier zu sein?». Und ein Raufbursche drohte nicht mit dem Satz «Jetzt muss ich Dich verprügeln», sondern kündigte mit ruhigen Worte an: «Ich muss Dir nun wohl meinen Charakter zeigen».[546]

Odessa wirkte auf Babel «bezaubernd, aber leergeplündert und arm». Kaum etwas war von der Offenheit der Stadt, vom jüdischen Leben und von der Atmosphäre geblieben, die seine schriftstellerischen Anfänge einst prägte. Und bald musste er feststellen, dass die scheinbare Ruhe im Staat tatsächlich trügerisch gewesen war: Ende August erreichte ihn die Nachricht, dass in Moskau ein Schauprozess begonnen hatte, bei dem unter anderen Kamenew und Sinowjew angeklagt waren. Rasch eilte Babel mit dem Flugzeug nach Kiew und von dort mit dem Zug nach Moskau, um, ja um was eigentlich zu unternehmen? Glaubte er wirklich, Einspruch erheben zu können? Wie auch immer, er kam zu spät und konnte in den Zeitungen nur noch vom Tod der Angeklagten lesen.[547] Niedergeschlagen kehrte er nach Odessa zurück.

Zum Schreiben «für die Seele» kam er in den folgenden Wochen nicht. Das war auch nur eine naive Hoffnung gewesen, denn auf Bitten seines alten Freundes Eisenstein arbeitete er seit einem halben Jahr an einem Drehbuch für das Kino. «Die Beschin-Wiese»[548] hieß der Film, den man Eisenstein schon 1935 anvertraut hatte. Doch die erste Version nach dem Skript von Alexander Rscheschewski fand nicht den Beifall des zuständigen Kommissars Boris Schumatzki. Schlechte Vorzeichen für das Projekt. Aber Babel mochte das Angebot von Mosfilm, wo man ihn nach wie vor sehr schätzte, nicht ablehnen. Er sollte die Handlung straffen, sie spannender gestalten.

Ganz wohl war ihm freilich nicht gewesen, als Eisenstein ihn fast auf Knien angefleht hatte, ihm zu helfen.[549] Und nach Gorkis Tod mangelte es Babel an Protektion; im Zweifel würde sich niemand mehr für ihn einsetzen. Auf der anderen Seite musste er gerade deshalb jede Gelegenheit nutzen, dem Staat zu zeigen, dass er weiter produzierte, und zwar nach den Vorgaben des sozialistischen Realismus. Da bot sich eine Zusammenarbeit mit Eisenstein an, der ein höheres Ansehen genoss als Babel. Zudem verstanden sie sich gut miteinander, waren sie doch beide in ihrem jeweiligen Metier Perfektionisten.

In den ersten Monaten des Jahres 1936 hatte Eisenstein viele Stunden bei Babel verbracht und mit ihm über dem neuen Skript gebrütet. Nun, im Herbst, sollten die Filmaufnahmen auf der Krim beginnen. Babel bat Antonina, ihm in Jalta Gesellschaft zu leisten. Um ihr etwas zu bieten, bezahlte er nicht einfach die Anreise, er organisierte gleich ein anspruchsvolles Touristenprogramm: Zugfahrt nach Odessa, Bereitstellung eines Pkws, Besuch der Altstadt, mit dem Schiff auf die Krim und weiter nach Sotschi, per Autobus auf der bezaubernden Küstenstraße nach Gagra und schließlich mit der Fähre ins südliche Georgien, nach Batumi: Piroschkowa sollte die Stadt kennen lernen, in der Babel sich die ersten Gedanken über die «Reiterarmee» gemacht hatte.

Von dort ging es zurück auf die Krim. Bei der Ankunft in Sewastopol Ende September holte sie Babel mit einem Cabriolet ab. Auf die Frage, wie er es fertiggebracht habe, eine so exquisite Reise zusammenzustellen, hatte Babel nur geschmunzelt und gesagt: «Jefim Jewdokimow».[550] Jedem anderen wäre dieser Name wahrscheinlich nur mit Schaudern über die Lippen gekommen. Jewdokimow hatte mehrere Jahre für den Geheimdienst in Zentralasien und im Nordkaukasus gearbeitet. Babel kannte ihn noch aus Galizien; er gehörte zu seiner Reiterarmee-Seilschaft. Schon 1926 hatte Jewdokimow Babels Mutter einen Pass für die Ausreise besorgt.[551] Und neuerdings war zu Babels stets hervorragenden Kontakten zum Geheimdienst ein weiterer hinzugekommen: Nikolai Jeschow, der im September zum neuen Chef des NKWD bestellt wurde, war der dritte Mann von Jewgenija Solomonowa, mit der Babel nach wie vor in Verbindung stand.

Während seines Aufenthalts auf der Krim fühlte Babel sich glänzend. «Ich lebe wie Gott in Frankreich»,[552] schwärmte er Meri und seiner Mutter vor – ohne freilich Antonina zu erwähnen, die sicherlich zu seinem Wohlergehen beitrug –, und die Dreharbeiten für «Die Beschin-Wiese» gingen gut voran. Anders als der Titel vermuten lassen würde, handelte es sich dabei nicht um eine Adaption der gleichnamigen Erzählung von Iwan Turgenjew,[553] sondern um den Versuch, das Leben des Pawlik Morosow zu verfilmen. Der sowjetischen Legende nach war Pawlik der Sohn eines Kulaken, den er aus Liebe zur Revolution verriet, weshalb seine Verwandten ihn ermordet hatten. Pawlik, der Pionierjunge von 1932 aus dem Dorf Gerasimowka, wurde als sowjetischer Held verehrt und sein Leben in den Geschichtsbüchern verewigt.[554] Seine Tat war 1936 in aller Munde, sodass es sich anbot, einen Propagandafilm über ihn und den Klassenkampf auf dem Dorf zu drehen.

Stepok, dessen Vater mit den Kulaken sympathisiert, belauscht einige Männer, die den Getreidevorrat anzünden wollen. Der Junge verrät den Plan an die zuständige Stelle im Dorf, sein Vater und dessen Komplizen werden verhaftet. Allen gelingt die Flucht. Die Suche ist zunächst erfolglos. Plötzlich fällt ein Schuss. Stepok, der von seinem Beobachtungsposten aus weitere Sabotageakte verhindern will, ist verwundet. Als er sieht, wie sein Vater auf ihn zukommt und ihn umarmen will, versucht Stepok zu fliehen – und wird hinterrücks von ihm erschossen. Der Politoffizier trägt die Leiche, die Pioniere geben das letzte Geleit.

Die zweite Version dieses Plots, die in Jalta gedreht wurde, gilt als die geglücktere. Obgleich Babel die Arbeit schwer gefallen war – er konnte mit der Thematik nicht viel anfangen, ja, er fand sie abstoßend –, gelang es ihm, die

Dramatik zu verbessern und lebendigere Dialoge zu schreiben. Die erste enge Kooperation zwischen Babel und Eisenstein hatte sich als fruchtbar erwiesen. Zu weiteren sollte es jedoch nicht kommen. Im Frühjahr 1937 verbot ein ZK-Beschluss der Kommunistischen Partei die Aufführung des Films mit der Begründung, er sei «antikünstlerisch» und «politisch unhaltbar».[555] Zwei Wochen später erläuterte Filmkommissar Schumatzki der Öffentlichkeit den Beschluss in der *Prawda*.[556]

Diesen Hieb hatte Eisenstein nicht erwartet. Niedergeschlagen schloss er sich in seiner Wohnung ein. Nur Babel ließ er an sich heran. Der half ihm dabei, einen Brief an Stalin zu schreiben. Eisenstein bat darum, ihm eine weitere Chance zu geben, denn er, Eisenstein, habe die Kraft, «viele weitere Potemkins zu drehen».[557] Anschließend, so riet der im Abtauchen erfahrene Babel ihm, solle er Moskau so schnell wie möglich verlassen. Eine Verhaftung sei nicht ausgeschlossen. Eisenstein folgte und fuhr sofort in den Kurort Kislowodsk im Kaukasus.[558] Vielleicht leistete Jewdokimow auch diesmal nützliche Dienste.

Babel ging aus dieser Affäre unbeschadet hervor. Als Hauptverantwortlicher galt Eisenstein. Der hatte schließlich drei Millionen Rubel für Dreharbeiten ausgegeben, ohne einen brauchbaren Film produziert zu haben. Aber die Kiebitze des NKWD hatten die Gespräche der beiden belauscht und kannten Babels kritische Einstellung gegenüber der Sowjetunion, aus denen er Eisenstein gegenüber kein Hehl gemacht hatte.

Bereits im September 1936 lag der Geheimpolizei ein entsprechender Bericht vor. Wie es der Zufall wollte, war der Informant ein Bekannter Piroschkowas aus dem sibirischen Kusnezk, wo sie 1931 ein Arbeitspraktikum absolviert hatte. Ironischerweise war er es, der sie auf die Geschichten Babels aufmerksam gemacht hatte. Dann trennten sich ihre Wege.[559]

In einem der belauschten Gespräche zwischen Eisenstein und Babel – der Geheimdienst hatte das Hotelzimmer abgehört, in dem die beiden sich unterhielten – ist dieser über den Stand der Dinge in seinem Vaterland wieder einmal sehr aufgebracht: Eisenstein könne sich gar nicht vorstellen, wie vielen Menschen der stalinistische Terror das Leben koste. Er verglich die Sowjetunion mit dem Dritten Reich und behauptete, er habe Informationen darüber, dass Hitler nach der Hinrichtung von Kamenew und Sinowjew erklärt haben soll: «Jetzt erschieße ich Thälmann».[560] In einem anderen

Abhörprotokoll äußert sich Babel zynisch über den totalitären Staat. Es sei geradezu peinlich, noch nicht verhaftet worden zu sein. Denn das sei ja wohl eher die Ausnahme.[561]

Anlass für die intensive Bespitzelung Babels war das Interesse an seiner Reaktion auf den ersten Schauprozess gegen die so genannte Linke Opposition, die die Bürokratisierung des Landes kritisiert hatten, die NEP, den Sozialismus in einem Land. Mit dem Urteil gegen die Angeklagten, das musste Babel sofort begriffen haben, zog sich auch um seinen Hals eine Schlinge zusammen. Denn die meisten seiner einflussreichen Bekannten und Freunde, die ihm noch geblieben waren, standen Stalin kritisch gegenüber. Auf sie wartete nun ein ähnliches Schicksal. Und dann war es nur noch eine Frage der Zeit, bis seine Beziehungen zu ihnen Babel schwer belasten würden. Ihn, den unsicheren Kantonisten, den Mitläufer. Als milde Strafe vielleicht die Verbannung? Das würde ihn nicht stören, vertraute er einmal Antonina an, dann könnte er endlich in Ruhe schreiben. Oder der Tod? Dann aber bitte schnell, mit einer Kugel. Das sei, wie Babel im Krieg gelernt hatte, noch die angenehmste Methode.[562]

Diese Art des Todes, ob angenehm oder nicht, erwartete die meisten der schuldig gesprochenen Angeklagten in den großen Schauprozessen der Jahre 1937 und 1938. Stalin ließ sie öffentlich ihre Fehler erklären. Zu diesem letzten Dienst an der Partei waren sie gezwungen worden, nicht selten mit Hilfe der Folter. Unter ihnen Postyschew und Kalmykow. Und bei der Liquidierung der obersten Militärführung starben Schmidt, Jakir und Primakow. Lauter ehemals einflussreiche Freunde Babels.

Stalins Vorgabe für Andrei Wyschinski, den erbarmungslosen Chefankläger bei jenen Prozessen, war deutlich: Die Trotzkisten «müssen gejagt, erschossen, vernichtet werden».[563] Jurist Wyschinski setzte das Recht außer Kraft, indem er Zeugenaussagen fälschen ließ und Beweise frei erfand. Mitten in der Nacht wurden Mitarbeiter angerufen und aufgefordert, einen Angeklagten zu belasten. Sogar Schriftsteller waren gehalten, Freunde und Kollegen zu denunzieren.[564]

Daran beteiligte sich einmal völlig überraschend auch Babel. Als im Januar 1937 der «Prozess der 17» gegen weitere angebliche Trotzkisten wegen Vaterlandsverrats begann, erschien in der *Literaturnaja gaseta* der mit seinem Namen unterzeichnete Artikel «Lug, Trug, Smerdjakowschtschina».[565] Ein bestürzendes Dokument, in dem zunächst das Programm der Kommunistischen Partei und deren Kampf für eine «Gesellschaft von freien und glücklichen Menschen» gepriesen wird, um dann in den Vorwurf zu münden, die Angeklagten würden ein ganz anderes Ziel verfolgen: die Ermordung von Arbeitern und den Verkauf des ersten Arbeiterlandes an den Faschismus. Sie hätten sich aber verrechnet, denn die Treue des Volkes zum sowjetischen Staat «kennt keine Grenzen». Das klang so fremd und hölzern, dass man fast vermuten könnte, ein Parteimann habe den Text geschrieben und Babel sei gezwungen worden, seinen Name darunterzusetzen. Im März erschien dies Artikel sogar im Ausland, in der französischen Zeitung *Commune*.[566]

Diese Zeilen können nur mit einem Wort erklärt werden: Angst. «Offen redet der Mensch heutzutage nur mit seiner Frau – nachts, den Kopf unter die Decke gesteckt», sagte Babel zu Ehrenburg.[567] Innerhalb eines knappen Jahres war Babels Netzwerk von mächtigen Reiterarmee-Kontakten zerstört worden. Mit vielen der Verurteilten hatte er für ein neues Russland gekämpft. Seine Freunde, die nun verhaftet oder schon tot waren, gehörten nicht zu den Karrieristen. Es waren vielmehr überzeugte Kommunisten, die an die Ideen von Marx und Engel, mit Abstrichen auch an die von Lenin, geglaubt hatten. Und an das sowjetische Vaterland. Sie waren hochintelligent, eigenständig, vielleicht zu eigenwillig gewesen. Aber keine Oppositionellen und gewiss keine Opportunisten oder ungebildeten Emporkömmlinge wie Woroschilow und Budjonny. Doch gerade diese urteilten nun über Männer wie Tuchatschewski und Schmidt. «Mit Zittern kann ich nur ein Wort hervorbringen», erklärte Babel erschüttert dem Schriftstellerkollegen Pjotr Sewerow aus Stalino, der ihn in jenen Tagen in Moskau besuchte, «nur ein Wort – Fehler.»[568]

Antonina gegenüber verlor Babel einmal ähnlich die Fassung, als der Direktor des nationalen Transportwesens, ebenfalls ein Bekannter, verhaftet wurde. Hielt er sich sonst mit der Diskussion politischer Themen ihr gegenüber sehr zurück, so brach es nun aus ihm heraus. Jener Mann, ein Jude aus armen Verhältnissen, dem es zu Zarenzeiten sehr schlecht gegangen war, hatte an den neuen Staat geglaubt und ihn mit aufgebaut. Und nun versuchte man alle Welt davon zu überzeugen, dieser hochgestellte Mann wolle den Kapitalismus wieder einführen: «Wie ungeheuerlich.»[569]

Babel war jegliche Illusion genommen worden, die er noch über den Staat gehabt hatte. Und mit der immer mehr schwindenden Hoffnung begann er sich zum ersten Mal zu fürchten. Was würde mit ihm geschehen? Mit wenigen nur konnte und wollte er seine Ängste besprechen. Natürlich nicht mit Mutter und Schwester in Brüssel, denn die Briefe wurden mit Sicherheit überprüft. Und Antonina wollte er nicht mit einem Wissen belasten, das einer Ingenieurin der Moskauer Metro zum Verhängnis werden konnte. Bei den Arbeiten mit Eisenstein an dem missglückten Film hatte er ihr verboten, in sein Zimmer zu kommen.

Babel zog sich mehr und mehr zurück. Planen konnte er seine weitere Karriere nicht mehr, an größere Veröffentlichungen war – trotz seines schriftlichen Kotaus vor der Partei in der *Literaturnaja gaseta* – nicht zu denken. Die Kritik aus dem Schriftstellerverband, er habe sich vom Leben abgenabelt, sei nur noch Beobachter und nicht mehr in der Lage, das Niveau früherer Werke zu erreichen, musste er hinnehmen.[570] Während die Bücher von Scholochow, Fadejew und Furmanow millionenfach gedruckt wurden, war er gezwungen, sich selbst um die Neuauflagen seiner Werke zu kümmern.[571] Nur mehr selten nahmen Zeitungen Artikel von ihm über Literatur und über die Kunst, zu schreiben, an.[572]

Irgendwann, so Babels Hoffnung, könnten seine Aufzeichnungen über den atemberaubenden und mörderischen Umbau der Sowjetunion und der ihr einverleibten Republiken, über vergebene Chancen, Heldentum und Wahnsinn vielleicht veröffentlicht werden. Vielleicht erst in der Zeit nach Stalin. Vielleicht erst nach Babels Tod. Vielleicht in einem anderen Land.

Allein das Familienleben mit Antonina – de facto seine zweite Frau, obwohl er sich von Schenja nie hat scheiden lassen – und die Geburt Lidijas, seines dritten Kindes, am 18. Januar 1937 gaben ihm noch ein gewisses Gefühl der Geborgenheit. Sogar einen Familienurlaub verbrachte er im Sommer mit Antonina und Lidija.[573] Aber Babel erzog nicht eines seiner Kinder. Weder Michail noch Nathalie noch Lidija. Zu Michail hatte er gar kein Verhältnis, zu Nathalie der geographischen Entfernung wegen ein begrenztes, wenn auch von beiden Seiten sehr herzliches. Mit sechs Jahren sah sie ihn zum letzten Mal und hatte damit als einziges Kind noch eine gewisse Vorstellung von seinem Vater. Und Lidija war erst zwei, als Babel für immer verschwand. Das Leben sei halt so verlaufen, entschuldigt ihn Antonina Piroschkowa. Die Arbeit ging immer vor.

In den letzten Jahren las Babel wieder Scholem Alejchem in jiddischer Sprache, was ihm große Freude bereitete. Das waren seine geistigen Wurzeln, die ihm keiner abhacken konnte. Aus der Aljechem-Gesamtausgabe wurde allerdings nichts – das wäre in jener Zeit auch sehr verwunderlich gewesen. Seit Stalins Alleinherrschaft war die jiddische Kultur immer mehr eingeschränkt worden. Sogar die große Zeitung *Der emes* wurde eingestellt, vielleicht wegen des anmaßenden Namens: Wahrheit. Die durfte in der Sowjetunion nur die *Prawda* verbreiten. Antisemitismus war in der Sowjetunion zwar untersagt, aber es gab auch kein jüdisches Leben mehr. Abgesehen vielleicht von der Autonomen Jüdischen Republik Birobidschan im Fernen Osten der Sowjetunion. Doch das künstliche Gewächs gelangte nie zur Blüte. Babel war es keine Reise wert.

Obwohl er sie sich hätte leisten können. Finanziell stützte ihn die Mitarbeit bei Mosfilm. Die Filmwirtschaft boomte, und er wurde häufig um Rat gefragt. Um diese Möglichkeit des Broterwerbs nicht zu gefährden, musste er Kompromisse eingehen, die ihm zu anderen Zeiten kaum in den Sinn gekommen wären. Ervin Sinkó lernte so einen Babel kennen, der ihm in einer schwierigen Situation nicht beistand.

Sinkó hatte für Mosfilm ein Drehbuch geschrieben über Katja, so auch der Arbeitstitel des Films, ein gefallenes Mädchen in anderen Umständen, und Babel hatte den «sehr schönen Film» gelobt. Doch dann verzögerte sich die politische Entscheidung, den Film produzieren zu lassen, über Monate, und schließlich wurde das Drehbuch abgelehnt. Empört schrieb Sinkó einen Brief an die *Prawda*, in dem er sich über Mosfilm beschwerte. Sein Kronzeuge: Isaak Babel. Der wurde aschfahl, als er davon hörte, so Sinkó, und verwandelte sich «in einen anderen Menschen». Denn Babel wusste nur zu gut, dass er als Mentor für andere nicht mehr taugte. Im Gegenteil. Mit viel Mühe verhinderte Babel die Veröffentlichung des Leserbriefes.

Aber Sinkó gab nicht auf. Er verklagte Mosfilm und bat Babel, als Zeuge aufzutreten. Der sagte zu und erschien auch am Morgen der Verhandlung. Doch er leugnete, jemals mit dem Film «Katja» etwas zu tun gehabt zu haben, er kenne das Drehbuch gar nicht.[574] Fassungslos schaute Sinkó auf seinen Wohnungsnachbarn, mit dem er viele Nächte über alles Mögliche geredet hatte. Erst sehr viel später verstand er Babels Verhalten.

Noch am Morgen der Gerichtsverhandlung hatte dieser sich mit Jewgenija Solomonowa verabredet, die ihm als Frau des NKWD-Chefs am besten raten konnte, was er sagen sollte: zugeben oder abstreiten. Er leugnete und ging auch aus dieser Affäre unbeschadet hervor.

Babels Bekannte aus Odessa und Geliebte in Berlin war der letzte wichtige Kontakt Babels zur immer feindlicher werdenden Welt der hohen Politik. Durch sie gelangte er zu Jeschow, dem 1,51 Meter kleinen Mann, der zwei Jahre lang als rechte Hand Stalins in Russland wütete. Sein Name prägte die Zeit und gab ihr einen Namen – Jeschowschtschina. Ein irreführender Begriff, denn Jeschow vollstreckte nur, was sein zehn Zentimeter größerer Herr verlangte. Fast täglich traf er sich mit Stalin. Als er diesem eine Liste von Verdächtigen mit dem Vermerk «Für mögliche Verhaftungen: zu überprüfen» überreichte, schrieb Stalin darunter «Nicht überprüfen. Verhaften».[575] Frei nach seinem Motto: Kein Mensch – kein Problem. Gewaltanwendung war ausdrücklich erlaubt,[576] Massenverhaftungen ohne konkreten Grund üblich.[577] Das schreckliche Ergebnis: mehr als sechshundertachtzigtausend Tote.[578]

Die Schauprozesse waren nur der Auftakt für die «Säuberungen». So genannte schwarze Raben, dunkle Autos des NKWD, bewegten sich vor allem nachts durch die Straßen, hielten an und transportierten neue Opfer ab. Als Ehrenburg in jenen Jahren das Redaktionsgebäude der *Iswestija* an der Gorki-Straße besuchte, fand er an den Türen der Ressortleiter nicht die üblichen Namensschilder. Nicht Materialknappheit sei der Grund dafür, erklärte ihm eine Redaktionsbotin, sondern die vielen Verhaftungen: «Heute ziehen sie ein, morgen sind sie nicht mehr da.»[579] Und im Schriftstellerhaus in der Lawruschinski-Gasse, in dem Ehrenburg eine Wohnung besaß, stand auf einer Bekanntmachung im Aufzug: «Genossen Schriftsteller, bitte keine Bücher in den Müllschlucker werfen!»[580] Die waren verstopft, weil man sich verbotener Romane und Erzählungen entledigen wollte.

Auch um seinen Büchern dieses Schicksal zu ersparen, begab sich Babel von Zeit zu Zeit todesmutig in das Auge des Orkans, zum NKWD. Zwar hatte er seit Jahren Kontakte zum Geheimdienst gepflegt,[581] doch nun ging es nicht mehr um die Recherche für einen Roman, sondern um sein Überleben. Es wurde höchste Zeit. Schon hatte man ihm einen NKWD-Beamten als Nachfolgemieter von Steiner in sein Haus beordert.[582]

Mehrfach besuchte Babel das Ehepaar Jeschow in ihrer Datscha im Silberwäldchen am Ufer der Moskwa. Eine Oase inmitten des Molochs Moskau. Fast nie erschien Babel allein, meist begleiteten ihn Freunde: Utjosow, Michoels oder Kolzow. Mit diesem verbrachte Babel an einem Sonntag im Sommer 1937 mehrere Stunden bei den Jeschows. Man spielte Gorodki, ein russisches Schlagspiel. Aus etwa fünfzehn Metern Entfernung wird ein großer Knüppel auf ein im Sand markiertes Viereck, die Stadt, russisch gorod, geworfen, aus dem fünf kleine Klötze herausbefördert werden müssen. Bei jedem Treffer fluchte Jeschow, der in voller Uniform eines Kommissars für Staatssicherheit erschienen war, was das Zeug hielt. Er reagierte sich ab nach einer von vielen grausamen Wochen seiner zweijährigen Amtszeit, die Tausende das Leben kostete.

Danach bat er Kolzow, Babel und seine Untergebenen vom NKWD zu Tisch. Lustig ging es zu im Speisezimmer, in dem bei reichlich Wodka über die tägliche Arbeit, die Verhaftungen und Erschießungen gescherzt wurde. Kolzow berichtete anschließend seinem Bruder Boris Jefimow, er wäre nicht verwundert gewesen, hätte man ihn auf der Stelle verhaftet und erschossen.[583] Der Tod hatte mit am Tisch gesessen.

Ähnlich wird auch Babel die Situation erlebt haben. Doch warum sollte er in seiner ausweglosen Lage den exklusiven Zugang zum NKWD nicht weiter ausnutzen, den sogar viele Politbüromitglieder nicht besaßen?[584] «Riechen»[585] wollte er den Geheimdienst und «das Rätsel lösen»[586]: Wie konnte geschehen, was bisher geschehen war, und wie hatte man sich das Morgen vorzustellen? Die Antwort lag vor allem beim NKWD. So mancher Schriftsteller wunderte sich über Babels ausgeprägtes Interesse für diese Organisation. Wassili Grossman verstand es nicht, ebensowenig Ossip Mandelstam, obwohl er in der Not einmal mit seiner Frau Nadeschda Babels Kontakte in Anspruch nahm. Anscheinend begriffen sie nicht, dass der vordergründig stets unterhaltsame, witzige Babel um sein Leben kämpfte.

Auch seine Frau in Paris und seine Verwandten in Brüssel wussten nicht, in welcher Gefahr Babel schwebte. Eine Ahnung mögen sie bekommen haben, als der Freund der Familie, Souvarine, in *Le Figaro* eine harsche Kritik an der «Misere der sowjetischen Literatur» veröffentlichte.[587] Voller Zorn schilderte Souvarine, wie schlecht die «Arbeiter der Feder» behandelt würden und dass die Redaktionsbüros Gefängniszellen ähnelten, in denen ständig

Verwarnungen und Drohungen ausgesprochen werden. Daher hätten gerade die begabtesten Autoren aufgehört zu schreiben. Souvarine erwähnte in diesem Zusammenhang Babel und konstatierte zum Schluss seines Artikels: «Von sowjetischer Literatur zu reden bedeutet gegenwärtig, eine Grabrede zu halten.»

Auf Besucher aus dem Westen wirkte die Sowjetunion indes ganz anders. Der schöne Klang der im Spasskiturm intonierten Internationale bezauberte sie und vernebelte ihre Sicht auf das Land, das als einziges versprach, dem Faschismus Einhalt zu gebieten. Deutschland rüstete auf, marschierte in das entmilitarisierte Rheinland ein und unterstützte im Spanienkrieg zusammen mit Italien den aufständischen General Franco gegen die Volksfrontregierung, die ihrerseits Hilfe aus Paris und Moskau erhielt.

Romain Rolland etwa, der schon früh die Schreckenstaten der Bolschewiki mit einer natürlichen, blutigen Geburt verglichen hatte, glaubte auch in den dreißiger Jahren unbeirrt an Stalin, den er für einen wahrhaft großen Staatsmann hielt.[588] Daran änderten selbst die Schauprozesse nichts, obgleich Rolland Bittbriefe an Stalin schrieb, in denen er sich für einige Verhaftete – unter anderen Bucharin – einsetzte. Am konsequentesten schien jedoch Lion Feuchtwanger Augen und Ohren vor der Realität zu verschließen. Bei seinem Aufenthalt in der Sowjetunion besuchte er Babel in seinem Moskauer Haus, das vielen Intellektuellen aus dem westlichen Ausland offen stand. Noch im Jahr zuvor waren Malraux und André Gide vorbeigekommen. Antonina bereitete das Essen zu und nahm während der Mahlzeit an der Unterhaltung teil, die jedoch überwiegend auf Deutsch geführt wurde. Babel wird dem zehn Jahre älteren die politischen Zusammenhänge im Land erläutert und Feuchtwanger von den Details seiner Privataudienz bei Stalin berichtet haben.

Während Babel nach dem Gespräch Antonina Piroschkowa mitteilte, er habe «viele bittere Wahrheiten erfahren»,[589] schrieb Feuchtwanger seinen fast euphorischen Bericht «Moskau 1937 – Ein Reisebericht für meine Freunde».[590] Vielleicht hatte er manches falsch verstanden, vielleicht wollte er falsch verstehen, weil er der Meinung war, angesichts der politischen Entwicklungen in Deutschland – 1935 waren die Nürnberger Gesetze erlassen worden, in denen die Aufhebung der bürgerlichen Rechte für Juden festgeschrieben wurde – keine andere Wahl zu haben. Feuchtwanger feierte den

Generalsekretär als guten Organisator, der die Sprache des Volkes spricht. Stalin sei kein Blender, und die Schauprozesse zeugten nicht von Rach- oder Herrschsucht; schließlich gehe es dabei gerecht zu. Er, Feuchtwanger, sei von der Schuld der Angeklagten überzeugt.

Solche Aussagen ließen sich hervorragend für Propagandazwecke verwenden. Prompt schrieb die *Iswestija*, wie Feuchtwanger blickten die meisten anderen Schriftsteller «mit unversöhnlichem Hass, unüberwindlicher Verachtung und unaussprechlicher Abscheu auf die Angeklagten».[591] Und mit seinem Urteil stand Feuchtwanger international gesehen nicht allein dar. In den USA zum Beispiel erklärten einhundertfünfzig prominente Künstler und Literaten – darunter Irvin Shaw, Dorothy Parker und Dashiell Hammett – ihre Zustimmung zu den Verfahren gegen die «Verräter».[592] Und Charlie Chaplin sandte zum zwanzigsten Geburtstag der Sowjetunion ein Glückwunschtelegramm.[593]

Kurz nach Feuchtwangers Besuch erreichte Babel ein Anruf des Kiewer Filmstudios. Er sollte das Drehbuch schreiben zu Nikolai Ostrowskis Roman «Wie der Stahl gehärtet wurde», der schon bald nach seinem Erscheinen 1935 ein Klassiker der sowjetischen Literatur geworden war und es auf die stolze Auflage von fünf Millionen Exemplaren brachte. Ostrowski, nach einer Kriegsverletzung in seiner Jugend erblindet, beschreibt darin die Geschichte eines armen ukrainischen Burschen, der im Getümmel des Bürgerkriegs zum Kommunisten wird und trotz Verwundungen für den Aufbau des neuen Staates eintritt. Eine durchaus sympathischere Geschichte als die der «Beschin-Wiese», Babels letztes Drehbuch. Trotz des damaligen Fehlschlags erhielt Babel den Auftrag, denn der ukrainische Regisseur Alexander Dowschenko, der Babel sehr schätzte, wollte unbedingt mit ihm zusammenarbeiten. Aus gutem professionellem Grund. Die Handlung spielte zu einem nicht unerheblichen Teil im Bürgerkrieg in der Ukraine, und den hatte Babel schließlich selbst erlebt. Dowschenko setzte sich gegen Zweifler aus der Partei durch und lud Babel in seine geräumige Wohnung im schönen Kiewer Stadtteil Lipki ein.[594] Offiziell leitete seine Frau Iulija Solnzewa die Dreharbeiten.

Babel lebte auf. Er genoss Kiew, den Dnjepr, den hell beleuchteten Kreschtschatik-Boulevard, die Parks. Hier hatte er Schenja Gronfain kennen gelernt, hier hatte er seine erste Erzählung veröffentlicht. Vor gerade einmal vierzehn Jahren. Abends nahm er sich meist frei, bummelte durch die Straßen und traf alte Bekannte. Einigen von ihnen erklärte er, warum er nicht mehr publiziere: Er könne kein Manuskript abgeben, von dem er schon vorher wisse, dass er es würde ändern müssen. Anders als Katajew, der keine Mühe habe, einen bleichen und hungrigen Jungen in einen gesunden und rotbäckigen Burschen mit einem Apfel in der Hand zu verwandeln. So verlangte es der zuständige Redakteur mit der Begründung, es gebe keinen dünnen und hungrigen Jungen in der Sowjetunion.[595] Bei Babel hätte ein Redakteur freilich nicht angerufen, um ihn um Änderungen etwa an «Kolja Topus» oder «Tscheka» zu bitten – er hätte sofort die zuständige politische Behörde über gefährliche und sowjetfeindliche Texte informieren müssen.

Während in Moskau kurz vor Ende des Jahres 1937 die Geheimpolizei ihr zwanzigjähriges Dienstjubiläum mit einem opulenten Bankett im Bolschoi-Theater beging, bat Babel seine russische Familie, die letzten Tage des fürchterlichen Jahres 1937 mit ihm in Kiew zu verbringen. Trotz aller Widrigkeiten wollte er noch einmal feiern. Tag für Tag, Stunde für Stunde erwartete er seine Verhaftung.[596] Doch man ließ ihn das Drehbuch beenden. Es wurde sogar angenommen, zwei Zeitungen druckten Ende 1938 Auszüge daraus,[597] und die Proben für den Film begannen.[598] Babel nahm von Kiew und den vielen Bekannten Abschied und machte sich auf den Weg nach Peredelkino.

Sein zweigeschossiges Haus mit Sprossenfenstern und einem geräumigen Balkon war umringt von fast unberührter Natur. Kiefern und Birken verdeckten die Sicht auf den nahegelegenen Fluss Samara. Babels Schreibtisch stand im kleinsten Zimmer, das außerdem mit einem Bett, einem Ledersessel sowie Bücherregalen möbliert war. Und als Farbtupfer lag ein roter Orientteppich aus Turkmenistan auf dem braunen Holzfußboden.

Fast wie in Molodjonowo fühlte sich Babel. In seinem Garten hielt er eine Kuh, Hahn und Hühner, und in einem Taubenschlag wohnten drei Päarchen. Im Sommer duschte er vor dem Haus, im Winter sorgte ein Ofen für wohlige Wärme. Sogar über einen Stromanschluss verfügte die Datscha. Es gab so viel Platz und Komfort, dass auch Antonina und Lidija mit ihm in Peredelkino wohnen konnten. Und von Zeit zu Zeit kam seine Bekannte Tatjana Stach vorbei und bereitete ihm sein Lieblingsgericht zu – Kartoffeln mit einer Soße aus Auberginen.

Zunächst hatte Babel sich geweigert, zusammen mit anderen Schriftstellern in einem künstlichen Ort zu leben und zu arbeiten. Nach einer Besichtigung stellte er allerdings fest, dass die Grundstücke außergewöhnlich groß waren und er die Kollegen nicht sehen musste, wenn er nicht wollte. «Stalins Kirschgarten» nannte das Volk das Dorf der Literaten. Luxuriös und doch nur Mittel zum Zweck: Auf gut ausgebauten Straßen brauchte der NKWD nur eine Dreiviertelstunde, um einen Schriftsteller vor Ort zur Ordnung zu rufen oder gleich mitzunehmen.

Angesichts der drohenden Verhaftung gelang es Babel nur mit Mühe, sich zu konzentrieren. Trotzdem schrieb er viel, wie Antonina Piroschkowa sich erinnerte. Er wollte seine «Neuen Erzählungen» herausgeben und damit «reich werden».[599] Die einzige jedoch, die noch erschien, war «Das Gericht».[600] Sie handelt von Iwan Nedatschin, einem ehemaligen Oberstleutnant der zaristischen Armee, der in Paris mit Wertpapieren und Diamanten seiner Geliebten verschwindet. Eine gescheiterte Existenz, die nicht einmal den Anforderungen für den Erwerb eines Taxischeins gewachsen ist. Das Urteil: zehn Jahre Gefängnis. Mit den Worten «Jetzt hast du's hinter dir, mein Alter» führt ihn der Gendarm aus dem Gerichtssaal.[601]

In der Ungewissheit über sein weiteres Schicksal machte Babel sich im September 1938 auf nach Jasnaja Poljana, dem Gut seines vor achtundzwanzig Jahren verstorbenen Vorbilds Lew Tolstoi. Von ihm könne man lernen, denn er sei imstande gewesen, den «Strom aus der Erde direkt in die Hand, direkt auf das Papier» zu bringen.[602] Dabei kam es Babel nicht in den Sinn, sein Vorbild zu kopieren. «Mich interessiert es, ihn zu lesen, aber es interessiert mich nicht, so zu schreiben wie er.»[603] Babel wollte das Haus sehen, in dem Tolstoi gelebt, den Schreibtisch, an dem er gearbeitet hatte. Ihm zu Ehren zog Babel ein traditionelles langes, mit einem Gürtel geschnürtes russisches Bauernhemd an, wie Tolstoi es in seinen letzten Lebensjahren trug. Babel wirkte müde, so erinnerte sich Schklowski, der ihn auf dieser Reise begleitet hatte. Müde und traurig. Die Augen des Vierundvierzigjährigen blitzten nicht mehr schelmisch, sein odessitisch-jüdischer Humor war ihm vergangen.

Bewegt sei er gewesen, schrieb Babel nach Brüssel. Besonders habe ihn das asketisch eingerichtete Arbeitszimmer Tolstois beeindruckt. Zwar legte auch Babel wie gesagt keinen sonderlichen Wert auf materielle Güter, aber im Vergleich zu Tolstoi ließ er es sich noch gut gehen. Unter dem Eindruck der Reise formulierte Babel in der Silvesternummer der *Literaturnaja gaseta* seinen Wunsch an den sowjetischen Buchhandel für das Jahr 1939: eine Tolstoi-Gesamtausgabe.[604]

Zu Beginn dieses Jahres keimte erneut Hoffnung in ihm auf. Die Welle der Säuberungen war an ihm vorübergegangen, die schwarzen Raben des NKWD schwirrten nicht mehr so häufig aus. Und neue Kinoprojekte warteten auf ihn. Zunächst arbeitete er an der Verfilmung von Gorkis autobiographischer Trilogie.[605] Auch wenn sein Name im Abspann des Films nicht genannt wurde, konnte sich Ilja Grusdew, zusammen mit Mark Donski offiziell der Verfasser des Drehbuchs, später sehr genau an den Koautor Babel erinnern.[606] Gorkis Frau, Jekaterina Pawlowna, hatte ihn um seine Mithilfe gebeten, damit das Werk ihres Mannes nicht verschandelt würde.[607] Um die Erinnerung an seinen literarischen Ziehvater zu bewahren, hatte Babel schon 1937 die gesamte vierte, Gorki gewidmete Nummer der Illustrierten *Sowjetunion im Aufbau* geschrieben.

Ein zweiter Drehbuchauftrag, diesmal vom Kinostudio «Sojusdetfilm», verschaffte ihm eine unverhoffte Reise in die Stadt, in der er Gorki kennen gelernt hatte: Petrograd, nun Leningrad. Hier sollte er in Ruhe das Drehbuch zum Film «Alter Platz Nummer 4» beenden,[608] und hier, in der Kirotsch-Straße, lag das Luftfahrtmuseum «Osoawiachim», dessen Mitarbeiter ihm bei etwaigen Fragen rasch Auskunft geben konnten. «Ich kann mir nichts ausdenken», hatte er einmal Paustowski gesagt: «Ich muss alles bis zum letzten Äderchen wissen, sonst vermag ich nicht zu schreiben.»[609]

Babel musste sich ganz neu in das ihm unbekannte Thema einarbeiten. Denn es ging in dem Film nicht, wie der Titel vermuten lassen könnte, um das ZK, dessen Adresse Alter Platz Nummer 4 lautete. Sein Thema war vielmehr die Luftfahrt, genauer gesagt der Bau von Luftschiffen, und damit der technische Fortschritt, das heroische Streben der Sowjetunion, mit den hochentwickelten Ländern gleichzuziehen, wenn möglich sogar weiter und höher zu fliegen. Zwei Jahre zuvor war die «Hindenburg» in Lakehurst im amerikanischen Bundesstaat New Jersey in Flammen aufgegangen.

Dem Luftschiff war zu Beginn der dreißiger Jahre eine bedeutende Rolle im sowjetischen Transportwesen zugedacht worden. Sogar eines der sechsunddreißig Deckenmosaike der Majakowski-Metro-Station, deren Modell einen Großen Preis bei der Weltausstellung 1938 in New York erhielt, zeigte ein

Luftschiff über dem Kreml. Städte sollten miteinander verbunden, tonnenweise Saatgut verstreut und die Versorgung schwer zu erreichender Gebiete sichergestellt werden. Auf Briefmarken flogen gigantische Metallskelett-Konstruktionen vor mächtigen Industriefassaden zur Stahlstadt Magnitogorsk und über die gesamte Sowjetunion. Einen Menschheitstraum wollte sich die Partei erfüllen. Geld spielte dabei keine Rolle, versicherte man dem italienischen Ingenieur Umberto Nobile, der Anfang der dreißiger Jahre von den Sowjets gebeten worden war, das Luftschifffahrtsprogramm zu leiten.[610] Mussolini hatte seine Zustimmung gegeben, da er in Italien keinen Nutzen mehr für die schwerfälligen Transportmittel sah. Fünf Prototypen wurden von 1933 bis 1936 fertiggestellt. Eines von ihnen, das V-6, erzielte mit einer Flugzeit von einhundertdreißig Stunden und siebenundzwanzig Minuten einen Dauerflug-Weltrekord.

Der Film handelt vom Bau der SSSR-1. Auf den ersten Blick liest sich das Drehbuch wie eine Ode an die Sowjetunion und deren Bürger, die niemals aufgeben. Es kann freilich auch als feine Kritik am Sowjetstaat verstanden werden.[611] Und an Stalin. Der könnte Professor Polibin spielen, einen undurchsichtigen Wissenschaftler, der versucht, zwei seiner Mitkonkurrenten – Trotzki alias Pjotr Schukow und Bucharin alias Iwan Tolmazow – auszuschalten. Als es den beiden nicht gelingt, das Luftschiff beim ersten Probelauf in der Höhe zu halten, will der zunächst freundliche Professor Polibin sie beseitigen und dafür sorgen, dass der Bau gestoppt wird. Doch die jungen Kommunisten begehren auf, täuschen ein Feuer vor, um das Luftschiff aus dem Hangar holen zu können, und die SSSR-1 startet durch. Das könnte Babels Hoffnung gewesen sein: Die Jungen stehen für das Projekt Sowjetunion auf, und Stalin kann nur noch verwundert zuschauen – und abtreten.[612] Der Film sollte in Dolgaprudnaja spielen, doch der Ort, an dem die SSSR-1 gebaut wird, ist eine Allegorie auf das bürokratische Machtzentrum des sowjetischen Staates am Alten Platz, unweit des Kreml.

Erleichtert schrieb Babel am 20. April nach Brüssel, ein ganzer Berg sei von seinen Schultern genommen.[613] Er hatte den Auftrag ohne Verzögerung, in nur zwanzig Tagen erledigt. Kurz darauf erhielten seine Mutter und seine Schwester den letzten Brief von ihm, datiert auf den 10. Mai, in dem Babel sie darüber informierte, dass er gerade die andere Arbeit für das Kino, über Gorki, fertigstellt habe und sich nun «an die letzte Bearbeitung meines heiß ersehnten Werkes» mache,[614] eine für den Herbst geplante Ausgabe neuer, bisher unveröffentlichter Erzählungen. Seine Verwandten ermahnte er, öfter zu schreiben. Darum hatte er stets gebeten, wenn er sich einsam fühlte.

Drei Familienleben führte Babel gleichzeitig bis zum Schluss – ein russisches, ein französisches und ein belgisches. Auflösen konnte er diesen komplizierten Knoten nicht mehr. Seine Frau wollte nicht in die Sowjetunion zurückkehren. Und er wollte nicht in den Westen. Obwohl er mehrfach die Gelegenheit zur Emigration gehabt hatte, war er in seinem Vaterland geblieben. Doch nun waren seine Chancen, dort «ein rechtschaffenes Leben zu führen»,[615] geschwunden. Jewgenija Solomonowa hatte sich schon im November 1938 umgebracht, ihr Mann Jeschow wurde im April 1939 verhaftet.[616] Babel war allein. Und im März war sein Erzfeind Budjonny zum stellvertretenden Kommissar für Verteidigung ernannt worden.[617] Die Überschrift der *Prawda* zum Tag der Arbeit am 1. Mai 1939 wird er nur mit fassungslosem Kopfschütteln kommentiert haben: «Alle fortschrittlich gesinnten Menschen sagen jetzt von unserem Land – der Union der Sozialistischen Sowjetrepubliken – ‹Hier ist es, das gelobte Land des Kommunismus!›»[618]

Kapitel 9

Der Volksfeind (1939 – 1940)

«Sie haben mich nicht zu Ende arbeiten lassen.»
(Babel zu Antonina Piroschkowa nach seiner Verhaftung)

Am 15. Mai 1939 um fünf Uhr morgens geschah es dann. An einem Montag. Moskau schlief noch. Frühjahrsgeruch lag in der Luft. Nur einige Straßenkehrer waren unterwegs. Das schwarze Auto wird ihnen kaum aufgefallen sein. Auch nicht die Insassen. Vier Männer in Zivil und einer in Uniform fuhren in die Bolschoi-Nikolo-Worobinski-Gasse und klingelten an der Tür des Hauses Nummer 4.

Das Hausmädchen öffnete verstört. Einen Haft- oder Durchsuchungsbefehl hatten die Männer nicht dabei,[619] den brauchten sie in jenen Tagen auch nicht. Sie schoben das Mädchen beiseite, zwei von ihnen stiegen die Treppe hinauf und klopften an Antoninas Zimmertür. «Wir suchen jemanden», erklärten sie und schauten sich auf dem Dachboden um, während die anderen beiden im Erdgeschoss warteten. Dann präzisierten die Eindringlinge den Grund der morgendliche Ruhestörung: Isaak Babel.[620] Doch der schlief ruhig vierzig Kilometer entfernt in Peredelkino.

Eine nur kleine Unachtsamkeit der sonst so unfehlbaren Staatssicherheit. In aller Ruhe wurden Schränke durchstöbert, Schubladen aufgerissen. Von dem Lärm wachte Tatjana Stach auf, die zufällig in Babels Zimmer übernachtet hatte. Sie hatte ihren Zug verpasst. Auf dem Flur im ersten Stock traf sie eine versteinerte Antonina Piroschkowa. Deren zweijährige Tochter Lidija saß mit verschlafenen Augen im Bett. Es dauerte eine Weile, bis Stach begriff, was gerade geschah.[621]

Nachdem sie sich vor dem NKWD als Freundin des Hauses zu erkennen gegeben hatte, wurde ihr mitgeteilt, sie müsse erst einmal bleiben. Geistesgegenwärtig ging sie zurück in Babels Zimmer, um seine Texte zu retten. Doch zu spät, in seinem Schreibtisch hatten die Schergen schon nachgeschaut und alles beschlagnahmt: fünfzehn Ordner mit verschiedenen Manuskripten, elf Ordner mit vollgeschriebenen Kladden, sieben Ordner mit Aufzeichnungen – mehr, als Babel je veröffentlicht hatte. Hinzu kamen vierhundert persönliche Briefe, zweihundertvierundfünfzig Blätter Korrespondenz, siebenundzwanzig Briefe und Postkarten aus dem Ausland.[622] Stach musste mit ansehen, wie zwei NKWD-Männer systematisch die Regale ausräumten. Die Titelblätter rissen sie aus den Büchern, auch oder gerade die mit Widmung, und sammelten sie auf einem Tisch, die Bücher selbst wurden achtlos auf den Boden geworfen. Stach verließ das Zimmer, weil ihr der Anblick von Babels geschändeter Bibliothek unerträglich wurde.

Nach drei Stunden war der erste Teil der NKWD-typischen Inspektion beendet. Zusammen mit Antonina fuhren drei der Männer nach Peredelkino, um zum eigentlichen Schlag auszuholen, der Verhaftung des Volksfeindes Babel. Der Fahrer fand sofort den schnellsten Weg auf die Minsker Chaussee und bog von dort in die kleine Straße ein, die nach Peredelkino führte. Auch den gewundenen Weg zur Datscha Nummer 8 kannte er.

Alle, bis auf den Fahrer, betraten das Haus. Als Piroschkowa vor der Zimmertür Babels zögerte, raunzte sie einer der NKWD-Leute barsch an, sie möge endlich anklopfen. «Wer ist da?», fragte Babel verschlafen. «Ich», antwortete Piroschkowa. Als er öffnete, stürzten die zwei Männer sofort hinein, befahlen mit lauter Stimme «Hände hoch!» und durchsuchten den Überrumpelten nach Waffen.

Nachdem Babel und Piroschkowa in einen anderen Raum gebracht wurden, wo sie einander verstört die Hände hielten, begann erneut eine Hausdurchsuchung. Und auch sie bewies, wie produktiv Babel in den letzten Jahren gewesen war: drei beschriebene Bücher wurden konfisziert, neun Ordner mit verschiedenen Manuskripten, zehn Briefe, weitere Korrespondenz auf acht losen Blättern.[623]

Babel und Piroschkowa befahl man, ihre Mäntel anzuziehen und zum wartenden Auto zu kommen. Auf dem kurzen Weg durch den Wald sagte Babel leise und verzweifelt: «Sie haben mich nicht zu Ende arbeiten lassen.»[624]

Gemeint waren die «Neuen Erzählungen», aber auch die vielen, zum Teil schon beendeten Projekte, deren Manuskripte nun in die Archive des NKWD geschafft wurden: sein Roman «Kolja Topus» und sein Tscheka-Buch, Dutzende von Kurzgeschichten und ein halbfertiges Theaterstück,[625] Erzählungen über Kabardino-Balkarien und seinen Helden Kalmykow, über die Kollektivierung und über die sowjetische Familie im Umbruch.[626] Daran feilte er wochen- und monatelang. Damit hatte er sich seit 1928 beschäftigt.

Während der ansonsten stillen Fahrt scherzte Babel und fragte den neben ihm sitzenden NKWD-Mann, ob er in der letzten Nacht genügend Schlaf bekommen habe. Keine Antwort. Als der schwarze Wagen sich der belebten Innenstadt Moskaus und dem Hauptquartier der Staatssicherheit näherte, einem ehemaligen Versicherungsgebäude, bat er Antonina, umgehend André Malraux zu informieren. Babel mag gehofft haben, dass ein Ausländer – zumal jemand mit einem solchen internationalen Renommee wie Malraux – etwas für ihn bewegen könnte. Von seinen sowjetischen Bekannten besaß keiner genügend Macht und Einfluss, um ihn aus dem Gefängnis zu holen. Außerdem hätte jeder Versuch den Mutigen selbst in Gefahr gebracht.

Die Limousine passierte das große Tor des mächtigen Gebäudes am Dserschinski-Platz und hielt vor dem Lubjanka-Gefängnis. Babel küsste Antonina zum letzten Mal und verabschiedete sich mit den Worten: «Irgendwann werden wir uns wiedersehen ...» Geglaubt haben wird er daran nicht. Dazu kannte er die Geheimpolizei zu gut. Dass er nicht als Zeuge hier war, um gegen andere auszusagen und dann wieder freigelassen zu werden, war ihm klar. Aber warum war er gerade jetzt verhaftet worden? Der Höhepunkt der Säuberungen lag schließlich schon Monate zurück.

Am Vortage von Babels Verhaftung hatte Stalin die zuständigen Kommissare und ZK-Sekretäre zu sich gebeten: Kaganowitsch, Woroschilow, nach wie vor einer der schärfsten Kritiker Babels, und Lawrenti Berija, neuer Volkskommisar des NKWD. Auch der Vorsitzende des Rats der Volkskommissare Molotow nahm an einer der Besprechungen teil.[627] Die bevorstehende Verhaftung Babels dürfte, auch wenn dies nicht zu belegen ist, Gegenstand der Gespräche gewesen sein.

Einiges spricht dafür, dass Stalin und Berija einen großen Schauprozess planten, diesmal nicht gegen Politiker und Militärs, sondern gegen Künstler,

Schriftsteller und Intellektuelle. Die innerhalb von sechs Monaten erfolgten Verhaftungen des Publizisten und Journalisten Kolzow, des Schriftstellers und Drehbuchautors Babel und des Schauspielers und Theaterregisseurs Wsjowolod Mejerchold sowie die Art der Verhöre lassen diesen Verdacht zu.[628] Alle drei waren auf ihrem Gebiet über die Grenzen der Sowjetunion hinaus berühmt. Und sie hatten Kontakte zu anderen Künstlern, die ebenfalls kaltgestellt werden sollten. Mit einem Streich wäre Stalin unangenehme Kritiker losgeworden. Dass es nicht dazu kam, hängt vor allem mit dem Ausbruch des Zweiten Weltkriegs zusammen. Danach stand Wichtigeres auf der Tagesordnung. Aber eine Freilassung war zu diesem Zeitpunkt nicht mehr möglich. Zuviel hatten die drei gesehen, das nicht für die Öffentlichkeit bestimmt war.

Überhaupt darf das besondere Misstrauen Stalins gegenüber Babel nicht unterschätzt werden. Wenige Wochen vor seiner Festnahme hatte Babel von Fadejew in dessen Funktion als Sekretär der Schriftstellerunion einen Anruf erhalten. Fadejew fragte ihn, ob er nicht irgendwo hinfahren wolle; Stalin interessiere sich brennend dafür, wann die nächsten Bücher von Babel herauskommen würden.[629] Das war eine deutliche Warnung. Doch Babel ignorierte sie. Er versuchte noch nicht einmal, Teile seiner Manuskripte bei Freunden zu verstecken, so wie er mit dem Tagebuch zur «Reiterarmee» verfahren war.

Nun wurde kein Schriftsteller verhaftet, weil er nicht mehr publizierte. Aber Arbeitsverweigerung – und als solche wurde Babels Schweigen angesehen – konnte als Indiz dafür gedeutet werden, dass jemand sich anderen Beschäftigungen gewidmet hatte. Im schlimmsten Fall konterrevolutionären Tätigkeiten, Spionage für den Feind. Darüber hinaus mag Stalin den Zeitpunkt für geeignet gehalten haben, sich endlich für die Art und Weise zu rächen, in der Babel über den Polenfeldzug berichtet hatte. Dass die «Reiterarmee» verantwortlich war für seinen Erfolg, aber auch entscheidend zu seinem Fall beigetragen hat, war Babel bewusst. Deshalb distanzierte er sich bereits im ersten Verhör von diesem Werk.[630]

Daneben gab es noch einen ganz konkreten Anlass für Babels Verhaftung. Bei seinem Verhör am 11. Mai 1939 hatte Jeschow dem NKWD von seiner Frau und ihrem Verhältnis zu Babel berichtet. Dabei verdächtigte der ehemalige Kommissar des Inneren beide der Spionagetätigkeit.[631] Diese

Anschuldigung wurde später in die Anklageschrift gegen Babel aufgenommen.[632] Schon die bloße Bekanntschaft mit Jeschow könnte ein Verhaftungsgrund gewesen sein, vermutete Nikulin später.[633] Zudem gab es Gerüchte, dass Jeschow Material über Stalin gesammelt habe,[634] und Babel hatte sich angeblich gerühmt, kompromittierende Dokumente über die Führung der Partei zu besitzen: «Die Beweise, über die ich verfüge, könnten eine Weltsensation werden, würden sie in die Hände eines ausländischen Journalisten fallen».[635]

Während des Verhörs wurde auf diese Worte Babels, die dem NKWD bekannt waren, offenbar kein Bezug genommen. Möglicherweise waren die Informationen, um die es dabei ging, so geheim, dass sie nicht im Protokoll auftauchen sollten. Vielleicht hatte Babel gehofft, es könnte eine Art Lebensversicherung für ihn sein, wenn man glaubte, er sei im Besitz entsprechender Beweise – oder er hatte sich, wie so häufig, nur einen Spaß gemacht. Es ist freilich auch nicht auszuschließen, dass es sich um eine Erfindung des NKWD handelte, mit der Babel belastet werden sollte. Denn Spionage und damit Landesverrat war ein schwerer Vorwurf, der wegen Babels außergewöhnlichen Lebensstils, seiner erstaunlichen Unabhängigkeit und seiner vielen Kontakte mit Ausländern recht nahe lag. Nur musste der NKWD ihn dazu bringen, diese Anschuldigungen mit eigenen Worten vorzutragen. Ein einfaches Verhör reichte dafür nicht aus. Deshalb wurde Babel noch am Tag seiner Verhaftung in das berüchtigte Suchanowka-Gefängnis gebracht.

Eigentlich war es ein Ort Gottes. Doch das Jekatarinski-Kloster, zwei Autostunden von Moskau entfernt, war seit 1931 in der Hand des Staates. Nicht mehr Mönche beteten zu Gott, sondern von Todesangst gepeinigte Gefangene. Das «Spezobjekt (Sonderobjekt) 110» war das schrecklichste Gefängnis des NKWD. Aus denen, «die drinnen gewesen sind», erinnerte sich Alexander Solschenizyn, «kriegst du später nichts raus. Sie lallen nur mehr zusammenhangloses Zeug, und die übrigen sind tot.»[636] Mit einer direkten Telefonverbindung in den Kreml konnte jederzeit Vollzug gemeldet werden. Zur Beseitigung der Toten war in der Kirche ein Krematorium gebaut worden. In der Freizeit schossen die Aufseher mit Gewehren auf die Fresken in der Kuppel.

Babel wurde in eine der achtundsechzig ehemaligen Mönchszellen gesperrt. Allein. Stuhl und Tisch waren am Boden befestigt, die Liege wurde nachts nur für einige Stunden heruntergeklappt. Die 156 x 209 Zentimeter großen Zellen mit ihren dreieinhalb Fingerspannen dicken Wänden waren so gut wie schalldicht. Auch Wärme drang durch die Mauern nicht herein.

Die ersten fünfundzwanzig seiner insgesamt zweihundertsiebenundfünfzig Gefängnistage verbrachte Babel in so einer Zelle auf der «Datscha der Schläge», wie die Insassen das Gefängnis nannten.[637] Zweiundfünfzig verschiedene Arten der Prügel zählte ein Gefangener.[638] Dazu gehörten Tritte mit Gummistiefeln, die – ohne Spuren zu hinterlassen – zu schwersten inneren Verletzungen führen konnten. Einige davon wird Babel zu spüren bekommen haben. Nachts, denn tagsüber ruhte die Arbeit in dem idyllisch gelegenen Kloster, und die Häftlinge konnten sich ein wenig ablenken und Neuigkeiten austauschen.

In den Gefängnissen wurde damals ein simples Klopfalphabet verwendet, das vermutlich auch Babel benutzt hat.[639] Man stellte sich ein Buchstabenquadrat aus 6 x 6 Feldern vor. Um den Buchstaben B zu «schreiben», wurde ein Mal für die erste Reihe geklopft und nach einer kurzen Pause dann zwei Mal für den Platz des Buchstabens innerhalb dieser Zeile.[640] Ein langwieriger Vorgang für jedes Wort. Aber unbedingt notwendig, um in der Isolationshaft nicht den Verstand zu verlieren.

Mit anderen Menschen reden konnte Babel nur während des Verhörs. Und das war alles andere als unterhaltsam. Seine sofortige Verlegung in das Suchanowka-Gefängnis deutet darauf hin, dass man ihn mit allen Mitteln zu einem schnellen Geständnis bewegen wollte. Das war die Aufgabe der Verhörspezialisten L. Schwarzman und Boris Rodos. Vor allem Rodos war «ein schrecklicher Mensch mit dem geistigen Horizont eines Huhns und moralisch ein völlig verkommener».[641] Er hatte die Grundschule abgebrochen und war in den Revolutionsjahren zur Geheimpolizei gekommen. Später fragte man ihn, ob er überhaupt gewusst habe, wer Babel sei. «Man sagte mir, dass er ein Schriftsteller ist.» Und auf die Frage, ob er je etwas von ihm gelesen habe, antwortete er: «Wozu?»[642]

Rodos wird Babel rasch begreiflich gemacht haben, was man von ihm erwartete und was ihm im Falle der Verweigerung drohte. Dem einen Monat später inhaftierten Mejerchold brach Rodos den linken Arm und urinierte ihm in den Mund.[643] Ein anderer NKWD-Mann prahlte, er hätte Karl Marx jederzeit das Geständnis entlocken können, ein Agent Bismarcks gewesen zu sein.[644] Und Kolzow gab kurz vor seinem Tod zu Protokoll, sein Geständnis sei durch Schlagstöcke herbeigeführt worden, die den ganzen Körper malträtiert hätten; in so einem Zustand gebe man alles zu.[645]

Ob Babel ähnlich gefoltert wurde, ist unbekannt, doch die Wahrscheinlichkeit ist hoch. Schließlich hatte ihm der ehemalige Geheimdienstchef Genrich Jagoda geraten, im Falle einer Verhaftung alle Anschuldigungen abzustreiten. «Wenn einer alles abstreitet, dann sind wir machtlos.»[646] Das galt, wenn es denn je so gewesen war, nicht mehr unter Jagodas Nachfolgern. Leugnen war in Zeiten raffiniertester Folter unmöglich geworden.

Nach zwei Wochen Vorbereitung wurde Babel drei Tage und drei Nächte lang verhört, fast ohne Pause. Es werden die schrecklichsten Tage seines Lebens gewesen sein.[647] Die Untersuchungsbeamten sollten Babel dazu bringen, sich selbst zu beschuldigen und damit nachträglich Gründe für seine Verhaftung zu liefern. Nachdem er sich für nicht schuldig erklärt hatte, antisowjetische Verbrechen begangen zu haben, wollten die Untersuchungsbeamten von Babel erfahren, warum er denn wohl verhaftet worden sei. –Frei nach einem Witz aus Odessa: «Schora, brat‘ den Fisch!», schreit ein Nachbar über den Hof. «Aber wo ist der Fisch?», ruft Schora zurück. «Fang einfach an zu braten, der Fisch kommt später.»

Babels Erklärungsversuch zeugt von Angst, Vorsicht und ehrlichem Bemühen, die Beamten von seiner Unschuld zu überzeugen. Er sei im Gefängnis wegen einer «verhängnisvollen Verkettung von Umständen» und wegen seiner «fruchtlosen Tätigkeit in den letzten Jahren». Ziemlich naiv, befanden die Untersuchungsbeamten verärgert und hakten nach. Daraufhin führte Babel seine vielen Reisen ins Ausland und enge Beziehungen zu Trotzkisten als seine schwerwiegendsten Fehler an. Das Verhör zeigte erste Erfolge und gewann an Fahrt, und auf einmal gab Babel zu, eine «antisowjetische Einstellung» gehabt zu haben. Mehr noch, er sehe keinen Sinn mehr, «die tatsächlich schwere Schuld vor dem sowjetischen Staat abzustreiten».[648]

Solche plötzlichen Wendungen sind in Babels Verhörprotokoll häufig zu beobachten. Entweder war das Babels Taktik, um die Anschuldigungen ad absurdum zu führen, oder, was einleuchtender erscheint, ihm wurde Gewalt angetan. So antwortet er etwa auf den Vorwurf, er sei ein Spion, dass ihn niemand für eine Spionagetätigkeit angeworben habe. Aggressiv warnt ihn ein Beamter, dass man ihm Falschaussagen sofort werde nachweisen können.

Prompt knickt Babel ein und gibt zu, von André Malraux für den französischen Geheimdienst angeworben worden zu sein[649] – eine völlig abwegige Behauptung: Die angeblich geheimen Informationen über die sowjetische Luftfahrt, die er weitergegeben haben will, standen zuvor in der *Prawda*.[650] Mit einem solchen Eingeständnis mag Babel die Hoffnung verbunden haben, dass man ihn nun in Ruhe lassen würde. Außerdem befand sich Malraux, auf dessen Hilfe er nach seiner Verhaftung vergeblich gesetzt hatte, im sicheren Ausland.

Doch Babel denunzierte auch andere, die er so mit Vaterlandsverrat und Spionage in Zusammenhang brachte. Darunter Woronski, der 1937 im Gefängnis gestorben war – was Babel vermutlich nicht wusste –, die Schriftsteller Iwanow, Pilnjak, Seifulina, Katajew, Olescha, Ehrenburg, der Regisseur Eisenstein, der Schauspieler Michoels und der Unterhaltungsmusiker Utjosow. Untertänig bittet Babel um die Erlaubnis, weiter aussagen zu dürfen, und die Ermittler erwidern sachlich und streng: «Wenn es eine Beziehung zu Ihrer Spionagetätigkeit gibt, so sprechen Sie.»[651] Damit war Babels Verwandlung vom Schriftsteller in den Volksfeind endgültig vollzogen.

Mittels der Verhörprotokolle gelang es, eine Schuld Babels schriftlich zu fixieren und amtlich zu bestätigen, die es gar nicht gab. Wie ein flottes Interview lesen sich die Fragen und Antworten. Zu flott. Denn sie sind eine Mischung aus mündlichen Aussagen, schriftlichen Selbstbezichtigungen und purer Erfindung. Manche Details von Babels Geständnis, das er auf mehreren Blättern niedergeschrieben hatte, wurden weggelassen, zumal diejenigen über Bekanntschaften mit Helden der Sowjetunion, denn Babel sollte eindeutig als Verbrecher dargestellt werden. Schwarz und weiß musste es zugehen, Grautöne waren unerwünscht. Reichte das noch immer nicht aus, fügten die Beamten Passagen hinzu. Kommissar Berija nannte die Vernehmungsprotokolle später «wahre Kunstwerke».[652] Obwohl sie nicht für die Öffentlichkeit bestimmt waren, musste der Anschein eines fairen Verfahrens gewahrt bleiben. «Aufbewahren für alle Zeiten»[653] stand auf Babels Akte, ebenso wie auf denen Zigtausend anderer Verhafteter, Verbannter und Getöteter.

Nach drei Tagen war das Verhör beendet. Sieben Tage später sandte Berija das Protokoll[654] an Schdanow, einen engen Vertrauten Stalins, der sich besonders bei den Säuberungen unter Literaten hervortat. Er wird mit dem erprügelten Geständnis zufrieden gewesen sein. Die Freiheit hatte Babel damit für immer verwirkt. Schon am nächsten Tag bat der Vorsitzende des Litfonds (Literaturstiftung) Konstantin Fedin in einem Brief an Berija um die Erlaubnis, Babels Datscha anderweitig zu verwenden, «für künstlerisches Schaffen und Erholung».[655] Mit einer Rückkehr Babels war nicht mehr zu rechnen.

Die Folterknechte der Suchanowka hatten ihre Arbeit erledigt. Babel verließ am 10. Juni 1939 das barbarische Kloster und wurde ins Lubjanka-Gefängnis gebracht. Warum wurde er nicht sofort erschossen? Weil er noch nicht alles gesagt hatte. Das zumindest wurde ihm während des nächsten Verhörs vorgeworfen. Und Babel packte weiter aus. Ja, gab er zu, er habe noch etwas zu den aktiven Trotzkisten in der Armee, seiner Reiterarmee-Seilschaft, zu sagen, und zur «antisowjetischen Gruppe, die ich, Babel, persönlich gegründet und geleitet habe».[656] Babel war ein gebrochener Mann. Er tat alles, was man von ihm verlangte. Er diffamierte seine Freunde Eisenstein und Michoels, Olescha und Ehrenburg. Und schließlich wurde aus seinem ehemaligen Hausmitbewohner Steiner ein österreichischer Spion, mit dem Babel zusammengearbeitet haben will. Diese absurde Anschuldigung verband der NKWD mit Jewgenija Solomonowa Jeschows erzwungenen Selbstbeschuldigungen, die sie zu einer englischen Spionin gemacht hatten.

Es folgte das große Finale der abenteuerlichen Verhöre und des noch abenteuerlicheren Geständnisses. Babels Freunde Jewgenija Solomonowa Jeschow und Betal Kalmykow hätten einen Anschlag auf Stalin und Woroschilow geplant. Junge Schriftsteller will Babel zu terroristischen Aktionen aufgerufen haben, mit denen er die sowjetische Literatur habe retten wollen.[657]

Das Material reichte, um zweiundvierzig Tage nach der Festnahme einen Haftbefehl mit ausführlicher Begründung auszustellen. Zur Anklage wurde der Paragraph 58 des Strafgesetzbuches herangezogen. Dieser «große, mächtige, üppige, weitverzweigte, vielfältige, alles sauber fegende Paragraph»[658] zur Bekämpfung «Konterrevolutionärer Verbrechen» war die sowjetische Universalwaffe gegen unerwünschte Personen. Er bestand aus vierzehn Absätzen, von denen drei gegen Babel angewendet werden sollten: Absatz 1a (Vaterlandsverrat), Absatz 8 (Terror jeglicher Art gegen Vertreter der Sowjetmacht), Absatz 11 (Organisation und Vorbereitung der im Paragraphen beschriebenen Verbrechen). Auf Vaterlandsverrat stand die Höchststrafe: Erschießung mit Konfiskation des gesamten Eigentums.

In den folgenden Monaten wurde Babel noch mehrfach verhört. Neues ergab sich dabei nicht. Doch auf der Grundlage seiner Aussagen bereitete man die nächsten Verhaftungen vor. Die Geständnisse von Babel und Kolzow wurden an die geheimpolitische Abteilung des NKWD weitergegeben.[659]

Sommer und Herbst verbrachte er im Lubjanka-Gefängnis in unterschiedlichen Verließen mit unterschiedlichen Zellengenossen. Währenddessen musste sich Piroschkowa mehrfach verärgerten Anfragen von Verlagen erwehren, die an Babel gezahlte Vorschüsse für nie fertiggestellte Manuskripte zurückforderten. Verängstigt rief sie beim NKWD an, und die Besuche hörten sofort auf. So blieb ihr genügend Geld, um dem NKWD monatlich dreißig Rubel zu übergeben, mit denen sie Babels Lebensbedingungen etwas verbessern wollte. Das Obst, den Tee oder die Kekse, die damit gekauft werden sollten, hat er vermutlich nie erhalten.

Dafür aber Neuigkeiten aus der Welt der Sowjets und aus dem Westen. In beiden Sphären zeichnete sich Bedrohliches ab. Sehr getroffen haben wird ihn die Unterzeichnung des deutsch-sowjetischen Nichtangriffspakts am 23. August 1939. Als die deutsche Wehrmacht am 1. September in Polen einmarschierte, verbannte die *Prawda* die Nachricht auf Seite fünf. Angesichts dieser weltpolitischen Lage war der berühmte Jude Babel um so unerwünschter, hatte er doch beste Kontakte zu antifaschistischen Künstlern in ganz Europa. Seinem Zellennachbarn Lew Belski, vormals stellvertretender NKWD-Chef, sagte Babel, dass man ihn nun mit Sicherheit erschießen werde.[660]

Noch einmal jedoch nahm er seine Kräfte zusammen und verfasste elf Tage nach dem Überfall der Deutschen auf Polen einen Brief an Berija. Zunächst dankt Babel darin der Revolution, dass sie seine Karriere ermöglicht habe, und gesteht seine «Fehler und Verbrechen» ein. Dann kommt er zu seinem eigentlichen Anliegen: Er wolle an seinen unvollständigen Manuskripten weiterarbeiten, sie in Ordnung bringen. Eine Antwort hat er nie erhalten.

Kurz darauf widerrief Babel Teile seines Geständnisses und nahm die Anschuldigungen gegen Eisenstein und Michoels zurück.[661] Im letzten von insgesamt drei Briefen an den Staatsanwalt bezeichnete er auch seine belastenden Aussagen gegen Ehrenburg und andere als «Lüge».[662] Allein seine Tätigkeit als französischer und österreichischer Spion bestätigte er ausdrücklich – das Abstreiten aller Schuld hätte keinen Sinn gehabt. Aber mit dem Eingeständnis einer Teilschuld könnte vielleicht die eine oder andere Anklage von bereits Verhafteten entkräftet werden. Wie schwach die erprügelten Beweise waren, hatte er aus den Verhörprotokollen anderer ersehen können, in denen er aller möglicher Vergehen bezichtigt worden war.[663]

Am 16. Januar 1940 schrieb Berija an den «Genossen Stalin» in einem Brief, dass von 457 verhafteten Personen 346 zur Höchststrafe (Todesstrafe) verurteilt werden sollen und 111 zu mindestens 15 Jahren Lagerhaft. Der Brief endet mit den Worten: «Wir bitten um Ihre Genehmigung.» In der beigefügten Liste steht unter der Nummer 12 der Name Isaak Babels, unter 137 der von Kolzow und unter 184 der von Mejerchold.[664] Das Politbüro nickte am folgenden Tag den Wunsch Berijas ab.

So blieben Babels Briefe an den Staatsanwalt unbeantwortet. Dafür wurde ihm am 25. Januar 1940 die endgültige Anklageschrift übergeben, deren Empfang er schriftlich bestätigte. Eine Nacht hatte er Zeit, sich durchzulesen, welche frei erfundenen Verbrechen man ihm zur Last legte. Überraschendes war nicht dabei. Der Staat warf ihm vor, 1927/1928 aktives Mitglied einer trotzkistischen Organisation gewesen zu sein, seit 1934 für den französischen und österreichischen Geheimdienst spioniert und Terroranschläge gegen die Führer der Partei vorbereitet zu haben. Nach Paragraph 58, Absatz 1a, 8 und 11 des Strafgesetzbuchs war er somit schuldig.

Das Militärkollegium trat am 26. Januar zur geheimen Gerichtsverhandlung im Butyrka-Gefängnis, in das Babel im November 1939 verlegt worden war, zusammen. Es tagte in Berijas Arbeitszimmer. Berija war nicht anwesend. Nach meist erfolgreich verrichteter Nachtarbeit ruhte er sich tagsüber aus. Babel nutzte die letzte Gelegenheit zur Klarstellung und stritt alles ab, nun auch seine angebliche Tätigkeit als Spion.[665] Der Vorsitzende des Tribunals, der fünzigjährige Rigenser Wassili Ulrich, hatte für Babels Leugnungen keine Zeit. Pro Fall waren zwanzig Minuten vorgesehen, und weitere sechzehn waren an diesem Tag noch zu verhandeln.[666] Der Antrag auf Überprüfung von Babels Aussagen wäre ohnehin völlig sinnlos gewesen. Denn natürlich wusste der kleine glatzköpfige Mann mit dem rosigen Gesicht und dem gestutzten Schnurrbart, der keine juristische Ausbildung besaß,[667] genau, wie die Anklageschrift und die Geständnisse zustande gekommen waren. Daran hatte Ulrich auch nichts auszusetzen.

Als guter Diener seines Staates nahm er an Hinrichtungen teil und vollzog sie bisweilen selbst.[668]

Einen Verteidiger hatte man Babel gar nicht erst zugewiesen, und Zeugen benötigte dieser so genannte Prozess genauso wenig. Denn das Urteil, das schneller gesprochen wurde, als Zeit zum Abtippen nötig gewesen wäre, stand schon fest.[669] In der Nacht zum Samstag, dem 27. Januar 1940, um 1 Uhr 40, wurde Isaak Babel erschossen.[670] Am selben Tag ereilte weitere sechzehn Menschen das gleiche Schicksal.[671]

Der Sabbat, der wöchentliche Feiertag der Juden, sollte ein kalter Tag werden, das Thermometer zeigte in Moskau etwa minus zwölf Grad Celsius. Nur ein fahles Licht breitete sich über der Stadt aus. Der Messias aus Odessa, der die Sonne nach Russland bringen wollte, war tot.

Epilog

Sechs Tage nach Babels Tod wurden Kolzow und Mejerchold, am 4. Februar Jeschow ermordet. Ihre und Babels Leichen wurden sofort ins Krematorium auf dem Donskoi-Friedhof in Moskau gebracht und die Überreste nach der Verbrennung in ein Massengrab geworfen – der Geheimdienstmann und die Opfer vereint.

Der NKWD ließ die Angehörigen über das Schicksal Babels im Ungewissen. Man gaukelte ihnen vor, er sei in ein Lager verschickt worden. Wildfremde Männer sprachen Antonina Piroschkowa und Schenja Gronfain auf der Straße an und behaupteten, sie hätten Babel gesehen. Piroschkowa wollte man weismachen, es sei ein Kleidungsstück von Babel gefunden worden, das er im Lager getragen habe.[672]

Sie bemühte sich, auf offiziellem Weg zu erfahren, was mit Babel geschehen war. Erst nach Stalins Tod im Jahr 1953 hatte sie Erfolg. In einem offiziellen Gespräch sagte der für den Fall zuständige Beamte, die Vorwürfe gegen Babel seien eine «totale Erfindung» gewesen.[673] Somit stehe einer Rehabilitierung nichts im Wege – Piroschkowa müsse lediglich drei Bürgen finden, die schriftlich ein positives Bild von ihm geben sollten. Welch eine Farce. Das Urteil war zwar unhaltbar, aber das reichte noch nicht, um Babels guten Ruf wieder herzustellen.

Im Juli 1954 bürgten Antonina Piroschkowa, Jekaterina Peschkowa, Ilja Ehrenburg und Walentin Katajew für Babel.[674] Im Winter desselben Jahres entschied das Militärkollegium – dasselbe Gericht, welches gegen Babel vor vierzehn Jahren das Todesurteil verhängt hatte –, das Urteil sei «wegen mangelnden Tatbestands» aufzuheben.[675] Als Piroschkowa von dem Beamten, der ihr das entsprechende Dokument aushändigte, wissen wollte, was mit Babel geschehen sei, schrieb der auf eine gerade herumliegende Zeitung:

«Gestorben an Herzstillstand, 17. März 1941». Dann zerriss er das Papier in kleine Fetzen. Weitere Anfragen ergaben wenig. An ein Überleben Babels glaubte Piroschkowa zwar nicht mehr, aber warum sollte er eines natürlichen Todes gestorben sein, ein Jahr nach seiner Verurteilung? Erst durch die zur Zeit der Perestroika unter Michail Gorbatschow begonnenen Recherchen von Witali Schentalinski und Sergei Powarzow erfuhr sie, was sich in den Monaten zwischen Babels Verhaftung und dem tatsächlichen Todestag ereignet hatte.

Und Babels Werke? Über den Verbleib der beschlagnahmten Manuskripte, Romane und Notizen ist nichts bekannt. Im FSB-Archiv seien sie nicht, versicherten mir die zuständigen Beamten bei zwei Gesprächen. Aber es gebe auch keinen amtlichen Vermerk, dass sie vernichtet worden seien. 1955 erschien in New York eine Auswahl von Babels Erzählungen, in der Sowjetunion wurde 1957 zum ersten Mal nach seinem Tod ein Sammelband veröffentlicht. Mit einem Vorwort von Ilja Ehrenburg.[676] Zuvor hatte sich Antonina Piroschkowa in Moskau notariell bestätigen lassen, dass sie zusammen mit ihrer Tochter Lidija die Erbin von Isaak Babel und damit die Verwalterin seiner Werke ist.[677] Schenja Gronfain war damit ganz und gar nicht einverstanden. Ilja Ehrenburg hatte sie nach dem Zweiten Weltkrieg bei einem Gespräch in Paris davon zu überzeugen versucht, sich von Babel scheiden zu lassen. Piroschkowa bestreitet energisch, dass – falls dieses Treffen je stattgefunden hat – er in ihrem Auftrag gehandelt habe. Tief verletzt lehnte Schenja ab. Wie konnte jemand nur im Traum daran denken, dass sie sich von ihrem Mann, dessen Schicksal unbekannt war, trennen würde. Von diesem letzten der vielen Tiefschläge in ihrem Leben erholte sie sich nicht mehr und starb 1957.[678]

Ein Jahr später, also lange nach der Rehabilitierung in der Sowjetunion, war Babel in der DDR noch umstritten. In einem Gutachten für die staatliche Literaturbehörde wurde die ablehnende Haltung begründet: «Wir können nicht daran interessiert sein, dass unseren Lesern ein Bild des Kommunismus vor Augen geführt wird, das dem was unsere Gegner als Abschreckung vorgaukeln wollen genau entspricht.»[679] Der Verlag Kultur und Fortschritt verzichtete auf die Veröffentlichung eines geplanten Babel-Bandes. Erst 1964 – im selben Jahr gab Nathalie Babel in New York ein Buch mit bis dahin unveröffentlichten Erzählungen sowie Briefen ihres Vaters heraus – wurde «Die Reiterarmee und andere Erzählungen» im Verlag Volk und Welt publiziert. In der Bundesrepublik war bereits 1960 eine Auswahl von Babels Werken erschienen, mit einem Nachwort von Walter Jens.

Die postkommunistischen Länder Russland und die Ukraine scheinen heute noch immer unsicher zu sein, wenn der Name Isaak Babel fällt. Zwar werden seine Erzählungen gedruckt, eine Gesamtausgabe liegt vor. Doch ohne vollständige Korrespondenz. Obwohl Babels Werke in der ehemaligen Sowjetunion bekannt sind und seine Redewendungen aus Odessa zum gepflegten Unterhaltungsrepertoire gehören, ist seine Person für den Staat noch immer nicht rühmenswert. Keine Gasse wurde nach ihm benannt, kein Platz, kein Institut. Weder in Odessa oder Kiew noch in Moskau. Fast möchte man meinen, er sei nie rehabilitiert worden und die Vorwürfe gegen ihn seien doch nicht «total erfunden» gewesen. Welch gelungene Rache Stalins am Chronisten des polnisch-russischen Krieges, dem großen russischen Schriftsteller Isaak Emmanuilowitsch Babel.

Interviews, Archive, Literatur

1. Interviews mit Zeitzeugen, deren Kindern oder Verwandten

- Antonina Piroschkowa, am 12. September 1999, 28. November 2000 in Silver Springs, Maryland
- Nathalie Babel, am 11. September 1999, 26., 27. November 2000, 18. Dezember 2001 in Washington D.C.
- Georg Wyland-Herzfelde, am 30. September 1999 in Zürich
- Katja Grossman, am 18. Mai 2000 in Moskau
- Semjon Lipkin, am 19. Mai 2000 in Peredelkino bei Moskau
- Boris Jefimow, am 31. Oktober 2000 in Moskau
- Tatjana Parain, am 20. März 2001 in Mitry-Claye bei Paris
- Ljudmila Iwanowa, am 3. Februar 2001 in Moskau
- Nina Budjonnaja, am 17. Oktober 2001 in Moskau

2. Archive

- Archiv der Akademie der Künste in Berlin
- Archiv von Antonina Piroschkowa in Silver Springs, Maryland
- Archiv von Nathalie Babel in Washington
  - etwa 900 Babel-Briefe
- Archiv von Uscher Moisejewitsch Spektor in Berkeley
- IMLI (Institut mirowoi literatury i iskustwa imeni M. Gorkogo [Institut der Weltliteratur und Kunst M. Gorki]) in Moskau
  - Babel, Fond 86, op. 1,2
- KGGA (Kiewski gorodskoi gosudarstwenny archiw [Staatliches Stadtarchiv Kiew]) in Kiew
  - Babel, Fond 153
- RGALI (Rossiski gosudarstwenny archiw literatury i isskustwa [Russisches Staatsarchiv der Literatur und Kunst]) in Moskau
  - Alexejew, Fond 2524
  - Babel, Fond 1559

- Eisenstein, Fond 1923
- God XI, Fond 622
- Krasnaja now, Fond 602
- Sojus Pisatelei Sowjetskogo Sojusa, Fond 631
- RGANI (Rossiski gosudarstwenny archiw noweischei istorii [Russisches Staatsarchiv der neuesten Geschichte]) in Moskau
  - Zentralny komitet, Fond 89
- RGASPI (Rossiski gosudarstwenny archiw sozialno-polititscheskoi istorii [Russisches Staatsarchiv der sozial-politischen Geschichte]) in Moskau
  - Stalin, Fond 558
  - Woroschilow, Fond 74
  - Kaganowitsch, Fond 81
  - Lunatscharski, Fond 142
  - Zentralny komitet, Fond 17
- Wieland-Herzfelde-Archiv
- Zentralny archiw [Zentrales Archiv] FSB in Moskau
  - Akte Babel, Nummer 419/1252
  - Akte Kolzow, Nummer 21620
- ZGIA (Zentralny gosudarstwenny istoritscheski archiw Sankt-Peterburga [Zentrales historisches Staatsarchiv St. Petersburg]) in St. Petersburg
  - Babel, Fond 115

3. Literatur

3.1. Auswahl von Werken Isaak Babels

- Babel, Isaak: Konarmija, Moskwa, Leningrad 1928
- Babel, Isaak: Die Reiterarmee, herausgegeben von Fritz Mierau, Leipzig 1968
- Babel, Isaak: Die Reiterarmee, herausgegeben von Peter Urban, Berlin 1994
- Babel, Isaak: Isbrannoje, herausgegeben von Ilja Ehrenburg, Moskwa 1957
- Babel, Isaak: Probuschdenije, herausgegeben von Uscher Spektor, Tbilisi 1989
- Babel, Isaak: Sotschinenija, Band I und II, Moskwa 1991/1992
- Babel, Isaak: Werke, Band 1 und 2, herausgegeben von Fritz Mierau, Berlin 1973
- Babel, Isaak: The Collected Works, herausgegeben von Nathalie Babel, New York 2002
- Babel, Isaak: Tagebuch 1920, herausgegeben von Peter Urban, Berlin 1990

- Babel, Isaak: The Lonely Years 1925–1939, herausgegeben von Nathalie Babel, New York 1964 und Boston 1995
- Babel, Isaak: Briefe 1925–1939, herausgegeben von Gerhard Hacker, Münster 1995

3.2. Weiterführende Literatur

- Abramson, Glenda; Parfitt, Tudor (Hrsg.): The Great Transition, Totown 1985
- Akimow, Wladimir M.: Sto let russkoi literatury, St. Petersburg 1995
- Alejchem, Scholem: Eisenbahngeschichten, Frankfurt am Main 1996
- Andrejewski, Georgi: Moskwa 20-30-yje gody, Moskwa 1998
- Andruszko, Czeslaw: Zhizn opisanie Babelja, I.E., Poznan 1993
- Anin, David: Die russische Revolution von 1917, München 1976
- Antonov-Ovseyenko, Anton: The Time of Stalin, New York 1983
- Artisow, Andrei; Naumow, Oleg (Hrsg.): Wlast i chudoschestwennaja intelligenzija 1917–1953, Moskwa 1999
- Avineri, Shlomo: Profile des Zionismus, Gütersloh 1998
- Babitschenko, Denis: Pisateli i zensori, Moskwa 1994
- Baedeker, Karl (Hrsg.): Österreich. Handbuch für Reisende, Leipzig 1903
- Baedeker, Karl (Hrsg.): Russland. Handbuch für Reisende, Leipzig 1904
- Baedeker, Karl (Hrsg.): Paris und Umgebung. Handbuch für Reisende, Leipzig 1931
- Belaja, Galina; Dobrenko,Jewgeni; Jesaulow, Iwan: «Konarmija» Isaaka Babelja, Moskwa 1993
- Benjamin, Walter: Moskauer Tagebuch, Frankfurt am Main 1980
- Bergan, Ronald: Eisenstein, London 1997
- Beuys, Barbara: Heimat und Hölle, Reinbek 1996
- Beyrau, Dietrich: Intelligenz und Dissens, Göttingen 1993
- Bljum, Arlen: Sowjetskaja zensura w epochu totalnogo terrora, St. Peterburg 2000
- Bowlt, John E.; Matich, Olga (Hrsg.): Laboratory of Dreams, Stanford 1999
- Brooks, Jeffrey: Thank you, Comrade Stalin, Soviet Public Culture from Revolution to Cold War, Princeton 2000
- Bucharina, Anna Larina: Nun bin ich schon weit über zwanzig, Göttingen 1991
- Budjonny, Semjon: Proidjonny put, Band 2, Moskwa 1965
- Bunin, Ivan: Cursed Days, Chicago 1998
- Bunin, Ivan: From the Other Shore, Chicago 1995

- Chlewnjuk, O. V.; Dewis, R. U.; Koscheljowa, L. P.; Ris, E. A.; Rogowaja, L. A.: Stalin i Kaganowitsch, Perepiska. 1931 – 1936, Moskwa 2001
- Chodasewitsch, Wladimir: Nekropol, Moskwa 2001
- Colton, Timothy J.: Moscow, Cambridge 1995
- Conquest, Robert: The Harvest of Sorrow, Oxford 1986
- Conquest, Robert: The Great Terror, New York 1990
- Courtois, Stéphane [u. a.] (Hrsg.): Das Schwarzbuch des Kommunismus, München 1998
- Davies, Norman: White Eagle, Red Star. The Polish-Soviet War 1919 – 1920, London 1972
- Davies, R. W.; Harrison, Mark; Wheatcroft, S. G. (Hrsg.): The Economic Transformation of the Soviet Union 1913 – 1945, Cambridge 1994
- Dinerstein, Jefim: A. K. Woronski, Moskwa 2001
- Duranty, Walter: I write as I please, New York 1935
- Eastman, Max: Artists in Uniform, London 1934
- Jefimow, Boris: Desjat desjatileti, Moskwa 2000
- Ehrenburg, Ilja: Menschen, Jahre, Leben, Band I – III, Berlin 1982
- Ehrenburg, Irina: So habe ich gelebt, Berlin 1995
- Eimermacher, Karl: Die sowjetische Kulturpolitik 1917 – 1932, Bochum 1994
- Engel, Christine (Hrsg.): Geschichte des sowjetischen Films, Stuttgart 1999
- Falen, James E.: Isaac Babel, Knoxville 1974
- Feuchtwanger, Lion: Moskau 1937, Berlin 1993
- Figes, Orlando: A People's Tragedy, New York 1998
- Fitzpatrick, Sheila: The Cultural Front, Ithaca 1992
- Fitzpatrick, Sheila: Stalin's Peasants, Oxford 1994
- Fitzpatrick, Sheila: Everyday Stalinism, Oxford 1999
- Frankel, Jonathan: Prophecy and Politics, Cambridge 1981
- Garrad, John und Carol: Inside the Soviet Writers' Union, New York 1990
- Garros, Véronique; Korenewskaja, Natalija; Lahusen, Thomas (Hrsg.): Das wahre Leben, Berlin 1998
- Golczewski, Frank (Hrsg.): Geschichte der Ukraine, Göttingen 1993
- Golowkowa, Lidija: Tichaja obitel (Suchanowka), Moskwa 1996
- Gorki i sowjetskije pisateli, Literaturnoje nasledstwo, Band 70, Moskwa 1963
- Gorkij, Maxim: Unzeitgemäße Gedanken über Kultur und Revolution, Frankfurt am Main 1974
- Gorzka, Gabriele (Hrsg.): Kultur im Stalinismus, Bremen 1994
- Graf, Oskar Maria: Reise in die Sowjetunion, Hamburg 1992

- Granin, Daniil, Das Jahrhundert der Angst, Berlin 1999
- Groys, Boris: Gesamtkunstwerk Stalin, München 1988
- Günther, Hans: Der sozialistische Übermensch, Stuttgart 1993
- Hahn, Hans Henning; Stüben, Jens (Hrsg.): Jüdische Autoren Ostmitteleuropas im 20. Jahrhundert, Frankfurt am Main 2000
- Hamm, Michael F.: The City in Late Imperial Russia, Bloomington 1986
- Hamm, Michael F.: Kiev. A Portrait 1800 – 1917, Princeton 1993
- Hartlebens illustrierter Führer Galizien, Wien und Leipzig 1914, Neuauflage Berlin 1989
- Hauberg, Jo (Hrsg.): Der Malik Verlag 1916 – 1947, Kiel 1986
- Hellbeck, Jochen (Hrsg.): Tagebuch aus Moskau 1931 – 1939, München 1996
- Heller, Michail/Nekirch, Alexander: Geschichte der Sowjetunion, Band 1, 1914 – 1939, Frankfurt am Main 1985
- Herlihy, Patricia: Odessa. A History 1794 – 1914, Cambridge 1986
- Holthusen, Johannes: Rußland in Vers und Prosa, München 1973
- Holthusen, Johannes: Russische Literatur im 20. Jahrhundert, Tübingen 1992
- Iwanowna, Tamara: Moi sowremeniki, kakimi ja ich znala, Moskwa 1987
- Jobst, Kerstin S.: Zwischen Nationalismus und Internationalismus, Hamburg 1996
- Kataev, Valentin: Prava zabvenja, Moskva 1999
- Kasanski, B.; Tynjanow, Ju. (Hrsg.): I. E. Babel, Leningrad 1928
- Kemp-Welch, A.: Stalin and the Literary Intelligentsia 1928 – 1939, London
- Kisch, Egon Erwin: Zaren, Popen, Bolschewiken, Berlin 1992
- Klier, John D.; Lambroza, Shlomo (Hrsg.): Pogroms: Anti-Jewish Violence In Modern Russian History, Cambridge 1992
- Knight, Amy: Beria, Princeton 1993
- Knight, Amy: Who killed Kirov?, New York 1999
- Koenen, Gerd: Die großen Gesänge, Frankfurt am Main 1991
- Koenen, Gerd; Kopelew, Lew (Hrsg.): Deutschland und die russische Revolution, München 1998
- Koenen, Gerd: Utopie der Säuberung, Berlin 1998
- Koestler, Arthur: Sonnenfinsternis, München 1998
- Komandir Jakir, Moskwa 1963
- Kopelew, Lew: Und schuf mir einen Götzen, Göttingen 1996
- Koschmal, Walter (Hrsg.): Odessa, Regensburg/Passau 1998
- Lebina, Natalija: Powsednewnaja schisn sowjetskogo gorada 1920/1930gg, St. Peterburg 1999
- Lemmermeier, Doris: Literaturverfilmung im sowjetischen Stummfilm, Wiesbaden 1989

- Leningrad. Putewoditel, Moskwa/Leningrad 1931
- Leonhard, Wolfgang: Die Revolution entlässt ihre Kinder, München 1985
- Lewin, Fjodor: I. Babel, Moskwa 1972
- Levin, Nora: The Jews in the Soviet Union since 1917, Band I, New York 1990
- Lih, Lars T.; Naumov, Oleg; Chlewnjuk, Oleg (Hrsg.): Stalin. Briefe an Molotow 1925 – 1936, Berlin 1996
- Lipkin, Semjon: Kwadriga, Moskwa 1997
- Literaturnoje Enziklopedija, Band 1, Moskwa 1929
- Lunatscharski, Anatoli, Stati o literature, Band II, Moskwa 1988
- Lustiger, Arno: Rotbuch. Stalin und die Juden, Berlin 1998
- Madsen, Axel: Malraux, New York 1976
- Magarotto, Luigi u. a. (Hrsg.): L'avanguardia a Tiflis, Venezia 1982
- Maguire, Robert A.: Red Virgin Soil, Princeton 1968
- Malraux, Clara: Geräusche meiner Schritte, Bern 1982
- Mandelstam, Nadezhda: Hope against Hope, New York 1999
- Markisch, Schimon: Babel i drugie, Moskwa/Ierusalim 1997
- Menegaldo, Hélène: Les Russes à Paris 1919 – 1939, Paris 1998
- Michailow, A. D. (Hrsg.): M. Gorki i R. Rollan. Perepiska 1916 – 1936, Moskwa 1995
- Mierau, Fritz (Hrsg.): Die großen Brände, Berlin 1997
- Mit voller Kraft. Russische Avantgarde 1910 – 1934, Ausstellungskatalog, Museum für Kunst und Gewerbe, Hamburg 2001
- Morsbach, Petra: Isaak Babel auf der sowjetischen Bühne, München 1983
- Munblit, Georgi: Rasskasy o pisateljach, Moskwa 1976
- Neuberger, Joan: Hooliganism. Crime, Culture and Power. St. Petersburg 1900 – 1914, Berkeley 1993
- Nikolskaja, Tatjana: «Fantastitscheski gorod», Moskwa 2000
- Nobile, Umberto: My Five Years with Soviet Airships, Akron 1987
- Olescha, Juri: Kniga proschtschanija, Moskwa 1999
- Osokina, Jelena: Sa fasadom «stalinskogo isobilija», Moskwa 1998
- Osmotr Moskwy, Putewoditel, Moskwa 1940
- Panné, Jean-Louis, Boris Souvarine, Paris 1993
- Peneschko, N. (Hrsg.): Schechtel, Rjabuschinski, Gorki, Moskwa 2000
- Petrow, Nikita; Skorkin, Konstantin: Kto rukowodil NKWD 1934 – 1941, Moskwa 1999
- Pipes, Richard: The Russian Revolution, New York 1990
- Pipes, Richard (Hrsg.): The Unknown Lenin, Yale 1996

- Pirozhkova, Antonina: At his Side, South Royalton 1994
- Piroschkowa, Antonina: Sem let s Isaakom Babelem, New York 2001
- Pisma Asefa 1893–1917, Moskwa 1994
- Polonski, Wjatscheslaw: O sowremenoi literature, Moskwa/Leningrad 1929
- Popow, Wjatscheslaw; Fresinski, Boris: Ilja Erenburg w 1924–1931 gody, Sankt Peterburg 2000
- Powarzow, Sergei: Pritschina smerti: Rasstrel, Moskwa 1996
- Primotschina, Natalja: Pisatel i wlast, Moskwa 1998
- Putewoditel po Leningrada, Leningrad 1929
- Raupach, Hans: Wirtschaft und Gesellschaft Sowjetrußlands 1917–1977, Wiebaden 1979
- Reed, John: Zehn Tage, die die Welt erschütterten, Berlin 1983
- Roth, Joseph: Juden auf Wanderschaft, Köln 1985
- Roth, Joseph: Reise nach Rußland, Köln 1995
- Rougle, Charles (Hrsg.): Red Cavalry, Evanston 1996
- Rubin, Rachel: Jewish Gangsters of Modern Literature, Chicago 2000
- Rühle, Jürgen: Literatur und Revolution, Köln 1988
- Scheibert, Peter: Lenin an der Macht, Weinheim 1984
- Schentalinski, Witali: Poslednie dni Isaaka Babelja, unveröffentlichte Abschrift der KGB-Akte von Babel, Moskwa 1994
- Schentalinski, Witali: Raby swobody, Moskwa 1995
- Schischkin, W. A. (Hrsg.): Petrograd na perelome epoch, St. Peterburg 2000
- Schklovskij, Viktor: Sentimentale Reise, Frankfurt am Main 1974
- Schklowski, Wiktor: Schili-byli, Moskwa 1964
- Schklowski, Wiktor: Gamburgski stschjot, Sankt Peterburg 2000
- Schlögel, Karl: Jenseits des Großen Oktober, Berlin 1988
- Schumatsky, Boris: Silvester bei Stalin, Berlin 1999
- Shrayer, Maxim D.: Russian Poet, Soviet Jew, Lanham 2000
- Sicher, Efraim: Style and Structure in the Prose of Isaak Babel', Columbus 1985
- Sicher, Efraim: Jews in Russian Literature After the October Revolution, Cambridge 1995
- Sil, Andrei: Selo Welikaja Stariza, unveröffentlichtes Manuskript, Borispol 2000
- Sinagogi Ukraini, Lwiw 1998
- Sinkó, Ervin: Roman eines Romans, Berlin 1990
- Slonim, Marc: Soviet Russian Literature 1917–1967, New York 1967
- Solototrubow, Alexander: Budjonny, Moskwa 1983
- Sowjetskije chudoschestwennyje filmy, Band 1, Moskwa 1961

- Stern, Carola: Isadora Duncan, Sergej Jessenin, Reinbek 2002
- Stora-Sandor, Judith: Isaac Babel', Paris 1968
- Struve, Gleb: Russian Literature under Lenin und Stalin 1917–1953, London 1971
- Taylor, Richard; Christie, Ian (Hrsg.): Inside the Film Factory, London 1991
- Taylor, Richard (Hrsg.): Stalinism and Soviet Cinema, London und New York 1993
- Taylor, Richard (Hrsg.): The Film Factory, London und New York 1994
- Timoschina, Tatjana: Ekonomitscheskaja istorija Rossii, Moskwa 2001
- Todd, Olivier: André Malraux, une vie, Paris 2001
- Torke, Hans-Joachim (Hrsg.): Lexikon der Geschichte Rußlands, München 1985
- Torke, Hans-Joachim (Hrsg.): Historisches Lexikon der Sowjetunion 1917/22–1991, München 1993
- Utesow, Leonid: Spasibo, serdze, Moskwa 2000
- Vaksberg, Arkady: The Prosecutor and the Prey, London 1990
- Vaksberg, Arkady, Stalin against the Jews, New York 1994
- Waksberg, Arkadi: Gibel burewestnika, Moskwa 1999
- Volkov, Solomon: St. Petersburg, New York 1997
- Woronski, Alexander: Literaturnye portrety, 2 Bände, Moskwa 1928/1929
- Woronskaja, Galina Alexandrowna: Isaak Babel, unveröffentlichtes Manuskript, Magadan 1954
- Waksberg, Arkadi: Die Verfolgten Stalins, Reinbek 1993
- Weinberg, Robert: The Revolution of 1905 in Odessa, Bloomington 1993
- Wiesel, Elie: Chassidismus – ein Fest für das Leben, Freiburg 1988
- Wolkogonow, Dimitri: Stalin, Düsseldorf 1993
- Youngblood, Denise J.: Movies for the Masses, Cambridge 1992
- Zborowski, Mark; Herzog, Elisabeth: Das Schtetl, München 1992

3.3. Weiterführende Aufsätze

- Abragam, Karl: O gerojach «konarmii» I. Babelja. In: Raduga, Nummer 11, Moskwa 1991, S. 155–161
- Alexandrow, Rostislaw: Wariazii na temu Dalnizkom. In: Vsemirnye odesskija nowosti, Nummer 2, Odessa 1994, S. 4–5.
- Annenkow, Juri: Isaak Babel. In: Dnewnik moich wstretsch, New York 1966, S. 299–308
- Avins, Carol J.: Kinship and Concealment in Red Cavalry and Babel's 1920 Diary. In: Slavic Review, Nummer 3, 1994, S. 694–710

- Avins, Carol J.: Jewish Ritual and Soviet Context in Two Stories of Isaac Babel'. In: American Contribution to the 12th International Congress of Slavists, Cracow, August-September 1998, S. 11–20
- Benni, Ja.: I. Babel. In: Petschat i revoluzija, Nummer 3, Moskwa 1924, S. 135–139
- Berlin, Isaiah: A Note on Literature and the Arts in the Russian Soviet Federated Socialist Republic in the Closing Months of 1945. In: New York Review of Books, 19. October 2000 (S. 1–13 der von der Zeitung autorisierten Internetversion)
- Budjonny, Semjon: Babism Babelja is «Krasnoi nowi». In: Oktjabr, Nummer 3, Moskwa 1924, S. 196–197
- Canetti, Elias: Isaak Babel. In: Elias Canetti, Die Fackel im Ohr, Frankfurt am Main 1998, S. 268–275
- Dorn, Verena: In Erwartung eines literarischen Messias – der russisch-jüdische Schriftsteller Isaak Babel (1894–1940). In: Juden und Judentum in Literatur und Film des slavischen Sprachraums, hrsg. von Peter Kosta, Holt Meyer und Natascha Drubek-Meyer, Wiesbaden 1999, S. 173–192
- Fleischman, Lasar: Ob odnom neraskrytom «prestuplenii» Babelja. In: Poetika, istorija literatury, lingwistika, Moskwa 1999, S. 382–407
- Freidin, Gregory: Isaac Babel. In: European writers of the 20th Century, New York 1990, S. 1–49 (vom Verfasser autorisierte Internetversion)
- Freidin, Gregory: Between the Stalin Revolution and the West: Isaac Babel's Career in the Late 20's and Early 30's. In: Stanford Slavic Studies, 1991, S. 1–37 (vom Verfasser autorisierte Internetversion)
- Fresinski, Boris: Welikaja illjusija – Parisch 1935. In: Minuwscheje, Band 24, St. Peterburg 1996
- Furmanow, Dmitri: Babel. In: Dmitri Furmanow, Sobranije Sotschinenii, Band IV, Moskwa 1961, S. 340–343
- Gereben, Agnes: Isaac Babel's Diary and his «Red Cavalry». In: Hungaro-Slavica, Budapest 1983, S. 55–59
- Gereben, Agnes: «Konarmija» I. Babelja w literaturnoi kritike 20-ch godow. In: Slavica XX, Debrecen 1984, S. 119–127
- Gide, André: Zurück aus Sowjetrußland. In: André Gide, Gesammelte Werke, Band VI.2., Stuttgart 1996, S. 45–94
- Gorbatschow, Georgi: O twortschestwe Babelja i po powodu newo. In: Swesda, Nummer 4, Leningrad 1925, S. 270–286

- Gorbatschow, Georgi: Babel. In: Bolschaja Sowjetskaja Enziklopedija, 1. Auflage, Moskwa 1926, S. 256–258
- Gorbow, D.: Babel. In: Literaturnaja Enziklopedija, Moskwa 1929, S. 291–294
- Heil, Jerry: Isaak Babel and his Film-Work. In: Russian Literature, Band XXVII–III, Amsterdam, 1990, S. 289–416
- Ivanowa, Tamara: Sowjetskaja Schana Darka. In: Moskowski komsomolez, 3. September 1994
- Jens, Walter: Nachwort zu Babels Reiterarmee. In: Isaak Babel, Budjonnys Reiterarmee, Olten 1960, S. 297–312
- Kak isdawali, kak isdajut i kak nado isdowat I. Babelja. In: Woprosy literatury, Nummer 1, Moskwa 1995, S. 23–97
- Kalnizki, Michail: Student Bobel i pismenik Babel. In: Prapor kommunismy, Kiew, 24. Oktober 1989
- Kalnizki, Michail: Kak buduschtschi pisatel kiewljanotschky umyknul, Kiewskie Wedomosti, 12. Juli 1999
- Kennan, George: Memorandum for the Minister 19.8.1932 from Riga to Washington. In: New York Review of Books, 26. April 2001, S. 13
- Kleinmann, Yvonne: Aufgepasst, Ihr Talmudschüler, wenn Ihr bei den Wohltätern speist! In: Frankfurter Allgemeine Zeitung, 2. August 2001
- Konstantinow, Sergei: Malenki tschelowek? In: Nesawissimaja gaseta, Moskwa, 14. April 2000
- Koschmal, Walter: Kulturbeschreibung aus der Peripherie: Babel's Odessa-Poetik. In: Wiener Slawistischer Almanach, Sonderband 44, Wien 1997, S. 311–336
- Kruti, I.: Babel i jego kritiki. In: Schkwal, Nummer 9, Odessa 1925, S. 13
- Kuwanowa, L. K.: Furmanow i Babel. In: Literaturnoje nasledstwo, Band 74, Moskwa 1965, S. 500–512
- Larionowa, N. G.: M. Gorki i I. Babel. In: Iswestija Akademija Nauk, Nummer 4, Moskwa 1995, S. 46–51
- Leschnjew, I.: Nowaja pesa I. Babelja. In: Teatr i dramaturgija, Nummer 3, 1935, S. 46–57.
- Lifschiz, L.: K twortscheskoi biografii Isaaka Babelja. In: Woprosy literatury, Nummer 4, Moskwa 1964, S. 110–135
- Lvov, Arkady: Babel the Jew. In: Commentary, Nummer 3, 1983, S. 40–49
- Melnikowa-Papouschek, N.: Konarmija. In: Volja Rossii, Nummer 8/9, Prag 1926

- Merkin, G. S.: S Budjonny i I. Babel. In: Filologitscheskije nauki, Nummer 4, Moskwa 1990, S. 97–101
- Mierau, Fritz: Die fünf Minuten des Isaak Babel. In: Isaak Babel, Die Reiterarmee, Darmstadt 1980, S. 177–204
- Mierau, Fritz: Im Zeichen Babels. In: Fritz Mierau, Zwölf Arten die Welt zu beschreiben, Leipzig 1988, S. 80–87
- Nakhimovsky, Alice Stone: Isaac Babel. In: Alice Stone Nakhimovsky, Russian Jewish Literature and Identity, Baltimore 1992, S. 70–106
- Pane, Roberto: Babel a Capri. In: Il Mondo, Rom, 15. Januar 1957
- Poljak, L. M.: Babel-nowelist. In: Iswestija Akademija nauk SSSR, Nummer 4, Moskwa 1968, S. 313–328
- Pomjanowski, Jeschi: Istorija, spuschtschennaja s zepi. In: Russkaja Mysl, Nummer 4214–4218, Paris 1998
- Powarzow, Sergei: Isaak Babel. Portret na fone Lubjanki. In: Woprosy literatury, Nummer 3, Moskwa 1995, S. 21–71
- Publitschnaja biblioteka imeni M. E. Saltykowa-Schtschedrina: Isaak Emmanuilowitsch Babel. In: Russkie sowetskije pisateli, prosaiki, Band I, Leningrad 1959, S. 103–118
- Reich-Ranicki, Marcel: Babel ist wie Babel. In: Piper 70, München, S. 203–209
- Rosenboim, Alexander: Babel i jego «Korol». In: Westnik, Nummer 3, 4, 5, Baltimore 2002, S. 48–54, S. 51–56, S. 46–51
- Schentalinski, Witali: Jaschka Koscheljok i Wladimir Lenin. In: Nowy mir, Nummer 4, Moskwa 1996, S. 191–201
- Schlögel, Karl: Auf der Treppe von Odessa. In: Frankfurter Allgemeine Zeitung, 17. Februar 2001
- Schmid, Wolf: Das nicht erzählte Ereignis in Isaak Babel's «Übergang über den Zbruc». In: Wolf Schmid, Ornamentales Erzählen in der russischen Moderne, Frankfurt am Main 1992, S. 135–154
- Sewerow, Pjotr: Gody molodye. In: Donbas, Nummer 6, 1970, S. 77–104
- Slonim, Marc: Babel, Rasskazy. In: Volja Rossii, Band 12, Prag 1925
- Slonim, Marc: I. Babel. In: Volja Rossii, Nummer 1, Prag 1928
- Smirin, I. A.: Babel w rabote nad knigoi o kollektiwisazii. In: Filologitscheski sbornik, Nummer 6/7, Alma Ata 1967, S. 104–109
- Souvarine, Boris: Misere de la literature sovietique. In: Figaro, Paris, 1./2. Mai 1937
- Spektor, Uscher: K Woronskomu w Lipezk. In: Tambowskaja Prawda, 19. April 1969

- Spektor, Uscher: «Obras Gruzii schiwet w moei dusche». In: Literaturnaja Grusija, Nummer 3, Tbilisi 1979, S. 120–125
- Spektor, Uscher: Molodoi Babel. In: Woprosy literatury, Nummer 7, Moskwa 1982, S. 278–281
- Spektor, Uscher, Do rasstrela i posle. In: Sowjetisch geimland, Nummer 12, Moskwa 1990, S. 31–36
- Stach, Tatjana: Predrasswetnyje gosti. In: Raduga, Nummer 7, Moskwa 1995, S. 90–100
- Suvarin, Boris: Poslednije rasgowory s Babelem. In: Kontinent, Nummer 23, München 1980, S. 343–378
- Swjatopolk-Mirski, D.: Babel, Rasskasy. In: Sowremennyje Sapiski, Band 25, Paris 1925
- Trilling, Lionel: Einleitung zur ersten englischen Übersetzung von Babels Erzählungen. In: Isaac Babel, Collected Stories, London 1994, S. 339–364
- Tucholsky, Kurt: Budjonnys Reiterarmee. In: Kurt Tucholsky, Gesammelte Werke, Band 5, Reinbek 1985, S. 189–191
- Urban, Thomas: Es war doch kein Selbstmord. In: Süddeutsche Zeitung, 14./15. Oktober 2000
- Wedel, Erwin: «Odessisch» – Bemerkungen zum heutigen Russisch von Odessa. In: Festschrift N. Salnikow, Frankfurt am Main 1998, S. 247–259
- Weschnew, W.: Poesija banditisma. In: Molodaja gwardija, Nummer 7/8, Moskwa 1924, S. 274–280

Danksagungen

Kritiker haben die Erzählungen von Isaak Babel als «Kronjuwelen der nachrevolutionären russischen Literatur» bezeichnet und ihn als «einen der größten Prosa-Autoren des 20. Jahrhunderts» gerühmt. Seine Werke sind in viele Sprachen übersetzt worden. Marcel Reich-Ranicki vertritt die Meinung, Babel hätte 1933 den Nobelpreis für Literatur genauso verdient wie dessen Landsmann und Laureat Iwan Bunin.

Seine brillianten Geschichten, oftmals nicht länger als drei Seiten, spiegeln das Leben Babels wieder, eine Aneinanderreihung von Bruchstücken. Er konstantiert eine «ziemlich komplizierte Biographie» und seine Tochter Nathalie fragte mich bei unserem ersten Treffen, ob ich verrückt sei. Warum? Das Leben ihres Vaters sei nicht zu beschreiben.

Das mag so sein. Und nur mit der Hilfe der folgenden, in alphabetischer Ordnung aufgeführten Personen und Organisationen war es mir möglich, einen ersten Versuch zu wagen, die Wege des Isaak Babel zu beschreiben. Mein Dank geht an:

Wladimir Akimow, der mir half, Babels Spuren in Petrograd zu finden, Sergei Andrijenko, der mich mit stoischer Ruhe zu den abgelegensten Ortschaften um Moskau fuhr, Nathalie Babel, mit der ich häufig gesprochen habe und die mir Einblick in die etwa 900 Briefe ihres Vaters gewährte, auch die bisher unveröffentlichten, Iwan Baschinow, der in Kiew unermüdlich nach Material Ausschau hielt, Jürgen Bleibler, einem Spezialisten für Luftschiffe, Frank Choate, dessen Archiv und Bibliothek ich eine Woche lang großzügig benutzen durfte, den Deutschen Wetterdienst, dem ich einige Beschreibungen verdanke, Georgi Freidin, der mir unermüdlich seine Gedanken anvertraute, Michail Kalnizki, der mir Zugang zu den Archiven in Kiew verschaffte, Wladimir Koljasin, der mir bei der Archiv-Arbeit in Moskau half, Walter Koschmal, Ekkehard Völkl und Udo Wengst, die mir wissenschaftlichen Rat gaben, Hélène Menegaldo, die zum Verständnis der russischen Diaspora in Paris beitrug, Fritz Mierau, der mich mit guten Ratschlägen unterstützte, Jean-Louis Panné, der mir wertvolle Hinweise zu Babels Pariser Zeit gab, Antonina Piroschkowa, die stets bereit war, über ihre Zeit mit Babel zu berichten, Maura Reynolds, die mir Quartier und moralische Unterstützung in Moskau gab, Witali Schentalinski, der mich mehrfach in seine Wohnung einlud und auf meine Fragen geduldig antwortete, Nona Skagina, ohne deren Enthusiasmus und Kontakte dieses Buch nicht hätte geschrieben werden können, Erwin Wedel, der mir Odessa und seine Sprache erklärte, Georg Wyland-Herzfelde, der mir über seinen Vater und den Malik-Verlag Auskunft gab und Andrei Sil, der über das Dorf Welikaja Stariza Auskunft gab.

Mein ganz besonderer Dank gilt Gunnar Schmidt, dem Initiator dieses Buches, Bernd Klöckener, dem Lektor, ohne dessen Unterstützung und Kritik diese Babel-Biographie nicht hätte erscheinen können, Andrea Kock und vor allem meiner Tochter Helena, meinem Sohn Konstantin und Penelope, die mit fast übermenschlicher Geduld das Buchprojekt ertragen haben.

Kill Devil Hills, North Carolina, November 2004

Anmerkungen

1 Nach dem damals in Russland geltenden julianischen Kalender, der gegenüber dem sonst fast überall eingeführten gregorianischen Kalender im 19. Jahrhundert zwölf und im 20. Jahrhundert dreizehn Tage Rückstand aufwies.

2 Rostislaw Alexandrow, Wariazii na tema dalnizkoi, in: *Wsemirnyje Odesskija Nowosti*, Nummer 2, Odessa 1994, S. 4.

3 Staatliches Kiewer Stadtarchiv, Fond 153, op. 7, d. 239 und Zentrales historisches Staatsarchiv St. Petersburg, Fond 115, op. 2, d. 432.

4 Alexander de Ribas, Staraja Odessa, Odessa 1913, Neuauflage Moskwa 1995, S. 351.

5 Ein Werst entspricht 1,067 Kilometer.

6 Alexandrow, Wariazii, S. 4.

7 Nathalie Babel, Introduction, in: Isaac Babel, The Lonely Years, New York 1964, S. XIV.

8 Diese Erzählungen entsprechen, wie alles, was Babel über sich selbst geschrieben hat, nicht unbedingt der Wahrheit: «... natürlich ist vieles aufgebauscht und verändert», schreibt er am 14. Oktober 1931 an seine Mutter und seine Schwester in Brüssel. Und doch sind Babels autobiographische Erzählungen wertvolle Quellen für seine Kindheit.

9 Russisch: Istorija moei golubjatni.

10 Russisch: Perwaja ljubow.

11 Staatliches Kiewer Stadtarchiv, Fond 153, op. 7, d. 239. S. J. Vitte war unter dem Zaren bis 1903 Finanzminister.

12 Ebenda, S. 203.

13 Ebenda, S. 204.

14 «Im Keller» (russisch: W podwale), erstmals veröffentlicht in: *Nowy mir*, Nummer 10, Moskwa 1931.

15 Sie erschien zwei Jahre später in: Wladimir Lidin, Pisateli, Moskwa 1926.

16 Zentrales historisches Staatsarchiv St. Petersburg, Fond 115, op. 2, d. 432. – Auch seine Tochter Nathalie Babel nennt die Hausnummer 17 und nicht 19, wie in der Literatur bisweilen beschrieben.

17 Vgl. die Geschichte «Kindheit. Bei der Großmutter» (russisch: Detstwo. U babuschki).

18 Vgl. Alexander Rosenboim, Babel i jego «Korol», in: *Westnik*, Nummer 3, Baltimore 2002, S. 52.

19 Durch den Schriftsteller und Kinderbuchautor Kornei Tschukowski, in: Dnewnik, Moskwa 1991, S. 443.

20 Frederick W. Skinner, Odessa and the Problem of Urban Modernization, in: Michael F. Hamm, The City in Late Imperial Russia, Bloomington 1986, S. 209.

21 Patricia Herlihy, Odessa. A History 1794–1914, Cambridge, Massachusetts 1986, und Walter Koschmal (Hrsg.), Odessa. Kapitel aus der

Kulturgeschichte, Regensburg/Passau 1998.

22 Leonid Utjosow, Spasibo, serdze, Moskwa 2000, S. 30.

23 Alexander Puschkin, Fragmente aus Onegins Reise, in: Alexander Puschkin, Eugen Onegin, Stuttgart 1972, S. 212.

24 Lew Slawin, Ferment dolgowetschnosti, in: Wospominanija o Babele, S. 8.

25 «Kindheit. Bei der Großmutter», erstmals nach Babels Tod erschienen in: Literaturnoje nasledstwo, Band 74, Moskwa 1965.

26 Babel gab ihm in seiner autobiographischen Erzählung «Das Erwachen» (russisch: Probuschdenije) den Namen Sagurski.

27 Vgl. die Erzählung «Das Erwachen».

28 Juri Olescha, Kniga proschtschanija, Moskwa 1999, S. 27.

29 Shlomo Avineri, Profile des Zionismus, Gütersloh 1998, S. 189.

30 Orlando Figes, A People's Tragedy, New York 1998, S. 163.

31 Ebenda, S. 197; Robert Weinberg, The Revolution of 1905 in Odessa, Bloomington 1993, S. 164.

32 Erstmals veröffentlicht in: *Krasnaja gaseta*, Leningrad, 24. und 25. Mai 1925.

33 So seine Tochter Nathalie und seine zweite Frau, Antonina Piroschkowa.

34 Der Begriff «Zeit der Wirren» (russisch: smutnoje wremja) wird häufig dann verwendet, wenn die politische Lage in Russland unübersichtlich ist und gewalttätige Umstürze nicht ausgeschlossen sind. Er geht zurück auf die Periode 1598–1613, in der für kurze Zeit eine polnische Militärdiktatur in Moskau herrschte.

35 Arno Lustiger, Rotbuch. Stalin und die Juden, Berlin 1998, S. 24.

36 Weinberg, The Revolution of 1905, S. 17.

37 Die ungerechtfertigte Anklage gegen den jüdischen Offizier im Dezember 1894 trug maßgeblich dazu bei, dass sich die zionistische Bewegung formierte.

38 Vgl. den zweiten Teil (Marxismus auf dem Weg zum Kommunismus – Zionismus auf dem Weg zum Judenstaat) der Studie von Shlomo Na'aman, Marxismus und Zionismus, Gerlingen 1997.

39 Erstmals veröffentlicht in: *Schurnal schurnalow*, Nummer 51, Petrograd 1916. – Vgl. Efraim Sicher, Jews in Russian Literature After the October Revolution, Cambridge 1995, S. 77.

40 Staatliches Kiewer Stadtarchiv, Fond 153, op. 7, d. 293.

41 Uscher Spektor, Molodoi Babel, in: *Woprosy literatury*, Nummer 7, Moskwa 1982, S. 279.

42 Staatliches Kiewer Stadtarchiv, Fond 153, op. 7, d. 239.

43 Ebenda.

44 Michael F. Hamm, Kiev. A Portrait, 1800–1917, Princeton 1993, S. 128.

45 Nathalie Babel, Introduction, S. XVII.

[46] Berkow, My byli snakomy s detstwa, S. 206f.

[47] Staatliches Kiewer Stadtarchiv, Fond 153, op. 8, d. 513.

[48] Ebenda.

[49] Wie wichtig das Jahr war, dokumentiert Felix Philipp Ingold, in: Der große Bruch. Russland im Epochenjahr 1913, München 2000.

[50] Russisch: Stary Schloime.

[51] Berkow, My byli snakomy s detstwa, S. 205f.

[52] Figes, A People's Tragedy, S. 243f.

[53] Staatliches Kiewer Stadtarchiv, Fond 153, op. 7, d. 239.

[54] Ebenda.

[55] Staatliches Kiewer Stadtarchiv, Fond 153, op. 9, d. 81.

[56] Staatliches Kiewer Stadtarchiv, Fond 153, op. 7, d. 239.

[57] *Saratowski listok* vom 4. Oktober 1915.

[58] Im August 1916 kehrte das Institut nach Kiew zurück. *Saratowski listok* meldete am 17. August, dass 35 Bahnwaggons für den Umzug bereitgestellt worden waren.

[59] Staatliches Kiewer Stadtarchiv, Fond 153, op. 7, d. 239.

[60] Leningrad. Putewoditel, Moskwa/Leningrad 1931, S. 87 und 306f.

[61] Zentrales historisches Staatsarchiv St. Petersburg, Fond 115, op. 2, d. 432.

[62] Ebenda.

[63] Ebenda.

[64] Joan Neuberger, Hooliganism. Crime, Culture, and Power in St. Petersburg, 1900 – 1914, Berkeley 1993, S. 216.

[65] Figes, A People's Tragedy, S. 298.

[66] Zentrales historisches Staatsarchiv St. Petersburg, Fond 115, op. 2, d. 432.

[67] Sein Freund Semjon Gecht gibt irrtümlich als Adresse Sabalkanski Prospekt an. Dieser aber lag nicht auf der Petrograd-Seite, wo Babel seinem Schriftwechsel mit dem Psychoneurologischen Institut zufolge gemeldet war. Semjon Gecht, U steny strastnogo monastyrja w letni den 1924 goda, in: Wospominanija o Babele, S. 60.

[68] Russische Abkürzung, die «Selbstverlag» bedeutet. Sie stand zur Zeit der Sowjetunion für die private Verbreitung von kritischen Texten, die wegen der Zensur nicht publiziert werden konnten.

[69] Einführung von Stefan Zweig im Jahr 1931, in: Maxim Gorki, Der Landstreicher, Frankfurt am Main 1984, S. 15.

[70] Vgl. «Der Anfang» (russisch: Natschalo), erstmals veröffentlicht in: *Literaturnaja gaseta*, 18. Juni 1937. Hintergrund für die Entstehung dieser Erzählung war ein Interview mit Babel, das am 27. Juli 1936 in der *Komsomolskaja Prawda* gedruckt wurde.

[71] An dieses erste Treffen erinnerte sich Sophie Erlich, eine Mitarbeiterin von *Letopis*, in einem Brief an Antonina Piroschkowa vom 28. Januar 1970.

[72] Im Original lautet das Wort «pistolet».

73 Wiktor Schklowski, Schili-byli, Moskwa 1964, S. 390.

74 So schreibt Babel in seiner «Autobiographie» und in der Erzählung «Der Anfang».

75 Vgl. «Der Anfang».

76 «Die öffentliche Bibliothek» (russisch: Publitschnaja biblioteka), «Neun» (russisch: Dewjat).

77 Neben den drei erwähnten Erzählungen sind das «Inspiration» (russisch: Wdochnowenije) und «Das Fensterchen» (russisch: Wschtschelotschku). Die Erzählung «Doudou» erschien am 13. März 1917, ebenfalls unter der Rubrik «Meine Zettel», in *Swobodnye mysli*, dem Nachfolgejournal von *Schurnal schurnalow*. Eine weitere Erzählung, die in der dritten Nummer 1917 im Inhaltsverzeichnis ohne Titel aufgeführt war, blieb aus unbekannten Gründen ungedruckt. Vielleicht war sie der Zensur zum Opfer gefallen.

78 Vgl. dazu ausführlich Verena Dohrn, In Erwartung eines literarischen Messias – der russisch-jüdische Schriftsteller Isaak Babel (1894–1940), in: Peter Kosta / Holt Meyer / Natascha Drubek-Meyer (Hrsg.): Juden und Judentum in Literatur und Film des slavischen Sprachraums, Wiesbaden 1999, S. 185f.

79 Zentrales historisches Staatsarchiv St. Petersburg, Fond 115, op. 2, d. 432

80 Brief Babels vom 7. Dezember 1913, in: Isaak Babel, Sotschinenija, Band I, Moskwa 1991, S. 236.

81 Russisch: Iwan-da-Marja. Erstmals veröffentlicht in *30 dnei*, Nummer 4, Moskwa 1932.

82 Russisch: Doroga. Erstmals veröffentlicht in: *30 dnei*, Nummer 5, Moskwa, 1932.

83 Nach der Revolution und der Umstellung vom Julianischen auf den Gregorianischen Kalender feierte man den Frauentag auch in Russland, wie in anderen Ländern, am 8. März.

84 Zentrales historisches Staatsarchiv St. Petersburg, Fond 115, op. 2, d. 432.

85 Das belegen Dokumente des MI 5, die 2001 veröffentlicht wurden. Vgl. *The Guardian*, 5. Juli 2001.

86 John Reed, Zehn Tage, die die Welt erschütterten, Berlin 1983, S. 129.

87 Solomon Volkov, St. Petersburg, New York 1997, S. 204.

88 Figes, A People's Tragedy, S. 494ff.

89 Maxim Gorki, Unzeitgemäße Gedanken über Kultur und Revolution, Frankfurt am Main 1974, S. 88. (Der Artikel erschien in der *Nowaja schisn* vom 7. [20.] November 1917.)

90 Gorki, Unzeitgemäße Gedanken, S. 98. (Der Artikel erschien in der *Nowaja schisn* vom 10. [23.] November 1917.)

91 Arkadi Waksberg, Gibel burewestnika, Moskwa 1999, S. 10.

92 Allrussische Außerordentliche Kommission (Wserossiskaja Tschreswytschainaja komissija), gegründet am 7. (20.) Dezember 1917.

93 Offiziell habe Babel, so erklärten mir im September 2001 Beamte des russischen Inlandsgeheimdienstes FSB, der Nachfolgeorganisation des KGB, nicht für die Tscheka gearbeitet, denn es gebe keinen schriftlichen Nachweis.

94 Gespräch mit Antonina Piroschkowa in Silver Springs, Maryland, am 28. November 2000.

95 Freie Mitarbeit für die Tscheka, so die FSB-Beamten, sei 1917 und 1918 üblich gewesen. Der französische Historiker russischer Abstammung Boris Souvarine (Suwarin) hält es zudem kaum für möglich, dass sowjetische Behörden Babels schriftliche Behauptung, für die Tscheka gearbeitet zu haben, hätten durchgehen lassen, falls sie nicht wahr gewesen wäre. Vgl. Boris Suwarin: Poslednije rasgowory s Babelem, in: Kontinent, Nummer 23, München 1980, S. 370f.

96 Viktor Schklowski, Sentimentale Reise, Frankfurt am Main 1974, S. 235.

97 Peter Scheibert, Lenin an der Macht, Weinheim 1984, S. 79ff.

98 Gorki, Unzeitgemäße Gedanken, S. 149. (Der Artikel erschien in der *Nowaja schisn* vom 16. März 1918)

99 Russisch: O loschadjach.

100 «Der Abend» (russisch: Wetscher).

101 «Mosaik».

102 «Die Gemetzelten» (russisch: Bitye).

103 Wiktor Schklowski, Gamburgski stschot, St. Peterburg 2000, S. 199.

104 *Literaturnaja gaseta*, Moskwa, 5. September 1932.

105 «Eine tolle Einrichtung» (russisch: Sawedenie).

106 Zur nachrevolutionären Lage in Petrograd vgl. W. A. Schischkin, Petrograd na perelome epoch, St. Peterburg 2000, S. 61–132.

107 Karl Schlögel, Jenseits des Großen Oktober, Berlin 1988, S. 177.

108 Schklowski, Gamburgskij stschot, S. 199f.

109 Hauptbuch der Zeitung *Nowaja schisn*, Petrograd 1918, S. 196.

110 Gorki, Unzeitgemäße Gedanken, S. 252f. (Der Artikel erschien in der *Nowaja schisn* vom 2. Juli 1918)

111 Gorki meinte Sawwa Morosow, der durch seine Sammlung impressionistischer Gemälde berühmt wurde.

112 Waksberg, Gibel burewestnika, S. 68. Von «totaler Überwachung» spricht der Historiker Witali Schentalinski, Raby swobody, Moskwa 1995, S. 320.

113 Russisch: Na stanzii. Erstmals veröffentlicht in der Pariser Zeitung *Russkaja Mysl*, Nummer 4113, S. 15–21. Februar 1996.

114 Russisch: Konzert w Katarinenschtadte. Zwei Tage zuvor war die Erzählung «Auf dem Schloßplatz» (russisch: Na dworzowoi ploschtschadi) in der selben Zeitschrift erschienen.

115 Witali Schentalinski, Jaschka Kischeljok i Wladimir Lenin, in: *Nowy mir*, Nummer 4, Moskwa, 1996.

116 Weder das von Bulgakow überarbeitete Manuskript noch Babels Variante, «Bandity», wurden je gedruckt. So blieb diese Episode aus Lenins Leben bis heute weitgehend unbekannt. Dabei liegen Akte und Manuskripte im Archiv des russischen Geheimdienstes und sind unter der Nummer N-215 einzusehen.

117 Nathalie Babel, Introduction, S. XV.

118 Ebenda, S. 87ff.

119 Rosta (russisch: Rossiskoje telegrafnoje agenstwo) und Tass (russisch: Telegrafnoje agenstwo Sowjetskogo Sojusa).

120 Den gemeinsamen jüdischen Familiennamen Fridman hatten beide aufgegeben, weil sie Benachteiligungen fürchteten.

121 Vgl. Erwin Wedel, Odessa als Wiege und Schauplatz der südrussischen Literatur im ersten Drittel des 20. Jahrhunderts, in: Koschmal (Hrsg.), Odessa, S. 96–131.

122 Walentin Katajew, Prawa sabwenja, Moskwa 1999, S. 207.

123 Boris Jefimow, Desjat desjatileti, Moskwa 2000, S. 65.

124 *Literaturnaja gaseta*, Moskwa, 5. Januar 1933. – Der Begriff «südwestlich» ging zurück auf den Gedichtband «Jugo-Sapad» von Bagrizki.

125 Utjosow, Spasibo, S. 11.

126 Ilja Ehrenburg, Menschen, Jahre, Leben, Berlin 1982, Band 1, S. 297.

127 «Von der Arbeit des Schriftstellers» (russisch: O twortscheskom puti pisatelja), in: Babel, Sotschinenija, Band II, S. 403.

128 Russisch: Na pole tschesti. So heißt auch die erste Erzählung. Die Namen der anderen Erzählungen: «Der Deserteur» (russisch: Desertir), «Vater Marescots Familie» (Semeistwo papaschi Maresko) und «Der Quäker» (Kwaker).

129 «Der Deserteur».

130 «Der Quäker»

131 Jeschi Pomjanowski, Istorija, spuschtschennaja s zepi, in: *Russkaja Mysl*, Nummer 4215, Paris 1998.

132 Allgemein bekannt als Budjonny-Mütze.

133 Vgl. das Nachwort von Peter Urban, in: Isaak Babel, Die Reiterarmee, Berlin 1994, S. 289ff. – Urban bezieht sich auf Dokumentationsmaterial, das in der Moskauer Tageszeitung *Nesawissimaja gaseta* 1993 erschienen war.

134 Rapport des Kommandeurs der sechsten Kavalleriedivision der ersten Reiterarmee vom 5. Oktober 1920, in: Staatliches Militärarchiv der Russischen Armee, Fond 245, op. 3–303.

135 Bericht von Kliment Woroschilow über den Zustand der 1. Reiterarmee Ende März 1920, datiert 17. Oktober 1938, in: RGASPI, Fond 74, op. 2, d. 73.

136 Norman Davies, White Eagle, Red Star. The Polish-Soviet War 1919–1920, London 1972, S. 145.

137 Dass Babel im April zur Reiterarmee gestoßen ist, vermutet Uscher Spektor,

I. E. Babel – Publizist, Prosaik, Dramaturg, in: Isaak Babel, Probuschdenije, Tbilisi 1989, S. 9. Agnes Gereben, Isaac Babel's Diary and his «Red Cavalry», in: Hungaro Slavica, Budapest 1983, S. 55, dagegen gibt den Monat Mai an.

138 Davies, White Eagle, Red Star, S. 124.

139 In der Erzählung «Der Abend», russisch Wetscher, in: Babel, Sotschinenija, Band II, S. 77. – Diese Erzählung ist nicht mit der gleichnamigen Reportage aus Petrograd zu verwechseln.

140 Tagebucheintrag vom 24. Juli 1920, in: Babel, Tagebuch 1920, hrsg. von Peter Urban, Berlin 1990, S. 65.

141 So auch der schlichte Titel im Russischen: «Konarmija».

142 Tagebucheintrag vom 13. Juli 1920, in: Babel, Tagebuch, S. 36. – Die erwähnten Manuskripte könnten sich auf die «Geschichten aus Odessa» bezogen haben.

143 Isaak Babel, Sotschinenija, Band I, S. 464f.

144 Antonina Piroschkowa vermutet das Jahr 1927, als Babel nach dem Tod seines Schwiegervaters den Hausstand in Kiew auflöst.

145 Vollständig wurde das Tagebuch in Russland erst 1990 veröffentlicht.

146 Tagebucheintrag vom 3. Juni 1920, in: Isaak Babel, Tagebuch, S. 17. – Der Eintrag ist auf den 3. Juni datiert, doch die Stadt Schitomir wurde erst fünf Tage später eingenommen. Deshalb vermuten einige Literaturkritiker einen Schreibfehler Babels, der die Monatszahlen in römischen Zahlen angab. Vgl. Charles Rougle (Hrsg.), Red Cavalry, Evanston 1996, S. 8f., Anmerkung 13. Zudem war nicht der 3. Juni 1920 ein Samstag, wie im Tagebucheintrag erwähnt, sondern der 3. Juli.

147 «Die Überschreitung des Sbrutsch» (russisch: Perechod tscheres Sbrutsch).

148 Davies, White Eagle, Red Star, S. 274.

149 Lew Trotzki, Sowjetrussland und das bürgerliche Polen, Berlin 1920, S. 15.

150 Tagebucheintrag vom 30. Juli 1920, in: Babel, Tagebuch, S. 77.

151 Ebenda.

152 Auch ein geplantes Treffen im Herbst 1926 fand nicht statt. In einem Brief an den «Genossen» Roth vom 25. Oktober bedauerte Babel das und lobte gleichzeitig dessen Artikel: «In ihnen gibt es viel Kluges und Feinfühliges, geschrieben sind sie mit glänzend präzisem Stil». Joseph Roth, Reise nach Russland, Köln 1995, S. 286.

153 Joseph Roth, Berliner Saisonbericht, Köln 1984, S. 40ff. (Der Artikel erschien in der *Neuen Berliner Zeitung* vom 5. August 1920.) Nagaika ist eine Riemenpeitsche. Die Übersetzung der russischen Worte des Kosaken lautet: «Nein, Väterchen, nein.»

154 Tagebucheintrag vom 6. August 1920, in: Babel, Tagebuch, S. 95.

155 Tagebucheintragung vom 18. August 1920, in: Babel, Tagebuch, S. 122.

156 Konstantin Paustowski, Wremja bolschich oschidanii, Moskwa 1960, S. 151f. – «Schid» ist im Russischen die abwertende Bezeichnung für einen Juden.

157 Tagebucheintrag vom 24. Juli 1920, in: Babel, Tagebuch, S. 64.

158 Lustiger, Rotbuch, S. 58.

159 Tagebucheintrag vom 23. Juli 1920, in: Babel, Tagebuch, S. 59.

160 Der 1914 in Wien und Leipzig herausgegebene Reiseführer wurde 1989 vom Helmut Scherer Verlag in Berlin wieder aufgelegt. Dort S. 46 unter «Praktische Bemerkungen».

161 «Die Lehre vom MG-Wagen» (russisch: Utschenije o tatschanke).

162 Elie Wiesel, Chassidismus – ein Fest für das Leben, Freiburg 1988. – Das Leben im Schtetl wird noch immer erstaunlich romantisiert. Vgl. Yvonne Kleinmann, Aufgepasst, Ihr Talmudschüler, wenn Ihr bei den Wohltätern speist!, in: *Frankfurter Allgemeine Zeitung*, 2. August 2001.

163 Tagebucheintrag vom 21. Juli 1920, in: Babel, Tagebuch, S. 55.

164 Ebenda.

165 Sinagogi Ukraini, Lwiw 1998.

166 Tagebucheintrag vom 23. Juli 1920, in: Babel, Tagebuch, S. 62.

167 Tagebucheintrag vom 3. August 1920, in: Babel, Tagebuch, S. 88.

168 Tagebucheintrag vom 18. Juli 1920, in: Babel, Tagebuch, S. 47.

169 Tagebucheintrag vom 21. August 1920, in: Babel, Tagebuch, S. 127.

170 Tagebucheintrag vom 3. August 1920, in: Babel, Tagebuch, S. 87.

171 Tagebucheintrag vom 29. Juli 1920, in: Babel, Tagebuch, S. 76.

172 «Meine erste Gans» (russisch: Moi perwy gus).

173 Alice Stone Nakhimovsky, Isaac Babel, in: dieselbe, Russian-Jewish Literature and Identity, Baltimore 1992, S. 78ff.

174 Schimon Markisch, Babel i drugije, Moskwa, Ierusalim 1997, S. 6–28.

175 Aus der Geschichte «Prischtschepa».

176 Russisch: Syn rabbi.

177 Russisch: Ich bylo dewjat. – Die Erzählung gehört nicht zum Zyklus der «Reiterarmee», wird ihm aber zugerechnet.

178 Wolf Schmid, Das nicht erzählte Ereignis in Isaak Babel's «Übergang über den Zbruč», in: derselbe, Ornamentales Erzählen in der russischen Moderne, Frankfurt am Main 1992, S. 142, Anmerkung 17.

179 Brief Gorkis an Konstantin Fedin, 12. Dezember 1924, in: Literaturnoje nasledstwo, Band 70 (Gorki i sowjetskije pisateli), Moskwa 1953, S. 483.

180 In der Erzählung «Chef der Kavalleriereserve» (russisch: Natschalnik konsapassa). Vgl. dazu den Tagebucheintrag vom 13. Juli 1920, in: Babel, Tagebuch, S. 37.

181 In der Erzählung «Die Lehre vom MG-Wagen». Vgl. dazu den Tagebucheintrag vom 14. und 19. Juli 1920, in Babel: Tagebuch, S. 40 und S. 50.

[182] Russisch: Ryzari zivilisazii, in: *Krasny kawalerist*, 14. August 1920.

[183] Russisch: Nedobityje ubizy, in: *Krasny kawalerist*, 17. August 1920.

[184] Brief von Ljutow an die Zeitung *Krasny Kawalerist* vom 11. September 1920, in: Babel, Die Reiterarmee, Berlin 1994, S. 223.

[185] Davies, White Eagle, Red Star, S. 264f.

[186] Robert Conquest, The Great Terror, New York 1990, S. 184 und Davies, White Eagle, Red Star, S. 210f.

[187] Richard Pipes (Hrsg.), The Unknown Lenin, Yale 1996, S. 90.

[188] Tagebucheintrag vom 8. August 1920, in: Babel, Tagebuch, S. 102.

[189] Dimitri Wolkogonow, Stalin, Düsseldorf 1993, S. 483f.

[190] Tagebucheintrag vom 18. Juli 1920, in Babel, Tagebuch, S. 48.

[191] Erinnerung seiner Schwester Meri. Vgl. Uscher Spektor, «Obras Grusii schiwjot w moei dusche», in: *Literaturnaja Grusija*, Nummer 3, Tbilisi 1979.

[192] So Nathalie Babel, Introduction, S. XV, nach den Erinnerungen ihrer Mutter.

[193] Russisch: Korol. Erstmals veröffentlicht in: *Morjak*, Odessa, 23. Juni 1921. – Zu Einzelheiten zu den verschiedenen Fassungen der Erzählung vgl. Rosenboim, Babel i jego «Korol».

[194] Rachel Rubin, Jewish Gangsters of Modern Literature, Chicago 2000.

[195] Nach anderen Quellen hieß er Kolka Japonez, was einfach «der Japaner» bedeutet. Vgl. Wedel, Odessa, S. 103, Anmerkung 23 und S. 122, Anmerkung 84.

[196] Komandir Jakir, Moskwa 1963. Ähnlich schreibt Arkadi Lwow, Babel the Jew, in: Commentary, Nummer 3, 1983, S. 48f., ohne seine Quellen zu nennen.

[197] Konstantin Paustowski, Rasskasy o Babele, in: Wospominanija o Babele, S. 15–19.

[198] Russisch: Kak eto delalos w Odesse, erstmals veröffentlicht in: *Iswestija* in Odessa, 5. Mai 1923.

[199] Russisch: Otez, erstmals veröffentlicht in: *Krasnaja now*, Nummer 5, Moskwa 1925.

[200] Russisch: Ljubka Kosak, erstmals veröffentlicht in: *Krasnaja now*, Nummer 5, Moskwa 1925.

[201] «Sonnenuntergang» (russisch: Sakat), «Das Ende des Armenhauses» (russisch: Konez bogadelni), «Karl-Jankel» (russisch: Karl-Jankel), «Froim Gratsch» (russisch: Froim Gratsch) und «Gerechtigkeit in Klammern» (russisch: Sprawedliwost w skobkach).

[202] Interview mit Lipkin am 19. Mai 2000 in Peredelkino. Zur Sprache Odessas: Erwin Wedel, «Odessisch» – Bemerkungen zum heutigen Russisch von Odessa, in: Festschrift für N. Salnikov, Frankfurt am Main 1998.

[203] Joseph Roth, Juden auf Wanderschaft, Köln 1985, S. 70.

[204] Erstmals veröffentlicht in: *Swesda*, Nummer 7, Leningrad 1931.

205 Vgl. die ausführliche Analyse von Carol J. Avins, Jewish Ritual and Soviet Context in Two Stories of Isaac Babel, in: American Contributions to the 12th International Congress of Slavists, Cracow, August-September 1998.

206 Vgl. Galina Belaja / Jewgeni Dobrenko / Iwan Jesaulow, «Konarmija» Isaaka Babelja, Moskwa 1993, S. 20.

207 Zu Georgien und russischen Autoren vgl.: Tatjana Nikolskaja, «Fantastitscheski gorod», Moskwa 2000, und Luigi Magarotto u. a. (Hrsg.): L'avanguardia a Tiflis, Venezia 1982.

208 Spektor, «Obras Grusii schivet w moei dusche», S. 123. Die erste Reportage «Im Erholungsheim (russisch: W dome otdycha) erschien am 24. Juni, die letzte, «Reparatur und Säuberung» (russisch: Remont i tschistka) am 14. Dezember 1922.

209 «‹Kamo› und ‹Schaumjan›» (russisch: «Kamo» i «Schaumjan»), in: *Sarja wostoka*, 31. August 1922.

210 «Tabak», in: *Sarja wostoka*, 29. Oktober 1922.

211 NEP ist die Abkürzung für die russische Bezeichnung Nowaja Ekonomitscheskaja Politika.

212 «Reparatur und Säuberung».

213 Spektor, «Obras Grusii schiwet w moei dusche», S. 122.

214 Brief vom 16. Juni 1937, in: Babel, Sotschinenija, Band I, S. 355.

215 Nathalie Babel, Introduction, S. XVf.

216 Geplant waren einmal fünfzig Kapitel. Zehn von ihnen, so Babel an Furmanow, sollten «große, seriöse» sein und «positiv über die Reiterarmee» berichten. Dmitri Furmanow, Sobranije sotschinenii, Band IV, Moskwa 1961, S. 340.

217 Den Anfang machte «Pan Apolek» («Pan Apolek»; Januar), es folgten «Ein Brief» («Pismo»; 11. Februar), «Kirche in Nowgorod» (Kostel w Nowgorade; 18. Februar), «Friedhof in Kosin» («Kladbischtsche w Kosine»; 23. Februar), «Die Lehre vom MG-Wagen» («Utschenije o tatschanke; 23. Februar), «Verrat» (Ismena; 20. März), «Timoschenko und Melnikow» («Timoschenko i Melnikow»; 13. April), «Dolguschows Tod» («Smert Dolguschewa»; 1. Mai), «Weg nach Brody» («Put w Brody; 17. Juni), «Prischtschepa» («Prischtschepa»; 17. Juni), «Die Witwe» («Wdowa»; 15. Juli), «Salz» («Sol»; 25. November) und «Afonka Bida» («Afonka Bida»; Ende 1923). – und «Fortsetzung der Geschichte eines Pferdes» («Prodolschenie istorii odnoi loschadi»).

218 Brief vom 17. April 1923, in: Babel, Werke, Band 2, S. 430.

219 «Mein erstes Honorar» (russisch: Moi perwy gonorar).

220 Babel auf einem Treffen der Union der Schriftsteller am 28. September 1937, in: ZGALI, Fond 631 (Union der Schriftsteller in der Sowjetunion), op. 17, d. 57.

221 Vgl. den noch immer aufschlussreichen Aufsatz von Fritz Mierau, Die fünf Minuten des Isaak Babel, in: Isaak Babel, Die Reiterarmee, Darmstadt 1980, S. 151ff.

222 Paustowski, Rasskasy o Babele, S. 27–31.

223 Rosenboim, Babel i ego «Korol», in: Westnik, Baltimore 2002, Nr. 5, S. 48.

224 Sie entstand zu Beginn der zwanziger Jahre, wurde jedoch erst 1932 veröffentlicht, und zwar in *30 dnei*, Nummer 6.

225 Babel, Sotschinenija, Band II, S. 219.

226 Vgl. Gregory Freidin, Isaac Babel, in: European Writer of the 20th Century, New York 1990.

227 Im Russischen ist die Redewendung «ich habe» ungewöhnlich und wird mit «bei mir ist» (u menja jest) umschrieben.

228 Ausführlich: Efraim Sicher, Style and Structure in the Prose of Isaak Babel, Columbus 1985.

229 Schmid, Das nicht erzählte Ereignis, S. 146f.

230 Zitiert in: Hugo Huppert, «All das will überlegt sein ...», in: Isaak Babel, Die Reiterarmee, Leipzig 1968, S. 279.

231 Korrespondenz zwischen Uscher Spektor und Tatjana Stach, in: Spektor-Archiv.

232 «Jeder Jüngling in Odessa ...» (russisch: W Odesse kaschdy junoscha ...). 1923 für ein Vorwort zu einem Buch junger Schriftsteller aus Odessa entstanden, erstmals veröffentlicht in: *Literaturnaja gaseta* am 1. Januar 1962.

233 Zu Bagrizki vgl. die Biographie von Maxim D. Shrayer, Russian Poet, Soviet Jew, Lanham 2000.

234 Rede Babels in Moskau auf einer Gedenkveranstaltung für Bagrizki im März 1934, in: Babel, Werke, Band 2, S. 403.

235 Belaja / Dobrenko / Jesaulow, «Konarmija» Isaaka Babelja, S. 5.

236 Brief an Liwschiz vom 17. April 1923, in: Babel, Werke, Band 2, S. 430.

237 Brief an Liwschiz vom 24. September 1923, in: Babel, Sotschinenija, Band I, S. 239.

238 Furmanow, Sobranije sotschinenii, Band IV, S. 340.

239 Jeffrey Brooks, Thank you, Comrade Stalin. Soviet Public Culture from Revolution to Cold War, Princeton 2000, S. 37.

240 Tatjana Timoschina, Ekonomitscheskaja istorija Rossii, Moskwa 2001, S. 213.

241 Russisch: Rabotschi fakultet.

242 Vgl. die Reportage des damaligen, inzwischen wegen mangelnder Kritik an der Kollektivierung umstrittenen Russland-Korrespondenten der *New York Times* Walter Duranty, in: I write as I please, New York 1935, S. 217.

243 «Salz», «Prischtschepa», «Dolguschows Tod», «Ein Brief» sowie «Der Chef der Kavalleriereserve» und «Kolesnikow», später «Kombrig 2».

244 Huppert, «All das will überlegt sein ...», S. 279.

245 Robert A. Maguire, Red Virgin Soil, Princeton 1968, S. 15f.

246 Karl Eimermacher, Die sowjetische Literaturpolitik 1917–1932, Bochum 1994, S. 51.

247 Marc Slonim, Soviet Russian Literature 1917–1967, New York 1967, S. 48f.

248 Pismo gruppy pisatelei, oglaschonnoe na literaturnom soweschtschanii pri otdele petschati ZK RKP vom 9./10. Mai 1924, zitiert in: Eimermacher, Die sowjetische Kulturpolitik, S. 408f.

249 Schentalinski, Raby swobody, S. 302ff.

250 Waksberg, Gibel burewestnika, S. 176.

251 Am 3. August 1924: «Übergang über den Sbrutsch» als Erstveröffentlichung und «Das Ende des heiligen Hypatius» zum dritten Mal.

252 Brief vom Oktober 1924, in: RGASPI, Fond 74, op. 2, d. 75.

253 Brief in der vierten Nummer 1924 im Journal *Oktjabr* und am 21. November desselben Jahres in *Krasnaja swesda*, wieder abgedruckt in: Babel, Sotschinenija, Band I, S. 239f.

254 In der Buchfassung der «Reiterarmee» wurden aus «Timoschenko und Melnikow» die beiden Erzählungen «Geschichte eines Pferdes» und «Fortsetzung der Geschichte eines Pferdes». Timoschenko erhielt den Namen Sawidski, Melnikow den Namen Chlebnikow.

255 Timoschenko, ein Jahr jünger als Babel, stieg für kurze Zeit zum Verteidigungsminister auf.

256 Semjon Budjonny, Babism Babelja is «Krasnoi now». *Oktjabr* Nummer 3, 1924, S. 197ff.

257 Vgl. G. S. Merkin, S. Budjonny i I. Babel, in: Filologitscheskie nauki, Nummer 4, Moskwa 1990, S. 97ff.

258 Gespräch mit der Tochter Nina Budjonnova am 17. Oktober 2001.

259 L. K. Kuwanowa, Furmanow i Babel, in: Literaturnoje nasledstwo, Band 74, Moskwa 1965, S. 500ff.

260 Galina Woronskaja, Isaak Babel, unveröffentlichtes Manuskript, Magadan 1954

261 Ebenda.

262 RGASPI, Fond 74, op. 2, d. 75.

263 Wjatscheslaw Polonski, O sowremennoi literature, Moskwa 1929, S. 47.

264 Brief von Fedin an Gorki, 16. Juli 1924, in: Literaturnoje nasledstwo, Band 70, S. 475.

265 Sergei Powarzow, Mir, widimy tscheres tscheloweka, in: Wospominanija o Babele, S. 320.

266 Ja. Benni, Babel, in: *Petschat i rewoluzija*, Nummer 3, 1924.

267 *Krasnaja now*, Nummer 5, 1924 und in Alexander Woronski, Literaturnyje portrety, Band I, Moskwa 1928, S. 187.

268 Die wichtigsten Rezensionen jener Zeit in den sowjetischen Journalen: Woronski, *Krasnaja now*, Nummer 5, 1924; Polonski, *Novy mir*, Nummer 1, 1927; Lelewitsch, *Na postu*, Nummer 5 1924; Leschnew, *Petschat i rewoluzija*,

Nummer 6, 1926; Gorbatschow, *Swesda*, Nummer 4, 1925; Weschnjew, *Molodaja gwardija*, Nummer 7/8, 1924.

269 Band 25, Paris 1925.

270 Bolschaja Sowjetskaja Enziklopedija, Moskwa 1926, S. 256f.

271 B. Kasanski / Ju. Tynjanow (Hrsg.), I. E. Babel, Leningrad 1928.

272 Schklowski, Gamburgski stschot, S. 201.

273 Brief von Gorki an Demidow, 15. Mai 1925, in: Literaturnoje nasledstwo, Band 70, S. 152.

274 Brief von Gorki an Rolland, 22. Februar 1928, in: A. D. Michailow (Hrsg.), M. Gorki i R. Rollan. Perepiska 1916–1936, Moskwa 1995, S. 153.

275 In einem Artikel vom 12. Oktober für die Emigrantenzeitung *Wosroschdenije* (Auferstehung) in Paris, wieder abgedruckt in: Ivan Bunin, From the Other Shore, Chicago 1995, S. 155.

276 Weschnjew, Poesija banditisma, in: Molodaja gwardija, Nummer 7/8, Moskwa 1924, S. 272ff.

277 Ebenda, S. 278.

278 Gorbatschow, O twortschestwe Babelja i po powody nego, in: *Swesda*, Nummer 4, 1925, S. 275.

279 Literaturnaja Enziklopedija, Band 1, Moskwa 1929, S. 294.

280 N. Larionowa, M. Gorki i I. Babel, in: Iswestija Akademii Nauk, Nummer 4. Moskwa 1995.

281 I. Leschnew, Sowremenniki (Zeitgenossen), Moskwa 1927, S. 125.

282 Außer der Titelgeschichte enthielt die Ausgabe die Erzählung «Meine erste Liebe».

283 Brief Babels aus Kiew an Tamara Kaschirina, in: Tamara Iwanowa, Moi sowremenniki, kakimi ja ich snala, Moskwa 1987, S. 276.

284 Tamara Iwanowa, Sowjetskaja Schana Darka, in: *Moskowski komsomolez*, 3. September 1994.

285 Gespräch mit Nathalie Babel am 11. September 1999 in Washington.

286 Korrespondenz zwischen Uscher Spektor und Tatjana Stach, in: Spektor-Archiv.

287 Iwanowa, Sowjetskaja Schana Darka.

288 Brief vom 16. November 1925, in: Isaak Babel, Briefe 1925–1939, herausgegeben von Gerhard Hacker, Münster 1995, S. 14f.

289 Brief vom 20. Dezember 1925, in: Babel, Briefe, S. 16.

290 Brief vom 20. Dezember 1925, in: Babel, Briefe, S. 16.

291 Brief vom 12. Mai 1925, in: Babel, Briefe, S. 11.

292 Tamara lernte den Schriftsteller Wsjowolod Iwanow kennen, den sie später heiratete.

293 Vance Kepley, Jr, The Origins of Soviet Cinema: A Study in Industry Development, in: Richard Taylor / Ian Christie (Hrsg.), Inside the Film Factory, London 1991, S. 73.

294 Kepley, The Origins of Soviet Cinema, S. 77.

295 Jerry Heil, Isaak Babel and his Film-Work, in: Russian Literature, Nummer XXVII – III, Amsterdam 1990, S. 404.

296 Russisch: Wsjoukrainskaja fotokinou-pravlenije.

297 Sowjetskije chudoschestwennyje filmy, Bd. I, Moskwa 1961, S. 110. – Das Drehbuch wurde in der ukrainischen Kinozeitschrift *Machowik*, Nummer 3, 1925 veröffentlicht.

298 Nach Aussagen des Schauspielers Grigori Roschal, im Gespräch mit Uscher Spektor, in: Uscher Spektor, Satschem on balujetsja s kino?, Moskwa, unveröffentlichtes Manuskript.

299 J. Hoberman, A Face to the Shtetl: Soviet Yiddish Cinema, 1924 – 36, in: Taylor / Christie (Hrsg.), Inside the Film Factory, S. 128.

300 Andrei Sobol, Jewreiskoje stschaste, in: *Sowjetski ekran*, Nummer 1, Moskwa 1926, S. 12.

301 Vgl. Heil, Isaak Babel and his Film-Work, S. 380, Anmerkung 18.

302 Vgl. Hoberman, A Face to the Shtetl, S. 128.

303 Brief vom 14. April 1925 von Eisenstein an seine Mutter, in: Heil, Isaak Babel and his Film-Work, S. 365.

304 Brief vom 3. Mai 1925, in: Ronald Bergan, Sergej Eisenstein, London 1997, S. 104.

305 Gespräch zwischen Eisenstein und zukünftigen Filmregisseuren am 28. Mai 1936 in Moskau, in: *Woprosy literatury*, Nummer 4, Moskwa 1984, S. 197.

306 Brief vom 25. Juni 1925, in: Iwanowa, Moi sowremenniki, S. 281f.

307 Brief vom 15. Juli 1925, in: Babel, Briefe, S. 12.

308 Brief vom 5. Januar 1927, in: Iwanowa, Moi sowremenniki, S. 290.

309 Brief vom 12. Juli 1925, in: Iwanowa, Moi sowremenniki, S. 281.

310 Brief Babels an Kaschirina, 5. Januar 1927, in: Iwanowa, Moi sowremenniki, S. 290. – Regisseur des Filmes war G. Gritscher-Tscherikower. Der Film gilt als verschollen.

311 «Benja Krik» wurde kurz nach der Uraufführung abgesetzt, später wieder erlaubt. «Wandernde Sterne» wurde 1928 als einer von 18 Filmen verboten. In: *Kino*, Nummer 20, Moskwa 1928.

312 Kinoszenari, Nummer 3, Moskwa 1926.

313 Brief vom 9. Januar 1927, in: Babel, Sotschinenija, Band I, S. 248.

314 *Literaturnaja Rossija*, Nummer 47, Moskwa 1964, S. 22f.

315 Brief vom 26. August 1926, in: Iwanowa, Moi sowremenniki, S. 286.

316 Brief vom 25. September 1926, in: Iwanowa, Moi sowremenniki, S. 288.

317 Brief vom 26. März 1927, in: Babel, Briefe, S. 44.

318 Brief vom 26. März 1927, in: Iwanowa, Moi sowremenniki, S. 290.

[319] Sitzung des Organisationsbüros des ZK der Kommunistischen Partei vom 5. Juli 1926, in: RGASPI, Fond 17, op. 113, d. 212.

[320] ZK-Beschluß vom 18. Juni 1925, in: *Prawda*, 1. Juni 1925.

[321] Zitiert in: Eimermacher, Die sowjetische Literaturpolitik, S. 445.

[322] Vgl. ebenda, S. 227.

[323] Boris Pasternak, Poems and Autobiography, London 1990, S. 50.

[324] Walter Benjamin, Die politische Gruppierung der russischen Schriftsteller, in: Die literarische Welt, Nummer 10, 11. März 1927, S. 1.

[325] Brief des Literaturkritikers Gorbatschow, der auch Babels Erzählungen rezensierte, an die Zeitschrift *Swesda* vom 15. Februar 1925, zitiert in: Eimermacher, Die sowjetische Literaturpolitik, S. 469f.

[326] Ausführlicher in: Jefim Dinerschtein, A. K. Woronski, Moskwa 2001, S. 121ff.

[327] Die Umstände seines Todes sind unklar. Vgl. Thomas Urban, Es war doch kein Selbstmord, in: *Süddeutsche Zeitung*, 14./15. Oktober 2000.

[328] Dazu Carola Stern, Isadora Duncan, Sergei Jessenin, Reinbek 1998.

[329] Gecht, U steny strastnogo monastyrja, S. 54.

[330] Brief an Tamara vom 14. April 1925, in: Iwanowa, Moi sowremenniki, S. 278.

[331] Erinnerungen von Jessenins Schwester Alexandra Alexandrowna in einem Brief an Uscher Spektor, in: Spektor Archiv.

[332] Auch bei Majakowski sind die Umstände des Todes umstritten. Vgl. auch hier Thomas Urban, Es war doch kein Selbstmord.

[333] Viktor Shklovsky, Mayakovsky and his circle, London 1974, S. 200f.

[334] Drei Erzählungen übersetzte Babel selbst: «Idylle», «L'Aveu» und «Le mal d'André».

[335] Russisch: Kitaiskaja melniza.

[336] Russisch: Dschimmi Chiggins.

[337] Brief Gorkis an Woronski im Februar 1927, in: Maxim Gorki i sowjetskaja petschat, Band II, Moskwa 1965, S. 148.

[338] Vgl. Encyclopaedija Judaicae, Jerusalem 1972, S. 22.

[339] Russisch: Bolschije poschary. Fritz Mierau (Hrsg.), Die großen Brände, Berlin 1997. Der Roman, an dem außer Babel vierundzwanzig weitere bekannte russische Schriftsteller mitwirkten, erschien 1927 in einem Buch der Zeitschrift *Ogonjok*. Babels Beitrag trug die Überschrift «Auf dem Arbeitsamt» (russisch: Na birschu truda).

[340] Tagebucheintragung von Furmanow, 20. August 1925, in: Furmanow, Sobranije sotschinenii, Band IV, S. 368.

[341] Brief vom 25. Juni 1925, in: Literaturnoje nasledstwo, Band 70, S. 38f.

[342] Babels Aussage während der Verhöre, ohne Angabe des Datums. In: Akte Babel, nach der Abschrift von Witali Schentalinski, Moskwa 1994, S. 115.

343 Walter Benjamin, Moskauer Tagebuch, Frankfurt am Main 1980, S. 79f.

344 Brief vom 30. März 1926 an Iwan Jewdokimow, einen Schriftsteller, der im Staatsverlag für Literatur zuständig war, in: Babel, Sotschinenija, Band I, S. 246.

345 Es fehlten «Tschesniki», «Posle boja», «U swjatogo Walenta» und «Saschka Christos».

346 In der Leningrader Zeitung *Wetschernaja krasnaja gaseta* (Rote Abendzeitung) wird darüber im Artikel Sowjetskaja literatura w Germanii am 4. Mai 1927 berichtet: «Wysokogo osenen Babel». In: Wjatscheslaw Popow / Boris Fresinski, Ilja Ehrenburg w 1924–1931 gody, Sankt Petersburg 2000, S. 202f.

347 Malik-Verlagsprospekt. Aus dem Wieland-Herzfelde-Archiv, Signatur 2393, in: Archiv der Akademie der Künste in Berlin.

348 Ebenda.

349 «Budjonnys Reiterarmee» aus der Weltbühne, Nummer 13, 1927, in: Kurt Tucholsky, Gesammelte Werke, Band 5, Reinbek 1985, S. 189f.

350 Babels Verhör im Mai 1939, in: Babel-Akte, S. 44.

351 Ilja Ehrenburg, Babel byl poetom, in: Wospominanija o Babele, S. 50.

352 Brief vom 20. Juli 1927, in: Iwanowa, Moi sowremenniki, S. 566.

353 Vgl. Sergei Powarzow, Pritschina smerti – rasstrel, Moskwa 1996, S. 7f.

354 Vgl. den Brief von I. Gronski, Nachfolger Polonskis als Chefredakteur von Nowy mir, an den russischen Wissenschaftler und Babel-Kenner Sergei Powarzow, in: Babel-Akte, S. 136.

355 Walentina Chodasewitsch berichtete von Babels erfolgreicher Vermittlung anlässlich der Verhaftung ihres Mannes. Walentina Chodasewitsch, Kakim ja jego widela, in: Wospominanija o Babele, S. 65f.

356 Vgl. Dmitri Furmanows Tagebucheintragung vom 20. Dezember 1924, in: Furmanow, Sobranije sotschinenii, Band IV, S. 342.

357 Brief an Anna Slonim vom 4. Oktober 1927, in: Babel, Werke, Band 2, S. 434.

358 Brief an Liwschiz vom 28. Oktober 1927, in: Babel, Werke, Band 2, S. 435.

359 Brief vom 16. Dezember 1927 an Kaschirina, in: Iwanowa, Moi sowremenniki, S. 292.

360 Komsomolskaja prawda vom 1. März 1928.

361 Kasanski / Tynjanow, I. E. Babel, Leningrad 1928, S. 73ff.

362 Iswestija vom 1. März 1928.

363 Prawda vom 1. März 1928.

364 L. Liwschiz, K twortscheskoi biografii Isaaka Babelja. In: Woprosy literatury, Nummer 4, Moskwa 1964, S. 310.

365 RGASPI, Fond 558 (Stalin), op. 11, d. 708.

366 Brief vom 20. März 1928 an Liwschiz, in: Babel, Werke, Band 2, S. 444.

[367] Brief 10. Januar 1928 an Liwschiz, in: Babel, Werke, Band 2, S. 437.

[368] Brief vom 30. August 1928 an Nikulin, in: Babel, Werke, Band 2, S. 451.

[369] Brief an Gorki vom 29. Februar 1928, in: Babel, Werke, Band 2, S. 442f.

[370] Elias Canetti, Die Fackel im Ohr, Frankfurt am Main 1998, S. 268ff.

[371] Brief vom 16. Oktober 1928, in: Babel, Werke, Band 2, S. 453.

[372] Jelena Osokina, Sa fasadom «stalinskogo isobilija», Moskwa 1998, S. 63.

[373] Ebenda, S. 68.

[374] Brief vom 20. Oktober 1928, in: Babel, Briefe, S. 58.

[375] Semjon Lipkin, Kwadriga, Moskwa 1997, S. 329. – Davor hatte schon Trotzki gewarnt. Der Begriff Thermidor bezeichnet eine reaktionäre Periode, die einer revolutionären folgt. Thermidor ist der neunte Monat im Kalender, der in Frankreich nach der französischen Revolution galt. Am 9. Thermidor (27. Juli 1794) wurde Robespierre gestürzt und damit der Weg für Napoleon geebnet.

[376] Bis heute steht dort das größte Gorki-Denkmal Moskaus.

[377] Waksberg, Gibel burewestnika, S. 217.

[378] *Prawda* vom 30. September 1928, zitiert in: Lewin, I. Babel, S. 61.

[379] *Prawda* und *Krasnaja gaseta* vom 26. Oktober 1928.

[380] Vgl. Merkin, S. Budjonny i I. Babel, S. 99.

[381] *Prawda* vom 27. Oktober 1928.

[382] Vgl. Babel, Sotschinenija, Band I, S. 455f

[383] Brief vom 28. Oktober 1928, in: Babel, Briefe, S. 60.

[384] Brief vom 29. November 1928, in: Babel, Sotschinenija, Band I, S. 291.

[385] Wolkogonow, Stalin, S. 372.

[386] *Wetschernaja Moskwa* vom 23. November 1929, zitiert in: Eimermacher, Die sowjetische Literaturpolitik, S. 81.

[387] Wolkogonow, Stalin, S. 191.

[388] Russisch: Krasnoe derevo.

[389] Pilnjak wurde 1937 verhaftet und am 21. April 1938 erschossen.

[390] RGALI, Fond 2524, op. 1, d. 94.

[391] Uscher Spektor, K Woronskomy w Lipezke, in: *Tombowskaja prawda*, 19. April 1989.

[392] Brief vom 31. August, in: Babel, Briefe, S. 84.

[393] Richard Lorenz, Der Stalinismus und die sowjetischen Schriftsteller, in: Gabriele Gorzka (Hrsg.), Kultur im Stalinismus, Bremen 1994, S. 83.

[394] *Proletarskaja prawda* vom 18. Februar 1930.

[395] Andrei Sil, Selo Welikaja Stariza, unveröffentlichtes Manuskript, Borispol 2000.

[396] Ebenda.

[397] In einem Gespräch mit Ervin Sinkó. Vgl. Ervin Sinkó, Roman eines Romans, Berlin 1990, S. 297.

[398] Michail Makotinski, Umnenije sluschat, in: Wospominanija o Babele, S. 105.

[399] Zitiert in: Conquest, The Harvest of Sorrow, S. 10.

400 *Prawda* vom 31. Oktober 1929.

401 Sheila Fitzpatrick, Stalin's Peasants, Oxford 1994, S. 48ff.

402 *Prawda* vom 2. März 1930.

403 Osokina, Sa fasadom «stalinskogo isobilija», S. 82.

404 Die genaue Zahl ist kaum zu ermitteln. Der Historiker Nicolas Werth gibt im «Schwarzbuch des Kommunismus» sechs Millionen Tote an (Stéphane Courtois u. a. [Hrsg.], Das Schwarzbuch des Kommunismus, München 1998, S. 178ff.). Sein Kollege Robert Conquest kommt auf sieben Millionen Hungertote und 6,5 Millionen Tote als Folge des Kampfes gegen die Kulaken (Conquest, Harvest of Sorrow, S. 306).

405 Zitiert in: Conquest, Harvest of Sorrow, S. 261.

406 Brief vom 11. Februar 1931, in: Babel, Briefe, S. 120.

407 Babel änderte den Namen, um ähnlicher Kritik wie bei der «Reiterarmee» zuvorzukommen. Bei der Erzählung «Kolywuschka», die erst nach seinem Tod im Almanach *oduschnye puti*, Nummer 3, 1963 in New York veröffentlicht wurde, blieb der tatsächliche Name des Dorfes erhalten.

408 Wjatschelaw Polonski, Is dnewnika 1931 goda, in: Wospominanija o Babele, S. 198f.

409 *Nowy mir* kündigte für 1932 fünf Erzählungen an, von denen nur «Ivan-da-Marja» (Dreifaltigkeitsblume) veröffentlicht wurde. Die Titel der anderen, verschollenen Geschichten lauteten: «U troizi» (Bei der Troika), «Med» (Kupfer), «Wesna» (Frühling) und «Adrian Marinez», nach einem Bewohner des Dorfes Welikaja Stariza.

410 Suwarin, Poslednije rasgowory s Babelem, S. 369.

411 Brief an seine Mutter vom 2. Januar 1932, in: Babel, Briefe, S. 163f.

412 Brief vom 8. November 1931, in: Babel, Briefe, S. 153f.

413 FOSP: Föderazion der vereinigten sowjetischen Schriftsteller (russisch: Federazija objedenenii sowjetskich pisatelei).

414 Artikel von Bruno Jasenski in der *Literaturnaja gaseta*, 10. Juli 1930.

415 IMLI, Fond 86, op. 1, d. 6.

416 *Literaturnaja gaseta* vom 15. Juli 1930.

417 Vgl. Antonina Pirozhkova, At his Side, South Royalton 1996, S. 107.

418 Daran erinnern sich Antonina Piroschkowa sowie Ilja Ehrenburg. Vgl. Literaturnoje nasledstwo, Band 70, S. 40.

419 Brief vom 8. April 1929, in: Babel, Werke, Band 2, S. 455.

420 Brief vom 22. Juli 1930, in: Babel, Briefe, S. 102

421 Ustaw selskochosjajstwennoi arteli im. 15. godowschtschinu Oktjabrja, Swenigorod 1936, S. 3. Die Auflage der Broschüre betrug 35.

422 *Konewodstwo i konesowodstwo*, 15. Dezember 1929.

423 Brief an Mutter und Schwester vom 27. Februar 1931, in: Babel, Briefe, S. 122.

424 Brief vom 14. Januar 1931 an seine Mutter, in: Babel, Briefe, S. 116f.

425 Brief vom 19. Mai 1931 an seine Mutter, in: Babel, Briefe, S. 132.

426 Makotinski, Umenije sluschat, in: Wospominanija o Babele, S. 107.

427 Brief an Polonski vom 31. Juli 1928, in: Babel, Werke, Band 2, S. 450.

428 Vgl. Sergei Bondarin, Prikosnowenije k tscheloweku, in: Wospominanija o Babele, S. 99.

429 Chodasewitscha, Kakim ja jego widela, S. 67.

430 Timothy J. Colton, Moscow, Cambridge 1995, S. 264.

431 Abkürzung für: Wsesojusnoje objedinenije po torgowle s innostranzami (Allunionsvereinigung für den Handel mit Ausländern). Ein irreführender Name, denn Käufer sollten vor allem Sowjetbürger sein.

432 Brief Stalins an Wjatscheslaw Molotow am 1. September 1939, in: Lars T. Lih / Oleg Naumow / Oleg Chlewnjuk (Hrsg.), Stalin. Briefe an Molotow 1925–1936, Berlin 1996, S. 226f.

433 Irina Ehrenburg, So habe ich gelebt, Berlin 1995, S. 51.

434 *Komsomolskaja prawda* vom 25. September 1932.

435 1931: «Karl-Jankel», «Das Erwachen» (russisch: Probuschdenije), «Im Keller» (russisch: W podwale), «Gapa Guschwa». 1932: «Das Ende des Armenhauses» (russisch: Konez bogadelni), «Der Weg» (russisch: Doroga), «Dreifaltigkeitsblume» (russisch: Iwan-da-Marja), «Guy de Maupassant» und «Argamak».

436 Brief vom 27. Juni 1932, in: Andrei Artisow / Oleg Naumow (Hrsg.): Wlast i chudoschestwennaja intelligenzija 1917–1953, Moskwa 1999, S. 180. – Semjon Petljura war ein ukrainischer Nationalist, der während des Bürgerkrieges gegen die Rote Armee kämpfte. Der Oberbefehlshaber der ukrainischen Streitkräfte war verantwortlich für viele Pogrome. Aus Rache wurde er 1926 im Pariser Exil ermordet.

437 Brief Stalins an Kaganowitsch vom 7. Juni 1932, in: RGASPI, Fond 81 (Kaganowitsch), op. 3, d. 99.

438 Brief vom 5. Juli 1932, in: IMLI, Gorki-Archiv, KG-p 7-17-6.

439 Präsidentenarchiv der Russischen Föderation. Fond 3, op. 34, d. 206, zitiert in: Artisow / Naumow (Hrsg.), Wlast i chudoschestwennaja intelligenzija, S. 180.

440 Brief Kaganowitschs an Stalin vom 23. Juni 1932, in: RGASPI, Fond 558 (Stalin), op. 11, d. 740.

441 Brief Stalins an Kaganowitsch und Molotow vom 26. Juni 1932, in: RGASPI, Fond 81 (Kaganowitsch), op. 3., d. 99.

442 Pirozhkova, At his Side, S. 1ff.

443 Ebenda, S. 3.

444 Schentalinski, Raby swobody, S. 346.

445 ZK-Beschluß vom 23. April 1932 zur Auflösung aller Künstlervereinigungen.

[446] «Wstretscha pisatelei s I. W. Stalinym». IMLI, Gorki-Archiv, zitiert in: A. Kemp-Welch, Stalin and the Literary Intelligentsia 1928–1939, London 1991, S. 130.

[447] Schentalinski, Raby swobody, S. 348.

[448] Kemp-Welch, Stalin and the Literary Intelligentsia, S. 131.

[449] In Kiew als Boris Lifschiz geboren, verließ er Russland mit seinen Eltern vor Ausbruch der Revolution und wuchs in Paris auf. Von 1921 bis 1924 lebte er fast ohne Unterbrechungen in Moskau und arbeitete im Exekutivkomitee der Komintern. Nach Lenins Tod kehrte er nach Paris zurück. Enttäuscht avancierte er zu einem harschen Kritiker der Sowjetunion.

[450] Suwarin, Poslednije rasgowory s Babelem, S. 348

[451] Ebenda.

[452] «Sur le chemin de la ville», in: *Monde*, 5. November 1932.

[453] Powarzow, Pritschina smerti, S. 142, Anmerkung 2.

[454] Vgl. Lasar Fleischman, Ob odnom neraskrytom «prestuplenii» Babelja, in: Poetika, istorija literatury, lingwistika, Moskwa 1999, S. 385f.

[455] Pirozhkova, At his Side, S. 10.

[456] Annenkow, Isaak Babel, in: Dnewnik moich wstretsch, New York 1966, S. 305f.

[457] Verhör am 29./30./31. Mai 1939, in: Babel-Akte, S. 34.

[458] Brief vom 15. April 1933, in: Babel, Sotschinenija, Band I, S. 328.

[459] Brief vom 18. April an Mutter und Schwester, in: Babel, Briefe, S. 192.

[460] Brief vom 2. Mai 1933 an Mutter und Schwester, in: Babel, Briefe, S. 193.

[461] «Mein erstes Honorar» (russisch: Moi perwy gonorar), «Froim Gratsch», «Erdöl» (russisch: Neft) und «Rue Dante» (russisch: Uliza Dante).

[462] «Froim Gratsch» und «Mein erstes Honorar». Sie erschienen nach Babels Tod zunächst in den USA, dann in Russland.

[463] Geschrieben am 6. Juni 1933, in: RGALI, Fond 622, op. 1, d. 42.

[464] Roberto Pane, Babel a Capri, in: Il Mondo, Rom, 15. September 1957.

[465] Manuskript von Babels Vortrag «Wpetschatlenija ot puteschestwija po Ewrope», gehalten vor Schriftstellerkollegen am 11. September 1933, in: IMLI, Fond 86, op. 1, d. 6. Einen unvollständigen Abdruck publiziert die Tageszeitung *Wetschernaja Moskwa* am 16. September 1933.

[466] S. A. Sliptschenko, Weterany o posolskoi sluschbe, in: *Meschdunarodnaja schisn*, Nummer 9, Moskwa 1989.

[467] Annenkow, Isaak Babel, S. 307.

[468] Brief vom 1. September 1933, in: Babel, Briefe, S. 200.

[469] Der Babel-Akte ist ein vierseitiges «Memorandum» des NKWD zu Babel beigefügt, das für das Jahr 1934 den ersten Eintrag aufweist.

[470] «Wesjolye rebjata», einer von Stalins Lieblingsfilmen.

[471] Vgl. Nadezhda Mandelstam, Hope against Hope, New York 1999, S. 11.

[472] Oskar Maria Graf, Reise in die Sowjetunion 1934, Hamburg 1992, S. 110.

[473] Gespräch mit Antonina Piroschkowa am 28. November 2000 in Silver Springs, Maryland.

[474] Brief vom 23. November 1933, in: Babel, Sotschinenija, Band I, S. 334.

[475] Über die Lesung vgl. Wladimir Kantorowitsch, Babel rasskasywajet o Betale Kalmykowe, in: Wospominanija o Babele, S. 167ff. Zur Veröffentlichung im Almanach «Twortschestwo narodow SSSR» vgl. Larionowa, M. Gorki i I. Babel, S. 50.

[476] Gespräch mit Antonina Piroschkowa am 12. September 1999 in Silver Springs, Maryland. – Zu den Drehbüchern, die Babel überarbeitete, gehört auch das zum Film «Flieger» (russisch: Ljotschiki), der 1935 in die Kinos kam. Babel hielt ihn für schlecht und zog seinen Namen zurück. Tatsächlich war der Streifen sehr erfolgreich.

[477] Russisch: Uliza Dante, erstmals veröffentlicht in: *Wetschernaja Moskwa*, 14. Februar 1934.

[478] Russisch: Neft, erstmals veröffentlicht in: *30 dnei*, Nummer 3, 1934.

[479] Vgl. Literaturnoje nasledstwo, Band 70, S. 43f.

[480] *Sowjetskoje iskusstwo* vom 5. März 1934.

[481] *Teatr i dramaturgija*, Nummer 3, Moskwa 1935.

[482] *Prawda* vom 17. August 1934.

[483] Ehrenburg, Menschen, Jahre, Leben, Band 2, S. 285ff.

[484] Denis Babitschenko, Pisateli i zensori, Moskwa 1994, S. 10.

[485] Graf, Reise in die Sowjetunion, S. 91ff.

[486] Sinkó, Roman eines Romans, S. 414f.

[487] Bestritten wird sie in einem Brief von Gronski an Sergei Powarzow vom 31. Oktober 1977, in: Babel-Akte, S. 136.

[488] Clara Malraux, Das Geräusch meiner Schritte, Bern 1982, S. 276.

[489] Seine Bekannte Tatjana Stach erinnerte sich später, dass Babel an einem Buch über die Tscheka in Rostow am Don arbeitete. Tatjana Stach, Predrasswetnyje gosti, in: *Raduga*, Nummer 7, Moskwa 1995, S. 97.

[490] Babel, Sotschinenija, Band II, S. 379ff.

[491] Rede Ehrenburgs auf dem Schriftstellerkongress 1934, in: Ilja Ehrenburg, Über Literatur, Berlin 1986, S. 82

[492] Sonderbericht der Geheimpolizeiabteilung GUGB NKWD SSSR «O chode wsesojusnogo sesda sowjetskich pisatelei» (Über den Verlauf des gesamtrussischen Kongresses der sowjetischen Schriftstellers), Zentralarchiv des FSB. Fond 3, op. 1, d. 56, zitiert in: Artisow / Naumow (Hrsg.), Wlast i chudoschestwennaja intelligenzija, S. 232f.

[493] Amy Knight, Who killed Kirov?, New York 1999, S. 188ff.

[494] Ebenda, S. 159.

[495] Stalin wählte das Pseudonym nach

einem Helden aus dem georgischen Epos «Vatermörder».

496 Jefimow, Desjat desjatileti, S. 277.

497 Conquest, The Great Terror, S. 31.

498 Michail Heller / Alexander Nekirch: Geschichte der Sowjetunion. Band 1, 1914–1939, Frankfurt am Main 1985, S. 253.

499 Zitiert in: Gerd Koenen, Die großen Gesänge, Frankfurt am Main 1991, S. 114.

500 Wolfgang Leonhard, Die Revolution entläßt ihre Kinder, München 1985, S. 15f.

501 Osokina, Sa fasadom «stalinskogo isobilija», S. 146.

502 RGASPI, Fond 74 (Woroschilow), op. 2, d. 73.

503 Gespräch mit dem Literaten Benedikt Sarnow in Moskau am 17. Mai 2000.

504 Im Januar 1935 schrieb Gorki an den Herausgeber der Prawda, Lew Mechlis, dass Woroschilow auch nach fünfzehn Jahren Babel nicht vergeben kann «irgendeinen Gürtel» falsch beschrieben zu haben.

505 RGASPI, Fond 74 (Woroschilow), op. 2, d. 391. Das Dokument weist nur das Jahr, 1935, aber keinen Monat und Tag auf.

506 Brief vom 24. Februar 1935, in: Babel, Briefe, S. 239f.

507 Boris Fresinski, Welikaja illjusija – Parisch 1935, in: Minuwscheje, St. Petersburg, 1996.

508 Aussagen von Kolzow, der 1938 verhaftet wurde, während seiner Verhöre beim NKWD, in: KGB-Akte 21620 von Kolzow, deren Kopie mir freundlicherweise von Boris Jefimow zur Ansicht zur Verfügung gestellt wurde.

509 RGASPI. Fond 17 (ZK), op. 163, d. 965 und 1066.

510 Waksberg, Gibel burewestnika, S. 339ff.

511 Fresinski, Welikaja illjusija.

512 Pirozhkova, At his Side, S. 50.

513 Ehrenburg, Babel byl poetom, S. 52f.

514 Daniil Granin, Das Jahrhundert der Angst, Berlin 1999, S. 101.

515 Babel-Akte, S. 124.

516 In französischer Sprache erschien Babels Reiterarmee erstmals 1930 unter dem Titel «Cavalerie Rouge» beim Verlag Editions Rieder in Paris. Gallimard veröffentlichte 1935 eine Anthologie der sowjetischen Literatur.

517 Gespräch mit Tatjana Parain in Mitry-Claye bei Paris am 20. März 2001.

518 Suwarin, Poslednije rasgowory s Babelem, S. 364.

519 Nathalie Babel, Introduction, New York 1964, S. IX.

520 Brief vom 9. August 1935, Archiv Nathalie Babel. Erhalten ist nur noch ein weiterer Brief vom 30. November 1938.

521 Die Ausgabe über die Kollektivierung erschien in der dritten Ausgabe 1936. Babel bereitete auch die Nummer 4 des Jahres 1937 über Gorki vor und die Nummer 6 des Jahres 1939 über die bekannte Hüttenwerker-Dynastie

Korobow im Donbass. Gestalterisch nahm daran Lasar Lissizki teil. Dazu Uscher Spektor, Do rasstrela i posle, in: *Sowjetisch geimland*, Moskwa, Dezember 1990, S. 36 und Sophie Lissitzky-Küppers, El Lissitzky, Dresden 1992, S. 95f.

522 Präsidentenarchiv der Russischen Föderation. Fond 3, op. 34, d. 206, zitiert in: Artisow / Naumow (Hrsg.), Wlast i chudoschestwennaja intelligenzija, S. 180. – Die Gründe dafür sind nicht bekannt; vielleicht hatte ihn Stalin unter Druck gesetzt.

523 Erinnerungen von Antonina Piroschkowa in einem französischen Film über den Regisseur Alexander Medwedkin von Chris Maker, Le Tombeau d'Alexandre, 1993.

524 Osokina, Sa fasadom «stalinskogo isobilija», S. 173f.

525 Brief vom 19. September 1936, in: Babel, Briefe, S. 254.

526 Brief vom 13. Mai 1934, in: Babel, Briefe, S. 221f.

527 «Bagrizki», Babels Nachruf an seinen Freund, erschienen im Almanach Eduard Bagrizki, Moskwa 1936, wieder abgedruckt in: Babel, Sotschinenija, Band II, S. 363.

528 Brief vom 13. Dezember 1935, in: Babel, Briefe, S. 262f.

529 Peter Sewerow, Gody molodyje, in: *Donbas*, Nummer 6, 1970.

530 Brief vom 30. Dezember 1935, in: Babel, Briefe, S. 264.

531 RGASPI. Fond 88, op. 1, d. 474, zitiert in: Artisow / Naumow (Hrsg.), Wlast i chudoschestwennaja intelligenzija, S. 285.

532 Artikel vom 28. Januar 1936 unter der Überschrift «Sumbur wmesto musyki».

533 Zentralarchiv des FSB. Fond 3, op. 3, d. 121, zitiert in: Artisow / Naumow (Hrsg.), Wlast i chudoschestwennaja intelligenzija, S. 290.

534 Sinkó, Roman eines Romans, S. 346.

535 Waksberg, Gibel burewestnika, S. 374ff. – Babel hielt die Vorwürfe, der NKWD habe den Tod Gorkis zu verantworten, für absurd. Vgl. Kemp-Welch, Stalin and the Literary Intelligentsia, S. 234.

536 Er war ebenfalls unter ungeklärten Umständen gestorben.

537 Artisow / Naumow (Hrsg.), Wlast i chudoschestwennaja intelligenzija, S. 300.

538 Pirozhkova, At his Side, S. 103.

539 *Iswestija* vom 12. Juni 1936.

540 Véronique Garros / Natalija Korenewskaja / Thomas Lahusen (Hrsg.), Das wahre Leben, Berlin 1998, S. 142.

541 ZK-Beschluss vom 23. Oktober 1934 zum Bau von Peredelkino, zitiert in: Babitschenko, Pisateli i zensori, S. 11.

542 Brief vom 2. Juni 1936, in: Babel, Briefe, S. 273. – Tatsächlich erhielt er es, wie alle anderen Auserwählten aus Politik und Kultur, nur zur Pacht.

543 I. Babel, Rasskasy, Staatlicher Literaturverlag, Moskwa, 1936

544 Brief vom 22. Juli 1936, in: Babel, Briefe, S. 278.

545 Brief des Schriftstellers Sergei Grigorew an Gorki vom 4. März 1926, in: Literaturnoje nasledstwo, Band 70, S. 134.

546 Piroschkowa, Sem let s Isaakom Babelem, New York 2001, S. 74f.

547 Sinkó, Roman eines Romans, S. 375.

548 Russisch: Beschin lug.

549 Die Szene ist beschrieben in Sinkó, Roman eines Romans, S. 356.

550 Gespräch mit Antonina Piroschkowa am 12. September 1999 in Silver Springs, Maryland.

551 Powarzow, Pritschina smerti, S. 25.

552 Brief vom 7. Oktober 1936, in: Babel, Briefe, S. 288.

553 «Beschin lug» ist eine Erzählung aus dem Zyklus «Aufzeichnungen eines Jägers» (russisch: Sapiski ochotnika).

554 Neuere Forschungen haben ergeben, dass weder Pawlik Pionier noch sein Vater Kulak war. Vgl. Yuri Druzhenikov, Informer 001. The Myth of Pavlik Morozov, New Brunswick 1997 und Maura Reynolds, A Soviet Legend dies hard, in: Los Angeles Times, 12. November 2002.

555 Beschluss vom 5. März 1937, in: RGASPI. Fond 17 (ZK), op. 3, d. 984.

556 *Prawda* vom 19. März 1937, in: Richard Taylor, The Film Factory, London und New York 1994, S. 378ff. – Der Film gilt als verschollen. Mit Standphotos wurde 1967 eine Fassung rekonstruiert, die eine Mischung aus erster und zweiter Version darstellt.

557 Bergan, Eisenstein, S. 289.

558 Ebenda.

559 Gespräch mit Antonina Piroschkowa am 28. November 2000 in Silver Springs, Maryland.

560 Sonderbericht der Geheimen Politischen Abteilung des GUGB NKWD SSSR vom 22. September 1936. RGASPI, Fond 57, op. 1, d. 64, in: Artisow / Naumow (Hrsg.), Wlast i chudoschestwennaja intelligenzija, S. 325f.

561 Bericht des 1. Referats der Geheimen Politischen Abteilung des GUGB NKWD SSSR vom 5. Juli 1936, Zentralarchiv des FSB, Fond 3, Op. 3, d. 65, in: Artisow / Naumow (Hrsg.), Wlast i chudoschestwennaja intelligenzija, S. 316ff.

562 Gespräch mit Antonina Piroschkowa am 28. November 2000 in Silver Springs, Maryland.

563 Stalin zum bulgarischen Kommunisten Georgi Dimitroff, Generalsekretär der Komintern, zitiert in: Ein Bulgare in Moskau, in: *Süddeutsche Zeitung* vom 12. März 2001.

564 So sollte Pasternak eine Resolution unterschreiben, die die Erschießung von Sinowew und Kamenew forderte, in: Sheila Fitzpatrick, Everyday Stalinism, Oxford 1999, S. 198.

565 «Lug, Trug, Smerdjakowschtschina», in: *Literaturnaja gaseta* vom 26. Januar

1937. – Smerdjakow, der Diener des alten Karamasow in Dostojewskis Roman «Die Brüder Karamasow», war in einem Ablenkungsmanöver beschuldigt worden, seinen Herrn umgebracht zu haben.

566 *Commune*, Nummer 43, Paris im März 1937.

567 Ehrenburg, Menschen, Jahre, Leben, Band 2, S. 458.

568 Sewerow, Gody molodyje, S. 99.

569 Pirozhkova, At his Side, S. 104.

570 So Fadejews Kritik in der *Literaturnaja gaseta* vom 6. April 1936. Vgl. Sergei Powarzow, Isaak Babel. Portret na fone Lubjanki, in: *Woprosy literatury*, Nummer 3, Moskwa 1995.

571 Brief vom 29. Juni 1938 an die Schriftstellerunion, in dem er um Neuauflage seiner Bücher bittet, in: RGALI, Fond 631, op. 15, d. 315.

572 O rabotnikach nowoi kultury, in: *Literaturnaja gaseta*, 31. März 1936; Beseda s tow. I. Babelem, in: *Komsomolskaja prawda*, 27. Juli 1936. Dieses Interview von S. Tregub war die Grundlage für die Erzählung «Der Beginn».

573 In Belopesotskaja am Fluss Oka. Vgl. Pirozhkova, At his Side, S. 93.

574 Sinkó, Roman eines Romans, S. 407.

575 Conquest, The Great Terror, S. 235.

576 Ebenda, S. 122.

577 Im Geheimbefehl 00762 des NKWD-Chefs Berija vom 26. November 1938 wurde genau das verurteilt, in: RGANI, Fond 89, op. 73, d. 18.

578 Stéphane Courtois, Terror gegen die Massen, in: *Der Spiegel*, Nummer 33, 1999. – Diese Zahl bezieht sich nur auf die Menschen, die in jenen Jahren verhaftet und erschossen wurden. Hinzu kommen die Toten in den Arbeitslagern und die Opfer der Hungerkatastrophe 1932. Damit stieg die Zahl der Toten auf weit mehr als eine Million.

579 Ehrenburg, Menschen, Jahre, Leben, II, S. 455f.

580 Irina Ehrenburg, So habe ich gelebt, S. 64.

581 Powarzow, Pritschina smerti, S. 25ff.

582 Sinkó, Roman eines Romans, S. 423.

583 Gespräch mit Boris Jefimow am 31. Oktober 2000 in Moskau.

584 Vgl. Anna Larina Bucharina, Nun bin ich schon weit über zwanzig, Göttingen 1991, S. 84.

585 Nadezhda Mandelstam, Hope against Hope, New York 1999, S. 323.

586 Ehrenburg, Menschen, Jahre, Leben, II, S. 460.

587 Misere de la litterature sovietique, in: *Le Figaro*, 1./ 2. Mai 1937.

588 Vgl. Koenen, Die großen Gesänge, S. 115f.

589 Pirozhkova, At his Side, S. 96.

590 Erstmals erschienen im Querido Verlag, Amsterdam 1937. Neuausgabe Berlin 1993.

591 *Iswestija* vom 24. Januar 1937.

592 Vgl. Koenen, Die großen Gesänge, S. 132.

593 *Iswestija* vom 7. November 1937.

594 Brief vom 7. November 1937, in: Babel, Briefe, S. 314f.

595 Berkow, My byli snakomy s detstwa, S. 207.

596 Gespräch von Uscher Spektor mit Julija Solnzewa am 20. Februar 1988, in: Spektor-Archiv.

597 Die Szene «W tjurme u Petljury» in: *Literaturnaja gaseta*, 30. Oktober 1938 und in: *Krasnoarmejez*, Nummer 12, 1938; die Szene «Nemzy na Ukraine» in *Krasnoarmejez*, Nummer 10, 1938.

598 Vermutlich wegen seiner Verhaftung wurden die Dreharbeiten abgebrochen und nicht wieder aufgenommen.

599 Pirozhkova, At his Side, S. 111.

600 Russisch: Sud. Erstmals veröffentlicht in: *Ogonjok*, Nummer 23, Moskwa 1938.

601 Im Original in französischer Sprache: «C'est fini, mon vieux.»

602 Stenogramm eines Literaturabends mit Babel am 28. September 1937, in: RGALI, Fond 631, op. 17, d. 57.

603 RGALI, Fond 631, op. 17, d. 57.

604 *Literaturnaja gaseta* vom 31. Oktober 1938.

605 «Kindheit», «Unter fremden Menschen», «Meine Universitäten».

606 Vgl. I. Schneiderman, Obrasy Gorkogo na ekrane, in: Literatura i kino, Moskwa, Leningrad 1965, S. 127. – Als Babel nach der Verhaftung verschwand, wurde seine Mitarbeit offiziell verschwiegen.

607 Pirozhkova, At his Side, S. 111.

608 Russisch: Staraja ploschtschad, 4.

609 Paustowski, Rasskasy o Babele, S. 27.

610 Einzelheiten in: Umberto Nobile, My Five Years with Soviet Airships, Akron, Ohio, 1987.

611 Das Drehbuch wurde erst 1963 im Journal *Iskusstwo kino*, Nummer 5 veröffentlicht; wieder abgedruckt in: Babel, Sotschinenija, Band II, S. 517ff.

612 James E. Falen, Isaac Babel, Knoxville 1974, S. 231ff.

613 Brief vom 20. April 1939, in: Babel, Briefe, S. 347.

614 Brief vom 10. Mai 1939, in: Babel, Briefe, S. 349.

615 Brief vom 20. April 1939, in: Babel, Briefe, S. 347.

616 Jewgenija Jeschowa beging am 21. November 1938 in einem sowjetischen Sanatorium Selbstmord. Ihr Mann wurde am 10. April 1939 verhaftet und am 4. Februar 1940 erschossen.

617 Alexander Solototrubow, Budjonny, Moskwa 1983, S. 300.

618 Brooks, Thank you, Comrade Stalin, S. 54.

619 Der Haft- und Durchsuchungsbefehl Nummer 3003 ohne Begründung wurde erst am nächsten Tag, den 16. Mai 1939 ausgestellt. Vgl. Babel-Akte, S. 19.

620 Pirozhkova, At his Side, S. 112.

621 Stach, Predrassvetnyje gosti, in: *Raduga*, S. 97.

622 Babel-Akte, S. 20f. – Die Ereignisse nach

Babels Verhaftung haben zwei russische Wissenschaftler recherchiert: Schentalinski, Raby swobody, und Powarzow, Pritschina smerti.

623 Babel-Akte, S. 21.

624 Pirozhkova, At his Side, S. 113.

625 Brief Babels an Berija vom 11. September 1939, in: Babel-Akte, S. 81f.

626 Babel-Akte, S. 115

627 Vgl. die Bürobucheintragung über die Länge der Besuchszeiten von Gästen bei Stalin am 14. Mai, in: RGASPI, Fond 558 (Stalin), op. 11, d. 412. – Molotow, Woroschilow, Kaganowitsch waren von 16:05 bis 16:50 bei Stalin; Berija kam 25 Minuten später und blieb ebenfalls bis 16:50. Knapp eine Stunde danach, um 17:45, begann eine weitere zweistündige Besprechung mit Woroschilow und Berija, Kaganowitsch erschien 18:15 und blieb eine Stunde.

628 Arkadi Waksberg, Die Verfolgten Stalins, Reinbek 1993, S. 57 und Powarzow, Pritschina smerti, S. 75ff.

629 Stach, Predrassvetnyje gosti, S. 96.

630 Babel-Akte, S. 28.

631 Ebenda, S. 67.

632 Ebenda, S. 92f.

633 Suwarin, Poslednije rasgowory s Babelem, S. 373.

634 Über dessen mögliche Kontakte zur zaristischen Geheimpolizei Ochrana vgl. Wadim Rogowin, 1937 – Jahr des Terrors, Essen 1998, S. 531ff.

635 Babel-Akte, S. 79.

636 Alexander Solschenizyn, Der Archipel Gulag, Band 1, Reinbek 1985, S. 171. – Ein FSB-Beamter sprach mir gegenüber von einer damals üblichen «harten Gangart».

637 Auskunft des FSB-Archivs vom 10. Februar 1994, in: Babel-Akte, S. 131.

638 Lidija Golowkowa, Tichaja obitel (Suchanowka), Moskwa 1996, S. 24.

639 Arthur Koestler, Sonnenfinsternis, München 1998, S. 27.

640 Das russische Alphabet besteht aus 33 Zeichen. Für das lateinische, insgesamt 26 Zeichen, würde ein Buchstabenquadrat aus 5 x 5 Feldern ausreichen.

641 Nikita Chruschtschow in seiner berühmten Rede auf dem 20. Parteitag zu verbrecherischen Vorgängen während der Stalinzeit, zitiert in: Anton Antonov-Ovseyenko, The Time of Stalin, New York 1983, S. 150.

642 Arkadi Waksberg, Prozessy, in: *Literaturnaja gaseta*, 4. Mai 1988.

643 Conquest, The Great Terror, S. 306f. – Rodos verfasste später Lehrbücher über «die Bearbeitung von Angeklagten in Zellen». Vgl. Schentalinski, Raby swobody, S. 32.

644 Conquest, The Great Terror, S. 81.

645 Kolzow-Akte.

646 Pirozhkova, At his Side, S. 63.

647 Das Verhör vom 29. Mai bis 31. Mai 1939 in: Babel-Akte, S. 22–47.

648 Ebenda, S. 23.

649 Ebenda, S. 33. – Tatsächlich hielt

Stalin Frankreich für einen gefährlichen Gegner, der die Sowjetunion mit allen Kräften ausspionieren wolle.

650 Powarzow, Pritschina smerti, S. 118.

651 Babel-Akte, S. 33f.

652 Schentalinski, Raby swobody, S. 32.

653 Russisch: Chranit wetschno.

654 Brief mit dem Aktenzeichen N 1964/b und dem Zusatz «streng geheim» vom 7. Juni 1939, in: Babel-Akte, S. 47.

655 Brief vom 8. Juni 1939 mit dem Zusatz «geheim», in: Babel-Akte, S. 47f.

656 Verhör vom 15. Juni 1939, in: Babel-Akte, S. 49f.

657 Babel-Akte, S. 61.

658 Solschenizyn, Archipel Gulag, Band 1, S. 65.

659 Brief vom 19. Juni 1939, in: Babel-Akte, S. 62. – Schon 1936 war Ehrenburgs Tochter Irina vom NKWD aufgefordert worden, in Paris die Bekannten ihres Vaters zu observieren und einen Bericht anzufertigen. Sie lehnte ab. Vgl. Irina Ehrenburg, So habe ich gelebt, S. 62. Ilja Ehrenburg und Juri Olescha entgingen den Verhaftungen und starben erst sehr viel später eines natürlichen Todes.

660 Schentalinski, Raby swobody, S. 68f.

661 Verhör Babels am 10. Oktober 1939, in: Babel-Akte, S. 83f.

662 Brief vom 2. Januar 1940, in: Babel-Akte, S. 88.

663 Die Aussagen von Jeschow und Pilnjak, neben anderen, waren Babels Akte beigefügt, in: Babel-Akte, S. 66–76.

664 Präsidentenarchiv der Russischen Föderation, op. 24, c. 377, Blatt 116 und 117, zitiert nach der Website http://stalin.memo.ru.

665 Protokoll der geschlossenen Gerichtsverhandlung des Militärkollegiums des Obersten Gerichts der UdSSR, «streng geheim», in: Babel-Akte, S. 90ff.

666 Powarzow, Pritschina smerti, S. 174.

667 Waksberg, Die Verfolgten Stalins, S. 19.

668 Ebenda.

669 Urteil, in: Babel-Akte, S. 92f.

670 Genaue Bestätigung in einer Auskunft des Zentralarchivs des FSB vom 10. Februar 1994, in: Babel-Akte, S. 130.

671 Powarzow, Pritschina smerti, S. 177.

672 Pirozhkova, At his Side, S. 139.

673 Ebenda, S. 144

674 Babel-Akte, S. 94–99.

675 Entscheid N 4n-09269/54 des Militärkollegiums des Obersten Gerichts der Sowjetunion, «streng geheim», in: Babel-Akte, S. 99–101.

676 Isaak Babel, Isbrannoje, Moskwa 1957. – Entspricht dem 1936 in Moskau erschienenen Band «Rasskasy».

677 Perwaja Moskowskaja Gosudarstwennaja Notarialnaja Kontora, 5. Juni 1956, Nummer 2606/56. – Die 2001 von Nathalie Babel in den USA herausgegebene Gesamtausgabe der Werke Babels wäre fast am Einspruch von Lidija, Piroschkowas und Babels Tochter, gescheitert.

678 Gespräch mit Nathalie Babel am 27. November 2000 in Washington.

679 Verfasserin des Gutachtens war Dr. Nadeshda Ludwig, zitiert in: *Die Zeit*, 14. Oktober 1999. Zur Auseinandersetzung um die Herausgabe der Babel-Erzählungen «Kosaken jagen den Tod» vgl. Simone Barck / Martina Langermann / Siegfried Lokatis: «Jedes Buch ein Abenteuer», Berlin 1998, S. 118ff. Das Zweitgutachten des Lektors Leonhard Kossuth war durchaus positiv.–